KB134187

헤르만 헤세 작품선 2

헤르만 헤세 지음 · **이인웅** 옮김

싯다르타
인도의 이력서
동방순례

도서출판
이유

헤르만 헤세 작품선 2

싯다르타
인도의 이력서
동방순례

지은이 | 헤르만 헤세
옮긴이 | 이인웅
펴낸이 | 김래수

1판 1쇄 인쇄 | 2014년 02월 15일
1판 1쇄 발행 | 2014년 02월 20일
기획 및 편집 책임 | 정숙미

디자인 | 이애정
마케팅 | 김남용

펴낸 곳 | 도서출판 이유

주소 | 서울특별시 동작구 상도1동 780-2 종현빌딩 3층
전화 | 02-812-7217   팩스 | 02-812-7218
E-mail | verma21@chol.com
출판등록 | 2000. 1. 4 제20-358호

국립중앙도서관 출판시도서목록(CIP)

싯다르타 ;인도의 이력서 ;동방순례 / 지은이: 헤르만 헤세
; 옮긴이: 이인웅. -- 서울 : 이유, 2014
     p. ;   cm. -- (헤르만 헤세 작품선 ; 2)

원표제: Morgenlandfahrt
원저자명 : Hermann Hesse
"헤르만 헤세 연보" 수록
독일어 원작을 한국어로 번역
ISBN 978-89-89703-99-0 04850 : ₩15000
ISBN 978-89-89703-93-8 (세트) 04850

독일 문학[獨逸文學]
독일 소설[獨逸小說]

853-KDC5
833.912-DDC21   CIP2014003993

Hermann Hesse

동방순례 인도의이력서 싯다르타

차례

Hermann Hesse

Siddhartha

싯다르타

―인도의 시(詩)―

싯다르타 앞에는 하나의 목표, 오직 하나만의 목표가 있었었다. 그것은 모든 것을 비우는 일이었다. 갈증으로부터 벗어나고, 소망으로부터 벗어나고, 꿈으로부터 벗어나고, 기쁨과 번뇌로부터 벗어나 자기를 비우는 일이었다. 자기 자신을 없애 버리는 것, 더 이상 자아(自我)로 존재하지 않는 것, 텅 비운 마음 상태에서 평온을 얻는 것, 자아를 초탈한 사색 속에서 열린 마음으로 경이로움을 대하는 것, 이것이 그의 목표였다.

제 1 부

바라문의 아들

집의 그늘진 곳에서, 나룻배들이 떠 있는 강가의 햇빛 속에서, 사라수나무 숲 그늘에서, 보리수나무의 그늘진 곳에서, 젊은 매와도 같이 아름다운 바라문[1]의 아들 싯다르타[2]는 역시 바라문의 아들인 친구 고빈다[3]와 함께 자라났다. 강가에서 수영을 하거나, 신성한 목욕재계(沐浴齋戒)를 하거나, 성스런 제사를 지낼 때면, 그의 밝은 어깨가 햇볕에 갈색으로 그을리곤 했다. 망고나

---

1) 인도의 엄격한 카스트 제도에 있어서 4성(四姓) 중 가장 높은 지위의 승족(僧族)으로 제사(祭祀)와 교법(敎法)을 다스림. 그 자체 존재하며 창조하고 보존하는 우주정신 혹은 우주 원리를 의인화한 창조의 신 브라마, 즉 범천(梵天)의 후예로 그의 입에서 나왔다고 함.
2) 고대 인도의 산스크리트어로 "득도한 사람"이라는 뜻. 이 아들이 태어남으로써 자식이 없던 왕가의 소망이 이루어졌기 때문에 아버지 고타마가 붙여준 이름. 싯다르타는 결혼하여 살다가 고행자가 되기 위해 고향을 떠났고, 각성과 해탈을 얻어 초기 불교의 순례교단을 창설하였음.
3) 고빈다는 '소의 목동'이란 뜻. 소가 신성시되기 때문에 '광명을 가져오는 사람', '계몽을 선사하는 사람'이란 의미도 있음.

무 숲속에서 사내아이들과 어울려 놀거나, 어머니의 노랫소리를 듣거나, 성스런 제사를 지내거나, 학자인 아버지의 가르침을 받거나, 현인(賢人)들의 대화를 들을 때면, 그림자가 그의 검은 눈[眼]으로 흘러들곤 했다. 이미 오래 전부터 싯다르타는 현인들의 대화에 참여하였고, 고빈다와 더불어 논쟁하는 연습을 했고, 고빈다와 함께 관조(觀照)하는 기술과 깊이 침잠(沈潛)하는 일을 행하고 있었다. 이미 그는 말 중의 말인 옴[4]을 소리 없이 말하는 법을 알고 있었다. 영혼을 한 군데로 집중시키고, 이마는 명석하게 사고하는 정신의 광채로 에워싸인 채, 그는 숨을 들이쉬면서 자기 내면으로 소리 없이 옴을 말하고, 숨을 내쉬면서 자기 밖으로 소리 없이 옴을 말했다. 이미 그는 자기 존재의 내면에 우주 만유와 하나이며 불멸의 존재인 아트만[5]이 깃들어 있음을 알고 있었다.

그의 아버지 마음속에는 가르치는 것을 잘 깨우치고 지식욕이 왕성한 아들에 대한 기쁨이 솟아올랐다. 그 아들이 위대한 현인이며 사제로 성장하여 바라문들 중

4) 힌두교의 상징이 되는 말로 "완성"을 의미함. "옴"이란 소리는 마적인 힘을 지니며, 깊은 침잠에 들었을 때 숨을 내쉬듯 말하게 됨.

5) 인도의 최고 성전(聖典) 《베다》에서 호흡, 영(靈), 자아(自我)의 뜻으로 심신활동의 기초 원리를 말함. 후기의 베다 교훈서 《우파니샤드》에서는 모든 현상 뒤의 신적 본질을 찾고자 하는데, 우주 만유의 보이지 않는 원소가 진(眞)이며 아트만임. 세상의 가장 내적 존재인 힘은 정신과 인간의 자아와 가장 심오한 핵심과 동일함. 자기 자아가 우주 자아와 하나라는 것을 인식한 자는 그가 브라마, 즉 인도철학의 최고 원리인 범천(梵天)이라는 것을 알게 됨. 이러한 앎을 통해 해탈을 얻게 되고, 새로운 탄생을 가져올 업보인 카르마는 파멸된다고 함.

싯다르타

의 우두머리가 될 것임을 그는 알고 있었다.

어머니의 가슴속에는 아들을 볼 때마다, 아들이 걸어 다니거나 자리에 앉거나 일어서는 모습을 볼 때마다, 환희가 솟아올랐다. 강하고 아름다운 아들 싯다르타는 날씬한 두 다리로 당당하게 걸었으며, 완벽하게 예의를 갖추어 어머니에게 인사를 올렸다.

싯다르타가 반짝반짝 빛나는 이마와 왕과도 같은 눈매에 날씬한 허리를 자랑하며 도시의 거리들을 지나다닐 때면, 바라문의 젊은 딸들 마음속에는 사랑의 감정이 꿈틀거렸다.

그러나 이들 모두보다도 그를 가장 사랑한 사람은 그의 친구이며 바라문의 아들인 고빈다였다. 그는 싯다르타의 눈매와 고귀한 목소리를 사랑했고, 그의 걸음걸이와 완벽하게 예의를 갖춘 행동을 사랑했으며, 싯다르타가 행하고 말하는 모든 것을 사랑했다. 무엇보다도 싯다르타의 정신, 고귀하고 열화와 같은 사상, 불타오르는 의지, 그리고 지고한 소명감을 사랑하였다. 고빈다는 싯다르타가 결코 평범한 바라문이나 부패한 제사관(祭祀官), 주문(呪文)이나 외우는 탐욕적인 장사꾼이나 허영심은 강하고 속은 텅 빈 연설자, 사악하고 음흉스런 사제, 그리고 수많은 양떼 사이에 섞인 그저 순하고 아둔한 한 마리의 양이 되지는 않으리란 점을 알고 있었다. 그래, 고빈다 역시 그런 사람, 수없이 많은 평범한 바라문과 같은 그런 자가 되고 싶지는 않았다. 그는 자기가 사랑하는 자이며 훌륭한 존재인 싯다르타를 따르고자 했다. 그리고 언젠가 싯다르타가 신적인 존재에 이르게 되면, 언젠가 싯다르타가 찬란한 빛을 발하는 경지에 몰입하게 되면, 고빈다는 그의 친구로서, 동반자로서, 하인으로서, 그의 창을 들고 다니는 병사로서, 그림자로서 그의 뒤를 따를 것이다.

이렇게 모든 사람이 싯다르타를 사랑하였다. 모든 사람에게 그는 기쁨을 주었고, 모든 사람에게 그는 즐거움이 되었다.

그러나 그는, 싯다르타는, 자신에겐 기쁨을 주지 못하였고, 자신에겐 즐거움이 되지도 못하였다. 보리수나무 정원에서 장밋빛 길을 거닐 때나, 사색에 잠겨서 작은 숲속의 푸른 그늘 속에 앉아 있을 때, 매일매일 속죄를 하기 위해 팔다리를 씻을 때나, 깊은 그림자가 드리운 망고나무 숲에서 모든 사람들의 사랑을 받고 모든 사람들에게 기쁨을 안겨주면서 완벽할 정도로 품위 있는 몸가짐으로 제사를 올릴 때, 그의 마음은 전혀 아무런 기쁨도 느끼지 못했다. 수많은 꿈들과 끊임없는 생각들만 강물로부터 흘러들어 왔고, 밤하늘의 별들로부터 반짝거렸고, 태양광선으로부터 녹아들어 왔다. 수많은 꿈들과 불안스러운 영혼만이 제사에서의 향연처럼 피어올랐고, 《리그베다》[6]의 시구에서처럼 입김을 풍겨왔으며, 노련한 바라문의 가르침에

[6] 인도의 가장 오래된 종교문헌. 바라문교의 근본 성전(聖典)으로 1,028행의 운문 찬가로 되어 있음. 자연현상을 찬미한 종교적 서사시를 모은 10권으로 된 책이며, 인도의 종교·철학·문학의 근원을 이룸.

서처럼 방울방울 떨어져 내렸다.

싯다르타는 마음속에 불만의 싹을 키우기 시작했다. 그는 아버지의 사랑과 어머니의 사랑, 그리고 친구 고빈다의 사랑도 언제나 그리고 영원토록 자신을 행복하게 해주지 못할 것이며, 자신을 진정시켜 준다거나, 자신을 흡족하게 한다거나, 자신을 만족하게 해주지 못하리란 점을 느끼기 시작했다. 존경스러운 아버지와 그외의 다른 스승님들이, 즉 지혜로운 바라문들이 그들 지혜의 가장 훌륭한 것을 대부분 그에게 전수해 주었을 것이며, 그들의 충만한 지식을 그가 기대하는 그릇에 이미 다 쏟아부어 주었으리란 점을 예감하기 시작했다. 그렇지만 그 그릇은 가득 차지 않았고, 그의 정신은 만족하지 못하고, 영혼은 안정을 얻지 못했으며, 마음은 진정되지 않았다. 목욕재계를 하는 것이 좋긴 했지만, 그것은 그저 물에 불과했다. 그것이 죄를 씻어 준다거나 정신의 갈증을 풀어 주지 못하였으며, 마음의 불안을 해소시켜 주지 못했다. 제사를 올리는 일과 신들에게 간구하는 일도 훌륭했다. – 그러나 그것이 전부였을까? 제사가 행복을 가져다줄까? 그리고 그것은 신들과 무슨 관계였을까? 세상을 창조한 것이 정말 프라야파티[7]였을까? 그게 그분, 유일자(唯一者)이며 전일자(全一者)인 아트만이 아니었을까? 신들도 나와 너처럼 창조된, 시간에 예속된 무상한 피

7) 산스크리트어로 "창조주"란 의미이며, 베다 신화에서 창조주 또는 최고의 신을 지칭함.

조물이 아니었을까? 그렇다면 신들에게 제사를 지내는 것이 좋은 일이고 옳은 일이며, 의미 있고 최고로 값진 행위였을까? 유일자인 그분, 아트만 이외에 다른 어느 누구에게 제사를 지내고, 다른 어느 누구를 숭배한단 말인가? 그럼 아트만을 어디에서 찾을 수 있을까? 그분은 어디에 살고 있으며, 그분의 영원한 심장이 어디에서 고동치고 있을까? 그것은 우리 모두가 자신 속에 지니고 있는 가장 깊은 내면(內面)이며, 불멸의 것인 자기 자아(自我) 속에 깃들어 있지 않을까? 그런데 이 자아, 가장 깊은 내면이며 궁극적인 이 자아는 어디에 있단 말인가? 그것은 살도 아니고 뼈도 아니며, 그것은 생각도 아니고 의식도 아니라고 가장 지혜로운 현인들은 가르쳤다. 어디에, 그럼 그것은 어디에 있단 말인가? 자아에게로, 나에게로, 아트만에게로 밀고 들어가는 일 – 그걸 찾아볼 만한 다른 길이 있단 말인가? 아, 어느 누구도 이 길을 보여주지 않았다. 어느 누구도 이 길을 알지 못했다. 아버지도 몰랐고, 스승님들도 현자들도 모르고, 제사 때 부르는 신성한 노래들도 그 길을 알지 못했다! 바라문들과 그들의 성스러운 경전(經典), 그들은 많은 것을 알고 있었다. 그들은 모든 것을 알고, 모든 것을 걱정했다. 모든 것보다도 더 많이, 세상의 창조, 말과 음식의 생성과 들숨과 날숨의 생성, 감관(感官)의 질서와 신들의 행위에 이르기까지 – 끝없이 많은 것들을 알고 있었다. – 그러나 단 하나의 유일자를 모른다면, 가장 중요한 것, 오직 하나의 가장 중요한 것을 모른다면, 이 모든 것을 알고 있다는 것이 대체 무슨 가치가 있을까?

성스러운 경전들, 특히 사마베다[8]의 우파니샤드[9]에 들어 있는 수많은 시구들이 물론 이 가장 깊은 내면적이며 궁극적인 존재에 대해 화려한 말들을 하고 있다. 거기엔 "그대의 영혼이 온 세상이니라" 하고 적혀 있다. 인간은 잠을 잘 때, 즉 깊은 수면에 빠졌을 때, 자신의 가장 깊은 내면에 몰입하게 되고, 아트만 속에서 살 수 있다고도 씌어 있다. 이들 시구에는 아주 경이로운 지혜가 깃들어 있다. 여기에는 가장 지혜로운 현인들의 온갖 지식이, 마치 꿀벌들이 모아 놓은 꿀처럼 순수하게, 한데 모여 마술적인 언어로 적혀 있다. 그래, 무수히 이어온 세대에 걸쳐 지혜로운 바라문들이 축적하여 여기 보존해 놓은 무진장한 인식을 결코 무시할 수는 없다. − 그러나 이 가장 심오한 지식을 알고 있을 뿐만 아니라, 실제로 그러한 인생을 살아왔던 바라문들은 대체 어디 있단 말인가? 그런 현인이나 참회자들은 대체 어디 있단 말인가? 아트만 속에 안주한 수면 상태에 마술을 걸어 한 걸음 한 걸음, 말과 행동을 통해 각성의 상태로, 실제의 삶으로 옮겨간 달인(達人)은 어디에

8) 고대인도 바라문교의 종교문헌으로 4베다 중 제2부. 다른 베다에 비해 사상적 가치는 적지만, 음악 연구에 있어서 귀중한 문헌임.

9) 바라문교의 철학 사상을 나타내는 성전. 인도 철학과 종교의 원천으로 베다를 전승한 범서(梵書) 문학 말기의 작품. 우주의 중심생명인 범(梵)과 개인의 중심생명인 아(我)와의 궁극적 일치 등의 사상을 역설하고 있음.

있단 말인가? 싯다르타는 수많은 존경할 만한 바라문들을 알고 있었다. 누구보다도 순수하고 박식한 학자인 그의 아버지는 최고로 존경할 만한 사람이었다. 그의 아버지는 정말 경탄할 만한 인물이었다. 그의 행동거지는 고요하고도 고상하였으며, 그의 인생은 순수하고 말씀은 지혜로웠으며, 그의 머릿속은 총명하고도 고귀한 생각들로 가득 차 있었다. ─ 그렇다면 그렇게 많은 것을 알고 있는 아버지는 행복 속에 살아가며 마음의 평화를 찾았던가, 아니면 그도 그저 하나의 구도자(求道者)이며, 목말라하는 한 사람에 불과할 것인가? 갈증에 시달리는 자인 아버지는 제사를 지내면서, 경전을 읽으면서, 바라문들과 대화를 나누면서도 언제나 끊임없이 성스러운 샘물에 목을 축여야만 하지 않았던가? 조금도 비난할 여지가 없는 아버지가 무엇 때문에 매일매일 죄업을 씻어내야만 하며, 날마다 자신을 정화시키려고 애써야만 하며, 매일매일 그런 일을 다시 반복해야만 하였을까? 그의 내면에 아트만이 깃들어 있지 않았을까? 그 자신의 마음속에 원천적인 샘물이 흐르지 않았던가? 그것을, 자신의 자아 속에 있는 근원적인 샘물을 찾아야만 한다! 바로 그것을 자기 자신의 것으로 만들어야만 한다! 그 외의 다른 모든 것은 그저 탐색하는 것이며, 우회하는 길이며, 방황하는 것일 따름이다.

싯다르타의 생각들은 그러했다. 이것이 그의 목마름이었고, 이

것이 그의 고뇌였다.

그는 종종 찬도기아 우파니샤드[10]에 있는 말들을 암송했다. "진정, 바라문의 이름이란 사티얌[11]이니라. — 진정, 그것을 아는 자는 날마다 천상의 세계에 들어가게 되느니라." 이 천상의 세계가 가끔은 가까이 있는 것처럼 보이기도 했다. 그러나 그는 한 번도 그 세계에 완전히 도달해 본 적이 없었으며, 궁극적인 목마름을 해소시켜 본 적도 없었다. 그리고 그가 알고 있으며 가르침의 기쁨을 누리게 해준 모든 현인들 중에 어느 누구도, 가장 지혜로운 현인들조차도, 그 천상의 세계에 완전히 도달하지 못하였으며, 그 영원한 목마름도 완전히 해소시키지 못하였다.

"고빈다." 싯다르타는 자기 친구에게 말하였다. "사랑하는 친구 고빈다여, 함께 보리수나무 아래로 가서, 침잠(沈潛)수련을 하세."

그들은 보리수나무 있는 데로 갔고, 거기에 자리하고 앉았다. 여기에 싯다르타가 앉았고, 거기서 스무 걸음 떨어진 곳에 고빈다가 앉았다. 옴을 말할 준비를 하고 자리에 앉아서, 싯다르타는 다음과 같은 시구를 중얼중얼 되풀이해 말하였다.

10) 10개의 우파니샤드 중 아홉 번째를 말함. 찬도기아는 신비적 특성이 있기 때문에 침잠수행을 하는 데 특히 유명함.
11) 마야의 베일에 가려진 현실.

"옴은 활이고,

그 화살은 영혼이로다.

바라문은 화살의 과녁이며,

여지없이 그 과녁을 명중해야 하리라."

여느 때와 같은 침잠수련 시간이 지났을 때, 고빈다는 몸을 일으켰다. 어느덧 저녁이 되었고, 목욕재계할 저녁시간이 되었다. 그는 싯다르타의 이름을 불렀다. 싯다르타는 대답을 하지 않았다. 싯다르타는 침잠 상태로 앉아 있었다. 두 눈은 아주 먼 곳의 목표를 응시하고 있었고, 혀끝은 이빨 사이로 약간 삐져나와 있었으며, 숨은 쉬지 않는 것 같았다. 이렇게 그는 침잠에 잠긴 상태로, 옴을 생각하며, 브라마[12]를 향해 영혼의 화살을 쏜 채로 앉아 있었다.

언젠가 사문(沙門)[13]들이 싯다르타가 살고 있는 도시를 지나간 적이 있었다. 순례하는 고행자들인 그들 세 남자는 바싹 마른 데다 기력도 다 쇠진한 상태였고, 늙지도 젊지도 않았다. 어깨는 먼지로 뒤덮고 피투성이가 되어 있었으며, 거의 벌거숭이가 된 몸은 햇볕에 완전히 그을려 있었다. 고독으로 에워싸인 채, 속세에 대해서는 낯설고 적대적이었다. 인간 세상에서는 이방인이요 바싹 마른 재칼과도 같았다. 그들 뒤에서는 고요한 열정과 자기

12) 산스크리트어의 브라마는 범천(梵天)으로 번역되며, 그 자체 존재하며 창조하고 보존하는 우주정신 혹은 우주 원리를 의인화한 창조의 신.
인도 신화에 나오는 비슈누와 시바와 함께 힌두교 세 주신의 하나임. 브라마는 아트만과 동일시되고 있음.
13) 선을 행하고 악을 없애는 사람이란 뜻으로, 머리를 깎고 떠돌아다니며 도를 닦는 탁발승을 말함.

를 파괴하는 헌신과 준엄한 자아초탈(自我超脫)의 향기가 뜨겁게 불어오고 있었다.

그날 저녁 명상시간을 마치고 난 후에 싯다르타가 고빈다에게 말했다.

"친구여, 내일 아침 일찍 싯다르타는 사문들에게로 갈 걸세. 싯다르타는 사문이 될 것이네."

고빈다가 이 말을 들었을 때, 그리고 친구의 확고부동한 얼굴 표정에서 이미 시위를 떠난 화살처럼 돌이킬 수 없는 굳은 결심을 보았을 때, 그는 얼굴이 창백해지고 말았다. 그와 동시에 고빈다는 첫눈에 즉시 깨달았다. 이제 일이 시작되는 것이다. 싯다르타는 이제 자기 길을 가게 된다. 그의 운명이 이제 싹트기 시작하고, 그의 운명과 함께 나의 운명도 싹트기 시작하는 것이다. 그리고 그의 얼굴은 말라 버린 바나나 껍질처럼 창백해졌다.

"오, 싯다르타." 그가 소리쳐 말했다. "자네 아버님께서 허락해 주실까?"

싯다르타는 각성한 사람과도 같은 눈길로 그를 바라보았다. 화살처럼 재빠르게 그는 고빈다의 영혼을 읽었다. 그의 불안한 마음을 읽고, 인종(忍從)하는 마음을 읽었다.

"오, 고빈다." 그는 작은 소리로 말했다. "쓸데없는 말은 그만두기로 하세. 내일 동이 트면서 나는 사문의 생활을 시작할 걸세. 이에 대해 아무 말도 말아주게."

싯다르타는 아버지가 왕골껍질로 만든 돗자리에 앉아 있는 방으로 들어갔다. 아버지 등 뒤로 가서는 아버지가 뒤에 누군가가 와 있다는 것을 느낄 때까지 가만히 서 있었다.

바라문이 말하였다.

"너로구나, 싯다르타? 그래 무슨 말을 하러 왔는지 말해 보아라."

싯다르타가 말하였다.

"아버지, 허락을 받으려 합니다. 내일 아버님 집을 떠나 고행자들한테 가기를 갈망한다는 말씀을 드리러 왔습니다. 사문이 되는 것이 제 간절한 소망입니다. 아버지께서 제 소망을 반대하지 않으셨으면 합니다."

바라문은 아무 말도 하지 않았다. 조그마한 창문으로 보이던 별들이 움직여 그 모습을 바꿀 때까지 아무 말이 없었다. 방안의 침묵은 여전히 끝나지 않았다. 아들은 아무 말 없이 미동도 하지 않은 채 팔짱을 끼고 서 있었고, 아버지는 아무 말 없이 미동도 하지 않은 채 돗자리 위에 앉아 있었다. 그리고 하늘에는 별들이 흘러갔다. 마침내 아버지가 입을 열었다. "바라문에겐 격하고 분노에 찬 말을 한다는 것이 적절치 못하다. 그러나 불쾌한 감정이 내 마음을 흔드는구나. 네가 이런 간청을 입 밖에 내는 소리를 두 번 다시 듣고 싶지 않구나."

바라문은 천천히 몸을 일으켰다. 싯다르타는 팔짱을 낀 채, 아무 말 없이 그대로 서 있었다.

"무엇을 기다리고 있느냐?"

아버지가 물었다.

"아버님께서 알고 계십니다."

싯다르타가 말했다.

언짢은 마음으로 아버지는 방에서 나갔다. 언짢은 마음으로 그는 침상을 찾아가, 자리에 누웠다.

한 시간이 지나서도 눈을 붙일 수가 없어서 바라문은 자리에서 일어났다. 이리저리 몇 발자국 거닐다가 집에서 나왔다. 자그마한 창문을 통하여 그는 방안을 들여다보았다. 싯다르타가 팔짱을 낀 채 미동도 하지 않고 그대로 서 있는 것이 보였다. 그의 밝은 색 겉옷이 창백한 빛을 발하고 있었다. 마음속에 불안을 느끼면서, 아버지는 다시 침상으로 돌아왔다.

한 시간이 지나서도 또 눈을 붙일 수가 없어서 바라문은 다시 일어났다. 이리저리 몇 발자국 거닐다가 집 앞으로 나왔다. 달이 떠올라온 것이 보였다. 창문을 통하여 그는 방안을 들여다보았다. 싯다르타가 미동도 하지 않고 팔짱을 낀 채 그대로 서 있었다. 달빛이 앙상하게 드러난 그의 종아리에 반사되고 있었다. 마음속에 걱정을 느끼면서, 아버지는 다시 침상으로 돌아왔다.

그리고 한 시간이 지나서 다시 나와 보고, 두 시간 지나서 또다시 나와 보았다. 자그마한 창문을 통하여 들여다보았다. 싯다르타가 달빛 속에, 별빛 속에, 어두움 속에 서 있는 것이 보였다. 그리고 한 시간마다 나와서 아무 말 없이 방안을 들여다보았고, 그때마다 꼼짝 않고 서 있는 아들을 보았다. 그의 마음은 분노로 가득 찼고, 그의 마음은 불안으로 가득 찼고, 그의 마음은 겁냄으로 가득 차고, 고통으로 가득 찼다.

그리고 동이 트기 전, 밤이 막바지에 이른 시간에 그는 다시 돌아와 방안으로 들어갔다. 거기에 키가 크고 낯선 사람 같은 젊은 이가 서 있는 것이 보였다.

"싯다르타야. 무엇을 기다리고 있느냐?"

그가 말했다.

"아버님께서 알고 계십니다."

"날이 새고, 정오가 되고, 저녁이 될 때까지, 계속 그렇게 서서 기다릴 작정이냐?"

"저는 서서 기다릴 것입니다."

"싯다르타야, 넌 지치게 될 것이다."

"저는 지치게 될 것입니다."

"싯다르타야, 넌 잠이 들게 될 것이다."

"저는 잠들지 않을 것입니다."

"싯다르타야, 넌 죽게 될 것이다."

"저는 죽게 될 것입니다."

"그럼 넌 아비의 말을 따르기보다는 차라리 죽겠다는 것이냐?"

"싯다르타는 항상 아버님의 말씀을 따랐습니다."

"그럼 네 계획을 포기하겠다는 거냐?"

"싯다르타는 아버님이 말씀하시는 대로 행할 것입니다."

아침의 첫 햇살이 방안으로 비쳐 들어왔다. 바라문은 싯다르타의 무릎이 가볍게 떨리는 것을 보았다. 싯다르타의 얼굴에는 아무런 떨림도 보이지 않았으며, 두 눈은 머나먼 곳을 향하고 있었다. 그때 아버지는 싯다르타가 이미 자기 곁이나 고향에 머물러 있지 않다는 것을, 이제는 싯다르타가 자기 곁을 떠나 버렸다는 것을 깨달았다.

아버지는 싯다르타의 어깨를 어루만져 주었다.

아버지가 말했다. "숲속으로 들어가 사문이 되도록 해라. 숲속에서 열락(悅樂)을 얻게 되면, 다시 와서 내게 열락을 가르쳐 다오. 만일 환멸을 느끼게 되면, 다시 돌아와 우리 함께 신들께 제사를 올리도록 하자. 이제 가서 어머니께 작별인사를 드리고, 어디로 갈 것인지를 말씀드려라. 난 강에 가서 첫 목욕재계를 해야 할 시간이 되었구나."

그는 아들의 어깨에서 손을 떼고는 밖으로 나갔다. 싯다르타가 발걸음을 옮기려 할 때, 그는 옆으로 휘청거렸다. 간신히 팔다리를 움직여 아버지에게 절을 하였다. 그러고는 아버지가 말씀하신 대로 행하기 위해 어머니에게로 갔다.

날이 새자마자 그는 경직된 다리를 이끌고 천천히 아직 고요한 그 도시를 떠나고 있었다. 그때 마지막 오두막집에서 웅크리고 앉아 있던 그림자 하나가 몸을 일으키더니, 그 순례를 떠나는 사람을 따라나섰다. ― 고빈다였다.

"자네가 왔군."

싯다르타는 말하면서 미소를 지었다.

"그래, 내가 왔네."

고빈다가 말했다.

사문들 곁에서

그날 저녁에 그들은 그 고행자들, 즉 바싹 마른 사문들을 따라잡았다. 그리고 그들에게 동행하며 순종하겠다는 뜻을 밝혔다. 두 사람은 승낙을 받았다.

싯다르타는 거리에서 만난 불쌍한 바라문에게 입었던 옷을 벗어 주었다. 그는 이제 겨우 치부만을 가린 띠와 꿰매지도 않은 흙빛의 천만을 걸치고 있었다. 식사는 하루에 단 한 끼만 하였는데, 그것도 익힌 것은 절대로 먹지 않았다. 그는 15일 동안 단식을 하였다. 또 28일 동안 단식을 하였다. 허벅지와 볼의 살이 쑥 빠졌다. 휑하게 커진 두 눈에는 뜨거운 꿈들이 펄럭거렸고, 앙상해진 손가락에는 손톱들만 길게 자랐으며, 턱에는 메마르고 덥수룩한 수염만 자라났다. 여자들과 마주칠 때, 그의 눈빛은 얼음처럼 차가워졌다. 도시를 지나다 멋지게 차려입은 사람들과 함께 거닐게 되면, 그의 입은 멸시하는 듯 일그러졌다. 그는 상인들이 장사하는 것을, 제후들이 사냥하러 가는 것을, 상을 당한 사람들이 고인을 위해 통곡하는 것을, 창녀들이 몸 파는 것을, 의사들이 병자들을 위해 애쓰는 것을, 사제들이 파종 날짜를 정하는 것을, 연인들이 서로 사랑하는 것을, 어머니들이 아이들에게 젖 먹이는 것을 보았다. ─ 이 모든 것은 그의 눈이 바라볼 만한 가치가 없는 것들이었다. 모든 것이 속임수였고, 모든 것이 악취가 났고, 모든 것이 거짓 냄새를 풍겼으며, 모든 것이 깊은 의미와 행복과 아름다움이 있는 것처럼 현혹하고 있었다. 모든 것이 부패한 것들뿐이었지만, 그것을 시인하려 하지 않았다. 세상은 쓰디쓴 맛이 났다. 인생은 고통이었다.

싯다르타 앞에는 하나의 목표, 오직 하나만의 목표가 있었다. 그것은 모든 것을 비우는 일이었다. 갈증으로부터 벗어나고, 소망으로부터 벗어나고, 꿈으로부터 벗어나고, 기쁨과 번뇌로부터 벗어나 자기를 비우는 일이었다. 자기 자신을 없애 버리는 것, 더 이상 자아(自我)로 존재하지 않는 것, 텅 비운 마음 상태에서 평온을 얻는 것, 자아를 초탈한 사색 속에서 열린 마음으로 경이로움을 대하는 것, 이것이 그의 목표였다. 일체의 자아가 극복되고 사멸된다면, 마음속에 있는 모든 욕망과 모든 충동이 침묵한다면, 그러면 궁극적인 것, 더 이상 자아가 아닌 존재 속의 가장 내밀한 것, 저 위대한 비밀이 눈뜨게 될 것이다.

싯다르타는 수직으로 내리쬐는 불같은 햇빛 아래에서 작열하는 고통을 느끼면서, 작열하는 갈증을 느끼면서, 아무 말 없이 서 있었다. 마침내 더 이상 고통도 갈증도 느끼지 않을 때까지 그는 서 있었다. 우기(雨期)에도 그는 아무 말 없이 서 있었다. 물방울이 그의 머리카락으로부터 얼어붙은 어깨 위로, 얼어붙은 엉덩이와 두 다리 위로 방울방울 떨어져 내렸다. 그러나 그 속죄자는 어깨와 두 다리가 더 이상 얼어붙지 않을 때까지, 그것들이 아무 반응도 보이지 않을 때까지, 그것들이 고요히 진정될 때까지 그대로 서 있었다. 그는 가시덤불 속에 아무 말 없이 웅크리고 앉아 있었다. 화끈대는 살갗에서는 피가, 곪은 상처에서는 고름이 방울방울 떨어져 내렸다. 그런데 싯다르타는 더 이상 피가 흐르지 않고, 더 이상 아무것도 찔러대지 않고, 더 이상 아무것도 화끈대지 않을 때까지 꼿꼿하게 머물러 있었다. 꼼짝도 하지 않은 채 머물러 있었다.

싯다르타는 가부좌를 하고 앉아서 호흡을 줄이는 법을 배웠다. 호흡을 거의 하지 않고서도 버텨내는 법을 배웠고, 호흡을 아예 멈추어 버리는 법을 배웠다. 그는 호흡하는 법으로부터 시작하여 심장박동을 진정시키는 법을 배웠으며, 심장박동 수를 줄이는 법을 배웠다. 심장박동 수가 아주 줄어들어, 거의 전혀 박동하지 않는 경지에까지 이르렀다.

사문들 가운데 최연장자의 가르침을 받으며, 싯다르타는 새로운 사문규칙에 따라 자기초탈 수련을 하고, 침잠 수련을 하였다. 왜가리 한 마리가 대나무 숲 위를 날아가고 있었다. ─ 싯다르타는 그 왜가리를 자기 영혼 속에 맞아들였고, 스스로 한 마리의 왜가리가 되어 숲과 산 위로 날아올랐다. 그 왜가리는 물고기를 잡아먹고, 왜가리가 겪는 배고픔을 겪었으며, 왜가리 울음소리로 이야기를 하고, 왜가리와 같은 죽음을 죽었다. 죽은 재칼 한 마리가 모래 해변에 쓰러져 있었다. 싯다르타의 영혼은 그 재칼의 시체 속으로 미끄러져 들어갔고, 죽은 재칼이 되어 해변에 쓰러져 있었다. 몸이 부풀어 오르고, 악취를 풍기고, 썩어갔다. 하이에나들한테 물려 갈갈이 찢기고, 독수리들에게 뜯겨 껍질이 벗겨지고, 앙상한 뼈대만 남았다가 먼지가 되어 들판으로 흩날려 가버렸다. 그리고 싯다르타의 영혼은 다시 돌아왔다. 그 영혼은 이미 한 번 죽었었고, 썩어 없어졌었고, 먼지가 되어본 적이 있었고, 윤회의 슬픈 황홀경을 맛본 적이 있었다. 마치 하나의 사냥꾼처럼 그는 새로운 갈증을 느끼면서, 윤회로부터 벗어날 수도 있고, 인과응보가 끝날 수도 있으며, 고통 없는 영겁이 시작될 수도 있는 빈틈을 학수고대하고 있었다. 그는 자기의 감각을 죽였고, 자기의 기억을 죽였다. 그는 자신의 자아로부터 살짝 빠져나와 수천 가지의 낯선 형상들 속으로 미끄러져 들어갔으며, 짐승이 되고, 썩은 고기가 되고, 돌이 되고, 나무가 되고, 물이 되었다. 그리고 다시 깨어나면서 그때마다 자기 자신을 다시 발견하였다. 해가 비치거나 달이 비치거나, 그는 다시 자아로 돌아왔다. 그는 다시 윤회 속에서 흔들거리고 있었으며, 갈증을 느꼈고, 그 갈증을 극복했고, 또 새로운 갈증을 느꼈다.

사문들 곁에서 싯다르타는 많은 것을 배웠다. 자아로부터 벗어나는 많은 길들을 가는 법을 배웠다. 그는 고통을 통하여, 자발적으로 고뇌를 감내함으로써, 그리고 고통과 굶주림과 갈증과 피로와 권태를 극복함으로써 망아(忘我)의 길을 걸었다. 그는 명상을 함으로써, 온갖 상념들에서 생기는 감각적 사고를 비움으로써 자아를 죽이는 길을 갔다. 이러한 길들과 그밖의 다른 길들을 가는 법을 배웠다. 수천 번이나 그는 자아를 떠났으며, 몇 시간 또는 며칠을 두고 망아(忘我)의 경지에 머물러 있었다. 그러나 이러한 길들은 자아로부터 벗어나는 곳으로 통하기는 하지만, 그 끝은 언제나 자아로 되돌아오는 것이었다. 싯다르타는 수천 번이나 자아로부터 도망쳐 나와서, 무(無) 속에 머물기도 하고, 짐승 속에, 돌 속에 머물기도 하였을지라도, 자아로 되돌아오는 것은 결코 피할 수가 없었다. 시간으로부터도 결코 빠져나올 수가 없었다. 왜냐하면 햇빛 속이나 달빛 속에서도, 그늘 속이나 빗속에서도 그는 자신을 다시 발견하였고, 다시 자아가 되고, 싯다르타가 되었으며, 또다시 되찾아오는 윤회의 업보를 느꼈기 때문이다.

곁에는 그의 그림자인 고빈다가 살고 있었고, 그와 동일한 길들을 가면서 그와 똑같은 고초들을 수행하였다. 그들은 봉사와 수행에 필요한 것 이외에는 서로 다른 이야기를 하는 일이 거의 없었다. 이따금 그들은 자신과 스승들이 먹을 양식을 구하기 위하여, 둘이서 이 마을 저 마을로 탁발을 다니곤 했다.

"고빈다, 자네 생각은 어떤가?" 언젠가 탁발하러 다니던 길에서 싯다르타가 말했다. "우리가 많이 발전했다고 생각하나? 우리 목표에 도달한 걸까?"

고빈다가 대답했다. "우리는 배웠고, 앞으로도 계속 배울 걸세. 자넨 위대한 사문이 될 걸세, 싯다르타. 자넨 어떤 수행이든 빨리 배우더군. 나이든 사문들이 자넬 보고 종종 놀라고 있어. 자넨 언젠가 성자가 될 거야, 오, 싯다르타."

싯다르타가 말했다. "난 그렇게 생각되진 않네, 친구여. 이날 이때까지 사문들에게 배웠던 것을, 오, 고빈다여, 난 더 빠르고 더 간단하게 배울 수도 있었을 거야. 창녀들 사는 구역의 술집이나, 마부들과 주사위 노름꾼들에게 배울 수도 있었을 것이네, 친구."

고빈다가 말했다. "싯다르타가 농담을 하는군. 그런 곳에서, 그런 비천한 자들에게서, 자네가 어떻게 침잠(沈潛)하는 법을, 어떻게 호흡을 멈추는 법을, 어떻게 굶주림과 고통에 대한 무감각 상태를 배울 수 있단 말인가?"

싯다르타는 마치 혼잣말을 하듯이 나지막하게 말했다. "침잠이란 무엇인가? 육체를 떠난다는 게 무엇인가? 단식이란 무엇인가? 호흡을 멈춘다는 건 무엇인가? 그것은 자아로부터 도망치는 것이며, 그것은 자아 상태의 고통으로부터 잠시 빠져나오는 것이며, 그것은 인생의 고통과 무의미를 잠시 마비시키는 것이야. 이와 같은 도망, 이와 같은 잠시 동안의 마비는 소몰이꾼도 여인숙에서 쌀막걸리나 제대로 발효된 야자유 몇 잔 마시고 취하면 겪을 수 있는 일이야. 그럴 때면 그런 사람도 자기 자아를 더 이상 느끼지 않으며, 인생의 고통을 더 이상 느끼지 않으며, 잠시 마비 상태를 겪게 되거든. 그 사람은 술잔 위에 잠이 든 상태로, 싯다르타와 고빈다가 기나긴 수행 과정을 거쳐 육신으로부터 빠져나올 경우에 겪는 일, 즉 무아(無我) 속에 머무는 경지를 똑같이 경험하게 된다네. 그게 그렇다네, 고빈다."

고빈다가 말했다. "그렇게 말은 하고 있지만, 친구여, 싯다르타는 소몰이꾼이 아니고, 사문은 주정뱅이가 아니라는 걸 자네도 알고 있어. 물론 주정뱅이가 마비 상태를 겪을 수도 있고, 물론 잠시 동안의 도피와 휴식을 얻을 수도 있다네. 그러나 그가 혼미한 상태에서 깨어나면, 모든 것이 이전과 똑같아지거든. 그가 예전보다 현명해진 것도 아니고, 인식을 축적한 것도 아니며, 몇 단계 더 높이 올라가지도 못한 거야."

그러자 싯다르타가 미소를 지으며 말했다. "모르겠네. 난 한 번도 술을 마셔본 적이 없거든. 그러나 나, 싯다르타도 여러 가지 수행과 침잠을 행하면서 그저 잠시 마비 상태를 겪었을 뿐이라는 것, 그리고 자궁 속의 어린아이처럼 지혜로부터, 해탈(解脫)로부터는 마찬가지로 멀리 떨어져 있다는 것, 난 그걸 알고 있어. 오, 고빈다여, 난 그걸 알고 있다네."

그리고 언젠가 다시 한 번 싯다르타와 고빈다는 함께 숲을 나와 마을로 내려가서 동료들과 스승들의 양식을 탁발하러 다녔다. 그때 싯다르타가 말하기 시작했다. "그런데 말이야, 오, 고빈다, 우리가 올바른 길을 가고 있는 걸까? 우리가 인식에 다가가고는 있는 걸까? 우리가 해탈의 경지에 다가가고 있는 걸까? 아니면 우리가 혹시 윤회의 바퀴 속을 맴돌고 있는 것은 아닐까? ― 윤회로부터 벗어나는 것을 생각했던 우리가 말이야."

고빈다가 말했다. "우린 많은 것을 배웠어, 싯다르타, 그리고 아직 배울 것이 많이 남아 있어. 우린 바퀴 속을 맴돌고 있는 것이 아냐. 위를 향해 올라가고 있어. 그 바퀴는 나선형이지. 우린 벌써 많은 단계들을 올라온 거야."

싯다르타가 대답했다. "그런데 자네는 우리의 존경하는 스승, 그러니까 최연장자 사문께서 나이가 얼마나 드셨다고 생각하나?"

고빈다가 말했다.

"최연장자 사문께서는 아마 예순은 되셨을 거야."

그러자 싯다르타가 말했다. "예순이나 되셨는데, 아직 열반에 이르질 못하셨어. 그분은 일흔이 되고 여든이 되실 거네. 자네와 나, 우리도 마찬가지로 늙어갈 것이고, 수행을 하고, 금식을 하고, 또 명상도 하게 될 걸세. 그러나 우리는 열반에 이르지는 못할 거야. 그분도 이르지 못하고, 우리도 이르지 못할 걸세. 오, 고빈다, 나는 이 세상에 있는 모든 사문들 중 어느 누구도, 어느 한 사람도 열반에 들지 못할 거라고 생각하네. 우리는 여러 가지 위안을 얻기도 하고, 마비 상태를 경험하기도 하고, 자신을 현혹하는 교묘한 재주를 배우기도 하겠지. 그러나 우린 본질적인 것, 즉 길 중의 길은 발견하지 못할 것이네."

"제발 부탁하네." 고빈다가 말했다. "싯다르타, 그렇게 끔찍스런 말은 하지 말아주게! 그 많은 학식이 높은 분들 가운데, 그 많은 바라문들 가운데, 그 많은 엄격하고 존경스러운 사문들 가운데, 그 많은 구도자들 가운데, 그 많은 진정으로 노력하는 사람들 가운데, 그 많은 성스러운 분들 가운데, 어찌하여 어느 누구도 그 길 중의 길을 발견하지 못한단 말인가?"

그러나 싯다르타는 비애와 냉소가 담뿍 담긴 목소리로, 나지막하고 약간 서글프고 약간 냉소적인 목소리로 말했다. "고빈다, 자네의 친구는 그토록 오랫동안 함께 걸어온 이 사문들의 길을 곧 떠날 것이네. 난 갈증에 시달리고 있네. 오, 고빈다여, 기나긴 이 사문의 길을 걸으면서 내 갈증은 조금도 줄어들지 않았어. 언제나 난 인식에 대한 갈증을 느꼈고, 언제나 의문들로 가득 차 있었어. 난 매년 바라문들에게 물어왔고, 매년 성스러운 베다 경전에 물어왔었지. 오, 고빈다, 무소새나 침팬지에게 물어보았다고 해도, 지금이나 꼭 마찬가지 기분일 것이고, 지금이나 꼭 마찬가지로 영리해지지도, 성스러워지지도 못했을 것이네. 오, 고빈다, 우린 아무것도 배울 수 없다!는 사실을 배우기 위해 오랜 시간을 허비했지만, 아직도 그걸 마무리짓지 못하고 있다네. 난 우리가 '배움'이라고 말하는 것이 사실은 존재하지 않는다고 생각하네. 오, 친구여, 오로지 앎만이 존재할 따름이네. 그것은 어디에나 있고, 그것은 아트만이며, 그것은 나의 내면과 자네의 내면, 그리고 모든 존재의 내면에 존재하고 있다네. 그래서 난 이렇게 믿기 시작했지. 이런 앎에는 알려고 하는 의지와 배움보다 더 나쁜 적(敵)이 없다고 말일세."

그러자 고빈다는 길을 가다 멈추어 섰다. 그리고 두 손을 들어 올리며 말했다. "싯다르타, 제발 그런 말로 자네 친구를 불안하게 만들지 말아주게! 자네 말이 정말로 마음의 불안을 일깨우고 있다네. 한 번만 생각해 보게. 만일 그렇다면, 자네가 말한 대로 배움이라는 것이 존재하지 않는다면, 기도의 신성함은 어디에 있고, 바라문 계급의 존엄성은 어디에 있으며, 사문들의 신성함은 어디에 남아 있단 말인가? 그렇다면, 오, 싯다르타여, 정말 그렇다면, 이 지상에서 신성한 것, 가치 있는 것, 존중할 만한 것, 이 모든 것은 대체 어찌될 것이란 말인가?"

그리고 고빈다는 시구 하나를, 우파니샤드에 나오는 시구 하나를 웅얼거렸다.

"명상하면서, 정화된 정신으로, 아트만 속으로 침잠하는 자,
그 자의 마음에는 말로는 표현할 수 없는 열락이 있도다."

그러나 싯다르타는 아무 말도 하지 않았다. 그는 고빈다가 그에게 한 말들을 생각했다. 그 말들을 궁극적인 데까지 생각했다.

그래, 그는 머리를 숙인 채 서서 생각했다. 우리에게 신성하게 보였던 모든 것들 중에서 아직 무엇이 남아 있다는 말인가? 무엇이 남아 있지? 무엇이 증명되고 있지? 그는 머리를 설레설레 흔들었다.

두 젊은이가 사문들 곁에서 함께 생활하고 함께 수행한 지 삼 년쯤 지났을 무렵이었다. 여러 가지 직접적인 또 간접적인 경로를 통해 그들에게 하나의 소식, 하나의 소문, 하나의 전설 같은 이야기

가 들려왔다. 고타마[14]라고 하는 한 인물이 나타났는데, 그 사람은 자기 내면에서 세상의 번뇌를 극복하고, 윤회의 수레바퀴를 정지시킨 세존이며 부처[불타(佛陀)][15]라는 것이었다. 그는 가진 것도 고향도 아내도 없이, 고행자들이 입는 누런 가사(袈裟)만 걸치고서 제자들에 둘러싸인 채 방방곡곡을 돌아다니면서 설법을 행하고 있는데, 이마가 밝게 빛나는 극락왕생한 자의 모습이며, 수많은 바라문들과 제후들이 그 앞에 몸을 구부리며 그의 제자가 되려 한다는 것이었다.

이런 전설, 이런 소문, 이런 동화 같은 이야기가 울려 퍼졌고, 향기처럼 여기저기로 퍼져나갔다. 도시에서는 바라문들이 그에 관한 이야기를 하였고, 숲속에서는 사문들이 그에 관한 이야기를 하였다. 그를 좋게 말할 때도 있고 나쁘게 말할 때도 있으며, 칭송하는 경우도 있고 비방하는 경우도 있었지만, 부처인 고타마의 이름은 계속적으로 반복해서 두 젊은이의 귓속으로 밀려들어왔다.

어느 한 나라에 페스트가 창궐하게 되면, 그리고 말 한 마디나 입김 한 번으로 역병에 걸린 사람들을 모두 치유할 수 있는 어떤 사람이, 어떤 현인이, 어떤 도사가 그곳

14) 기원 전 6세기에 지상에서의 마지막 인간의 모습으로 나타난 부처의 성(姓).

15) 부처[불타. 붓다]는 불교에서 깨달음을 얻은 사람을 부르는 말. 모든 생물은 전생의 업보를 안고 살며, 그 업보가 사라질 때까지 윤회한다고 하는데, 해탈에 이르러 완전한 깨달음을 얻으면 윤회를 벗어난다고 함. 석가모니 부처는 누구나 부처가 될 수 있다고 설하였음. 본래의 성은 고타마, 이름은 싯다르타인데, 깨달음을 얻은 후 부처[불타. 붓다]라 불리게 됨.

어딘가에 있다는 소문이 일어나기만 하면, 이 소문은 당장 온 나라에 퍼지게 되고, 누구나 그 이야기를 하게 된다. 이 소문을 많은 사람들이 믿기도 하고, 많은 사람들이 의심하기도 하지만, 많은 사람들은 그 현인을, 그 도와줄 사람을 찾아가기 위해 당장 길을 떠나는 것이다. 이와 마찬가지로 그 전설 같은 이야기, 석가[16] 가문 출신의 현인이자 부처인 고타마에 관한 이야기는 향기처럼 피어올라 온 나라로 퍼져나갔다. 그를 믿는 사람들은 말하기를, 그는 최고의 인식을 얻었고, 자기 전생(前生)을 기억하고 있으며, 그는 열반에 도달하여 더 이상 윤회 속으로 돌아오지 않을 것이며, 여러 형상으로 나타나는 슬픈 강물 속에 다시는 빠지지 않을 것이라고 하였다.

그가 수많은 훌륭한 일과 믿을 수 없는 일들을 행했다는 소문도 나돌았다. 기적을 행하였다거나, 악마를 이겨냈다거나, 신들과 이야기를 나누었다는 이야기였다. 그러나 그를 적대시하는 사람들과 그를 믿지 않는 사람들은 말하기를, 이 고타마는 공명심이 강한 유혹자이고, 호화스런 나날을 보내며, 제사를 경멸하고, 학식도 없고, 수행도 금욕도 모른다고 하였다.

부처에 관한 이야기는 달콤하게 들려왔다. 이러한 소문들로부터 마력의 향기가 풍겨왔다. 사실 세상은 병들어 있었으며, 인생은 견디어 내기가 힘들었다. ― 그런

16) 싯다르타 고타마의 가문 이름.

데 보라, 여기에는 한 줄기 샘물이 솟아오르는 것 같고, 여기에는 복음의 외침이 위안으로 가득 차서 부드럽게 고귀한 약속을 가득 싣고 울려 퍼지는 것 같았다. 부처에 관한 소문이 나돌았던 곳이면 어디에서나, 인도의 모든 지방에서 젊은이들이 귀를 기울였으며, 동경을 느끼고 희망을 느꼈다. 도시에서나 시골에서나 바라문의 아들들은 세존 석가모니에 관한 소식을 가져오는 사람이면, 그가 순례자이건 이방인이건 누구나 환영하여 맞아들였다.

숲속의 사문들에게도, 싯다르타에게도, 고빈다에게도 이 전설 같은 이야기는 마치 물방울처럼 서서히 밀려들려왔다. 그 물방울은 희망으로 인해 무거워지기도 했고, 그 물방울은 의심으로 인해 무거워지기도 했다. 그러나 그들은 그에 관한 이야기를 거의 하지 않았다. 사문의 최연장자가 이 이야기에 우호적이지 않았기 때문이다. 그는 부처라고 자처하는 그 자가 예전에는 고행자로 숲속에서 살았었지만, 나중에는 향락적인 삶과 속세의 쾌락으로 되돌아갔다는 잘못된 소문을 들었고, 이 고타마를 하찮은 존재로 여기고 있었던 것이다.

"오, 싯다르타." 언젠가 고빈다가 친구에게 말했다. "난 오늘 마을에 갔다왔네. 바라문 한 사람이 날 초대하여, 그 집에 갔었지. 그런데 그 집안에 마가다 왕국[17] 출신의 바라문 아들이 와 있었어. 그 사람은 자기 눈 <small>17) 현재의 비하르 지방에 있던 고대 인도의 한 왕국 이름.</small>

으로 직접 부처를 보았으며, 그가 설법하는 것도 들었다는 거야. 정말이지, 난 그때 가슴으로 숨 쉬기가 고통스러웠어. 그리고 혼자서 생각했지.

나도, 싯다르타와 나 우리 두 사람도, 도를 깨우친 그 완성자의 입에서 나오는 가르침을 듣는 시간을 가진다면 얼마나 좋을까! 하고 말이야. 말해보게, 친구여, 우리도 한번 그곳으로 가서, 부처의 입에서 나오는 가르침을 들어보지 않겠나?"

싯다르타가 말했다. "오, 고빈다, 난 항상 고빈다는 사문들 곁에 머무를 거라고 생각하고 있었어. 고빈다의 목표는 예순이나 일흔 살이 되어도 변함없이 사문에게 어울리는 재주와 수련을 행하는 일일 거라고 늘 생각했어. 그런데 생각해 보게. 고빈다를 너무나 모르고 있었군. 그의 마음을 거의 알지 못하고 있었어. 내 소중한 친구여, 그러니까 자넨 이제 새로운 길로 접어들어, 부처가 설법을 전하는 그곳으로 가고 싶다는 거로군."

고빈다가 말했다. "사람을 놀리는 게 자네 취미인 모양이군. 실컷 놀려 먹게나, 싯다르타. 그렇지만 자네 마음속에도 그 설법을 듣고 싶은 욕구가, 그런 갈망이 일어나지 않았나? 그리고 자네도 언젠가, 사문의 길을 오랫동안 걷지는 않을 거라고 말하지 않았나?"

그러자 싯다르타는 자기 특유의 웃음을 웃었다. 그 목소리의 음조에는 비애의 그림자와 조롱의 그림자가 깃들어 있었다. 그가 말했다. "좋아, 고빈다, 말도 잘했고, 나에게 들은 말을 기억도 잘 해냈어. 그러니까 난 설법과 배움을 불신하며 지치기도 했다고 말했지. 그리고 스승들이 우리에게 해준 말들에 대한 믿음도 거의 없다고 말했지. 아무튼 좋아, 친구, 난 그 설법을 들을 준비가 되어 있네. ― 내 마음에서는 우리가 그 가르침의 최고 열매를 이미 맛보았다고 생각하지만 말일세."

고빈다가 말했다. "그럴 준비가 되어 있다니 기쁘군. 그런데 어떻게 그런 일이 가능한지 말해보게. 고타마의 설법을 듣기도 전인데, 어떻게 그 가르침의 최고 열매를 알 수 있단 말인가?"

싯다르타가 말했다. "그 열매를 즐기도록 함세. 마음속으로 생각하건대, 우리가 지금 고타마의 은덕을 입고 있는 최고의 열매란 그가 우리를 사문들로부터 불러낸다는 것일세! 오, 친구여, 그가 다른 더 좋은 줄 것이 있는지는 조용한 마음으로 기다려보기로 함세."

바로 그날 싯다르타는 사문들 중 최연장자에게 자신이 떠나기로 했다는 결심을 말씀드렸다. 그는 최연장자에게 젊은 제자가 지켜야 할 예의와 겸손을 갖추어 말씀드렸다. 사문은 그러나 두 젊은이가 자기 곁을 떠나려 한다는 사실에 대해 몹시 분노했고, 큰 소리로 고함을 지르면서 험악한 욕지거리까지 해댔다.

고빈다는 깜짝 놀라고 당황스러워했다. 싯다르타는 그러나 고빈다의 귀에다 입을 대고 속삭이듯 말했다. "이제 나도 이 노인에게서 무언가 배운 것이 있다는 것을 보여주겠네."

그는 사문 앞으로 바짝 다가가서는, 정신을 집중하여, 그 노인의 시선을 자기 시선으로 제압해 버렸다. 그를 꼼짝도 못하게 했고, 아무 말도 못하게 만들어 버렸다. 그의 의지를 빼앗아 버리고, 자기 의지를 따르도록 굴복시켰으며, 그가 아무 소리도 못하고 자기가 요구하는 대로 행하도록 명령을 내렸다. 그 노인은 말문을 닫았으며, 두 눈은 굳어져 버렸고, 의지는 마비되었으며, 두 팔은 축 늘어져 버렸다. 아무런 힘도 없이 그는 싯다르타의 마술에 굴복당하고 말았다.

싯다르타의 생각이 그 사문을 장악했으며, 그는 그들이 명령하는 것을 그대로 행할 수밖에 없었다. 그래서 노인은 여러 번 허리를 굽혀 인사했고, 축복하는 몸짓을 했으며, 떠나는 그들의 여정이 평안하기를 더듬거리면서 경건하게 빌어주었다. 젊은이들은 허리 굽힌 인사에 감사하며 답례하였고, 빌어준 소망에도 답례를 하고, 인사를 하면서 그곳을 떠나왔다.

도중에서 고빈다가 말했다. "오, 싯다르타, 사문들 곁에서 자넨 내가 생각했던 것보다 훨씬 많은 것을 배웠더군. 늙은 사문을 마술의 힘으로 굴복시킨다는 것은 어려운 일이야. 정말 어려운 일이지. 진실을 말하자면, 자네가 그곳에 계속 머물러 있으면, 물 위를 걷는 법도 금방 배웠을 거야."

"나는 물 위를 걷고 싶은 마음이 조금도 없다네." 싯다르타가 말했다. "늙은 사문들이나 그런 재주에 만족한다면 그만이겠지."

고타마

사바티 시(市)[18]에서는 어린아이들까지도 모두 세존 부처의 이름을 알고 있었다. 말없이 식량을 청하는 고타마의 제자들에게 어느 집에서든 탁발그릇을 가득 채워줄 준비가 되어 있었다. 그 도시 가까이에 고타마가 가장 좋아하는 체류지 예타바나 숲의 정사(精舍)가 있었다. 이는 세존에 귀의한 숭배자인 아나타핀디카라고 하는 부유한 상인이 세존과 그의 제자들에게 봉헌한 것이었다.

두 젊은 고행자가 고타마의 체류지를 찾아가는 도중에 들었던 이야기와 대답들은 모두 이 지방을 가리키고 있었다. 그리고 그들이 사바티에 도착하였을 때, 문 앞에 멈추어 서서 시주를 청한 첫 번째 집에서 곧바로 음식을 대접받았다.

18) 고타마 부다 시절에는 오늘의 오우드 지방인 코살라의 수도였음. 이곳은 석가가 25년 간 설법을 하였던 곳이라고 함.

싯다르타가 그들에게 음식을 건네준 부인에

게 물었다.

"자비심 많은 분이시여, 저희는 부처님, 그 존귀하신 분께서 어디에 거하고 계시는지 정말, 정말로 알고 싶습니다. 저희는 숲에서 온 두 사문인데, 득도 완성하신 그분을 만나 뵙고, 그분의 입에서 직접 가르침을 듣기 위해 찾아왔기 때문입니다."

부인이 말했다. "숲에서 오신 사문들이시여, 당신들께서는 정말 올바른 곳을 제대로 잘 찾아오셨습니다. 세존께서는 아나타핀디카의 숲이 울창한 예타바나 정사에 머무르고 계십니다. 순례자들이시여, 당신들께서는 그곳에서 밤을 지내실 수 있을 것입니다. 거기에는 그분의 입에서 직접 설법을 들으려고 몰려든 수많은 사람들을 위해 충분한 자리가 마련되어 있기 때문입니다."

그 말을 듣고 고빈다는 무척 기뻐했다. 그리고 기쁨에 넘쳐 소리쳤다.

"정말 잘 됐어. 목적지에 다다랐으니, 우리 여행길도 이제 끝났구나! 그런데, 순례자들의 어머니 같은 분이시여, 당신은 그분 부처님을 알고 계십니까, 그분을 당신 두 눈으로 직접 보셨습니까?"

부인이 말했다. "그분 세존을 여러 차례 뵈었지요. 많은 날에 걸쳐서 난 그분이 누런 가사를 걸치고 아무 말 없이 골목길을 지나가시는 모습, 아무 말 없이 여러 집 대문 앞에서 탁발그릇을 내미시는 모습, 그릇이 가득차면 그걸 가지고 그곳을 떠나가시는 모습을 뵙곤 했어요."

고빈다는 황홀해 하며 그 말에 귀를 기울였다. 그리고 더 많은 것을 묻고 그 대답을 듣고 싶어했다. 그러나 싯다르타가 계속해서 가자고 재촉하였다. 그들은 감사의 인사를 하고 그곳을 떠났는데, 가는 길을 물어볼 필요가 없었다. 적지않은 순례자들과 고타마 교단의 승려들이 예타바나 숲의 정사로 향하고 있었기 때문이다. 그들은 밤에 그곳에 당도하였는데, 그때에도 끊임없이 사람들이 도착하고, 소리치고 이야기를 나누었다. 그들 모두가 잠자리를 청하였고, 또 잠자리를 얻었다. 숲속 생활에 익숙한 두 사문은 재빨리 그리고 소리 없이 잠잘 곳을 찾아내었고, 그곳에서 아침이 될 때까지 휴식을 취하였다.

해가 떴을 때 그들은 신자들이든, 호기심에서 찾아온 사람들이든, 거대한 무리의 사람들이 이곳에서 밤을 지낸 것을 보고 깜짝 놀랐다. 화려한 숲의 정사에 나 있는 길에는 모두 누런 옷을 걸친 승려들이 거닐기도 하고, 여기저기 나무 밑에 앉아 명상에 잠겨 있거나 법어(法語)를 나누기도 했다. 그늘진 그 정원의 모습은 마치 벌 떼처럼 우글거리는 사람들로 가득 찬 도시와도 같은 느낌이었다. 대부분의 승려들은 하루에 단 한 끼 먹는 점심을 위한 식량을 시내에서 얻으려고 탁발그릇을 들고 밖으로 나갔다. 깨달음을 얻은 자, 부처님 자신도 아침에는 몸소 탁발을 하러 나가곤 했다.

싯다르타가 그분을 보았다. 마치 어느 한 신(神)이 그를 가리켜 주기라도 한 것처럼 당장에 그를 알아보았다. 싯다르타는 그의 모습, 탁발그릇을 손에 든 채 누런 법복을 걸치고 조용히 걸어가는 소박한 한 남자의 모습을 보았다.

"저길 보게!" 싯다르타가 고빈다에게 조용히 말했다. "저기 저분이 부처님일세."

고빈다는 누런 법복을 걸친 그 승려를 주의 깊게 바라보았다. 수백 명의 다른 승려들과 조금도 다른 점이 없는 것 같았다. 그러나 고빈다도 곧 저분이 바로 부처님이라는 것을 알아차렸다. 그리고 그들 두 사람은 그를 따라가며, 주의 깊게 관찰해 보았다.

부처는 겸허한 태도로 길을 가며, 깊은 생각에 잠겨 있었다. 그의 고요한 얼굴은 즐겁지도 슬프지도 않은 것처럼 보였고, 내면을 향해 조용히 미소를 짓고 있는 것 같았다. 숨겨진 미소를 지으면서, 건강한 어린아이와 다르지 않은 모습으로 부처는 사뿐사뿐 고요하게 발걸음을 옮겨갔다. 그는 법복을 걸치고서, 다른 모든 승려들과 마찬가지로 엄격한 계율에 따라서 발자국을 옮기고 있었다. 그러나 그의 얼굴과 그의 발걸음, 고요히 아래로 내리깐 그의 눈길, 얌전히 아래로 내려뜨린 그의 손, 그리고 얌전히 아래로 내려뜨린 손에 붙어 있는 손가락 하나하나, 이 모든 것은 평화를 말하고, 완전함을 말하고 있었으며, 무언가를 구하지도, 무언가를 모방하지도 않았으며, 결코 시들지 않는 안온함 속에서, 결코 사라지지 않는 빛 속에서, 결코 건드릴 수 없는 평화 속에서 부드럽게 호흡하고 있었다.

이런 모습으로 고타마는 시주를 얻기 위해 시내 쪽을 향해 걸어가고 있었다. 두 사문은 오로지 그의 완벽한 평온, 고요한 모습만 보고 그분을 알아볼 수 있었다. 그의 모습에는 무언가를 구하는 흔적도, 무언가를 소망하는 흔적도, 무언가를 모방하는 흔적도, 무언가를 위해 애쓰는 흔적도 전혀 보이지 않았으며, 오로지 빛과 평화만이 깃들어 있었다.

"오늘 우린 저분의 입에서 나오는 설법을 듣게 되겠지."

고빈다가 말했다.

싯다르타는 대답을 하지 않았다. 그는 그의 가르침에 별로 호기심을 느끼지 못했다. 그에게 뭔가 새로운 것을 가르칠 것이라고 생각하지도 않았다. 그렇지만 그는 고빈다와 마찬가지로, 두 사람 혹은 세 사람의 입을 거쳐 전해들은 이야기이기는 하지만, 부처님의 설법 내용을 벌써 몇 번이고 거듭하여 들어서 알고 있었다. 그러나 그는 고타마의 머리, 그의 두 어깨, 그의 두 발, 그리고 그의 얌전히 아래로 내려뜨린 손을 주의 깊게 바라보았다. 그러자 그 손에 붙어 있는 모든 손가락의 마디마디가 가르침이고, 그 마디마디가 진리를 말하고, 진리를 호흡하고, 진리의 향내를 풍기고, 진리를 찬란하게 빛내주는 것 같았다. 이 남자, 이 부처야말로 마지막 손가락을 놀리는 동작에 이르기까지 진리를 나타냈다. 이 남자야말로 성스러운 분이었다. 싯다르타는 지금까지 어느 한 사람을 이렇게 존경해 본 적이 없었으며, 어느 누구를 이 사람만큼 사랑해 본 적이 없었다.

두 사문은 시내까지 부처를 따라갔다가, 아무 말 없이 되돌아왔다. 그들 스스로가 그날은 음식을 먹지 않겠다고 생각했기 때문이다. 그들은 고타마가 돌아오는 것을 보았으며, 그가 제자들에게 둘러싸인 채 식사하는 모습을 보았다. ― 그가 먹은 음식은 새라도 배 불러하지 않을 정도였다. ― 그러고 나서 그가 망고나무 그늘 아래로 물러가는 모습을 보았다.

그러나 저녁이 되자 더위가 수그러들었고, 그곳에 있는 모든 사람들이 활기를 띠며 모여들어 부처의 가르침에 귀를 기울였다. 그들은 그의 목소리를 들었다. 그의 목소리도 완전하였고, 완전히 평온하였으며, 평화로 가득 차 있었다. 고타마는 번뇌와 번뇌의 유래와 그 번뇌로부터 벗어나는 방법에 대한 설법을 가르쳤다. 그의 고요한 설법은 잔잔하고 맑게 흘러내렸다. 인생은 번뇌이며, 이 세상은 번뇌로 가득 차 있는데, 그 번뇌로부터 해탈할 수 있는 길이 발견되었다. 부처의 길을 가는 자는 해탈하게 된다는 것이었다.

거룩한 세존은 부드럽지만 확고한 목소리로 사성제(四聖諦)[19]를 가르쳤고, 팔정도(八正道)[20]를 가르쳤다. 부처는 익숙해진 길을 가며 인내심을 가지고 설법하고, 예를 들고, 되풀이하여 가르쳤다. 그때 그의 목소리는 한 줄기 빛처럼, 별들이 반짝이는 하늘처럼 듣는 사람들의 머리 위에 밝고도 고요하게 두둥실 떠다녔다.

부처가 설법을 끝냈을 때, ― 날은 이미 밤이 되어 있었다. ― 많은 순례자들이 앞으로 걸어 나와 교단에 받아주기를 간청하며, 그 가르침에 귀의하였다. 그리고 고타마는 그들을 받아들이며 이렇게 말했다. "그대들은 가르침을 잘 받아들였노라. 가르침은 제대로 잘 전달되었도다. 어서 이쪽으로 발걸음을 옮겨 신성함 속으로 들어오라. 일체의 번뇌로부터 벗어날 준비를 할지어다."

보라. 수줍음을 타는 고빈다도 앞으로 걸어 나가 말했다. "저도 세존과 그분 가르침에 귀의하겠나이다." 그리고 그 제자로 받아들여줄 것을 간청했고, 그 제자로 받아들여졌다.

그 후 곧 부처가 야간휴식을 취하기 위해 자리를 떠났을 때, 고빈다는 싯다르타에게로 몸을 돌리고 열성을 다해 말했다. "싯다르타, 자네를 책망할 생각은 추호도 없네. 우리

19) 불교의 근본교리를 나타내는 말로, 영원히 변화하지 않는 네 가지 진리. 고제(苦諦)·집제(集諦)·멸제(滅諦)·도제(道諦)를 이르며, 간단히 고집멸도(苦集滅道)라고 함.
20) 불교에서 이르는 실천 수행하는 여덟 가지 참된 덕목. 정견(正見)·정어(正語)·정업(正業)·정명(正命)·정념(正念)·정정(正定)·정사유(正思惟)·정정진(正精進)을 말하는데, 이를 팔정도(八聖道)라고도 함.

두 사람은 세존의 말씀을 들었고, 그분의 가르침을 들었네. 고빈다는 그 가르침을 들었고, 그 가르침에 귀의하였네. 존경하는 친구여, 자네는 해탈의 길을 가려 하지 않을 건가? 머뭇거리기만 하고, 아직도 기다리기만 할 것인가?"

고빈다가 하는 말을 들었을 때, 싯다르타는 잠을 자다가 깨어난 듯 정신이 들었다. 그는 한참 동안이나 고빈다의 얼굴을 바라보았다. 그러고 나서 그는 나지막하게, 조롱기가 없는 목소리로 말하였다. "고빈다, 나의 친구, 자네는 이제 발걸음을 내딛었네. 자네는 이제 길을 선택하였네. 오, 고빈다여, 자네는 언제나 내 친구였으며, 자네는 언제나 한 걸음 뒤에서 나를 따라다녔네. 종종 나는 이렇게 생각했지. 언젠가는 고빈다도, 내가 없이, 독자적인 생각에서, 혼자 발걸음을 내딛게 되지 않겠는가? 보게나, 이제 자네는 어른이 되었고, 자네 스스로 자기 길을 선택한 걸세. 오, 내 친구, 그 길을 끝까지 가기를 빌겠네. 해탈하기를 빌겠네!"

아직 싯다르타의 말을 완전히 이해하지 못한 고빈다는 불안에 찬 어조로 질문을 되풀이했다. "청하건대, 말 좀 해보게, 사랑하는 친구여! 다른 길은 있을 수 없다고 말해주게. 내 박식한 친구여, 자네도 존귀하신 부처님께 귀의할 것이라고 말일세!"

싯다르타는 고빈다의 어깨에 손을 얹었다. "자넨 내 축복의 말을 흘려들었군, 오, 고빈다. 다시 말하지. 그 길을 끝까지 가기를 빌겠네. 해탈하기를 빌겠네!"

이 순간 고빈다는 친구가 자기를 떠났다는 사실을 알아챘다. 그리고 울기 시작했다.

"싯다르타!" 그는 불평하는 조로 울부짖었다.

싯다르타가 다정하게 그에게 말하였다. "잊지 말게, 고빈다, 자네는 이제 부처님의 사문에 속하는 거야! 자네는 고향과 부모에 대한 인연을 끊었고, 출신과 재산에 대한 인연도 끊었고, 자네 자신의 의지를 포기하였으며, 우정도 포기하였네. 그 가르침이 그러기를 원하며, 세존께서도 그러기를 원하시네. 자네 자신도 그러기를 원하였어. 오, 고빈다, 난 내일 자네를 떠날 것이네."

두 친구는 오랫동안 숲속을 거닐었다. 그런 다음 오랫동안 누워 있었지만, 잠을 이룰 수 없었다. 몇 번이고 거듭하여 고빈다가 친구에게 말해달라고 다그쳤다. 무엇 때문에 그가 고타마의 가르침에 귀의하지 않는지, 그리고 그 가르침에서 무슨 잘못된 점을 발견했는지를 물었다. 그러나 싯다르타는 매번 친구의 청을 거절하고 이렇게 말했다. "만족하게나, 고빈다! 세존의 설법은 너무나 훌륭해. 내 어찌 그 가르침에서 무슨 잘못된 점을 발견할 수 있겠나."

다음날 이른 새벽에 부처님 문하생들 중 가장 나이 많은 승려 한 사람이 정원을 통해 걸어 나왔다. 그리고 부처님 가르침에 귀의한 초심자들을 모두 불러모았고, 그들에게 누런 법복을 나누어 주고는 그들 신분에 맞는 최초의 교훈과 지켜야 할 의무들을 일러주었다. 그때 고빈다는 몸을 뿌리치고 나와서 어린 시절의 친구를 다시한 번 끌어안았다. 그리고는 초심자 수도승들의 행렬에 합류했다.

싯다르타는 그러나 여러 가지 생각에 잠겨 숲속을 거닐었다.

그때 그는 세존 고타마와 우연히 마주치게 되었다. 그가 경외하는 마음으로 인사를 드렸으며, 부처의 눈길에는 자비심과 평온함이 가득 차 있었다. 젊은이가 용기를 내어 세존에게 이야기를 하도록 허락해 줄 것을 간청했다. 세존은 말없이 고개를 끄덕이며 허락해 주었다.

싯다르타가 말했다. "오, 세존이시여, 어제 저는 당신의 경이로운 설법을 듣는 영광을 누렸습니다. 그 설법을 듣기 위하여 저는친구와 함께 먼 길을 왔습니다. 제 친구는 이제 당신 곁에 머무를 것입니다. 그는 당신께 귀의하였습니다. 그렇지만 저는 다시 순례의 길을 떠날 것입니다."

"그대 좋을 대로 하시구려." 세존이 공손하게 말했다.

"제가 드리는 말씀이 너무 당돌한 것 같습니다." 싯다르타가 말을 계속했다. "그러나 제 생각을 솔직하게 말씀드리지 않고 세존을 떠나고 싶지는 않습니다. 세존께서 잠시만이라도 제 말씀을 들어주시겠습니까?"

부처는 말없이 고개를 끄덕이며 허락해 주었다.

싯다르타가 말했다. "오, 지존한 분이시여, 당신의 가르침에서 저는 무엇보다도 한 가지를 경탄하고 있습니다. 당신의 설법에 나오는 모든 내용은 완전히 명백하고 입증되었습니다. 당신께서는 이 세상을 하나의 완전한 사슬로서, 결코 어디에서도 끊어지지 않는 하나의 사슬로 보여주셨습니다. 즉 인과응보로 엮여진 하나의 영원한 사슬이라는 것입니다. 이런 사실을 이토록 분명하게 보여 준 적은 한 번도 없었습니다. 이토록 반박할 여지없이 설명된 적도 결코 없었습니다. 만일 당신의 가르침을 통하여 이 세상을 완전한 연관성 속에서 관조한다면, 그러니까 이 세상이 아무런 빈틈도 없고, 수정처럼 맑으며, 우연과도 아무 상관이 없고, 신들과도 아무런 상관이 없다는 사실을 깨닫게 된다면, 진정 모든 바라문들의 몸속 심장이 훨씬 더 높이 고동칠 것입니다. 세상이 선한 것이냐 악한 것이냐, 이 세상에 산다는 것이 고통이냐 기쁨이냐 하는 것은 더 이상 말씀드리지 않겠습니다. 아마도 이것은 본질적인 문제가 아닌 것 같습니다. ─ 하지만 이 세상의 단일성, 일체 사건의 연관성, 일체의 크고 작은 것이 동일한 흐름에, 동일한 인과의 법칙에, 동일한 생성과 사멸의 법칙에 에워싸여 있다는 것, 바로 이것이 당신의 존귀한 가르침에서 밝게 빛나고 있습니다, 오, 완성자시여. 그러나 당신의 동일한 설법에 따르면, 만물의 이 단일성과 시종일관성이 한 군데서는 중단되어 있습니다. 하나의 조그만 틈새를 통하여 이 단일성의 세계로 무언가 낯선 것이, 무언가 새로운 것이, 그러니까 이제까지는 존재한 적이 없었으며, 밝혀질 수도 없고, 증명될 수도 없는 그 무엇인가가 흘러들어오고 있습니다. 그것은 바로 이 세상의 극복, 즉 해탈에 관한 당신의 가르침입니다. 하지만 이 조그만 틈새가 있음으로써, 이 조그만 균열이 있음으로써, 영원하고 단일적인 세계법칙 전체가 다시 파괴되고 지양(止揚)되는 것입니다. 이런 이의를 내세우는 것을 용서하여 주시기 바랍니다."

고타마는 꼼짝도 하지 않고 조용히 그의 말을 귀담아들었다. 그러더니 자비로운 목소리로, 공손하고 맑은 목소리로 완성자인 그가 말하였다. "그대는 나의 설법을 들었구려, 바라문의 아들이여. 그 설법에 관하여 그토록 깊이 사색하였다는 것은 정말로 훌륭한 일이오. 그대는 그 가르침에서 하나의 틈새를, 하나의 잘못된 점을 발견하였소. 그 점에 관해 계속해서 깊이 생각해 보길 바라오. 하지만 지식욕에 불타는 그대여, 덤불처럼 무성한 의견들을, 말들을 위한 논쟁을 경계하도록 하시오. 이런저런 의견들이 중요한 게 아니오. 의견이란 아름다울 수도 있고 추할 수도 있으며, 현명할 수도 있고 어리석을 수도 있소. 누구나 의견들을 지지할 수도 있고 거부할 수도 있소. 그러나 그대가 내게서 들었던 가르침은 내 의견이 아니며, 그리고 그 목적은 지식욕에 불타는 사람들에게 이 세상을 설명하여 주는 것이 아니오. 그 가르침의 목적은 다른 것이오. 그 목적은 번뇌로부터의 해탈이오. 고타마가 가르치는 것은 바로 이것이지, 다른 것이 아니오."

"오, 세존이시여, 노여워하시지 않기를 바랍니다." 젊은이가 말했다. "당신과 논쟁을 하려는 게 아닙니다. 말들을 위한 논쟁을 하려고 그렇게 말씀드린 게 아닙니다. 당신의 말씀은 정말로 지당하며, 의견들은 별로 중요한 게 아닙니다. 그러나 한 가지만 더 말씀드리겠습니다. 단 한 순간도 저는 당신을 의심하지 않았습니다. 당신은 부처님이시고, 당신은 그 목표를, 수천의 바라문과 바라문의 아들들이 추구하는 그 최고의 목표를 이루셨습니다. 당신은 죽음으로 해탈을 얻으셨습니다. 그 해탈은 당신 자신의 구도를 함으로써, 당신 자신의 길을 감으로써, 생각을 통해, 침잠을 통해, 인식을 통해, 깨달음을 통해 달성하셨습니다. 가르침을 통해 달성되지는 않았다는 말씀입니다! 그리고 ― 오, 세존이시여, 제 생각은 이렇습니다. ― 어느 누구에게도 해탈은 가르침을 통해 이루어지지 않는다는 것입니다! 오, 세존이시여, 당신의 깨달음 순간에 일어났던 일을 당신은 누구에게도 말이나 가르침을 통해 전달해 주실 수도, 말해 주실 수도 없습니다! 깨달은 부처님의 설법에는 많은 것이 내포되어 있습니다. 많은 사람들에게 옳게 살고 악을 피하라고 가르칩니다. 그러나 이토록 분명하고, 이토록 존귀한 가르침도 한 가지를 빠뜨리고 있습니다. 거기엔 세존께서 몸소 체험하셨던, 수십만 명 가운데 혼자만 체험하셨던 그 비밀이 내포되지 않았다는 말씀입니다. 바로 이것이 제가 가르침을 들었을 때 생각하고 깨달았던 점입니다. 바로 이것이 제가 편력을 계속하려는 이유입니다. ― 어떤 다른, 보다 더 나은 가르침을 찾아가기 위해서가 아닙니다. 다른 어떤 가르침도 없다는 점을 잘 알고 있기 때문입니다. 그보다는 모든 가르침과 모든 스승을 떠나서, 저 혼자 목표에 도달하든가 아니면 죽든가 하기 위해서입니다. 하지만 저는 오늘을 자주 생각하게 될 것입니다. 오, 세존이시여, 저의 두 눈으로 직접 성스러운 분을 뵌 이 순간을 자주 생각하게 될 것입니다."

부처의 두 눈은 조용히 땅바닥을 내려다보고 있었다. 헤아릴 수 없는 그의 얼굴은 완전히 태연자약하게 밝은 빛을 발하고 있었다.

"그대의 생각이……" 하고 세존은 느릿느릿 말하였다. "틀리지 않기를 바라오! 목표에 이르기를 바라오! 그렇지만 말해보시오. 그대는 내 가르침에 귀의한 수많은 사문들, 수많은 형제들의 무리를 보았지요? 낯선 사문이여, 어떻게 생각하시오? 그대는 이들이 모두 가르침을 버리고, 속세와 환락의 생활로 되돌아가는 것이 더 좋을 것이라고 생각하나요?"

"그런 생각은 해본 적이 없습니다." 싯다르타는 소리쳐 말했다.

"그들 모두가 이 가르침에 머물기를 바라고, 그들 목표에 이르기를 바랍니다! 다른 사람의 인생을 판단한다는 것은 제가 할 일이 아닙니다. 오로지 저에 대해서만, 저 혼자에 대해서만, 판단해야 하고, 선택해야만 하며, 거부해야만 하는 것입니다. 오, 세존이시여, 우리 사문들은 자아로부터의 해탈을 추구하고 있습니다. 제가 만일 당신 제자들 가운데 하나라면, 오, 세존이시여, 만일 그렇다면 저는 그 가르침을, 제가 본받는 일을, 당신에 대한 저의 사랑을, 그리고 승려들의 교단을 제 자아로 만들어 버린 것이기 때문에, 저의 자아가 오로지 외견상으로만, 오로지 거짓으로만 안식에 이르고 해탈에 이르렀을 따름이며, 실제로는 제 자아가 계속 살아가고 성장해가는 일이 일어나지나 않을까 두렵습니다."

반쯤 미소를 지으면서, 흔들리지 않는 밝고도 다정한 표정으로 고타마는 낯선 젊은이의 눈을 들여다보았다. 그리고는 거의 눈에 띄지 않는 몸짓으로 그와 작별했다.

"오, 사문이여, 그대는 영리합니다." 세존이 말했다. "친구여, 그대는 영리하게 말하는 법을 알고 있군요. 그러나 너무 지나친 영리함을 조심하도록 하시오!"

부처는 그곳을 떠나갔다. 그렇지만 그의 눈길과 반쯤 지은 미소는 싯다르타의 기억 속에 영원히 새겨져 남아 있었다.

싯다르타는 생각했다. 나는 아직 그렇게 바라보고, 미소 짓고,

앉아 있고, 걸음 걷는 사람을 본 적이 없다. 진정으로 나도 그렇게 바라보고, 미소 짓고, 앉아 있고, 걸음 걸을 수 있기를 소망한다. 그분처럼 그렇게 자유롭게, 그렇게 거룩하게, 그렇게 눈에 띄지 않게, 그렇게 당당하게, 그렇게 천진난만하고 신비스럽게 말이다. 자기 자신의 가장 깊은 내면으로 깊이 파고 들어간 사람만이 그렇게 진실하게 바라보고, 그렇게 걸음을 걷는 것이다. 좋다, 나도 나 자신의 가장 깊은 내면으로 깊이 파고 들어가도록 노력할 것이다.

싯다르타는 생각했다. 나는 한 인간을 보았다. 그 앞에서 내 시선을 내리깔지 않을 수 없는 단 한 사람을 보았다. 앞으로는 다른 어느 누구 앞에서도 나의 시선을 내리깔지 않을 것이다. 더 이상 어느 누구 앞에서도 말이다. 이분의 가르침도 나를 유혹하지 못했으니, 더 이상 어떤 가르침도 나를 유혹하지 못할 것이다.

싯다르타는 생각했다. 부처님은 내게서 무엇인가를 빼앗아갔다. 그분은 내게서 무엇인가를 빼앗아갔지만, 그보다 더 많은 것을 내게 선물해 주셨다. 그분은 내게서 내 친구를 빼앗아갔다. 그 친구는 예전엔 나를 믿었지만, 지금은 그분을 믿으며, 예전엔 내 그림자였지 만, 지금은 고타마의 그림자가 되었다. 그러나 그분은 내게 싯다르타를, 나 자신을 선물해 주셨다.

깨달음

싯다르타는 완성자인 부처가 남아 있고, 고빈다가 남아 있는 숲의 정사(精舍)를 떠났다. 그때 그는 지금까지의 자기 인생도 이 숲의 정사에 그대로 남아 있으며, 뒤에 남은 자신의 인생과도 결별한다는 느낌이었다. 천천히 떠나가면서 자기 마음속을 가득 채우고 있는 이러한 느낌을 곰곰이 생각해 보았다. 그는 여러 가지로 깊이 생각해 보았다. 깊은 물속을 뚫고 이런 느낌의 맨 밑바닥까지 내려가 보았다. 그러한 느낌의 원인이 도사리고 있는 데까지 파고들어갔다. 왜냐하면 원인을 인식한다는 것은 바로 생각한다는 것이라고 여겨졌기 때문이다. 그리고 오직 그렇게 함으로써 느낌이 인식으로 바뀌어져서 사라지지 않을 것이며, 오히려 본질적인 것이 되고, 그 인식 속에 있는 것이 빛을 발하기 시작할 것이라고 생각되었기 때문이다.

천천히 떠나가면서 싯다르타는 곰곰이 생각해 보았다. 그는 이젠 젊은이가 아니라, 어른이 되었다는 것을 확인하였다. 뱀이 옛 허물을 벗어 버리듯이 그는 한 가지 사실을 벗어 버렸다는 것을 확인했다. 젊은 시절 내내 그를 따라다니며 자신에게 속했던 한 가지, 즉 스승을 모시고 가르침을 받겠다던 소망이 이제는 그의 마음속에 남아 있지 않다는 사실을 확인하였다. 그의 수행과정 도중에 만났었던 마지막 스승, 최고의 스승이자 가장 현명한 스승인 성자(聖子) 부처의 곁도 그는 떠나왔다. 그 부처와도 결별하지 않으면 안 되었으며, 그의 가르침도 받아들일 수가 없었다.

생각에 빠진 싯다르타는 더욱 천천히 발걸음을 옮기며 스스로에게 물었다. "그런데 네가 가르침을 통해서, 스승들에게서 배우려고 했던 것이 무엇이더냐? 많은 가르침을 주었던 그들이 네게 가르칠 수 없었던 것이 대체 무엇이더냐?" 그리고 그는 답은 찾았다. "내가 배우고자 소망했던 것은 바로 자아의 의미와 본질이었다. 내가 빠져나오려 했고, 내가 극복하고자 원했던 것은 바로 자아였다. 그러나 나는 자아를 극복할 수가 없었다. 단지 자아를 기만할 수 있었고, 그 앞에서 도망칠 수 있었을 뿐이며, 그 앞에서 몸을 숨길 수 있을 따름이었다. 정말이지, 이 세상 그 어느 것도 나의 이 자아만큼 내 생각을 몰두케 한 것은 없었다. 내 생각은 내가 살아 있다는 이 수수께끼, 내가 다른 모든 사람들과 구별이 되는 하나의 존재이며, 내가 바로 싯다르타라고 하는 이 수수께끼에 몰두해 있었다. 그런데 나는 이 세상 그 어느 것보다도 나 자신에 대하여, 싯다르타에 대하여 아는 것이 거의 하나도 없지 않은가!"

천천히 발걸음을 옮기며 생각하는 자는 이런 생각에 사로잡혀 그 자리에 멈추어 섰다. 즉시 이런 생각에서 다른 생각이, 불현듯 하나의 새로운 생각이 떠올랐다. 그것은 이러했다. "내가 나 자신에 대하여 아무것도 모른다는 것, 싯다르타가 그토록 낯설고 전혀 알지 못하는 존재로 남아 있다는 것, 그것은 한 가지 원인, 단 한 가지 원인에서 비롯된 것이다. 즉 나는 나를 두려워하였고, 나는 나로부터 도망을 치고 있었던 것이다! 나는 아트만을 추구했고, 나는 브라마를 추구하였다. 그리고 가장 내면에 있는 미지의 것에서 모든 껍질의 핵심인 아트만을, 생명을, 신적인 것을, 궁극적인 것을 발견하기 위하여, 나는 나의 자아를 조각내 버리고 따로따로 껍질을 벗겨내려고 했다. 그러면서 나 자신이 나에게서 사라져 버렸던 것이다.

싯다르타는 두 눈을 크게 뜨고, 주위를 둘러보았다. 얼굴에는 미소가 가득 찼다. 그리고 긴긴 꿈에서 깨어난 각성의 깊은 감정이 발가락에 이르기까지 온몸으로 흘러들었다. 그러고 나서 그는 곧 다시 걷기 시작했다. 자기가 무슨 일을 해야 할지를 아는 사람처럼 급히 달려갔다.

"오." 그는 깊은 숨을 들이쉬며 생각했다. "이제는 더 이상 싯다르타가 내게서 달아나지 못하도록 하겠다! 내 생각이나 인생을 더이상 아트만이나 세상번뇌로 시작하진 않을 것이다. 다시는 나 자신을 죽이거나 조각내어, 그 파편 뒤에서 비밀을 찾아내려는 짓은 하지 않겠다. 더 이상 요가베다나[21] 아타르바베다[22]의 가르침도, 고행자들이나 그 어떤 설법의 가르침도 받지 않을 것이다. 난 나자신에게 배울 것이다. 나 자신의 제자가 될 것이며, 나 자신을, 싯다르타의 비밀을 배울 것이다."

그는 이 세상을 처음 본 것처럼 주위를 둘러보았다. 세상은 아름다웠고, 세상은 오색찬란하였다! 세상은 이상야릇하고 수수께끼 같았다! 여기에 파랑이 있었고, 여기에 노랑이 있었으며, 여기에 초록이 있었다. 하늘이 흐르고 있었고, 강물도 흐르고 있었다. 숲이 솟아 있었고, 산도 우뚝 솟아 있었다. 삼라만상이 아름다웠고, 삼라만상이 수수께끼로 가득 찼으며, 마술과도 같았다. 그리고 그 한가운데 각성하는 자 싯다르타가 자기 자신을 향해가는 도중에 있었다. 이 모든 것, 이 모든 노랑과 파랑, 강물과 숲이 처음으로 눈을 통하여 싯다르타의 내면으로 스며들었다. 이는 더 이상 마라[23]의 마술도 아니었고,

21) 요가학파의 근본경전인 요가수투라는 잘 알려져 있지만, 요가베다라는 문헌은 실제로 존재하지 않음. 헤세는 요가를 수행함으로써 해탈에 이르도록 가르치는 요가정신에 대한 근원적인 의미로 이 말을 사용했다고 판단됨.

22) 기원전 10~8세기에 성립된 고대 인도의 바라문교 성전(聖典)의 하나. 리그베다, 아주르베다, 사마베다에 이어 제4의 베다로 일컬어짐. 치병(治病)·식재(息災)·조복(調伏) 등의 주술에 관한 말들을 수록하고 있음.

더 이상 마야[24]의 베일도 아니었다. 더 이상 무의미하고 우연한 현상계(現象界)의 다양성도 아니었다. 다양성을 무시하고 단일성을 추구하며 깊이 사색하는 바라문에게는 경멸스러운 일이었다. 파랑은 파랑이고, 강물은 강물이었다. 싯다르타 내면에 있는 파랑과 강물 속에 하나[一者]가, 신적인 것이 숨어 있다 할지라도, 여기에 노랑, 여기에 파랑, 저기에 하늘, 저기에 숲, 그리고 여기에 싯다르타가 있다는 사실이 바로 신적인 것의 본성이며 의미였던 것이다. 의미와 본질은 사물들의 배후 어디엔가 숨어 있는 것이 아니라, 그 사물들 자체에, 삼라만상 속에 깃들어 있는 것이다.

 "나는 정말로 멍청하고 우둔했다!" 급히 발걸음을 옮기면서 그는 생각했다. "어떤 사람이 글을 읽고 그 의미를 알고자 하면, 그는 기호들과 철자들을 무시하지 않고, 그것들을 착각이나 우연, 또는 무가치한 껍데기라 말하지도 않는다. 그 사람은 그 글을 읽으며, 철자 하나하나를 연구하고, 그 글을 사랑한다. 그러나 나는, 이 세상이라는 책과 나 자신의 본질이라는 책을 읽고자 했던 나는, 내가 미리 추측한 의미에 맞추기 위하여, 기호들과 철자들을 무시해 버렸다. 이 현상 세계를 착각이라 말했고, 나의 눈과 혀를 우연하고 무가치한 현상이라 일컬었다. 아니, 이런 일은 지나가 버렸으며, 나

23) 수도(修道)를 장애하는 귀신이나 사물을 의미하며, 살인자나 죽음, 악의 원칙인 악마를 나타냄.
24) 고대 인도의 베단타학파에서 쓰던 술어로, 환영(幻影)·허위(虛僞)에 충만한 물질계(物質界)를 뜻함.

는 깨어났다. 나는 실제로 미몽에서 깨어났으며, 오늘 비로소 태어난 것이다."

싯다르타는 이런 생각을 하고 가다가, 자기 길 앞에 뱀이라도 기어나온 것처럼, 갑자기 다시 한 번 멈추어 섰다.

왜냐하면 갑자기 이런 생각도 분명히 깨달았기 때문이다. 즉 그가 실제로 미몽에서 깨어난 자이며 새로 태어난 자라면, 그는 인생을 새로이 맨 처음부터 다시 시작해야만 한다는 생각이었다. 이날 아침 그가 미몽에서 깨어나 자기 자신으로 향하는 길을 가려고 숲의 정사를, 저 세존이 기거하는 숲의 정사를 떠났을 때, 그는 이제 몇 년씩이나 고행생활을 하고 난 다음이니 고향으로, 아버지에게로 되돌아가겠다는 의도였고, 그것이 당연하고도 자명하다고 생각했었다. 그러나 지금 이 순간에야 비로소, 자기 길 앞에 뱀이라도 기어나온 것처럼 갑자기 멈추어 서서, 그는 이러한 깨달음을 얻게 되었다. "나는 더 이상 옛날의 내가 아니다. 나는 더 이상 고행자가 아니며, 나는 더 이상 승려가 아니며, 나는 더 이상 바라문이 아니다. 내가 고향에 가서, 아버님 곁에서 무슨 일을 한단 말인가? 연구하기? 제사 올리기? 침잠에 잠기기? 이 모든 것은 다 지난 일이다. 이 모든 것은 더 이상 내가 갈 길이 아니다."

싯다르타는 꼼짝도 하지 않고 머물러 서 있었다. 잠시 동안, 숨 한번 쉴 동안, 그는 심장이 얼어붙는 것 같았다. 자신이 혼자라는 사실을 깨달았을 때, 그는 한 마리 작은 짐승처럼, 한 마리의 새나 한 마리의 토끼처럼, 가슴속 깊이 내면이 얼어붙는 것을 느꼈다. 여러 해 동안 그는 고향 없이 떠도는 신세였지만, 그것을 느끼지 못했었다. 그런데 이제 그걸 느끼게 된 것이다. 속세에서 가장 멀리 떨어진 침잠 상태에 잠겨 있을 때에도 그는 여전히 아버지의 아들이었고, 높은 신분의 바라문이었으며, 정신적 존재였다. 지금은 단지 깨달은 자 싯다르타일 뿐이었다. 그 이상 아무것도 아니었다. 그는 깊이 숨을 들이마셨다. 한동안 몸이 얼어붙고, 몸서리가 났다. 아무도 그만큼 홀로 외로운 사람은 없었다. 귀족치고 다른 귀족들과 어울리지 않는 사람이 없었으며, 수공업자치고 다른 수공업자들과 어울리지 않은 사람이 없었다. 그들은 같은 부류의 사람들에게서 피난처를 찾고, 그들의 생활을 함께 나누고, 공통의 언어로 이야기를 했다. 어떤 바라문도 바라문의 무리에 속하여 더불어 생활하지 않는 사람이 없었으며, 어떤 고행자도 사문의 신분계층에서 피난처를 찾지 않는 사람이 없었다. 심지어 가장 의지할 데 없는 숲속의 은둔자라 할지라도 홀로가 아니었고 외롭지가 않았다. 그런 은둔자라도 같은 부류의 구성원들에게 에워싸여 있었으며, 그런 은둔자라도 그에게 고향이 되는 어떤 신분계층에 속하고 있었다. 고빈다는 승려가 되었다. 수천의 승려들이 그의 형제들이었다. 그가 입은 옷과 같은 옷을 입었고, 그가 믿는 것과 같은 믿음을 믿었으며, 그가 말하는 것과 같은 언어로 말하였다. 그러나 싯다르타, 그는 어디에 속해 있을까? 누구와 같은 생활을 나눌 것인가? 누구와 같은 언어로 이야기할 것인가?

그를 에워싼 주위의 세계가 그로부터 녹아 없어져 버리고, 하늘에 뜬 별처럼 홀로 외롭게 서 있는 이 순간으로부터, 냉기와 절망으로 가득 찬 이 순간으로부터, 싯다르타는 예전보다 더욱 단단하게 뭉쳐진 자아가 되어 높이 솟아올랐다. 그는 이것이야말로 깨달음의 마지막 전율이며, 탄생의 마지막 경련이라고 느꼈다. 그리고 그는 곧 다시 발걸음을 옮기더니, 재빠르게 그리고 성급하게 걸어가기 시작했다. 그러나 더 이상 고향으로 가는 것도 아니고, 더 이상 아버지에게로 가는 것도 아니고, 더 이상 뒤로 돌아가는 것도 아니었다.

제2부

카말라

싯다르타는 자기 길을 가며 한 걸음 한 걸음 발을 옮길 때 마다 새로운 것을 배웠다. 세상이 변하였고, 그의 마음이 매혹되 어 있었기 때문이다. 그는 숲이 울창한 산 위로 태양이 떠오르고, 저 멀리 야자수가 우거진 해변 위로 태양이 지는 것을 보았다. 밤 에는 하늘에 별들이 질서정연하게 자리잡고 있으며, 초승달이 파 란 바다를 떠다니는 한 조각의 배처럼 두둥실 떠가는 것을 보았 다. 나무와 별들, 짐승과 구름, 무지개와 암벽들, 잡초와 꽃들, 시 냇물과 강물, 덤불 속에 반짝이는 아침이슬과 저 멀리 파랗고 하 얀 빛깔로 높이 솟은 산들을 보았다. 새들이 노래하고 꿀벌들이 윙윙거렸으며, 벼가 익어가는 들판에는 은빛 바람이 불고 있었다. 수천 겹으로 오색찬란한 이 삼라만상은 언제나 그 자리에 있었다. 해와 달은 언제나 비추고 있었고, 시냇물은 언제나 졸졸대며 흐 르고, 꿀벌들은 언제나 윙윙대며 날아다니고 있었다. 그러나 예전에는 삼라만상이 싯다르타의 눈을 가리는 무상하고 기만적인 베일로밖에는 보이지 않았다. 이 모든 것이 본질이 아니고, 본질이란 눈에 보이는 세상의 피안(彼岸)에 있기 때문에, 그는 삼라만상을 불신(不信)의 눈으로 관찰하며, 올바른 사유(思惟)를 통해 이를 꿰뚫어 보고 절멸시켜야 한다고 규정했었던 것이다. 그러나 이제 자유로워진 그의 눈은 차안(此岸)의 세상에 머무르게 되었다. 그는 눈에 보이는 것을 인식하였고, 이 세상에서 고향을 찾았으며, 본질을 추구하지 않았고, 피안의 세계를 목표로 삼지 않았다. 이처럼 무언가를 추구하지 않고, 이렇게 단순하게, 이렇게 천진난만하게 세상을 바라보니, 이 세상은 아름다웠다. 달과 별도 아름다웠고, 시냇물과 강기슭, 숲과 암벽, 염소와 황금풍뎅이, 꽃과 나비도 아름다웠다. 이렇게 천진난만하게, 이렇게 미몽에서 깨어나서, 이렇게 주변의 사물에 마음을 열고서, 이렇게 아무런 불신감 없이 세상을 돌아다니는 것은 아름답고 사랑스러웠다. 머리 위를 내리쬐는 햇볕도 예전과는 달랐고, 숲속 그늘의 시원함도 달랐으며, 시냇물과 물통의 물맛도 달랐고, 호박과 바나나의 맛도 달랐다. 낮의 길이도 짧아지고 밤의 길이도 짧아졌다. 매시간 시간이 바다 위의 돛단배처럼 빨리 지나갔고, 돛 아래의 배 안에는 온갖 보물과 온갖 기쁨이 가득 실려 있는 것 같았다. 싯다르타는 높고 둥근 천장 모양의 숲속에서 원숭이 무리가 높은 나뭇가지를 타고 뛰어다니는 것을 보았으며, 원숭이들이 욕정에 젖어 거칠게 울부짖는 소리를 들었다. 싯다르타는 숫양 한 놈이 암놈을 쫓아가서 교미하는 것을 보았다. 그는 갈대가 우거진 호수에서는 날카로운 이빨을 가진 탐식성 물고기가 저녁 허기를 채우려고 작은 물고기들을 쫓는 것을 보았다. 작은 물고기들은 겁에 질려 파닥거리면서, 반짝거리는 비늘을 드러내면서, 떼를 지어 재빨리 물 밖으로 뛰어올랐다. 난폭하게 사냥질을 하는 탐식성 물고기가 만들어 낸 격렬한 물의 소용돌이에서는 힘과 열정의 기운이 세차게 풍겨 나왔다.

이 모든 것은 언제나 존재하고 있었다. 그런데 그는 그것을 보지 못했었다. 그런 것들에 끼어본 적이 없었다. 이제 그는 그런 것들에 끼어들었다. 그것들에 속해 있었다. 그의 눈을 통해 빛과 그림자가 달려갔고, 그의 마음을 통해 별과 달이 흘러갔다.

길을 가는 도중에 싯다르타는 숲의 정사에서 겪었던 모든 것들을 더듬어 보았다. 그곳에서 들었던 설법, 신처럼 거룩한 부처, 고빈다와의 이별, 세존과의 대화 등을 회상했다. 세존에게 하였던 자신의 말들을 한 마디, 한 마디씩 다시 회상해 보았다. 실은 그 당시 전혀 알지도 못했던 말들을 이야기했다는 사실을 깨닫고 그는 깜짝 놀랐다. 그는 고타마에게 말하기를, 부처의 소중한 보물과 비밀은 그의 가르침이 아니라, 말로는 표현할 수도 가르칠 수도 없는 것인데, 언젠가 각성의 순간이 오면, 자기도 그것을 체험하게 될 것이라고 했다. ― 그런데 바로 지금 그가 그것을 체험하러 출발하였고, 바로 지금 그것을 체험하기 시작하였던 것이다. 확실히 그는 이제 자기 자신을 체험하고 있었다. 벌써 오래 전부터 그는 그의 자아가 바로 아트만이며, 그 자아가 브라마와 같은 영원한 본질의 존재라는 사실을 알고 있었을지도 모른다. 그러나 그는 그것을 사색의 그물로 잡으려 했기 때문에, 사실상 이 자아를 발견하지 못했던 것이다. 육체도 자아가 아니었고, 감각의 유희도 자아가 아니라는 것은 확실했다. 마찬가지로 사색도 자아가 아니었고, 오성(悟性)도 아니었고, 배워서 얻은 지혜도 자아가 아니었으며, 결론을 이끌어내고 기존 사상으로부터 새로운 사상을 풀어내는 습득된 재주도 자아가 아니었다. 그렇다, 이러한 사유의 세계도 여전히 차안의 세계에 속한 것이었다. 감각이라는 우연한 자아를 죽이고, 그 대신에 사고와 학식이라는 우연한 자아를 아무리 살찌운다 하더라도 결국 아무런 목표에 다다르지 못했다. 사유와 감각, 두 가지가 다 훌륭한 것이었다. 이 두 가지의 배후에는 궁극적인 의미가 감추어져 있었다. 두 가지 모두 들어볼 만한 가치가 있고, 두 가지와 함께 유희할 만한 가치가 있었다. 두 가지는 경시하거나 과대평가해서도 안 되었으며, 그 두 가지로부터 가장 내밀한 것의 비밀스러운 소리를 들어야만 했다. 그 소리가 노력해 보라고 명령하는 것 이외에는 아무것도 노력하지 않을 것이며, 그 소리가 권하는 곳 이외에는 어느 곳에도 머물지 않을 것이다. 어찌하여 고타마는 일찍이 많고도 많은 시간들 중 바로 그 시간에 보리수나무 아래 좌정하여 깨우침을 얻게 되었단 말인가? 그[고타마]는 하나의 소리를 들었었던 것이다. 이 나무 밑에 가서 휴식을 취하라고 명령하는 자기 마음의 소리를 들었었던 것이다. 그리고 그는 금욕이나 제사, 목욕재계나 기도, 먹는 것이나 마시는 것, 잠이나 꿈을 택하지 않았고, 그는 내면의 소리만을 따랐다. 외부의 명령이 아니라, 이렇게 내면의 소리만을 따르고, 이렇게 준비하고 있는 것, 그것이 좋았으며, 필수적인 일이었었다. 그것 이외에는 아무것도 필요하지 않았었다.

　그날 밤 싯다르타는 강가에 있는 어느 뱃사공의 초가집에서 잠을 잤다. 그때 그는 이런 꿈을 꾸었다. 고빈다가 누런 고행자 옷을 입고 자기 앞에 서 있었다. 고빈다는 슬퍼 보였고, 슬픈 목소리로, 자네는 왜 나를 두고 떠났는가? 하고 물었다. 그래서 그는 고빈다를 포옹하고 두 팔로 그를 얼싸안았다. 그를 품에 끌어안고 키스를 하였는데, 그 사람은 고빈다가 아니라, 어떤 여자였다. 그 여자의 옷에서 풍만한 유방이 솟아나왔다. 싯다르타는 그 유방에 입을 대고 젖을 빨았다. 이 유방에서 나오는 젖은 달콤하고 강한 맛이 났다. 그 젖은 여자와 남자의 맛, 태양과 숲의 맛, 동물과 꽃의 맛, 모든 과일의 맛, 모든 쾌락의 맛이 났다. 그 젖은 그를 취하게 만들고, 의식을 몽롱하게 만들었다. ― 싯다르타가 꿈에서 깨어났을 때, 초가집 문틈으로 창백한 강물이 희미하게 반짝거렸다. 그리고 숲속에서는 암울한 부엉이 울음소리가 은은하고 아름답게 울려 퍼졌다.

날이 밝아왔을 때, 싯다르타는 집주인 뱃사공에게 강을 좀 건너게 해달라고 부탁했다. 뱃사공은 그를 대나무로 만든 뗏목에 태워 강을 건너게 해주었다. 넓은 강물은 아침햇살을 받아 연분홍색으로 반짝거렸다.

"강이 아름답군요." 그가 뱃사공에게 말했다.

"그렇지요." 뱃사공이 말했다. "아주 아름다운 강이지요. 나는 무엇보다도 강을 사랑한답니다. 자주 강물소리를 귀 기울여 듣기도 하고, 자주 이 강물의 눈을 들여다보기도 하지요. 그리고 언제나 강물에게 배우고 있지요. 우린 강물에게서 많은 것을 배울 수 있답니다."

"친절한 분이시여, 감사드립니다." 건너편 강변에 내리면서 싯다르타가 말했다. "다정하신 분이시여, 손님으로서 당신께 드릴 선물도 없고, 드릴 뱃삯도 없습니다. 전 고향도 없이 떠도는 신세로, 바라문의 아들이며, 사문이기도 합니다."

"알고 있었습니다." 뱃사공이 말했다. "당신한테 뱃삯을 받으리라 기대하지 않았고, 손님으로서의 선물도 기대하지 않았습니다. 다음번에 내게 선물을 하게 될 기회가 있을 것입니다."

"그렇게 생각하십니까?" 싯다르타가 즐겁게 말했다.

"확실합니다. 모든 것은 다시 돌아옵니다! 이것도 강물에게서 배웠지요. 사문이여, 당신도 다시 돌아올 겁니다. 그럼 안녕히 가십시오! 당신의 우정을 내가 받은 뱃삯이라고 생각하지요. 당신이 신들에게 제사를 올릴 때, 나를 기억해 주길 바라겠습니다."

미소를 지으면서 그들은 작별하였다. 미소를 지으면서 싯다르타는 뱃사공의 우정과 친절에 대해 기뻐했다. "그는 정말 고빈다 같은 사람이야." 그는 미소 지으며 생각했다. "내가 가는 길에 만나는 사람들은 모두가 고빈다와 똑같아. 감사를 받아도 시원치 않을 텐데, 그들 모두가 오히려 감사해 하다니. 모두들 자기를 낮추고, 모두들 친구가 되고자 하며, 기꺼이 순종하려 하고, 생각은 거의 하지를 않아. 그 사람들 정말 어린애들 같단 말이야."

정오 무렵 싯다르타는 어느 마을을 지나게 되었다. 진흙으로 만든 토담집들 앞 골목길에서 아이들이 뒹굴고 있었다. 호박씨와 조개껍질을 가지고 놀면서, 소리를 질러대며 서로 맞잡고 싸우기도 했다. 그러나 낯선 사문을 보자 모두들 도망쳐 버렸다. 마을 끝에서 길은 개울 쪽으로 뻗어 있었다. 개울가에 젊은 여자가 무릎을 구부리고 앉아 빨래를 하고 있었다. 싯다르타가 인사를 하자, 그 여자는 고개를 들고 미소를 지으며 그를 바라보았다. 그때 그녀의 눈 흰자위가 반짝거리는 것이 보였다. 싯다르타는 보통 나그네가 하는 식으로 축복의 인사말을 하고 나서, 큰 도시까지는 얼마나 더 가야 하는지 물어보았다. 그러자 그녀는 자리에서 일어나 그에게로 다가왔다. 젊은 얼굴의 촉촉한 입술이 아름답게 반짝였다. 그녀는 그와 농담을 주고받았다. 그리고 그가 벌써 식사는 하였는지, 사문들이 밤에는 혼자 숲속에서 잠을 자며, 여자를 가까이하면 안 된다는 것이 사실이냐고 물어왔다. 이때 여자는 왼발을 싯다르타의 오른발 위에 올려놓으면서, 여자가 남자한테 일종의 사랑의 향락을 요구할 때 행하는 그런 몸짓을 했다. 교과서에서 "나무 올라타기"[25]라고 부르는 동작이었다. 싯다르타는 몸속의 피가 달아오르는 것을 느꼈다. 그리고 바로 이 순간에 지난밤에 꾸었던 꿈 생각이 떠올라서 그 여자에게로 약간 몸을 구부렸고, 그녀의 갈색 젖꼭지에 입술로 키스를 했다. 눈을 들어 쳐다보니 그녀의 얼굴은 색욕으로 가득한 미소를 지었고, 가늘게 뜬 두 눈은 색정을 애원하고 있었다.

싯다르타 역시 색정을 느끼고, 성욕의 샘이 발동하는 것을 느꼈다. 그러나 그는 아직 한 번도 여자와 접촉해 본 적이 없었기 때문에 잠시 머뭇거리고 있었다. 그러는 동안에도 두 손은

25) 4세기경 고대 인도의 성애(性愛) 문헌인 카마수트라에 묘사된 12가지의 에로틱한 성교 체위 중 여섯 번째 체위.

이미 그녀를 품에 안을 준비를 하고 있었다. 그리고 바로 그 순간에 그는 몸을 떨면서 자기 내면의 소리를 들었다. 그 소리는 안 된다고 말했다. 그러자 젊은 여자의 미소 짓는 얼굴에서 온갖 매력이 다 사라져 버렸다. 오로지 발정한 암컷의 촉촉이 젖은 눈초리 이외엔 아무것도 보이지 않았다. 그는 여자의 뺨을 다정하게 어루만져 주고는 그녀로부터 몸을 돌렸다. 그리고 실망에 빠진 그녀 앞에서 가벼운 발걸음으로 대나무 숲속으로 사라져 버렸다.

이날 그는 저녁이 되기 전에 큰 도시에 도착했고, 아주 기뻐했다. 그가 사람들을 너무나 그리워했기 때문이다. 그는 오랜 세월을 숲속에서 살아왔었다. 어젯밤에 묵었던 뱃사공의 초가집이 그가 오랜 세월 이래로 그 아래 잠을 자본 첫 번째 지붕이었다.

도시 가까이에 있는 아름답게 울타리를 둘러친 어느 작은 숲 부근에서 방랑자 싯다르타는 바구니를 들고 가는 한 무리의 하인과 하녀들과 우연히 마주치게 되었다. 네 사람이 메고 가는 잘 치장된 가마 한가운데 알록달록한 햇빛 가리개 아래 깔린 빨간 방석 위에 한 여인이 앉아 있었다. 그들의 여주인이었다. 싯다르타는 그 유락원(遊樂園) 입구에 멈추어 서서 그 행렬을 바라보았다. 남녀 하인들과 바구니를 보았고, 가마와 그 가마 속에 탄 여인을 바라보았다. 탑처럼 높이 세운 까만 머리카락 아래로 아주 밝고, 아주 섬세하고, 아주 영리한 그녀의 얼굴이 보였다. 선홍색 입술은

막 터진 무화과열매 같았고, 눈썹은 높이 휘어진 활 모양으로 곱게 손질되어 그려져 있었다. 까만 두 눈은 영리하고 사려 깊게 보였고, 밝고도 긴 목은 초록과 황금색 겉저고리 위로 올라와 있었으며, 넓은 금반지를 낀 밝은 두 손은 손목 위로 길고도 가느다랗게 고요히 뻗쳐 있었다.

싯다르타는 그 여인의 아름다운 모습을 보고, 마음속으로 미소를 지었다. 가마가 가까이 다가왔을 때, 그는 깊이 허리를 굽혀 인사했다. 다시 몸을 일으키면서 그녀의 화사하고 사랑스러운 얼굴을 바라보았다. 잠시 동안 둥글게 높이 영리한 눈빛을 읽어보았으며, 그가 알지 못하는 향내를 풍기는 숨결을 들이마셔 보았다. 그 아름다운 여인은 미소를 지으면서 고개를 끄덕이고 있었다. 그것도 잠깐 동안이었고, 그녀는 작은 숲속으로 모습을 감추었고, 그 뒤를 따라 하인들도 사라져 버렸다.

싯다르타는 생각했다. 이 도시에 들어서면서 이런 광경을 보다니 참으로 좋은 징조로다. 그는 당장 그 유락원 안으로 들어가고 싶은 마음이 들었지만, 자신의 처지를 생각해 보았다. 그때서야 비로소 입구에 서 있는 자기 모습을 하인들과 하녀들이 어떤 눈길로 쳐다보았던가 하는 생각이 났다. 얼마나 경멸하고, 얼마나 불신하며, 얼마나 쫓아내려는 듯한 눈길이었던가.

나는 아직 사문이다. 그는 생각했다. 아직도 여전히 고행자이며 거지 신세이다. 이런 꼴로 머물러선 안 된다. 이런 꼴로 유락원으로 들어가서는 안 된다. 그리고 그는 웃음을 터트렸다.

그 길을 걸어오는 첫 번째 사람에게 그는 그 유락원에 대해, 그 여인의 이름에 대해 물어보았다. 그리고 이것이 저 유명한 고급기생 카말라[26]의 작은 유락원이라는 것을 알았고, 그녀는 이 유락원 이외에도 시내에 집을 한 채 더 가지고 있다는 것도 알았다.

그런 다음에 그는 시내로 들어갔다. 이제 그에게는 하나의 목표가 생겼던 것이다.

자기 목표를 뒤쫓으면서 그는 시내로 빨려들어 가도록 자신을 내맡겼다. 골목길 인파에 밀려다니기도 하고, 여러 곳에 멈춰 서 있기도 하고, 강가의 돌계단에 앉아 휴식을 취하기도 했다. 저녁 무렵에 그는 이발소 조수 한 사람을 알게 되었다. 처음에는 그 사람이 둥근 지붕 건물의 그늘에서 일하고 있었고, 다시 만났을 때는 비슈누사원에서 기도를 드리고 있었다. 그는 그 사람에게 비슈누[27]와 락슈미[28]의 이야기를 들려주었다. 그날 밤 싯다르타는 강가에 매어 놓은 나룻배에서 잠을 잤다. 다음 날 아침 일찍 이발소에 첫 손님

26) 카말라Kamala라는 이름은 인도 신화에 나오는 애욕의 신 카마Kama에 연관하여 의도적으로 지은 것 같음. 카마는 화살과 화환을 들고 뻐꾸기와 꿀벌 등을 거느리는 미남자인데, 카말라는 그 여성형인 듯함.
27) 힌두교의 세 주신(主神) 중 두 번째 신. 비슈누는 네 개의 팔을 가지고, 용(龍) 위에서 명상하는 자세로 세계의 질서를 유지한다고 함.
28) 고대 인도의 신화에서 미(美)와 부(富)와 행운(幸運)의 여신. 비슈누의 아내이며, 수련꽃을 손에 들고 있음.

이 오기 전에 그는 이발소 조수에게 부탁하여 수염을 면도질하고, 머리도 깎고 빗질도 하고 좋은 기름도 발랐다. 그런 다음 강물에 들어가 목욕도 하였다.

오후 늦게 아름다운 카말라가 가마를 타고 그녀의 유락원에 거의 다 왔을 때, 싯다르타는 입구에 서 있다가 허리를 굽혀 절을 하였다. 그리고 그 여인의 답례 인사를 받았다. 그는 행렬 맨 끝에 따라오던 하인을 오라고 손짓하였고, 그에게 한 젊은 바라문이 간절히 대화하기를 원하고 있다는 것을 여주인에게 말해달라고 부탁했다. 한참 후에 그 하인이 돌아왔고, 기다리고 있던 싯다르타에게 자기를 따라오라고 하였다. 그는 뒤따라오는 싯다르타를 아무 말 없이 카말라가 긴 소파에 누워 있는 정자로 데리고 갔다. 그리고 그를 그녀 곁에 홀로 남겨두고 떠나갔다.

"당신은 어제도 저 밖에 서 있었고, 내게 인사하지 않았나요?" 카말라가 물었다.

"물론 어제 그대를 보았고, 그대에게 인사하였지요."

"그런데 어제는 수염을 기르고, 머리가 길고, 그 머리는 먼지투성이가 아니었나요?"

"잘도 관찰하셨군요. 그대는 모든 것을 보셨습니다. 그대는 어제 싯다르타를 보셨지요. 바라문의 아들인 그는 사문이 되기 위하여 고향을 떠났고, 삼 년 동안 사문이었지요. 그러나 난 이제 사문의 길을 떠나 이 도시로 왔습니다. 이 도시에 채 발을 들여놓기도 전에 처음 만난 사람이 그대였소. 이 말을 하기 위해, 그대를 찾아온 것이오. 오, 카말라여! 그대는 싯다르타가 눈을 내리깔지 않고 말을 거는 최초의 여인이라오. 아름다운 여인을 만나게 된다면, 난 더 이상 절대 눈을 내리깔지 않을 것이오."

카말라는 미소를 지으며 공작 깃으로 만든 부채를 만지작거렸다. 그러더니 이렇게 물었다. "단지 그 말을 하려고, 싯다르타가 나를 찾아왔단 말인가요?"

"그대에게 이 말을 하기 위해서, 그리고 그대가 너무나 아름다운 것에 대해 감사하기 위해서 온 것이오. 그리고 기분이 언짢지 않다면, 카말라여, 그대가 내 친구가, 내 스승이 되어달라고 부탁하고 싶소. 그대가 대가(大家)로 있는 그런 기술에 대해서 난 아직 아무것도 모르기 때문이오."

그러자 카말라가 큰 소리로 웃었다.

"이런 일은 처음이에요. 여보세요, 숲에서부터 사문이 찾아와서 내게 배우려 하다니요! 정말 이런 일은 처음이에요. 머리를 길게 늘어뜨리고 치부(恥部) 가리개조차 낡아서 찢어진 차림을 한 사문이 날 찾아온 것도 처음이고요! 많은 젊은이들이 나를 찾아오지요. 그 중에는 바라문의 아들도 있어요. 그러나 그들은 좋은 옷을 입고 와요. 멋진 신발을 신고 오지요. 머리에서는 좋은 향내가 나고, 지갑에는 돈이 두둑이 들어 있어요. 보세요, 사문, 날 찾아오는 젊은이들은 모두 그 정도쯤 된다고요."

싯다르타가 말했다. "난 벌써 그대에게 배우기 시작하고 있소. 어제도 벌써 배웠지요. 벌써 수염을 깎았고, 머리를 빗었고, 머리에 기름도 발랐소. 내게 없는 것이란 아주 사소한 것이오. 다정한 여인 그대여. 내겐 그저 좋은 옷, 멋진 신발, 그리고 지갑에 든 돈이 없을 뿐이오. 싯다르타는 그런 사소한 것들보다 더 어려운 일을 결심하였고, 그 일을 이룩했다는 것을 알아주시오. 그런데 내가 어제 결심한 일을 이룩하지 못하겠소? 그대의 친구가 되고, 그대에게서 사랑의 기쁨을 배우기로 한 결심 말이오! 그대는 내가 가르쳐 볼만한 사람이라는 걸 알게 될 것이오, 카말라여. 그대가 내게 가르쳐야 할 일보다 더 어려운 일을 나는 배웠소. 그러니까 머리에 기름은 발랐지만, 옷도 신발도 돈도 없이 현재 있는 그대로의 싯다르타가 그대에겐 충분하지 않다는 말인가요?"

카말라가 웃으면서 소리쳤다. "그래요, 귀한 양반, 아직은 충분하지 않아요. 당신은 옷을, 그것도 좋은 옷을 입어야 하고, 신발을, 그것도 멋진 신발을 신어야 하고, 지갑에는 돈이 두둑해야 하고, 카말라를 위한 선물도 있어야 해요. 이제 아시겠어요? 숲에서 온 사문이여, 잘 아셨나요?"

"잘 알았습니다." 싯다르타가 소리쳤다. "그렇게 예쁜 입에서 흘러나오는 말을 어찌 알아차리지 못하겠소! 그대의 입은 방금 터진 무화과와도 같아요, 카말라. 나의 입도 빨갛고 싱싱하다오. 그대의 입에 잘 맞을 것이오. 그대도 곧 알게 될 것이오. ― 그렇지만 말해 보시오, 아름다운 카말라, 사랑을 배우기 위해 숲에서 나온 사문이 전혀 두렵지 않소?"

"무엇 때문에 사문을 두려워하겠어요? 재칼들 무리에서 빠져나와 아직 여자가 무엇인지도 전혀 알지 못하는, 숲에서 나온 바보 같은 사문을 왜 두려워하겠어요?"

"오, 그 사문은 강하답니다. 그는 아무것도 두려워하지 않는다오. 아름다운 여인이여, 그가 그대를 강제로 범할 수도 있소. 그대를 겁탈할 수도 있소. 그대에게 고통을 줄 수도 있단 말이오."

"아니에요, 사문양반. 그런 걸 두려워하진 않아요. 지금까지 어떤 사문이나 어떤 바라문이 누군가가 찾아와서 그를 묶어 놓고, 그의 학식, 그의 경건함, 그의 통찰력을 강탈해 갈까 봐 두려워해 본 적이 있었나요? 아니에요, 그런 것들은 모두 그 자신에 속한 것이기 때문이에요. 그리고 그런 사람은 그가 주고 싶은 것만을 주고, 그가 주고 싶은 사람들에게만 주고 있어요. 그런 거예요. 카말라의 경우도 그와 똑같아요. 사랑의 기쁨이라는 것도 마찬가지고요. 카말라의 입은 예쁘고 빨갛지요. 그러나 카말라의 뜻에 반하여 그 입에 키스하려고 해보세요. 그러면 그렇게 많은 달콤한 맛을 줄 수 있는 그 입에서 단 한 방울의 단맛도 얻지 못할 거예요! 싯다르타, 당신은 이해가 빠른 분이시니, 이것도 배워두세요. 사랑이란 구걸할 수도 있고, 돈을 주고 살 수도 있고, 선물로 받을 수도 있고, 거리에서 주울 수도 있지만, 강탈할 수는 없는 거예요. 그러니까 당신은 잘못된 길을 생각했던 거고요. 그래요, 당신처럼 얌전한 젊은이가 그렇게 잘못된 방법으로 일을 시작하려 한다면, 그건 정말 유감스러운 일이에요."

싯다르타는 미소를 지으면서 허리를 굽혀 인사했다. "유감스런 일이지요, 카말라. 그대의 말이 지당하오. 정말로 유감천만한 일일 거요. 그래요, 그대 입에서 나온 달콤한 맛이 단 한 방울이라도 내게서 그냥 사라져서도 안 되고, 내 입에서 나온 달콤한 맛이 그대에게서 그냥 사라져서도 안 됩니다! 그럼 이렇게 하지요. 싯다르타는 아직 자신에게 없는 것, 그러니까 옷과 신발과 돈을 갖게 되면 다시 찾아오기로 한다. 하지만 말해보세요, 사랑스런 카말라. 내게 작은 충고라도 하나 더 해줄 순 없겠소?"

"충고라고요? 왜 못하겠어요? 재칼들에게서 벗어나 숲을 빠져나와 가난하고 아무것도 모르는 사문한테 누군들 한 마디 충고를 해주지 않겠어요?"

"사랑하는 카말라, 그럼 말해주시오. 어디로 가면, 그 세 가지를 가장 빨리 얻을 수 있을까요?"

싯다르타

"친애하는 분이시여, 많은 사람들이 그걸 알고 싶어하지요. 당신이 배운 걸 해보도록 하세요. 그리고 그 대가로 돈을 받도록 하세요. 옷과 신발도요. 가난한 사람은 다르게는 돈을 벌 방법이 없어요. 대체 당신은 무슨 일을 할 수 있나요?"

"난 사색할 수가 있소. 난 기다릴 수가 있소. 난 단식을 할 수가 있소."

"그밖엔 할 수 있는 게 아무것도 없나요?"

"아무것도 없소. 아니, 난 시를 지을 수도 있소. 내가 시를 한 수 지을 테니 키스를 한 번 해주겠소?"

"그렇게 하겠어요. 당신의 시가 마음에 들면 말이에요. 그 시가 대체 어떤 것인가요?"

싯다르타는 한순간을 깊이 생각했다. 그리고 나서 이런 시구를 읊었다.

"그늘진 숲속 유락원에 아름다운 카말라 들어섰는데,
그 유락원 입구에 갈색으로 그을린 사문이 서 있었네.
연꽃 같은 그녀를 바라보았을 때, 사문은 깊이
허리 굽혀 인사하니, 카말라 미소 지으며 답례하였네.
그 젊은이 생각하였네, 신들에게 자신을 바치느니보다 차라리,
아름다운 카말라에게 자신을 바치는 게 훨씬 더 나을 거라고."

카말라는 손목에 찬 금팔찌가 울릴 정도로 크게 손뼉을 치며 좋아했다.

　"갈색으로 그을린 사문이여, 당신의 시는 아름답군요. 그 대가로 당신에게 키스를 해준다 해도, 정말이지 아무것도 잃을 게 없겠어요."

　그녀는 눈짓을 하여 그를 자기 쪽으로 끌어당겼다. 그는 몸을 구부려 그녀 얼굴에 얼굴을 갖다 댔고, 그녀의 입에 입을 맞추었다. 그 입은 방금 터진 무화과열매와 같았다. 카말라는 오랫동안 그에게 키스했다. 싯다르타는 깊이 놀라면서 느꼈다. 그녀가 얼마나 잘 가르치고 있는가, 그녀가 얼마나 지혜로운가, 그녀가 얼마나 마음대로 그를 지배하고 거절하며 다시 유혹하고 있는가, 그리고 첫 번째 키스를 한 다음에 얼마나 길고도 질서정연하며 능수능란한 키스들이 줄지어 서 있는가, 그를 기다리는 키스들 하나하나가 모두 얼마나 다른 맛이 났던가. 그는 깊이 숨을 몰아쉬며 서 있었다. 그리고 이 순간 그의 눈앞에 전개되는 무수한 배움과 배울 만한 가치가 있는 것들에 대해 어린아이처럼 놀라워하고 있었다.

　"당신의 시는 정말 아름다워요." 카말라가 말했다. "내가 돈이 많으면, 그 대가로 금화라도 드리겠어요. 그러나 시를 가지고 당신이 필요한 만큼 많은 돈을 벌기는 어려울 거예요. 당신이 카말라 친구가 되려면, 많은 돈이 필요할 테니까요."

"어떻게 그런 키스를 할 수 있나요, 카말라!" 싯다르타가 더듬거리며 말했다.

"그래요, 난 그렇게 할 수가 있어요. 그래서 내겐 옷이나 신발이나 팔찌나, 아름다운 물건이라면 없는 것이 없어요. 하지만 당신은 앞으로 어떻게 될까요? 당신은 사색하는 것, 단식하는 것, 시를 짓는 것 이외엔 할 수 있는 것이 아무것도 없잖아요?"

"난 제사를 드리는 노래도 부를 수 있소." 싯다르타가 말했다. "하지만 그런 노래는 더 이상 부르지 않을 거요. 주문도 외울 줄 알지만, 그런 걸 더 이상 외우지 않을 거요. 난 많은 경전들도 읽었지만……."

"그만하세요." 카말라가 말을 중단시켰다. "글을 읽을 줄 아나요? 그리고 쓸 줄도 아나요?"

"물론 할 줄 알지요. 많은 사람들이 그런 걸 할 줄 알아요."

"사람들 대부분은 그럴 능력이 없어요. 나도 그렇게 할 줄 모른답니다. 당신이 글을 읽고 쓸 수 있다는 건 아주 좋은 일이에요. 아주 좋아요. 주문(呪文)들도 써먹을 수가 있을 거예요."

바로 이 순간에 하녀가 뛰어 들어왔고, 여주인의 귀에다 무슨 소식인지를 속삭였다.

"손님이 왔어요." 카말라가 말했다. "서둘러 몰래 떠나가세요. 싯다르타. 아무도 당신이 여기 왔다는 걸 알아서는 안 돼요. 잘 명

심해 두세요! 내일 다시 만나기로 해요."

그녀는 경건한 바라문에게 하얀 겉옷을 갖다 주라고 하녀에게
지시하였다. 무슨 영문인지도 모르는 채, 싯다르타는 하녀한테 이
끌려 이리저리 길을 돌아서 어느 정자가 있는 곳으로 갔다. 거기서
겉옷을 받아 입고는 숲이 우거진 곳으로 끌려갔으며, 아무도 보지
못하게 그 유락원에서 나가달라는 간곡한 부탁을 받았다.

그는 불평하지 않고 하녀가 시키는 대로 했다. 그 숲속 사정을
잘 알고 있기에, 아무 소리도 내지 않고 유락원에서 빠져나와 울타
리를 뛰어넘었다. 옷을 팔 아래로 둘둘 말아 끼고서는, 만족스런
기분으로 시내로 돌아왔다. 그는 나그네들이 묵고 가는 어느 여관
의 대문에 서서 말없이 먹을 것을 청하였다. 그리고 아무 말 없이
쌀로 만든 떡 한 개를 받았다. 내일부터는 어느 누구에게도 먹을
것을 부탁하지는 않을 것이라고 그는 생각했다.

그의 내면에는 갑자기 자부심의 불꽃이 타올랐다. 그는 더 이상
사문이 아니었으며, 구걸하는 것은 더 이상 그에게 어울리지가 않
았다. 그는 구걸한 떡을 개한테 던져주고는 아무것도 먹지 않고 지
냈다.

"이곳 세상에서 살아가는 삶이란 참으로 단순하구나." 싯다르
타는 생각했다. "어려울 것이 하나도 없구나. 내가 사문이었을 때
는 모든 게 어렵고, 힘들고, 결국엔 아무런 희망도 없었는데. 이젠

만사가 쉽구나. 카말라가 해준 키스를 배우는 것처럼 쉽구나. 난 옷과 돈이 필요할 뿐, 그 외엔 아무것도 필요하지 않다. 그건 간단하고 가까운 목표이다. 그런 것들이 잠을 방해하지는 않는다."

오래전에 그는 시내에 있는 카말라의 집을 알아두었다. 다음날에는 그곳을 찾아갔다.

"일이 잘 되었어요." 그녀가 그를 맞으며 말했다. "카마스와미[29] 댁에서 당신을 기다리고 있어요. 그는 이 도시에서 가장 돈 많은 상인이에요. 그 사람 마음에 들면, 당신을 고용할 거예요. 갈색 사문이여, 지혜롭게 처신하세요. 다른 사람들을 통해 그에게 당신 이야기를 해놓았어요. 공손하게 행동하세요. 아주 대단한 분이예요. 그러나 너무 비굴하게 처신하진 마세요. 난 당신이 하인이 되는 걸 바라진 않아요. 그와 동등한 사람이 되세요. 그렇지 않으면 난 당신한테 만족하지 못할 거예요. 카마스와미는 늙기 시작하며 편하게 살기를 바라고 있어요. 당신이 마음에만 들면, 당신을 많이 신뢰하게 될 거예요."

싯다르타는 그녀에게 감사하고 웃어보였다. 그녀는 싯다르타가 어제와 오늘 아무것도 먹지 못했다는 것을 알고서는, 빵과 과일을 가져오라고 하여 그를 대접하였다.

29) 카마스와미Kamaswami라는 이름도 인도 신화에 나오는 애욕의 신 카마Kama에 연관하여 지은 것 같음. 카마와 합성된 스와미라는 말은 지주(地主)나 재산가를 의미함.

"당신은 운이 좋았어요." 작

별할 때 그녀가 말했다. "문이 하나하나씩 열리는군요. 어떻게 이런 일이 생기지요? 어떤 비법이라도 가지고 있나요?"

싯다르타가 말했다. "어제 내가 말했지요. 난 사색하고, 기다리고, 단식할 줄을 안다고요. 하지만 그대는 그런 건 아무 데도 쓸모가 없다고 했지요. 그러나 그런 것이 많은 일에 쓸모가 있다는 걸 그대는 알게 될 것이오, 카말라. 숲에 사는 사문들이 그대들은 할 수 없는 멋진 일을 많이 배우고 해낼 수 있다는 걸 알게 될 것이오. 그저께까지만 해도 난 수염이 덥수룩한 거지에 불과했소. 그런데 어제는 벌써 카말라와 키스를 하였소. 그리고 이제 곧 상인이 되어 돈을 갖게 될 것이며, 그대가 가치를 두고 있는 모든 것을 갖게 될 것이오."

"그럴 수도 있죠." 그녀는 시인하였다. "하지만 내가 없다면, 당신 처지가 어떻게 될까요? 카말라가 당신을 도와주지 않는다면, 당신은 어떤 존재가 될까요?"

"사랑하는 카말라." 싯다르타가 말하며 벌떡 일어섰다. "내가 이 유락원으로 그대를 찾아왔을 때, 난 첫 발걸음을 내디딘 것이었소. 가장 아름다운 여인에게 사랑을 배우겠다는 것이 나의 뜻이었소. 그 뜻을 품은 순간부터, 난 그 뜻을 이루리라는 것을 알고 있었소. 그대가 날 도와주리라는 것도 알고 있었소. 유락원 입구에서 그대의 첫 눈길을 보았을 때, 이미 그걸 알고 있었던 것이오."

"하지만 원하지 않았다면요?"

"그대는 원하였소. 생각해 봐요, 카말라. 그대가 돌을 물속에 던지면, 그 돌은 가장 빠른 길로 물 밑바닥에 급히 가라앉지요. 싯다르타가 하나의 목표, 하나의 뜻을 가지면, 바로 그렇게 된답니다. 싯다르타는 아무것도 하지 않아요. 그는 사색하고, 기다리고, 단식할 뿐이지요. 그러나 그는 아무것도 하지 않고, 몸도 까딱하지 않고서, 물속으로 가라앉는 돌처럼, 세상만사를 뚫고 나간답니다. 그는 끌려가면 끌려가는 대로, 떨어지면 떨어지는 대로 내버려두지요. 그의 목표가 그를 끌어간답니다. 왜냐하면 그 목표에 위배될 수 있는 것은 아무것도 그의 영혼에 허락하지 않기 때문이지요. 이것이 바로 싯다르타가 사문들에게 배운 것이랍니다. 이것이 바로 어리석은 사람들이 마술이라고 부르는 것이며, 이것을 마귀들이 부린 조화라고 떠들어대는 것이지요. 마귀들이 조화를 부려대는 것은 아무것도 없습니다. 마귀란 존재하지 않기 때문이지요. 사색할 수 있고, 기다릴 수 있고, 단식할 수 있는 사람은 누구나 마술을 부릴 수 있으며, 누구나 자기 목표를 달성할 수 있답니다."

카말라는 그의 말을 귀담아들었다. 그녀는 그의 목소리를 좋아했고, 그녀는 그의 두 눈에서 나오는 눈빛을 사랑하였다.

"그럴지도 모르죠." 그녀가 낮은 소리로 말했다. "당신이 말한 대로 말이에요, 친구 분이여. 그러나 싯다르타가 잘 생긴 남자라서, 그의 눈길이 여인네들 마음에 들어서 그럴지도 모르죠. 그리고 그 때문에 그에게 행운이 찾아오는 것일 수도 있고요."

싯다르타는 작별의 키스를 하였다. "그랬으면 좋겠소, 내 스승이시여. 내 눈길이 언제나 그대 마음에 들면 좋겠소. 그대로부터 언제나 내게 행운이 찾아온다면 좋겠소."

어린아이 같은 사람들 곁에서

싯다르타는 상인 카마스와미를 찾아갔다. 그는 부유한 집으로 안내를 받았다. 하인들이 값비싼 양탄자 사이를 지나 작은 방으로 안내하였다. 거기에서 그는 집주인을 기다렸다.

카마스와미가 들어왔다. 민첩하고도 부드러운 그 사람은 머리가 거의 백발이 되어 있었고, 두 눈은 아주 영리하고 신중해 보였으며, 입은 탐욕스러운 것 같았다. 주인과 손님은 다정하게 인사를 나누었다.

"사람들이 하는 말로는······" 상인이 말을 시작했다. "당신은 바라문이고 학자인데, 상인 집에 일자리를 찾는다는군요. 바라문이여, 당신은 일자리를 구해야 할 만큼 궁한 상태에 빠져 있나요?"

"아닙니다." 싯다르타가 말했다. "저는 궁한 상태에 빠지지도 않았고, 아직 궁해본 적도 없습니다. 저는 오랫동안 사문들과 살다가 그곳 생활을 청산하고 나온 것입니다."

"사문생활을 청산하고 나왔다면, 어찌하여 궁하지 않단 말인가요? 사문들이란 아무것도 가진 게 없지 않은가요?"

"저는 아무것도 가진 게 없지요." 싯다르타가 말했다. "당신 말씀의 뜻이 그렇다면 말입니다. 확실히 저는 아무것도 가진 게 없습니다. 그렇지만 그건 제가 자발적으로 그렇게 한 것이지, 전 궁한 상태가 아닙니다."

"하지만 아무것도 가진 것이 없다면, 무엇을 먹고 살아갈 것인가요?"

"아직 한 번도 그런 생각을 해본 적이 없습니다, 나리. 삼 년 이상을 아무것도 가진 게 없이 살아왔지만, 제가 무얼 먹고 살아갈 것인지를 한 번도 생각해 본 적이 없습니다."

"그렇다면 당신은 다른 사람들이 가진 걸 먹고 살아왔군요."

"그럴 수도 있겠습니다. 그런데 상인도 역시 다른 사람들이 가진 걸 먹고 살아가는 것입니다."

"그럴 듯한 말이로군요. 그렇지만 상인은 남이 가진 것을 공짜로 받는 건 아니지요. 그 대가로 상품들을 건네주고 있지요."

"사실 사람 사는 사정이 그런 것 같습니다. 누구나 서로 주고받곤 하는데, 인생살이가 다 그런 것이겠지요."

"하지만 한 가지만 물어보지요. 당신은 아무것도 가진 게 없는데, 무엇을 주겠다는 것이지요?"

"누구나 자기가 가진 것을 준답니다. 전사(戰士)는 힘을 주고, 상인은 상품을 주고, 선생은 가르침을 주고, 농부는 쌀을 주고, 어부는 물고기를 주지요."

"아주 좋아요. 그런데 당신이 줄 수 있는 것은 무엇인가요? 당신이 배운 것은 무엇이며, 당신이 할 수 있는 것은 무엇인가요?"

"전 사색할 수 있습니다. 전 기다릴 수 있습니다. 전 단식할 수 있습니다."

"그게 전부인가요?"

"그게 전부라고 생각합니다!"

"그런데 그게 무슨 쓸모가 있지요? 예컨대 단식 같은 것 말이오. ― 그게 무엇에 좋은가요?"

"그건 아주 좋습니다, 나리. 사람이 먹을 것이 없을 때, 단식은 그가 할 수 있는 가장 현명한 방법이지요. 예를 들어서 싯다르타가 단식하는 법을 배우지 않았다면, 그는 오늘 당장 당신 집에서든, 아니면 다른 어디에서든 아무런 일자리라도 얻지 않으면 안 될 것입니다. 배가 고프다는 것이 그렇게 하도록 강요할 테니까 말입니다. 그러나 싯다르타는 조용히 기다릴 수가 있습니다. 그는 초조함도 알지 못하고, 곤궁함도 알지 못합니다. 오랜 동안 굶주림에 시달릴 수도 있겠지만, 그걸 웃어넘길 수 있답니다. 나리, 그런 데에 단식이 좋은 것입니다."

"옳은 말이오, 사문양반. 잠깐만 기다려줘요."

카마스와미는 밖으로 나갔다가 두루마리를 하나 가지고 다시 돌아왔다. 그것을 손님에게 건네주며 물었다.

"이걸 읽을 수 있겠소?"

싯다르타가 그 두루마리를 살펴보니, 거기에는 매매계약서가 적혀 있었다. 그는 그 내용을 읽어가기 시작하였다.

"훌륭하군요." 카마스와미가 말했다. "그럼 이 종이에다 뭔가를 좀 써주겠소?"

그는 종이와 펜을 내주었고, 싯다르타는 글을 써서 그 종이를 돌려주었다.

카마스와미가 그걸 읽었다. "글쓰기는 좋은 일이고, 사색하기는 더 좋은 일이다. 지혜는 좋은 일이고, 인내는 더 좋은 일이다."

"당신은 정말 훌륭하게 글쓰기를 할 줄 아는군요." 상인이 칭찬하였다. "아직 많은 이야기를 서로 나누어야 할 것 같소. 오늘은 이쯤 하고, 손님으로 우리집에 묵도록 하시구려."

싯다르타는 감사하였고, 그 청을 받아들였다. 이제부터는 그 상인의 집에 기거하게 되었다. 옷들을 제공받았고, 신발도 받았다. 하인 한 사람이 매일 그를 위해 목욕물을 준비했다. 하루에 두 번씩 풍성한 식사를 차려놓았다. 하지만 싯다르타는 하루에 한 끼만 식사를 하였으며, 고기도 먹지 않았고, 술도 마시지 않았다. 카마스와미는 자기 사업이야기를 해주었고, 상품과 창고를 보여주었으며, 여러 가지 계산서도 보여주었다. 싯다르타는 많은 새로운 것을 알게 되었다. 많은 이야기를 듣고, 되도록 말은 적게 하였다. 그리고 카말라가 한 말을 기억하면서, 그는 결코 상인에게 예속당하지 않았으며, 상인이 그를 자기와 동등한 사람으로, 아니 동등한 것 이상으로 대우할 수밖에 없도록 만들었다. 카마스와미는 자기 사업을 아주 꼼꼼하게, 그리고 때로는 정열적으로 이끌어 나갔다. 그러나 싯다르타는 이 모든 것을 하나의 유희처럼 생각했다. 그 유희의 규칙을 정확히 배우려고 애쓰기는 하였지만, 그 내용이 그의 마음을 감동시키지는 못했다.

카마스와미의 집에 들어간 후 얼마 지나지 않아서, 그는 벌써 집주인의 사업에 관여하게 되었다. 그러나 날마다 그는 정해진 시간에 맞춰 멋진 옷을 입고, 귀한 신발을 신고서 아름다운 카말라를 찾아갔다. 얼마 지나지 않아서 선물까지도 가져가게 되었다. 그녀의 붉고 영리한 입은 그에게 많은 것을 가르쳐 주었다. 그녀의 섬세하고 유연한 손은 그에게 많은 것을 가르쳐 주었다. 사랑에는 아직 어린아이 같고, 무작정 지칠 줄 모르는 채 바닥없는 심연으로 빠져들 듯 쾌락 속으로 돌진하는 그에게, 그녀는 근본으로부터 이러한 가르침을 일러주었다. 즉 사랑에 있어서는 누구나 쾌락을 주지 않고서는 쾌락을 받을 수 없으며, 몸짓 하나하나, 어루만짐

하나하나, 몸의 접촉 하나하나, 눈길 하나하나, 육체의 가장 사소한 부분 하나하나, 이 모두가 그 나름대로의 비밀을 지니고 있으며, 이 비밀을 일깨울 줄 아는 사람은 언제나 행복을 만끽할 준비가 되어 있다는 가르침이다. 그리고 사랑하는 사람들이 사랑의 잔치를 벌인 다음에는, 서로가 상대방에게서 경탄하는 마음을 불러일으키지 못한다던가, 서로가 똑같이 정복당하고 정복하였다는 감정을 느끼지 못한 상태로 헤어져서는 안 된다는 것도 가르쳤다. 그렇게 하여 두 사람 중 어느 한쪽이라도 질렸다든가 황량하다든가 하는 마음이 생겨서도 안 되고, 상대방을 강제로 범했다든가 상대방에게 강제로 당했다는 나쁜 감정이 생기도록 해서도 안 된다는 것이다. 그는 이 아름답고 영리한 사랑의 예술가 곁에서 황홀한 시간들을 보냈으며, 그녀의 제자가 되었고, 그녀의 애인이 되었고, 그녀의 친구가 되었다. 그가 지금 살아가는 인생의 가치와 의미는 여기 카말라에게 있는 것이지, 카마스와미의 상업에 있는 것이 아니었다.

상인은 중요한 서한과 계약서 쓰는 것을 그에게 맡겼으며, 모든 주요한 용건들을 그와 상의하는 데 익숙해졌다. 그는 싯다르타가 쌀이나 모직물, 선박운송이나 무역에 관해 별로 아는 것이 없지만, 그의 손이 행운을 가져다주는 손이라는 것을 곧 알아차렸다. 그리고 싯다르타가 평안함이나 침착함에 있어서는, 또한 다른 사람의 말에 귀를 기울여 듣는 기술이나 모르는 사람의 마음을 꿰뚫어보는 기술에 있어서는, 장사꾼인 자기를 훨씬 능가하고 있다는 것도 알게 되었다. "이 바라문은……" 하고 그가 친구에게 말했다. "제대로 된 상인도 아니고, 제대로 된 상인이 되지도 않을 걸세. 그의 정신은 한 번도 열정적으로 사업에 몰두해 본 적이 없거든. 그러나 그는 저절로 성공이 따라붙는 그런 사람들의 비밀을 지니고 있어. 그게 좋은 별자리를 타고나서인지, 마술을 부려서인지, 아니면 사문들에게 배운 그 무엇 때문인지는 모르겠어. 그가 사업하는 것은 언제나 유희하는 것처럼 보인다네. 한 번도 사업에 몰두해 본 적이 없고, 한 번도 사업에 지배당해 본 적이 없다네. 한 번도 그는 실패를 두려워해 본 적이 없고, 한 번도 손해볼까 봐 걱정해 본 적이 없다네."

그 친구는 상인에게 이렇게 충고하였다. "그가 자네를 위해 추진하는 사업에서 나오는 이익의 1/3을 그에게 주도록 하게. 그렇지만 손실이 나면, 그 손해의 동일한 지분을 그에게 변상 받도록 해보게. 그러면 더욱 열성적이 될 걸세."

카마스와미는 그 충고를 따랐다. 그러나 싯다르타는 그런 것에 별로 신경을 쓰지 않았다. 이익이 생기면, 무관심한 듯 그걸 받아들였다. 손실이 생기면, 웃으면서 "그래, 이번엔 일이 잘못 되었어!" 하고 말하는 것이었다.

실제로 사업은 그에게 아무래도 상관없는 것 같았다. 언젠가 한 번은 수확한 쌀을 대량으로 구매하기 위해 어느 한 마을로 출장을 간 적이 있었다. 그런데 그가 도착했을 때는, 이미 쌀이 다른 상인에게 팔려 버리고 난 후였다. 그럼에도 불구하고 싯다르타는 여러 날 동안을 그 마을에 머물면서 농부들을 대접하기도 하고, 어린 아이들에게 동전을 나누어 주기도 하고, 결혼식에 참석하여 함께 축하를 해주기도 하였다. 그러다가 아주 만족스런 마음으로 출장에서 돌아왔다. 카마스와미는 그가 당장 돌아오지 않고, 시간과 돈을 쓸데없이 낭비했다고 비난하였다. 싯다르타는 이렇게 대답했다. "보십시오, 친애하는 나리, 비난 좀 그만하세요! 비난한다고 해서 무엇인가가 이루어진 적은 결코 없습니다. 손실이 생겼다면, 그 손해를 제가 부담하도록 해주세요. 이번 출장여행이 저는 매우 만족스럽습니다. 저는 많은 사람들을 알게 되었습니다. 바라문 한 사람은 제 친구가 되었고, 어린아이들이 제 무릎에 올라타기도 했고요. 농부들은 제게 그들 들판을 보여주기도 했는데, 어느 누구도 저를 장사꾼으로 취급하지는 않았습니다."

　"그 모든 게 아주 즐거웠겠군." 카마스와미는 불쾌해서 소리쳐 말했다. "그렇지만 내 말은 당신이 장사꾼이라는 거요. 아니면 그냥 즐기기 위해 출장을 갔었단 말이오?"

　"그렇습니다", 싯다르타가 웃으면서 말했다. "확실히 저는 즐기기 위해 출장을 갔었던 것입니다. 그 외에 무슨 목적이 있겠습니까? 저는 여러 사람들과 여러 지역을 알게 되었고, 친절과 신임을 받는 기쁨을 누렸으며, 친구들을 사귀어 우정을 맺었습니다. 보십시오, 친애하는 나리, 제가 만일 카마스와미였다면, 구매계획이 수포로 돌아간 것을 알자마자 즉시 잔뜩 화가 나서 급히 돌아와 버렸을 것입니다. 그리고 시간과 돈을 실제로 낭비해 버렸을 겁니다. 하지만 저는 좋은 날들을 보냈고, 배움을 얻었고, 기쁨을 누렸으며, 분노나 성급함 때문에 제 자신이나 다른 사람들에게 해를 끼치지 않았습니다. 그리고 제가 언젠가, 혹여 늦게 나오는 수확물을 구매하기 위해서, 또는 그 외의 어떤 목적으로든 그곳에 다시 가게 될 경우에는, 다정한 사람들이 저를 친절하게 즐거운 마음으로 맞아줄 것입니다. 그러면 저는 그 당시에 성급해 하거나 불쾌한 모습을 드러내지 않은 데 대한 보답을 받게 되는 것이지요. 그러니까 나리, 좋게 생각하세요. 그리고 비난하는 것 때문에 마음을 상하진 말도록 하세요! 이 싯다르타가 손해를 입힌다고 생각되는 날이 오면, 한 마디만 말씀해 주십시오. 그러면 싯다르타는 자기 길을 갈 것입니다. 그러나 그때까지는 서로가 서로에게 불만을 갖지 않도록 하시지요.”

싯다르타가 카마스와미의 빵을 먹고 있다는 사실을 납득시키려 했던 상인의 시도는 이렇게 허사가 되어 버렸다. 싯다르타는 자기 자신의 빵을 먹고 있었다. 그보다는 오히려 그들 두 사람이 다른 사람들의 빵을, 모든 다른 사람들의 빵을 먹고 있었던 것이다. 싯다르타는 한 번도 카마스와미의 걱정에 대해 관심을 기울이지 않았다. 그런데 카마스와미는 많은 걱정을 하고 있었다. 진행 중인 사업이 실패할 것 같고, 발송된 상품이 분실된 것처럼 보이고, 채무자가 빚을 갚을 수 없는 것처럼 보일 때에, 카마스와미는 걱정하는 말이나 분통을 터뜨리는 말들을 지껄여댔다. 주름살이 질 정도로 이마를 찡그리거나, 제대로 잠을 이루지 못하였다. 그러나 그렇게 하는 것이 도움이 된다는 사실을 결코 동업자에게 납득시킬 수는 없었다. 언젠가 한 번은 카마스와미가 싯다르타가 알고 있는 것은 모두 자기한테 배운 것이라고 나무랐다. 그때 그는 이렇게 대답하였다. "그런 쓸데없는 소리로 저를 조롱하지 마세요! 생선 한 바구니 값이 얼마인지, 빌려준 돈에 대하여 이자를 얼마나 받을 수 있는지 하는 것은 당신에게 배웠지요. 그게 당신의 학문이거든요. 사색하는 법을 당신에게 배우진 않았어요. 귀하신 카마스와미여, 그런 것을 제게 배워보시지요."

사실 그의 영혼은 장사하는 일에 가 있지 않았다. 카말라에게 갖다 줄 돈을 버는 데에는 사업이 훌륭했다. 그는 사업을 통해 그가 필요로 하는 것보다 훨씬 더 많은 돈을 벌어들였다. 예전에는 사람들이 하는 사업이나 수공업들, 근심걱정이나 오락들이나 어리석은 행위들을 달나라처럼 낯설고 먼 것으로 생각했었다. 그런데 지금 싯다르타의 관심과 호기심은 오로지 사람들에게만 쏠려 있었다. 그래서 모든 사람들과 이야기를 나누고, 모든 사람들과 함께 살아가고, 모든 사람들로부터 배우는 일을 아주 쉽게 해낼 수 있었다. 그럼에도 불구하고 그들과 구별되는 무엇인가가 있다는 사실을 의식하고 있었는데, 이 구별되는 그 무엇이 바로 사문정신이었다. 그는 사람들이 어린아이나 짐승 같은 방식으로 살아간다는 것을 알았으며, 이러한 방식을 사랑하는 동시에 경멸하기도 했다. 그는 사람들이 돈이나 사소한 즐거움이나 하찮은 명예 같은 것들을 위해서 애쓰고 괴로워하고 늙어가는 것을 보았다. 그런데 그에게는 이런 것들이 그런 대가를 치를 만한 가치가 없는 것처럼 보였다. 그는 사람들이 서로를 비난하고 모욕을 주는 것을 보았다. 그리고 사문이라면 그냥 웃어 버릴 고통 때문에 한탄하고, 사문이라면 느끼지 못할 그런 것이 없어서 괴로워하는 것을 보았다.

이런 사람들이 가지고 찾아오는 모든 것들을 그는 마음을 열고 받아주었다. 그는 아마포를 사달라고 내놓는 장사꾼을 환영하고, 돈을 빌려 달라고 하는 채무자도 환영하였으며, 한 시간 동안이나 가난에 대한 신세타령을 늘어놓는 거지도 환영하였다. 그런데 그 거지는 어떤 사문과 비교한다 해도 그 절반밖에 가난하지 않았다. 돈 많은 외국무역상이라도 그는 자기 수염을 깎아주는 하인에게 대하는 것과 다를 바가 없었으며, 바나나를 팔면서 몇 푼 더 받으려고 속임수를 쓰는 노점상인도 똑같이 대해주었다. 카마스와미가 찾아와서 걱정거리를 하소연하거나, 어떤 사업 때문에 그를 비난할 때면, 호기심에 찬 표정으로 명랑하게 그의 말을 들어주기도 하고, 이상하다는 듯이 그를 쳐다보기도 하고, 그의 심정을 이해해 보려고도 하고, 불가피한 상황이라고 여겨지면 그의 말이 다소 옳다고도 해주었다. 그러다가 자기를 만나려는 다음 사람이 찾아오면, 그에게서 몸을 돌리기도 했다. 사실 많은 사람들이 그를 찾아왔다. 어떤 사람들은 그와 상거래를 하기 위해 찾아왔고, 어떤 사람들은 그를 속이기 위해서, 어떤 사람들은 그의 속마음을 떠보기 위해서, 어떤 사람들은 그의 동정심을 사기 위해서, 또 어떤 사람들은 그의 충고를 듣기 위해 찾아왔다. 그는 충고를 해주었고, 동정심을 베풀어 주었고, 선물을 해주었고, 조금은 속아주기도 하였다. 그리고 그의 생각은 예전에 신들이나 브라마에 몰두해 있었던 것처럼, 지금은 이 전체의 유희에, 모든 사람들이 유희를 하는 데 쏟은 열정에 완전히 몰두해 있었다.

때때로 그는 가슴속 깊은 곳에서 죽어가는 낮은 목소리를 들었다. 그 소리는 들리지 않을 정도로 나지막하게 경고하고 있었고, 나지막하게 한탄하고 있었다. 그럴 때면 그는 한 시간 정도 자기가 이상한 삶을 영위하고 있다는 것, 자기가 그저 유희에 불과한 그런 일들만 하고 있다는 것, 자기가 어쩌면 명랑하기도 하고 때로는 기쁨을 느끼기도 한다는 것, 그러나 본질적인 삶은 자기 곁을 지나 흘러가 버리며 자기를 건드리지도 않는다는 것을 의식하게 되었다. 마치 공 놀이꾼이 공을 가지고 유희하는 것처럼, 그는 자기 사업을 가지고, 주위사람들을 가지고 유희하고 있었으며, 그들을 바라보기도 하고 그들에게서 즐거움을 느끼기도 하였다. 그러나 그는 진정한 마음으로, 자기 존재의 원천을 지닌 채, 거기에 임한 것은 아니었다. 그 원천은 그로부터는 멀리 떨어진 어디선가 흐르고 있었고, 눈에 보이지 않게 흘러가고 있었으며, 자기 인생과는 아무런 상관도 없었다. 몇 번인가는 그런 생각을 하면서 깜짝 놀라기도 했다. 그리고 이 모든 어린아이 같은 일상의 활동에 열성과 진심을 다해 참여할 수 있는 일이 있기를 소망하기도 했다. 방관자로서 그냥 옆에 서 있기만 하는 것이 아니라, 실제로 인생을 살고, 실제로 활동을 하며, 실제로 기쁨을 누리며 살아가는 일이 주어지기를 소망했던 것이다.

그러나 그는 언제나 아름다운 카말라를 다시 찾아갔다. 사랑의 기교를 배우고, 쾌락의 의식을 행하였는데, 이런 예식에서는 그 어느 곳보다도 주는 것과 받는 것이 하나가 되었다. 그녀와 정담을 나누기도 하고, 그녀로부터 가르침을 받기도 하고, 그녀에게 충고를 해주기도 하고, 충고를 받기도 하였다. 그녀는 옛날에 고빈다가 이해했던 것보다 훨씬 더 그를 잘 이해했으며, 그녀가 훨씬 더 싯다르타를 닮아갔다.

언젠가 한 번 그가 그녀에게 이렇게 말했다. "당신은 나와 같아요. 당신은 대부분의 사람들과는 달라요. 당신은 카말라요, 다름 아닌 바로 카말라요. 당신 내면에는 고요와 은신처가 깃들어 있는데, 당신은 어느 순간이라도 그 속으로 들어가 거기에 집처럼 안주할 수가 있소. 내가 그렇게 할 수 있는 것과도 마찬가지오. 그런 은신처를 가진 사람이 별로 없긴 하지만, 실은 누구나 그걸 가질 수 있는 것이라오."

"사람들 모두가 영리한 건 아니에요." 카말라가 말했다.

"그렇소." 싯다르타가 말했다. "중요한 건 그게 아니오. 카마스와미는 나만큼이나 영리하지만, 내면에 은신처를 갖고 있질 않소. 어떤 사람들은 지적 능력은 어린아이 같은데 그런 걸 갖고 있어요. 카말라, 대부분의 사람들은 떨어지는 나뭇잎과 같아요. 그 잎은 바람에 불려 공중에서 빙빙 돌며 흩날리다가 비틀비틀 땅바닥에 떨어지고 말지요. 그러나 아주 적긴 하지만, 어떤 사람들은 하늘에 뜬 별들과도 같아요. 그 별은 확고한 궤도를 따라가는데, 어떤 바람도 거기까지 다다르지는 못하지요. 자기 내면에 그들 나름대로의 법칙과 궤도를 지키고 있기 때문이오. 내가 그들 중 많은 사람을 알고 있는 모든 학자들과 사문들 가운데, 이런 부류의 완성자가 한 사람 있었소. 난 그분을 절대 잊을 수가 없다오. 그분은 바로 세존 고타마이시며, 그 가르침을 전해주신 분이라오. 수천의 제자들이 매일 그분의 가르침을 듣고, 매시간마다 그분의 규율을 따르고 있지만, 그들 모두가 떨어지는 나뭇잎과 같다오. 그들은 자기 내면에 가르침과 법칙을 가지고 있지 못하기 때문이오."

카말라는 미소를 지으며 그를 바라보았다. "또 그분 이야길 하시는군요." 그녀가 말했다. "또 사문 생각을 하고 있군요."

싯다르타는 아무 말도 하지 않았다. 그리고 그들은 사랑의 유희를 즐겼다. 그것은 카말라가 알고 있던 삼십 또는 사십 가지의 서로 다른 유희들 중 하나였다. 그녀의 육체는 마치 재규어의 몸처럼, 그리고 마치 사냥꾼의 활처럼 유연하였다. 그녀에게서 사랑의 기교를 배운 사람은 누구나 수많은 쾌락과 수많은 비밀을 환하게 알고 있었다. 그녀는 오랫동안 싯다르타와 더불어 유희했다. 그를 유혹하기도 하고, 다시 밀쳐내기도 하고, 그에게 강요하기도 하고, 그를 부둥켜안기도 했다. 마침내 그가 완전히 정복되고 지쳐서 그녀 곁에 누워 휴식을 취할 때까지, 그녀는 그의 대가다운 기술을 마음껏 즐겼다.

그 고급기생은 그녀의 남자 위에 몸을 굽히고, 그의 얼굴을, 그리고 피로에 지친 그의 두 눈을 오랫동안 들여다보았다.

"당신은 내가 만난 사람 중에서 사랑놀이를 최고로 잘하는 사람이에요." 그녀가 생각에 잠겨 말했다. "당신은 어떤 사람들보다도 힘이 세고, 더 유연하고, 더 의욕이 강해요. 싯다르타, 당신은 제 기술을 제대로 잘 배웠어요. 언젠가 나이가 더 들면, 당신의 아이를 갖고 싶어요. 그런데 당신은, 사랑하는 분이시여, 당신은 그냥 사문으로 머물러 있었어요. 날 사랑하지도 않고요. 당신은 어떤 사람도 사랑하질 않아요. 그렇지 않은가요?"

"그럴지도 모르겠소." 싯다르타는 피곤에 지친 채 말했다. "당신과 마찬가지지요. 당신도 사랑을 하지 않아요. ― 그렇지 않다면 사랑을 어떻게 하나의 기술로 할 수가 있겠소? 우리와 같은 부류의 인간들은 아마도 사랑이란 걸 할 수 없을 거요. 어린아이 같은 사람들이나 사랑을 할 수 있지요. 그것이 그들의 비밀이구요."

윤회

싯다르타는 오랜 세월 동안 속세의 삶, 쾌락의 삶을 살았지만, 완전히 거기에 빠져들진 못했다. 뜨거운 사문 시절에 억눌러 버렸던 관능이 다시 깨어났으며, 그는 부(富)를 맛보았고, 환락을 맛보았고, 권력을 맛보았다. 그렇지만 마음속으로는 오랜 세월 동안 여전히 사문으로 머물러 있었으며, 영리한 여인 카말라는 이러한 사실을 제대로 인식했던 것이다. 그의 삶을 조종하는 것은 여전히 사색과 기다림과 단식의 기술이었다. 어린애 같은 사람들, 즉 속세의 사람들은, 그가 그들에게 낯선 존재였듯이, 그에게는 여전히 낯선 존재로 남아 있었다.

여러 해가 흘러갔다. 무사안일한 생활에 휩싸여 싯다르타는 흐르는 세월을 거의 느끼지도 못했다. 그는 부자가 되었다. 벌써 오래전에 자기 집과 자기 하인들을 소유하게 되고, 교외의 강변에 정원도 하나 갖게 되었다. 사람들은 그를 좋아하였다. 그들이 돈이

나 충고가 필요하면, 그를 찾아오곤 하였다. 그러나 카말라를 제외하곤 누구도 그와 가까운 사람이 없었다.

옛날 한창 젊은 시절에 고타마의 설법을 듣고 난 다음에 고빈다와 작별하고 나서 그가 체험하였던 저 높고 밝은 깨달음, 저 긴장으로 가득 찼던 기대감, 가르침도 스승도 없이 당당하게 홀로 서 있던 자부심, 그리고 자기 마음속에서 신적 음성을 듣겠다던 저 유연한 준비 자세, 이 모든 것들은 점차 추억으로 변해가고 무상한 것이 되어 버렸다. 언젠가는 자기 가까이에 있었으며, 한때는 그 자신의 마음속에서 살랑거리며 흘러갔던 그 신성한 샘물도 이제는 멀리서 나지막하게 졸졸 소리를 내고 있을 뿐이었다. 그렇지만 그가 사문들에게서 배웠던 것, 그가 고타마에게서 배웠던 것, 그리고 그가 바라문인 아버지에게서 배웠던 것, 그 많은 것들이 아직도 오랫동안 그의 마음속에 남아 있었다. 분수에 맞는 생활, 사색에 대한 기쁨, 침잠의 시간들, 육신(肉身)도 의식(意識)도 아닌 영원한 자아인 자기(自己)에 대한 비밀스러운 앎 등이 그러했다. 그것들 중 많은 것이 그의 마음속에 남아 있었다. 그러나 하나하나 바닥으로 가라앉아 버렸고, 먼지로 뒤덮여 버렸다. 도공(陶工)의 선반이 한 번 돌아가기 시작하면, 한참을 계속해서 돌다가 서서히 힘이 떨어져서 끝내는 멈추어 버리는 것처럼, 싯다르타의 영혼 속에서도 금욕의 바퀴, 사색의 바퀴, 사리분별의 바퀴가 오랫동안 계속해 돌았었고, 아직도 여전히 돌고는 있지만, 이제는 천천히 머뭇머뭇 돌아가며 정지 상태에 가까워져 있었다. 축축한 습기가 죽어가는 나무줄기 속으로 스며들어 와서 서서히 그 속을 채우고 그것을 썩게 만들듯이, 싯다르타의 영혼에도 서서히 세속과 나태함이 밀려들어왔고, 서서히 그의 영혼을 가득 채웠으며, 그의 영혼을 둔하게 만들고, 지치게 만들고, 잠들게 만들어 버렸다. 그 대신에 그의 감각들이 생생하게 살아났으며, 그 감각들은 많은 것을 배우고, 많은 것들을 경험했다.

싯다르타는 장사하는 법, 사람들에게 권력을 행사하는 법, 여자들과 즐기는 법을 배웠다. 그는 멋진 옷을 입는 법, 하인들을 부리는 법, 향기로운 냄새가 나는 물에서 목욕하는 법을 배웠다. 그는 섬세하고 세심하게 마련된 요리를 먹는 법, 생선과 고기와 새고기, 양념과 달콤한 과자를 먹는 법, 사람을 게으르게 하고 만사를 잊게 만드는 술 마시는 법도 배웠다. 그는 주사위와 장기놀이를 하는 법, 춤추는 무희들을 구경하는 법, 가마를 타고 가는 법, 푹신한 침대 위에서 잠자는 법을 배웠다. 그러나 그는 여전히 자기가 다른 사람들과는 다른 존재이며, 다른 사람들보다는 우월한 존재라고 느꼈다. 여전히 그들을 약간 조롱하는 마음으로, 약간 조소적인 경멸감을 가지고, 그러니까 사문이 속세 사람들에 대해 늘 느끼는 바로 그런 경멸감을 가지고 바라보았다. 카마스와미가 마음 아파할 때, 그가 화를 낼 때, 그가 모욕감을 느낄 때, 그가 장사 걱정으로 괴로워할 때, 싯다르타는 그런 모습을 언제나 조롱하는 눈길로 바라보았다. 수확기와 우기(雨期)가 여러 번 지나가면서 서서히, 그저 눈에 띄지 않을 정도로 그의 비웃음은 점점 무뎌졌으며, 그의 우월감도 보다 조용해졌다. 점점 불어나는 많은 재산들 틈바구니에서 싯다르타 자신도 서서히 어린아이 같은 인간 부류의 면모를, 즉 천진난만한 모습과 불안해하는 모습을 어느 정도 지니게 되었다. 그러면서도 그는 그런 부류의 사람들을 부러워하였는데, 자신이 그들과 닮아가면 닮아갈수록, 그만큼 더 그들을 부러워하였다. 그는 갖지 못했지만, 그들은 가지고 있는 단 한 가지, 즉 자신의 삶에 중요성을 부여할 수 있다는 사실을 그는 부러워했다. 그들의 기쁨과 불안함에 대한 열정, 영원한 열애(熱愛)에 빠지는 두렵지만 달콤한 행복을 부러워했다. 이런 사람들은 언제나 자기 자신에, 아내에, 자식들에게, 명예나 돈에, 여러 계획이나 갖가지 희망에 푹 빠져 있었다. 그러나 그는 그들에게서 이런 점을 배우지 못했다. 그러니까 바로 이런 점, 즉 어린아이 같은 즐거움이나 어린아이 같은 어리석음을 배우지 못했던 것이다. 그는 그들에게서 그 자신도 경멸해 왔던 불유쾌한 생활태도를 배웠다. 전날 저녁에 사교모임이 있었을 경우, 그는 다음날 아침에 오랫동안 자리에 누워 멍한 기분으로 피로감을 느끼는 일이 점점 더 잦아졌

다. 카마스와미가 자기 근심을 털어놓으며 지겹게 굴 때면, 그는
화를 내며 견뎌내지 못하는 일도 일어났다. 주사위놀이에서 패배
할 때면, 지나치게 큰 소리로 웃어대는 일도 생겼다. 그의 얼굴은
아직도 여전히 다른 사람들 얼굴보다 더 영리하고 지성적으로 보
였다. 그러나 그 얼굴은 웃는 일이 아주 드물었고, 부유한 사람들
의 얼굴에서 자주 볼 수 있는 그런 표정을 하나하나씩 짓기 시작
했다. 그러니까 불만스러운 표정과 불유쾌한 표정, 우울한 표정과
나태한 표정과 몰인정한 표정을 지었다. 서서히 그는 부유한 사람
들이 걸리는 영혼의 병에 걸렸던 것이다.

피로에 지친 기색이 마치 베일처럼, 엷은 안개처럼 서서히 싯다
르타 위에 내려앉았다. 날이 갈수록 점점 더 짙어지고, 달이 갈수
록 더욱 더 침울해지고, 해가 갈수록 약간 더 무거워졌다. 새 옷이
세월이 흐르면서 낡게 되고, 세월이 흐르면서 예쁘던 색깔이 사라
지고, 얼룩이 생기고, 주름이 잡히고, 옷솔기가 떨어지고, 여기저
기 해지고 꿰맨 자국이 드러나기 시작하듯이, 싯다르타가 고빈다
와 헤어진 후에 시작했던 새로운 인생도 낡아가기 시작했다. 흘러
가는 세월과 더불어 색깔과 광채가 사라지고, 주름과 얼룩이 쌓
여서는 맨 밑바닥에 숨어 있고, 여기저기에 이미 추한 모습을 드
러내며, 환멸과 구토가 나타나길 기다리고 있었다. 싯다르타는 그
사실을 알아차리지 못하고 있었다. 다만 예전에 그의 마음속에

깨어 있었으며, 찬란했던 시절에 늘 자신을 이끌어 주던 그 밝고 확실한 내면의 음성이 침묵을 지키는 상태가 되었다는 것만은 깨닫고 있었다.

세상이 그를 사로잡아 버렸다. 그는 쾌락과 욕망과 태만에 사로잡혔고, 최근에는 그가 가장 어리석은 악덕 중에서도 가장 경멸하고 조롱했던 악덕인 탐욕에도 사로잡혀 버렸다. 결국엔 소유물인 재산과 부(富)에도 사로잡히고 말았으니. 그것들은 유희나 하찮은 물건이 아니라, 사슬과 무거운 짐이 되었다. 싯다르타는 이 상야릇하고 술수가 난무하는 인생길을 가는 도중에, 주사위 도박을 하면서, 마지막 가장 비열한 예속 상태에 빠져들었다. 말하자면 싯다르타가 마음속으로 사문이기를 포기했던 때부터, 그는 돈과 귀중품을 건 도박을 시작했다. 예전에는 미소를 지으면서 어린애 같은 사람들이 하는 관습이라 마지못해 함께 했는데, 이젠 점차적으로 광분하며 열정적으로 도박에 매달리는 것이었다. 그는 사람들이 두려워하는 도박꾼이 되었다. 감히 그와 승부를 겨루려는 자가 거의 없을 정도로, 그가 건 판돈은 파렴치할 만큼 거액이었다. 그는 어쩔 수 없는 마음의 욕구에서 그런 도박을 하였다. 그 비참한 돈을 그렇게 도박으로 잃어버리고 탕진해 버리는 것이 그에게 분노에 찬 기쁨을 안겨주었다. 그는 장사꾼들의 우상인 부에 대한 경멸감을, 다른 어떤 방법으로도 이보다 더 분명하고 냉소적으로 보여줄 수가 없었던 것이다. 그래서 그는 자신을 증오하면서, 자신을 비웃으면서, 가차없이 엄청난 판돈을 걸어 도박을 했다. 수천 금을 쓸어 넣기도 하고, 수천 금을 날려 버리기도 했다. 돈을 잃기도 하고, 귀중품을 잃기도 하고, 시골 별장을 잃기도 하였으며, 그것들을 다시 땄다가, 또다시 잃기도 했다. 그는 불안감, 그러니까 주사위 노름을 하는 동안, 막대한 판돈을 걱정하는 동안 느끼게 되는 두렵고도 가슴 죄는 불안감, 바로 그 불안감을 좋아하였다. 그리고 그 불안감을 항상 쇄신하려 하고, 항상 상승시키려 하고, 그 자극을 점점 더 고조시키려 했다. 왜냐하면 지겨울 정도로 물려 버린 미지근하고 무미건조한 자신의 인생에서 이러한 감정에 빠져서만이라도 어느 정도의 행복, 어느 정도의 도취, 어느 정도 고양된 것 같은 삶을 느꼈기 때문이다. 그리고 크게 손해를 보면, 그는 매번 새로 재산을 축적할 궁리를 하였고, 더욱 열성적으로 장사에 매달렸으며, 채무자들에게 돈을 갚으라고 지독하게 닦달을 했다. 그가 계속해서 도박을 하고, 계속해서 돈을 탕진하고, 계속해서 부에 대한 자신의 경멸감을 보여주려 하기 때문이었다. 싯다르타는 손해를 보았을 때의 침착함을 잃어버렸고, 기한을 어긴 채무자에 대한 참을성도 상실했으며, 거지들에게 적선하는 마음도 잃어버렸으며, 간청하는 사람들에게 돈을 희사하고 돈을 빌려주는 즐거움도 잃어버렸다. 주사위 한 번 잘못 던져 만금(萬金)을 잃고서도 그냥 웃어 버리는 그가, 장사에서는 더욱 지독해지고 인색해졌으며, 밤에는 때때로 돈에 대한 꿈을 꾸기도 했다! 그리고 그가 이런 추악한 마술에 걸린 상태에서 깨어날 때면, 침실 벽에 걸린 거울에서 늙어 버리고 추하게 변해 버린 자신의 얼굴을 바라볼 때면, 수치심과 구역질이 그를 덮쳐올 때면, 그때마다 그는 계속해 도망을 쳤다. 새로운 노름으로 도망치고, 주색(酒色)의 마취 상태로 도망쳤다. 그러고는 거기서 다시 빠져나와 재산축적과 돈벌이의 충동으로 되돌아왔다. 이러한 무의미한 순환적 삶을 살아가면서 그는 지쳤고, 늙어 버리고, 병이 들었다.

그러던 어느 날 하나의 꿈이 그에게 경고했다. 저녁에 그는 카말라 집에, 그녀의 아름다운 유락원에 가 있었다. 그들은 나무 아래 앉아서 이야기를 나누었다. 카말라가 의미심장한 말을 했다. 그 뒤에 비애와 권태가 숨겨진 말이었다. 그녀는 고타마에 관한 이야기를 해달라고 부탁했다. 그의 눈이 얼마나 순수하였는지, 그의 입이 얼마나 고요하고 아름다웠는지, 그의 미소가 얼마나 자비로웠는지, 그의 걸음걸이가 얼마나 평화스러웠는지, 이런 이야기들을 듣고도 그녀는 흡족해 하지 않았다. 싯다르타는 오랫동안 존귀한 부처에 관한 이야기를 해야만 했다. 그러자 카말라는 한숨을 쉬었고, 이렇게 말했다. "언젠가는, 어쩌면 곧 나도 부처님을 따르게 될 거예요. 그분에게 이 유락원를 바치고, 그분의 가르침에 귀의할 거예요." 그렇게 말한 다음에 그녀는 그를 유혹했고, 그와 사랑의 유희를 즐기면서 비통한 열정으로 그를 끌어안았다. 그녀는 물어뜯기도 하고 눈물도 흘리면서, 마치 이 허망하고 덧없는 쾌락으로부터 마지막 한 방울의 달콤한 맛을 다시 한 번 짜내려고 하는 것 같았다. 그런데 이상스럽게도 싯다르타는 이런 쾌락이 죽음과 아주 가까운 사이라는 사실을 이렇게 분명히 느껴본 적이 없었다. 그러고 나서 그는 그녀 옆에 누워 있었다. 카말라의 얼굴이 바로 가까이에 있었다. 그녀의 눈 아래와 입 언저리에서 그는 어느 때보다도 분명히 불안스런 문자를 읽어냈다. 섬세한 선(線)들과 잔주름으로 이루어진 그 문자는 가을과 나이를 상기시켜 주는 문자였다. 겨우 사십대에 들어선 싯다르타도 검은 머리카락 사이로 여기저기 희끗희끗한 머리카락을 드러내기는 마찬가지였다. 카말라의 예쁜 얼굴에는 피로에 지친 기색이 쓰여 있었다. 아무런 즐거운 목표도 없이 긴 인생길을 걸어온 피로에 지친 기색이었다. 피로한 기색과 시들기 시작하는 기색, 그리고 이제까지 숨겨오며 한 번도 입밖에 내지 않았던, 어쩌면 아직 한 번도 의식된 적도 없는 불안감, 이를테면 늙음에 대한 두려움, 가을에 대한 두려움, 죽어야만 한다는 사실에 대한 두려움이 쓰여 있었다. 그는 한숨을 쉬면서 그녀와 작별했다. 영혼은 불쾌함으로 가득 차고, 숨겨진 불안감으로 가득 차 있었다.

그 다음 싯다르타는 자기 집에서 무희들과 함께 술을 마시며 그 날 밤을 지냈다. 그는 더 이상 그럴 처지도 아니면서, 그 자리에 함께 어울린 같은 신분의 사람들보다 더 우월한 척 거만하게 굴었다. 술을 많이 마셨고, 밤늦게 자정이 지나서야 잠자리에 들었다. 피곤하기는 했지만 흥분되어 있었고, 절망에 빠져 울음이라도 터질 것 같은 상태였다. 한동안 잠을 청해 보았지만 헛일이었다. 마음은 더 이상 참을 수 없을 정도로 비참한 심정에 젖어 있었고, 구역질로 가득 차 있었다. 미적지근하고 역겨운 술맛, 너무 달콤하지만 황량한 음악, 너무나 간드러지는 무희들의 미소, 그녀들의 머리카락과 유방에서 풍기는 너무나 달콤한 향내, 이런 것들에서 나는 것 같은 구역질이 그의 온몸에 파고들어 온 기분이었다. 그러나 이 모든 것들보다 그는 자기 자신에 대해 더욱 심한 구역질을 느꼈다. 자기 머리카락에서 나는 향내, 자기 입에서 풍기는 술 냄새, 피부에서 느껴지는 나른한 피로감과 불쾌감에 구역질이 났다. 마치 음식을 너무 많이 먹고 마신 사람이 고통스런 나머지 먹은 것을 토해 버리고 나면 속이 가벼워지고 시원해지는 것을 느끼는 것처럼, 그 잠 못 이루는 자는 구역질의 거대한 파도에 휩쓸리며, 이런 향락과 이런 생활습관, 이런 무의미한 전체의 삶과 자기 자신으로부터 벗어나기를 소망했다. 아침 여명이 비치고, 시내에 있는 그의 집 앞 거리에서 첫 번째 일터로 가는 사람들이 깨어났을 때에야 비로소 그는 꾸벅꾸벅 잠이 들었다. 잠시 동안이긴 하지만, 절반쯤 몽롱한 상태로 잠을 자고 있다는 예감이 들었다. 이 순간에 그는 꿈을 꾸었다.

카말라는 황금빛 새장에 작고 희귀한 새를 한 마리 기르고 있었다. 그는 이 새에 대한 꿈을 꾼 것이었다. 꿈 내용은 이러했다. 아침만 되면 언제나 울어대던 이 새의 울음소리가 왠 일인지 들리지 않았다. 이런 생각이 들어서 새장 쪽으로 다가가 그 안을 들여다보았다. 그 작은 새는 죽었고, 빳빳하게 굳은 채 바닥에 쓰러져 있었다. 그는 새를 꺼내어 잠시 손에 들고 살펴보다가 골목길 쪽으로 던져 버렸다. 바로 그 순간 그는 무서우리만큼 깜짝 놀랐다. 그리고 그는 마음이 몹시 아팠다. 마치 그는 이 죽은 새와 함께 가치 있는 모든 것과 선(善)한 모든 것을 던져 버린 것 같은 기분이었다.

꿈에서 깜짝 놀라 깨어나면서, 그는 깊은 비애감에 사로잡혀 있다는 것을 느꼈다. 아무런 가치도 없이, 아무런 가치도 없고 아무런 소용도 없이, 그는 지금까지 자기 인생을 살아온 것 같은 생각이 들었다. 생생하게 살아 있는 그 어떤 것, 여하튼 간에 어떤 소중한 것이나 보존할 만한 가치가 있는 것이 손에 남은 것이라곤 아무것도 없었다. 해변에 서 있는 난파를 당한 뱃사람처럼, 그는 공허한 마음으로 홀로 외롭게 서 있었다.

암울한 기분으로 싯다르타는 자기가 소유하고 있는 유원지 별장으로 갔으며, 대문을 잠그고서는 망고나무 아래에 좌정하였다. 마음속으로 죽음을 느끼고, 가슴속으로는 전율을 느꼈다. 이렇게 좌정한 상태에서 그는 자신이 내면에서 죽어가고 있고, 내면에서 시들어가고 있으며, 내면에서 종말에 다가가고 있다는 것을 느꼈다. 그는 서서히 생각을 집중하였고, 그가 생각해 낼 수 있는 첫 날부터 시작하여 자신이 걸어온 전체의 인생길을 마음속에서 다시 한 번 거닐어 보았다. 대체 언제 행복이라는 것을 체험해 보았던가? 대체 언제 진정한 환희를 느껴보았던가? 오, 그래, 여러 번 그런 것을 체험해 본 적이 있었다. 소년 시절에 바라문들로부터 칭찬을 들었을 때, 같은 또래의 소년들을 훨씬 앞질러서 성스러운 경전 구절을 암송하거나, 학자들과 논쟁을 하거나, 제사를 지내는 데 조수로 특별대우를 받을 때에 그런 행복과 환희를 맛보았다. 그때 그는 마음속으로 다음과 같은 것을 느꼈다. "네 앞에는 네가 소명 받은 하나의 길이 놓여 있다. 거기에서 여러 신들이 너를 기다리고 있다." 그 후 어느덧 청년이 되어 점점 고조되는 모든 사색의 목표가 동일한 길을 가는 무리 중에서 월등하게 뛰어나게 되었을 때, 브라마의 참뜻을 얻기 위해 고통에 가득 찬 싸움을 벌이게 되고, 성취한 지식이 매번 그의 마음속에 새로운 갈증만을 부채질 하였을 때, 그 청년 시절에도 갈증과 고통의 한가운데 있으면서 똑같은 내면의 소리를 느꼈다. "계속해라! 계속해! 너는 소명을 받은 몸이다." 그가 고향을 떠나 사문생활을 선택했을 때에도, 다시 사문들로부터 도통한 부처에게로 옮겨갔을 때에도, 그리고 그 도통한 자를 떠나 불확실의 삶 속으로 걸어갔을 때에도, 이와 똑같은 소리를 들었었다. 얼마나 오랫동안 그는 이 내면의 소리를 들어보지 못했던가! 얼마나 오랫동안 보다 높은 목표를 이룩해 보지 못했던가! 그가 걸어온 길이 얼마나 단조롭고 황량하였던가! 드높은 목표도 없이, 갈증도 느끼지 못하고, 정신이 고양됨도 없이, 조그만 쾌락에 만족하면서도 결코 충족하지 못하면서 얼마나 긴긴 세월을 살아왔던가! 이 모든 세월 동안 스스로도 의식하지 못한 채, 그는 수많은 어린아이 같은 사람들처럼 되기 위해 애를 썼고 또 그런 생활을 동경했었다. 그런데도 그의 생활은 그들 생활보다 훨씬 더 비참하고, 훨씬 더 초라하였다. 왜냐하면 그들의 목표가 그의 목표가 되지 못하고, 그들의 근심걱정도 그의 근심걱정이 되지 못했으며, 또 카마스와미와 같은 사람들의 전체 세계가 그에게는 단지 하나의 놀이, 구경하기 위한 하나의 춤, 하나의 코미디에 불과했기 때문이다. 오로지 카말라 한 사람만이 그에게 사랑스러운 존재였고, 귀중한 존재였다. ― 그러나 그녀가 아직도 그런 존재일까? 그가 아직도 그녀를 필요로 할까? 아니면 그녀가 그를 필요로 할까? 그들은 끝없는 유희를 유희하고 있는 것이 아닐까? 그런 유희를 위해 산다는 것이 필요할까? 아니, 그런 게 꼭 필요하진 않다! 이런 유희란 윤회라고 하는 것이다. 어린아이 같은 사람들을 위한 유희인 것이다. 한 번, 두 번, 열 번쯤 우아하게 유희할 만한 유희이다. ― 그러나 그걸 계속해 영원히 되풀이한다면?

그때 싯다르타는 이 유희가 끝났다는 것을, 더 이상 이 유희를 되풀이할 수 없다는 것을 깨달았다. 온몸에 소름이 끼쳤다. 이렇게 그는 자기 내면에 무엇인가가 죽어 버렸다는 것을 느꼈다.

그날 그는 온종일 망고나무 아래 앉아서 아버지를 생각하고, 고빈다를 생각하고, 고타마를 생각했다. 카마스와미 같은 사람이 되기 위하여, 그는 이 사람들을 떠나와야만 했단 말인가? 밤이 스며들었을 때에도 여전히 그는 그대로 좌정하고 있었다. 고개를 들어 별들을 바라보면서 그는 생각했다. "나는 여기 내 유원지 별장, 내 망고나무 아래 앉아 있다." 그는 약간 미소를 지었다. ― 그가 망고나무를, 하나의 별장을 소유한다는 것이 필요했을까? 그게 올바른 일이었을까? 바보 같은 장난이 아니었을까?

이러한 것들과도 그는 결별을 하였다. 이런 것들도 내면에서 죽어 버렸다. 그는 자리에서 일어났고, 망고나무에 작별을 고하고, 별장에도 작별을 고했다. 하루 종일 음식을 전혀 먹지 않았기 때문에, 그는 심한 허기를 느꼈다. 그러자 시내에 있는 자기 집, 아늑한 방과 침대, 음식이 차려진 식탁이 머리에 떠올랐다. 그는 피로에 지친 미소를 지었다. 그는 머리를 설레설레 흔들었고, 이 모든 것들로부터 작별을 고했다.

바로 그날 밤 싯다르타는 자기 별장을 떠나고, 그 도시를 떠났으며, 결코 다시 돌아오지 않았다. 그가 도적들의 손에 잡혀간 것으로 생각한 카마스와미는 오랫동안 사람들을 시켜 그를 찾도록 했다. 카말라는 그의 행방을 찾아보도록 하지는 않았다. 싯다르타가 사라졌다는 것을 알았을 때, 그녀는 놀라지 않았다. 그녀는 그런 일이 있으리라 늘 예측하고 있지 않았던가? 그는 사문이며, 집도 없는 떠돌이이며, 순례자가 아니었던가? 지난 번 마지막으로 사랑유희를 함께 했을 때, 그녀는 이런 사실을 가장 뼈저리게 느꼈다. 그를 잃은 아픔 속에서도 그녀는 마지막으로 진정에서 우러나오는 애정으로 그를 자기 가슴에 끌어안았으며, 다시 한 번 그에게 남김없이 소유당하고 송두리째 사로잡혀 있었다는 사실에 기쁨을 느꼈다.

싯다르타가 사라졌다는 소식을 처음 들었을 때, 그녀는 희귀한 새를 한 마리 가두어 놓은 황금색 새장이 있는 창가로 갔다. 그녀는 새장 문을 열고, 새를 꺼내서 날려 보냈다. 그리고는 날아가는 새를 오랫동안 바라보았다. 그날부터 그녀는 더 이상 손님을 받지 않았고, 집 대문도 아주 잠가 버렸다. 얼마 동안이 지나서 그녀는 싯다르타와의 마지막 잠자리에서 임신을 했다는 사실을 알게 되었다.

싯다르타는 이미 시내에서 멀리 떨어진 숲속을 걷고 있었
다. 그는 오직 한 가지 사실, 즉 이젠 다시 돌아갈 수 없다는 것, 여
러 해 동안 살아왔던 생활이 이젠 다 지난 과거사가 되었으며, 구
역질이 날 정도로 그 생활을 맛보고 다 빨아 마셨다는 사실 이외
에는 아무것도 알지 못했다. 꿈속에서 보았던 노래하는 새는 죽
어 버렸다. 그 새는 그의 마음속에 죽어 있었다. 그는 윤회의 업보
에 깊이 휘말려 있었다. 스펀지가 물로 가득 찰 때까지 물을 빨아
들이듯이, 그는 사방으로부터 구토와 죽음을 내면으로 빨아들였
다. 그는 불쾌감으로 가득 찼고, 비참한 마음으로 가득 찼으며,
그리고 죽음으로 가득 찼다. 그를 유혹하고, 그를 기쁘게 하고,
그를 위로해 줄 수 있는 것은 이 세상에 아무것도 없었다.

그는 자신에 대하여 더 이상 아무것도 알지 못하기를, 휴식을
얻기를, 죽어 버리기를 간절히 소망했다. 벼락이라도 쳐서 그를

박살내 버린다면 얼마나 좋을까! 호랑이라도 달려와서 그를 잡아
먹는다면 얼마나 좋을까! 그를 마비시켜 망각과 잠에 빠지게 하
고, 다시는 깨어나지 못하게 할 술이나 독약이라도 있다면 얼마나
좋을까! 그가 자신을 더럽혀 보지 않은 그런 불결한 것, 그가 저질
러 보지 않은 그런 죄악이나 바보 같은 짓, 그가 자신에게 짐 지워
보지 않은 그런 정신적 황폐함이 아직도 남아 있을까? 살아간다
는 것이 아직도 가능할까? 몇 번이고 거듭하여 숨을 들이마시고
숨을 내쉬는 것, 배고픔을 느끼고 다시 식사를 하는 것, 다시 잠
을 자고 다시 여자와 잠자리를 함께 하는 것, 이런 일이 가능할까?
이런 순환적 삶이 그에겐 이미 쇄진해 버리고 끝장나 버린 것이 아
닐까?

　싯다르타는 숲속에 있는 큰 강가에 이르렀다. 그것은 옛날 아직
젊은 시절에 고타마가 기거하는 도시로부터 빠져나왔을 때, 어떤
뱃사공이 그를 건네주었던 바로 그 강물이었다. 이 강가에서 그는
발걸음을 멈추었고, 마음을 정하지 못한 채 머뭇거리면서 강변에
서 있었다. 피로와 굶주림으로 쇠약해질 대로 쇠약해졌는데, 무
엇 때문에 계속해 길을 가야 한단 말인가? 대체 어디로, 무슨 목
적으로 가야 한단 말인가? 그렇다, 이젠 아무런 목적이 없다. 이
모든 황량한 꿈을 털어 버린다는 것, 이 김빠진 술을 토해 버린다
는 것, 이 비참하고 수치스런 삶을 끝장내 버린다는 것, 이 깊고도

고통스러운 열망 이외에는 아무런 목적이 없었다.

강기슭에는 휘어진 나무 한 그루가, 야자나무 한 그루가 드리워져 있다. 싯다르타는 그 나무줄기에 어깨를 기댔다. 팔로 그 줄기를 껴안았고, 발 아래로 하염없이 흘러가는 초록빛 강물을 내려다보았다. 물을 바라보다가 나무줄기를 껴안았던 팔을 풀고 물속으로 가라앉아 버리고 싶은 소망으로 가득 차 있는 자신을 발견했다. 강물로부터 몸서리쳐지는 공허감이 반사되고 있었다. 그의 영혼 속에서 무시무시한 공허감이 거기에 응답을 했다. 그렇다, 그는 끝장이다. 그에게는 이제 자신을 소멸시키는 것, 실패한 자기 삶의 형상을 박살내서 비웃고 있는 신들의 발치에다 던져 버리는 것 이외에는 아무것도 할 일이 없었다. 이것이 그가 동경했던 위대한 구토행위였다. 그것은 죽음이었고, 그가 증오했던 형식의 파괴였다! 물고기들이 그를 뜯어먹는다면 얼마나 좋을까! 이개 같은 싯다르타를, 이 미친놈을, 이 부패하고 썩어 문드러진 육신을, 이 무기력하고 타락한 영혼을 말이다! 물고기와 악어들이 그를 뜯어먹는다면, 마귀들이 그를 갈기갈기 찢어 버린다면 얼마나 좋을까!

얼굴을 일그러뜨린 채 그는 물속을 응시하였다. 물에 반사된 자기 얼굴을 보고, 거기에 침을 뱉었다. 극도로 지친 상태에서 나무줄기에 감았던 팔을 풀었다. 똑바로 아래로 떨어져서 물속에 가라앉기 위해 약간 몸을 돌렸다. 두 눈을 감고서 죽음을 향해 막 떨어질 참이었다.

바로 그때 그의 영혼 멀리 떨어진 곳에서, 완전히 지쳐 버린 삶의 과거로부터 하나의 음조(音調)가 떨리면서 울려왔다. 그것은 한 마디 말이었고, 하나의 음절이었다. 아무런 생각도 없이 그는 웅얼거리는 목소리로 혼자서 그 말을 내뱉었다. 그것은 모든 바라문들이 기도를 시작하는 말이며 끝마치는 옛 말로 성스러운 "옴"이었다. 그 말은 대략 "완전한 것"이나 "완성"을 의미한다. 그리고 그 "옴"이라는 음조가 싯다르타의 귓전에 울렸던 바로 그 순간에 갑자기 깊이 잠들었던 정신이 깨어났고, 그는 자기 행위가 바보짓이라는 것을 깨달았다.

싯다르타는 심히 깜짝 놀랐다. 그러니까 그의 상태가 이 지경에 이르렀던 것이다! 이 지경까지 자신을 잃었고, 이처럼 갈피를 잡지 못하고 방황하며, 모든 지식으로부터도 버림을 받았다. 그래서 그는 죽음을 찾아갈 수 있고, 이 소망, 즉 어린아이 같은 소망이 그의 마음속에서 크게 자라날 수가 있었다. 자신의 육신을 소멸시킴으로써 안식을 찾으려는 소망이었다! 지난 세월 동안에 겪은 모든 번뇌, 모든 미몽타파(迷夢打破), 모든 절망도 이루어내지 못했던 일을, 옴이 의식 속으로 밀려들어온 바로 이 순간이 이룩해 내었으니, 그는 처참한 상태에서, 미혹(迷惑)의 상태에서 자신을 깨달았던 것이다.

"옴!" 그는 혼잣말로 중얼거렸다. "옴!" 그러자 브라마를 깨닫게 되고, 생의 불멸성을 깨닫게 되고, 그가 잊고 있었던 모든 신성(神性)을 다시 깨닫게 되었다.

그러나 이런 깨달음은 하나의 섬광과도 같은 한순간에 불과했다. 싯다르타는 야자나무 밑에 다시 쓰러졌고, 나무뿌리를 머리에 베고 깊은 잠 속으로 빠져들었다.

너무나 깊이 잠든 나머지 꿈도 꾸지 않았다. 오래전부터 이렇게 깊은 잠을 자 본 적이 없었다. 여러 시간이 지난 다음 잠에서 깨어났을 때, 그는 십 년의 세월이 흘러가 버린 것 같은 기분이 들었다. 물 흐르는 소리가 나지막하게 들려왔다. 그가 어디에 있는지, 누가 그를 이곳으로 데려왔는지 알 수가 없었다. 그는 눈을 떴다. 경이롭게도 머리 위에 나무들과 하늘이 보였다. 그가 어디에 와 있는지, 어떻게 이곳으로 오게 되었는지를 더듬어 보았다. 그렇지만 그 기억을 떠올리는 데 오랜 시간이 걸렸다. 지난 과거사가 마치 베일에 덮여 있는 것처럼, 무한히 멀리, 끝없이 먼 곳에 놓여 있는 것처럼, 그는 아무런 상관도 없는 것처럼 여겨졌다. 그가 알 수 있었던 것은 다만, 그가 예전의 삶을(의식을 찾은 처음 순간에 예전의 삶이라는 것이 마치 멀리 떨어져 있는 옛날에 살았던 삶인 것처럼, 마치 현재 있는 자아의 전생(前生)인 것처럼 여겨졌었다.) — 그가 예전의 삶을 떠나왔다는 것, 구역감과 비참한 심정에 휩싸여 목숨마저 던져 버리려 했다는 것, 그러나 어느 강가의 야자나무 밑에서 정신이 들었고, 성스러운 말인 옴을 입에 올리고서는 깊은 잠에 빠졌으며, 이제 새로운 인간으로 깨어나 세상을 바라보고 있다는 것뿐이었다. 그는 옴을 입에 올리면서 잠이 들었었던 그 말을 혼잣말로 나지막하게 말해보았다. 그러자 그의 오랜 잠 전체가 바로 명상에 잠겨 길게 옴을 말하는 것이라 생각되었다. 바로 옴을 생각하는 것, 이름 없는 것이면서 완성된 것인 옴으로 침잠하여 완전히 몰입하는 것이라 생각되었다.

이 얼마나 경이로운 잠이었던가! 잠이 이렇게 그를 상쾌하게 해주고, 이렇게 새롭게 해주고, 이렇게 다시 젊게 해준 적은 한 번도 없었다! 혹시 그가 실제로 죽어서 가라앉았다가, 새로운 형상으로 다시 태어난 것은 아닐까? 하지만 아니다. 그는 자신을 알고 있었다. 자신의 손과 발을 알고 있었고, 누워 있던 자리를 알고 있었으며, 자기 가슴속의 자아를, 이 싯다르타를, 이 고집쟁이를, 이 유별난 인간을 알고 있었다. 그렇지만 이 싯다르타는 변해 있었다. 그는 새로워졌고, 이상스러울 정도로 깊은 잠을 잤으며, 이상스러울 정도로 활기차고, 기쁨이 흘러넘치고, 호기심에 빠져 있었다.

싯다르타는 몸을 일으켰다. 그때 맞은편에 어떤 사람이 앉아 있는 것이 보였다. 그 낯선 사람은 머리를 박박 깎고 누런 법복을 입은 승려였는데, 명상하는 자세로 앉아 있었다. 싯다르타는 머리 카락도, 수염도 없는 그 사람을 잘 살펴보았다. 오래 살펴보지도 않았지만, 그는 이 승려가 어린 시절의 친구 고빈다라는 것을 알아차렸다. 세존 부처에게 귀의한 바로 그 고빈다였다. 고빈다는 늙어 있었다. 그도 늙었다. 그러나 얼굴에는 여전히 옛날 모습이 남아 있었다. 열성과 성실함, 구도(求道)와 세심함을 그대로 말해 주고 있었다. 고빈다는 싯다르타의 시선을 느끼면서 눈을 떴고, 그를 바라보았다. 싯다르타는 고빈다가 자기를 알아보지 못한다는 것을 알았다. 고빈다는 그가 깨어난 것을 보고 기뻐하였다. 그가 싯다르타를 알아보지는 못했을지라도, 오랫동안 여기에 앉아 그가 깨어나기를 기다리고 있었음이 분명했다.

"내가 잠을 잤군요." 싯다르타가 말했다. "당신은 어떻게 이곳으로 오게 되었나요?"

"네, 잠들어 있었습니다." 고빈다가 대답했다. "이런 곳에서 잠을 자는 건 좋지 않습니다. 여긴 뱀도 자주 나오고, 숲속 짐승들도 지나다니는 길목입니다. 나리, 전 세존 고타마의, 부처이신 석가모니의 제자입니다. 우리 승려 몇 사람과 이 길을 순례하고 있었는데, 이런 위험한 곳에서 나리가 누워 잠들어 있는 것을 보았습니다. 그래서 나리를 깨우려고 하였지요. 오, 나리, 그런데 너무나 깊이 잠든 것을 보고, 동료들과 떨어져서 나리 곁에 앉아 있었습니다. 그러다 나리가 잠자는 것을 지켜주겠다던 저 자신이 깜박 잠들어 버린 모양입니다. 해야 할 일을 제대로 하지 못했습니다. 피곤에 압도당해 버린 것입니다. 그러나 이제 나리도 깨었으니 가 보겠습니다. 형제들을 따라잡아야지요."

"사문이여, 내가 잠자는 것을 지켜주어서 감사합니다." 싯다르타가 말했다. "세존의 제자 분들은 참으로 친절하시군요. 그럼 가 보시지요."

"가보겠습니다, 나리. 나리께서 늘 평안하시기를 빌겠습니다."

"감사합니다, 사문이여."

고빈다는 손짓으로 작별인사를 한 다음 말했다.

"안녕히 계십시오."

"잘 가게, 고빈다." 싯다르타가 말했다.

승려는 발길을 멈추어 섰다.

"실례지만, 나리, 제 이름을 어떻게 아시나요?"

그러자 싯다르타가 미소를 지었다.

"오, 고빈다, 자네 아버지의 오두막집 시절부터, 바라문학교 시절부터 자넬 알고 있네. 신들에게 제사를 지내던 것, 우리가 사문들을 찾아 출가했던 것, 그리고 자네가 숲의 정사에서 세존에게 귀의하던 시절에 대해서도 알고 있다네."

"자네 싯다르타로군!" 고빈다가 큰 소리로 외쳤다. "이제야 알아보겠네. 그런데 어떻게 자네를 당장 알아보지 못했는지 이해할 수가 없군. 싯다르타, 자네를 다시 만나 정말 너무너무 기쁘네."

"자네를 다시 보게 되어 나 역시 정말로 기쁘다네. 자넨 잠자는 나를 지켜주었어. 다시 한 번 감사하네. 지켜주는 사람이 필요했던 건 아니었지만 말이야. 이보게, 친구, 어디로 가는 길인가?"

"가는 길이 정해져 있는 게 아닐세. 우리 승려들은 장마철이 아닌 동안에는 늘 떠돌아다닌다네. 항상 이곳에서 저곳으로 떠돌면서, 계율에 따라 생활하고, 설법을 전하고, 시주를 받고, 또 계속해 떠돌아다니지. 언제나 그런 생활이야. 그런데 싯다르타, 자넨 어디로 가는 길인가?"

싯다르타가 말했다. "친구여, 내 생활도 자네와 마찬가지라네. 나도 가는 길이 정해져 있는 게 아닐세. 그저 길을 가는 도중에 있을 뿐이지. 순례를 하고 있는 걸세."

고빈다가 말했다. "순례를 하고 있다고 말하는군. 그 말을 믿네. 하지만, 싯다르타, 미안한 말이지만, 자넨 순례자처럼 보이지가 않아. 자넨 부자들이 입는 옷을 입고, 고귀한 사람들이 신는 신발을 신고 있어. 좋은 향수 냄새를 풍기는 머리카락은 순례자의 머리도 아니고, 사문의 머리도 아닐세."

"물론 그래, 친구, 잘 알아보았네. 자네의 예리한 눈길이 모든 걸 알아차렸군. 그렇지만 난 사문이라고 말하진 않았어. 순례하고 있다고 말했을 뿐이네. 사실이 그래. 난 순례를 하고 있어."

"자네가 순례를 한다." 고빈다가 말했다. "하지만 그런 옷을 입고 순례하는 사람은 거의 없어. 그런 신발을 신고, 그런 머리를 하고 순례하지는 않아. 벌써 여러 해 동안 순례생활을 하고 있지만, 난 한 번도 그런 순례자를 만나본 적이 없다네."

"자네 말이 맞아, 고빈다. 그러나 지금, 바로 오늘 자네는 그런 순례자를 만나본 걸세. 그런 신발을 신고 그런 옷을 입은 순례자를 말이야. 친애하는 친구여, 기억을 더듬어 보게. 형상들의 세계란 무상하다네. 덧없는 것이야. 우리의 옷차림이나 우리의 머리 모양이란 가장 무상한 것이며, 우리의 머리카락과 육신 자체도 마찬가지라네. 난 부자들이 입는 옷을 입고 있어. 자네가 잘 보았네. 내가 그런 옷을 입고 있는 것은, 나도 부자였기 때문일세. 그리고 내가 속세인간이나 호색한들과 같은 머리 모양을 하고 있는 것은, 나도 그런 사람들 중 하나였기 때문일세."

"그럼 지금은, 싯다르타, 지금은 어떤 사람인가?"

"모르겠네. 자네와 마찬가지로 나도 별로 아는 게 없다네. 나는 길을 가는 도중에 있네. 한때는 부자였지만, 지금은 아닐세. 내일은 어떤 사람이 될지, 나도 모르겠네."

"자네는 재산을 모두 잃어버렸단 말인가?"

"재산을 모두 잃었지. 아니면 재산이 나를 잃어버렸든지. 아무튼 재산은 없어져 버렸어. 형상의 수레바퀴는 빨리 돌아간다네, 고빈다. 바라문 싯다르타가 어디에 있단 말인가? 사문 싯다르타는 어디에 있단 말인가? 부자 싯다르타가 어디에 있단 말인가? 무상한 것이란 빨리도 변하고 있다네. 고빈다, 자네도 그것을 알고 있어."

고빈다는 젊은 시절의 친구를 오랫동안 바라보았다. 두 눈에는 의심을 띠고 있었다. 그러다가 높은 귀족에게 인사하는 것처럼, 그에게 인사하고는 자기 갈 길을 걸어갔다.

얼굴에 미소를 띤 채 싯다르타는 그의 뒷모습을 바라보았다. 그는 아직도 여전히 그를, 이 성실한 친구를, 이 세심한 친구를 사랑하고 있었다. 이 순간에, 경이로운 잠에서 깨어나고, 옴으로 충만한 이 화려한 시간에, 어찌 그가 그 누군가라도, 그 어떤 무엇이라도 사랑하지 않고 있을 수 있단 말인가! 그가 우주만물을 사랑한다는 것, 눈에 보이는 모든 것을 기쁨이 충만한 사랑으로 맞이한다는 것, 바로 이것이 깊은 잠에서, 옴을 통하여 그의 내면에 일어난 마술적 변화였던 것이다. 이제 생각해 보니, 예전에는 아무것도 또 어느 누구도 사랑할 수 없었다는 것 때문에 그다지도 몹시 아파했다는 생각이 들었다.

얼굴에 미소를 띤 채 싯다르타는 저 멀리 사라져 가는 승려의 뒷모습을 바라보았다. 깊은 잠은 그의 원기를 강하게 북돋아 주었다. 그러나 몹시 배가 고파 고통스러웠다. 이틀 동안이나 아무것도 먹지 않았기 때문이다. 허기를 굳세게 물리쳤던 시절은 이미 오래전에 지나갔다. 그는 비통한 심정으로, 하지만 껄껄 웃으면서 옛 시절을 생각해 보았다. 기억을 더듬어 보았다. 그 당시에 그는 카말라 앞에서 세 가지 기술을 자랑했었다. 그러니까 단식 — 기다림 — 사색이라는 세 가지의 고상하고 누구도 이겨낼 수 없는 기술을 부릴 수 있었다. 이것이야말로 그의 재산이었다. 그의 권세이고 힘이었으며, 확고부동한 지주였다. 청춘 시절에 열심히 힘들게 배워 놓은 것이 바로 이 세 가지 기술이며, 그 외엔 아무것도 할 수 있는 게 없었다. 그런데 지금은 이런 기술도 그를 떠나 버렸다. 그것 중 어느 하나도 남아 있지 않았다. 단식하는 기술도, 기다리는 기술도, 사색하는 기술도 없었다. 가장 비천한 것을 얻기 위하여 그는 그 기술을 던져 버렸다. 가장 덧없는 것을 위하여, 관능적 쾌락을 위하여, 사치스러운 생활을 위하여, 재산을 위해서 말이다! 이상스럽게도 실제로 그런 일이 일어났던 것이다. 그리고 지금, 지금은 정말로 어린아이 같은 인간이 되어 버렸다는 생각이 들었다.

싯다르타는 자신의 처지를 곰곰이 생각해 보았다. 사색한다는 것이 상당히 어려웠다. 그는 사색을 하고픈 마음이 전혀 없었지만, 억지로 생각을 해보았다.

그는 생각했다. 이제 이 모든 무상한 것들이 내게서 사라져 버렸다. 옛날 어린아이였을 때 그랬던 것처럼, 나는 이제 다시 태양 아래 서 있다. 내 것이라곤 아무것도 없으며, 난 아무것도 할 수가 없고, 아무런 능력도 없으며, 아무것도 배우지 못한 상태이다. 이 얼마나 이상스런 일인가! 내가 더 이상 젊지도 않고, 머리카락이 벌써 반백이 되었으며, 체력도 모두 다 빠져나간 지금, 난 지금 처음부터 어린아이 상태에서 다시 시작하고 있는 것이다! 그는 또다시 웃지 않을 수 없었다. 그렇다, 그의 운명은 정말로 이상야릇하다! 그의 운명은 내리막길을 걸었다. 이제 다시 빈손에 알몸이 되어 어리석은 상태로 이 세상 한가운데에 서 있는 것이다. 그러나 그에 대한 슬픔은 느낄 수가 없었다. 아니, 그는 오히려 웃고 싶은 커다란 매력을 느꼈다. 자신에 대하여 웃고, 이 이상야릇하고 바보 같은 세상에 대하여 웃고 싶었다.

"넌 내리막길을 걷고 있다!" 그는 혼잣말을 하고서 웃음을 터뜨렸다. 그 말을 할 때, 그의 시선은 강물을 향하고 있었다. 그는 강물도 내리막으로 흐르는 것을 보았다. 끊임없이 아래로 흐르면서, 노래를 부르고 즐거워하고 있었다. 그것이 아주 마음에 들었다. 그는 다정하게 강물에 미소를 보냈다. 이곳이 바로 그가 옛날에, 약 백 년 전에, 빠져 죽으려 했던 그 강물이 아니었던가? 아니면 그런 꿈을 꾸었던 것일까?

내 인생은 정말로 이상스러웠다. 그는 이렇게 생각했다. 이상스런 우회로를 돌아왔다. 소년 시절에는 신들과 제사 일에만 관심을 쏟았었다. 청년 시절에는 오로지 고행과 사색과 침잠에 관심을 쏟았고, 브라마를 추구하였으며, 아트만에 깃든 영원성을 숭배하였다. 젊은 성년 시절에는 참회자들을 따라가 숲속에서 살았고, 더위와 추위를 견뎌내며 굶는 법을 배우고, 내 육신을 소멸시키는 법을 배웠다. 그러다가 놀랍게도 위대한 부처의 가르침에서 깨달음을 얻었으며, 세상의 단일성에 대한 인식이 내 자신의 혈액과 마찬가지로 나의 내면에서 순환한다는 것을 느꼈다. 그러나 부처로부터도, 그 위대한 인식으로부터도 또다시 떠나지 않으면 안 되었다. 나는 떠나왔다. 그리고 카말라에게서 사랑의 쾌락을 배웠고, 카마스와미에게서 장사를 배웠으며, 산더미처럼 돈을 모았고, 물 쓰듯 돈을 썼으며, 내 위장을 사랑하는 법을 배웠고, 내 관능에 아첨하는 법을 배웠다. 그렇게 난 오랜 세월을 보냈다. 정신을 잃어버리고, 사색하는 법을 다시 잊어버리고, 단일성을 망각해 버렸다. 이렇게 나는 서서히 먼 길을 돌아 성인에서 어린아이가 되고, 사색가가 어린아이 같은 인간이 된 것 같다. 그렇지 않은가? 그렇지만 이 길은 너무나 좋았었다. 내 가슴속의 새도 죽지 않았다. 그러나 대체 무슨 길이 이렇단 말인가! 그저 내가 다시 어린아이가 되고, 새로 시작할 수 있기 위하여, 이렇게 많은 어리석은 짓을 하고, 이렇게 많은 악덕을 저지르고, 이렇게 많은 오류를 범하고, 이렇게 많은 구토와 환멸과 비참함을 통해 가는 길을 걸어야만 했단 말인가. 하지만 그것은 올바른 길이었다. 내 마음이 그렇다고 말하고, 두 눈이 웃음을 짓고 있다. 내가 절망을 체험해야만 했고, 모든 생각들 중 가장 어리석은 생각, 즉 자살을 생각할 정도로 나락의 구렁텅이에 떨어져야만 했던 것은, 오로지 내가 자비를 체험할 수 있고, 다시 옴을 들을 수 있기 위해서였으며, 다시 제대로 깊은 잠을 자고, 제대로 깨어날 수 있기 위해서였다. 내가 바보가 되지 않으면 안 되었던 것은, 나의 내면에서 다시 아트만을 발견하기 위해서였다. 내가 죄를 짓지 않으면 안 되었던 것은, 다시 살아갈 수 있기 위해서였다. 나의 인생길은 나를 다시 어디로 끌고 갈 것인가? 이 길은 멍청할 수 있다. 꾸불꾸불한 길일 수도 있고, 돌고 도는 길일 수도 있다. 가고 싶은 대로 가라고 하자. 나는 그 길을 따라갈 것이다.

놀랍게도 그는 가슴속에서 기쁨이 용솟음치는 것을 느꼈다.

대체 어디에서, 그는 자기 마음에 물어보았다. 대체 어디에서 이런 즐거움이 솟아오르는가? 그 기쁨은 나를 그토록 편안하게 해준 그 깊은 단잠에서 생겨나는 것일까? 아니면 내가 무심코 말했던 옴이라는 말에서 나오는 것일까? 아니면 내가 빠져나왔다는 것에서, 내 도주가 성공했다는 점에서, 마침내 내가 다시 자유로워지고, 하늘 아래 어린아이처럼 서 있다는 사실에서 생겨나는 것일까? 아, 이렇게 도망쳐 나왔다는 것이, 이렇게 자유로워졌다는 것이 얼마나 좋단 말인가! 이곳 공기는 얼마나 깨끗하고 아름다우며, 숨쉬기에 얼마나 좋은가! 내가 도망쳐 나온 그곳, 그곳에서는 모든 것에서 향유 냄새, 향료 냄새, 술 냄새, 포만 냄새, 그리고 태만의 냄새가 났다. 나는 이런 부자들, 미식가들, 도박꾼들의 세계를 얼마나 증오하였던가! 이런 끔찍한 세계에 그토록 오랫동안 머물러 있었기에, 나는 나 자신을 얼마나 증오하였던가! 얼마나 나 자신을 증오하고, 나 자신을 포기하고, 독살하려 하고, 학대하였으며, 나 자신을 얼마나 늙고 사악하게 만들었던가! 그래, 예전에는 즐겨 그러했지만, 앞으로는 절대로 싯다르타가 현명하다고 착각하진 않을 것이다! 그렇지만 나 자신에 대한 증오심을 중단하고, 그 바보스럽고 황량한 생활에 종지부를 찍은 것, 그것은 잘한 일이었다. 그건 마음에 든다. 그것은 잘 했다고 칭찬하지 않을 수가 없다. 싯다르타야, 나 너를 칭찬하노라. 그토록 오랫동안 어리석은 세월을 보내고서, 다시 한 번 기발한 생각을 해냈구나! 넌 무엇인가를 해냈고, 네 가슴속의 새가 노래하는 소리를 듣고, 그 새를 따라가게 되었구나!

이렇게 그는 자신을 칭찬하였다. 자신에 대한 기쁨도 느꼈다. 너무나 배가 고파 위가 꼬르륵거리는 소리를 신기하게 듣기도 했다.

그는 최근 며칠 동안에 한 조각의 고통과 한 조각의 비참함을 남김 없이 맛보고 뱉어 버렸으며, 절망에 이르고 죽음에 이를 정도로까지 다 먹어치웠다고 느꼈다. 그것은 잘한 일이었다. 만일 그가 카마스와미 집에 오래 머물면서 돈이나 벌고, 물 쓰듯 돈을 낭비하고, 배를 살찌우고, 영혼을 목마르게 할 수 있었다면, 만일 그가 계속 부드럽고 쿠션이 푹신푹신한 지옥에서 오랫동안 지낼 수 있었다면, 이런 일은 찾아오지 않았을 것이다. 즉 전혀 아무런 위안도 되지 않는 참담한 절망의 순간, 흐르는 강물 위에 몸을 던져 자신을 파멸시킬 준비를 갖춘 극단적인 순간은 찾아오지 않았을 것이다. 그가 이러한 절망을, 이런 극심한 구토를 느꼈다는 것, 그리고 그가 그런 것들에 굴복하지 않았다는 것, 즐거운 원천이며 즐거운 소리인 그 새가 그의 내면에 여전히 살아 있다는 것, 이런 것들 때문에 그는 기쁨을 느꼈다. 이런 것들 때문에 웃음을 웃었고, 이런 것들 때문에 그의 얼굴은 반백이 된 머리 아래에서 환하게 빛나고 있었다.

그는 생각했다. "알아야 할 것들을 모두 몸소 맛본다는 것은 좋은 일이다. 속세의 쾌락과 재물이 선(善)한 것만은 아니라는 점을 나는 이미 어린 시절에 배웠다. 그걸 안 것은 오래되었지만, 지금에서야 그걸 직접 체험하였다. 이제 그 사실을 알게 되었다. 기억으로만 아는 것이 아니라, 직접 두 눈으로, 가슴으로, 위장으로 알게 되었다. 그것을 알게 되어 정말 다행이다!"

오랫동안 그는 자기 변신에 대해 곰곰이 생각해 보았고, 그 새가 기쁨에 겨워 울어대는 소리에 귀를 기울였다. 그의 내면에 있는 이 새는 죽지 않았던가? 그는 이 새의 죽음을 느끼지 않았던가? 그렇다, 그의 내면에 있는 어떤 다른 것이 죽었다. 오래전부터 죽음을 갈망해 오던 그 무엇인가가 죽었던 것이다. 그것은 언젠가 작열하는 태양 아래에서 참회자 생활을 하던 시절에 그가 죽여 버리고자 했던 바로 그것이 아닐까? 죽은 것은 바로 그의 자아가 아닐까? 그는 이 작고 불안하고 오만스런 자아와 오랜 세월 동안 투쟁해 왔고, 언제나 그에게 패배를 당했으며, 사멸시킨 다음에도 자아는 매번 다시 살아나서, 기쁨을 금지시키고, 두려움을 느끼게 했다. 마침내 오늘 이 숲속의 사랑스런 강가에서 죽음을 맞이한 것이 바로 그것이 아닐까? 그가 지금 어린아이처럼 이렇게 확신으로 가득 차고, 아무런 두려움도 없이, 이렇게 기쁨으로 가득 차 있는 것은, 바로 이 죽음 때문이 아닐까?

이제 싯다르타는 바라문으로서, 또 참회자로서 자아와 투쟁하였는데, 어찌하여 헛된 일이 되어 버렸는지도 예감하였다. 너무 많은 지식이, 너무 많은 성스러운 시구들이, 너무 많은 제사규칙들이, 너무 많은 금욕 생활이, 너무 많은 행위와 노력이 그를 방해하였던 것이다! 그는 자만심으로 가득 차 있었다. 언제나 가장 현명한 자였고, 언제나 최고의 열성파였고, 언제나 다른 사람들보다 한 걸음 앞서 있었으며, 언제나 식자(識者)이며 정신인(精神人)이었고, 언제나 사제이거나 현인(賢人)이었던 것이다. 그의 자아는 이런 사제 기질 속으로, 이런 교만 속으로, 이런 정신성 속으로 숨어들어 갔으며, 거기에 굳건히 자리잡고 성장해 가고 있었는데, 그는 단식과 참회를 하면서 자아를 죽인다고 생각했던 것이다. 이제야 그는 이런 사실을 깨달았다. 어떤 스승도 자기를 구원해 줄 수는 없다고 말한 내밀한 목소리가 옳았다는 것을 알게 되었다. 그래서 그는 속세로 들어가야만 했다. 쾌락과 권력에, 여자와 돈에 빠질 수밖에 없었고, 장사꾼, 주사위 노름꾼, 술꾼, 탐욕에 눈먼 자가 될 수밖에 없었다. 그러면서 그의 내면에 있던 사제 의식과 사문 의식이 죽어 버리게 되었다. 그 때문에 그는 이 추악한 세월을 계속 견뎌나가야만 했고, 구토감과 공허감을, 황량하고 타락한 인생의 무의미함을 이겨내야만 했다. 그러다가 결국 종말에 이르게 되고, 쓰디쓴 절망에 빠지게 되었으며, 탕자 싯다르타도, 탐욕자 싯다르타도 죽을 수가 있었던 것이다. 그는 죽었다. 새로운 싯다르타가 잠에서 깨어났다. 그도 늙을 것이다. 그도 언젠가는 죽어야만 할 것이다. 싯다르타는 덧없는 존재였다. 모든 형상이 덧없는 것이었다. 그러나 오늘 그는 젊었다. 어린아이 같았다. 이 새로운 싯다르타는 기쁨으로 가득 차 있었다.

그는 이런 생각을 하고 있었다. 미소를 지으면서 위에서 나는 소리에 귀를 기울였다. 감사하는 마음으로 벌이 붕붕거리는 소리를 들었다. 명랑한 기분으로 그는 흐르는 강물을 들여다보았다. 어떤 강물도 이처럼 마음에 들어본 적이 없었다. 흘러가는 강물의 소리와 비유가 이렇게 강렬하고 아름답게 들렸던 적이 한 번도 없었다. 강물이 그에게 무언가 특별한 것을 이야기할 것 같은 생각이 들었다. 그가 아직 알지 못하는 그 무엇인데, 그것이 그를 기다리는 것 같았다. 싯다르타는 이 강물에 빠져 죽으려 했었다. 지치고 절망한 과거의 싯다르타는 오늘 이 강물에 빠져 죽었다. 그러나 새로운 싯다르타는 이 흘러가는 강물에 깊은 사랑을 느꼈다. 그리고 이 강을 곧 다시 떠나지는 않겠다고 결심했다.

뱃사공

싯다르타는 생각했다. 난 강가에 머물 것이다. 이 강은 내가 옛날에 어린아이 같은 사람들에게로 가는 도중에 건넜던 바로 그 강이다. 그때에 어느 친절한 뱃사공이 나를 건네다주었는데, 그분에게 가보아야겠다. 그 오두막집으로부터 나의 새로운 인생길이 시작되었었다. 그런데 그 인생은 이제 옛것이 되고 죽어 버렸다. ─ 지금 내가 갈 길, 지금의 새로운 인생도 그곳으로부터 출발했으면 좋겠다!

그는 다정한 눈길로 흘러가는 강물을, 속이 들여다보이는 투명한 초록빛 강물을, 불가사의한 무늬를 만들어 내는 수정 같은 잔물결을 바라보았다. 밝게 빛나는 진주 같은 물방울들이 깊은 물속에서 솟아오르고, 고요한 물거품들이 거울 같은 수면 위에 떠다니고, 그 속에 푸른 하늘이 그대로 반사되고 있는 것이 보였다. 강물은 수천 개의 눈으로 그를 바라보고 있었다. 초록빛 눈으로,

하얀색 눈으로, 수정 같이 투명한 눈으로, 파란 하늘색 눈으로 바라보았다. 그는 이 강물을 얼마나 사랑하고 있는가! 강물은 그를 얼마나 황홀하게 해주고 있는가! 그는 이 강물에 얼마나 감사하고 있단 말인가! 마음속에서 새로이 깨어난 음성이 말하는 소리가 들렸다. 그 소리는 이렇게 말했다. 강물을 사랑하라! 강물 옆에 머물러라! 강물로부터 배워라! 오, 그래, 그는 강물로부터 배울 것이다. 그는 강물에 귀를 기울일 것이다. 이 강물과 강물의 비밀을 이해하는 사람은 다른 많은 것을, 많은 비밀을, 모든 비밀을 이해하게 되리라는 생각이 들었다.

그러나 강물의 수많은 비밀 중에서 그는 오늘 단 한 가지만을 알게 되었다. 그런데 그것이 그의 영혼을 사로잡았다. 그가 알게 된 비밀은 이러했다. 이 강물은 흐르고 또 흘렀으며, 끊임없이 흘러갔다. 그렇지만 언제나 여기에 존재하고 있었다. 언제나 항상 동일한 것이지만, 매순간마다 새로웠다! 아, 누가 이걸 파악하고, 누가 이걸 이해하겠는가! 그도 이것을 이해하거나 파악하지는 못했다. 다만 예감이, 머나먼 추억이, 신적인 목소리가 움직이는 것을 느꼈을 따름이다.

싯다르타는 몸을 일으켰다. 뱃속에서 배고픔이 참을 수 없을 정도로 요동쳤다. 간신히 참으면서 그는 강변의 좁은 길을 따라 강을 거슬러 위쪽으로 계속 걸어갔다. 강물 흐르는 소리에 귀를 기울이고, 뱃속에서 배고파 쪼르륵거리는 소리에 귀를 기울였다.

그가 나루터에 다다랐을 때, 나룻배가 떠날 준비를 하고 있었다. 그리고 옛날 젊은 사문을 강 건너로 태워다준 바로 그 뱃사공이 나룻배 안에 서 있었다. 싯다르타는 그를 다시 알아보았다. 그 역시 아주 많이 늙어 있었다.

"저를 건네주시겠습니까?" 싯다르타가 물었다.

이렇게 고귀한 사람이 혼자서 걸어온 것을 보고 뱃사공은 깜짝 놀랐으며, 그를 나룻배에 태우고 노를 저어갔다.

"참으로 아름다운 삶을 택하셨습니다." 배를 탄 승객이 말했다. "매일 이 강가에 살면서, 배를 타고 그 위를 건너다닌다는 것은 틀림없이 아름다울 것입니다."

노 젓는 사공은 미소를 지으면서 몸을 흔들거렸다. "아름답지요, 나리. 말씀하신 그대로입니다. 하지만 모든 삶이, 모든 일이 아름답지 않겠습니까?"

"그럴 수도 있겠지요. 하지만 저는 당신이 부럽고, 당신이 하는 일이 부럽습니다."

"아, 당신은 이런 일에 대한 재미를 곧 잃고 말 것입니다. 이런 일은 멋진 옷을 입은 분들이 할 일이 아니지요."

싯다르타가 웃었다. "전 오늘 벌써 한 차례 제 옷 때문에 눈총을, 그것도 불신의 눈총을 받았습니다. 사공양반, 성가시기만 한 옷을 받아주시지 않겠습니까? 아셔야만 하겠는데, 전 뱃삯을 낼 돈이 하나도 없기 때문입니다."

"나리께서 농담을 하시는군요." 뱃사공이 웃었다.

"농담이 아닙니다, 사공양반. 생각해 보십시오, 전에도 한 번 당신은 보수도 받지 않고, 저를 배에 태워 이 강물을 건네준 적이 있습니다. 오늘도 그렇게 해주세요! 그 대신 제 옷을 받아주십시오."

"그럼 나리는 옷도 입지 않고 여행을 계속하실 작정입니까?"

"아, 제가 가장 바라는 것은 여행을 계속하지 않는 것입니다. 사공양반, 당신이 낡은 앞치마라도 하나 내주시고, 절 조수로, 아니, 제자로 받아들여 주시면 제일 좋겠습니다. 왜냐하면 전 우선 배를 다루는 법을 배워야 하기 때문입니다."

뱃사공은 탐색하는 듯 낯선 사람을 한참 바라보았다.

"이제 알아보겠군요." 마침내 그가 말했다. "당신은 언젠가 내 오두막집에서 묵었었지요. 아주 오래전 일이었어요. 족히 20년도 더 지난 것 같군요. 당신은 내 배로 강을 건넜지요. 그리고 우리는 친한 친구처럼 헤어졌어요. 당신은 사문이 아니었던가요? 이름은 생각나지 않는군요."

"제 이름은 싯다르타입니다. 지난번에 만났을 땐, 전 사문이었습니다."

"어서 오십시오, 싯다르타. 난 바수데바라고 합니다. 오늘도 내

손님이 되어 우리 오두막집에 묵기를 바랍니다. 그리고 당신은 어디에서 오는 길이며, 그 멋진 옷이 어찌하여 그렇게 성가신지 이야기해 주기 바랍니다."

그들은 강 한복판에 도달하였다. 그리고 바수데바는 흐르는 강물을 거슬러 올라가기 위해 더욱 힘을 주어 노를 저었다. 시선을 뱃머리에 둔 채로 그는 아무 말 없이 억센 두 팔로 노를 저어갔다. 싯다르타는 조용히 앉아 그를 바라보면서, 옛날 사문 시절의 마지막 날에 이 사람에 대한 사랑이 마음속에 용솟음치던 일을 회상해 보았다. 그는 바수데바의 초대를 감사히 받아들였다. 맞은편 강변에 도달했을 때, 그는 말뚝에 배를 단단히 붙잡아 매는 것을 도와주었다. 그런 다음 뱃사공이 그를 오두막집으로 들어가자고 했으며, 빵과 물을 대접했다. 싯다르타는 즐거운 마음으로 먹었다. 그리고 바수데바가 권하는 망고과일도 즐거운 마음으로 받아 먹었다.

그러고 나서 그들은 강변에 있는 나무그루터기에 나란히 걸터앉았다. 해가 서산에 넘어가고 있었다. 그리고 싯다르타는 뱃사공에게 자기 출신과 자기 인생을 이야기했다. 그리고 오늘, 바로 그 절망의 순간에, 자기 인생이 눈앞에 어떻게 보였던가 하는 것도 이야기했다. 이야기는 밤이 이슥해질 때까지 계속되었다.

바수데바는 크게 주의를 기울이며 경청하였다. 그는 싯다르타가 이야기하는 출신과 유년 시절, 모든 학습과 구도 행위, 모든 기쁨과 고난 등에 귀를 기울이며, 이 모든 것을 내면에 받아들였다. 이는 뱃사공의 가장 큰 미덕 중 하나였다. 경청하는 것을 제대로 이해하는 사람은 거의 없었다. 한 마디 말도 하지 않는데, 이야기하는 사람은 바수데바가 그의 말을 고요히 마음을 터놓고 느긋하게 받아들이고 있다는 것을 느꼈다. 바수데바가 말을 한 마디도 빠뜨리지 않고, 초조하게 다음 말을 기다리지도 않고, 곁들여 칭찬도 비난도 하지 않고, 그저 경청하기만 한다는 것을 느낄 수 있었다. 싯다르타는 이렇게 경청하는 사람에게 자신을 고백한다는 것, 그의 마음속에 자신의 인생과 자신의 구도와, 자신의 고뇌를 털어놓는다는 것이 얼마나 행복한 일인가를 느꼈다.

싯다르타의 이야기가 끝나갈 무렵에 그가 강가에 있는 야자나무에 관한 이야기를 했을 때, 깊은 물에 뛰어들려 했던 일에 대해, 성스러운 옴에 관해, 그리고 깜빡 졸았던 선잠 상태에서 깨어나서 강물에 대한 지극한 사랑을 느꼈던 일에 관해 이야기했을 때, 뱃사공은 주의력을 배가하여, 완전히 정신을 집중하고, 두 눈을 감은 채 귀를 기울여 듣고 있었다.

그러나 싯다르타는 더 이상 아무런 말도 하지 않았다. 긴 침묵이 흐른 다음에 바수데바가 말했다. "내가 생각했던 그대로군요. 강물이 당신에게 말을 했던 겁니다. 당신에게도 강물은 친구이며,

당신에게도 강물은 말을 한 것입니다. 잘된 일이에요, 아주 잘된 일이에요. 나의 친구, 싯다르타여, 내 집에 머물도록 해요. 옛날엔 아내가 있었지요. 그녀의 침상이 내 침상 옆에 놓여 있었지요. 그렇지만 그녀는 오래 전에 세상을 떠났습니다. 오랫동안 나는 홀로 살아왔지요. 이제 당신이 나와 함께 살도록 해요. 두 사람이 지낼 만한 공간도 있고, 먹을 것도 있어요."

"감사합니다." 싯다르타가 말했다. "감사드립니다. 그렇게 하겠습니다. 바수데바, 제 이야기를 그렇게 열심히 경청해 준 데 대해서도 감사드립니다! 경청하는 법을 터득한 사람은 아주 드물지요. 당신만큼 귀를 기울여 들을 줄 아는 사람을 아직 아무도 만나보지 못했습니다. 이 점에 있어서도 전 당신에게서 많은 걸 배우게 될 것입니다."

"당신도 배우게 될 겁니다." 바수데바가 말했다. "하지만 내게서가 아닙니다. 경청하는 법을 강물이 내게 가르쳐 주었어요. 당신도 강물에게서 그걸 배우게 될 겁니다. 그는, 그 강물은 모든 걸 알고 있지요. 모든 것을 그에게서 배울 수 있습니다. 생각해 보세요, 당신은 이미 강물에게서 아래를 추구하는 것, 가라앉는 것, 깊은 곳을 찾아가는 것이 좋다는 사실도 배웠어요. 부유하고 고귀한 싯다르타가 노 젓는 하인이 되리라. 학식 높은 바라문 싯다르타가 뱃사공이 되리라. 이런 것들도 강물이 당신에게 들려준 말입니다.

당신은 다른 것들도 강물에게서 배우게 될 겁니다."

오랜 침묵이 흐른 다음에 싯다르타가 말했다. "다른 어떤 것들 말인가요, 바수데바?"

바수데바는 몸을 일으켰다. "시간이 늦었어요." 그가 말했다. "잠을 자러 가지요. 오, 친구여, 당신에게 그 '다른 것들'이 뭐라고 말해줄 수가 없어요. 당신이 배우게 될 겁니다. 어쩌면 당신은 그 것도 이미 알고 있을지 모릅니다. 생각해 보세요, 난 학자가 아니 에요. 말하는 법도 모르고, 사색하는 법도 모릅니다. 그저 남의 말을 경청하는 법과 경건하게 사는 법만 알고 있어요. 그 외에는 아무것도 배운 것이 없어요. 내가 그런 걸 말하고 가르칠 수 있다 면, 현인이 되었을지도 모르지요. 그래서 난 그저 뱃사공이 된 것 이오. 그리고 내 임무는 사람들이 이 강을 건너게 해주는 일입니 다. 나는 수많은 사람들, 수천의 사람들을 건네주었지요. 내 강이 그들에게는 그저 여행길에 만나는 장애물에 지나지 않았어요. 그 들은 돈과 사업을 찾아서, 결혼을 하거나 순례를 하기 위해서 여 행을 했습니다. 그들에게 이 강물은 방해가 되었지요. 그리고 그 들이 장애물을 신속하게 넘어가도록 해주기 위해, 뱃사공이 있는 겁니다. 그러나 그들 수천 명 가운데 몇 사람에게만은, 넷이나 다 섯 명 정도의 아주 적은 사람들에게는, 이 강물이 장애가 되지 않 았습니다. 그들이 강물의 소리를 들었기 때문이지요. 강물 소리를 경청했던 것입니다. 내게 그러했던 것처럼, 강물이 그들에게도 성스러워진 것입니다. 싯다르타, 이제 우리 쉬러 가도록 합시다."

싯다르타는 뱃사공 집에 머물렀고, 나룻배 다루는 법을 배웠다. 나루터에 할 일이 없을 때에는 바수데바와 함께 벼논에 나가 일을 하거나, 땔나무를 해오거나, 바나나나무의 열매를 따거나 했다. 그는 목재로 노를 만드는 법을 배우고, 나룻배를 수선하는 법을 배우고, 바구니를 짜는 법을 배웠다. 그는 배우는 모든 것을 즐거워했다. 그러는 동안 많은 날과 달이 빠르게 지나갔다. 바수데바가 가르칠 수 있는 것보다, 훨씬 더 많은 것을 강물이 가르쳤다. 강물에게서 그는 끊임없이 배웠다. 무엇보다도 그는 경청하는 법을 배웠다. 고요한 마음으로, 기다릴 줄 아는 활짝 열린 영혼으로, 아무런 격정도 없고, 소망도 없고, 비판도 없고, 의견도 없이, 귀를 기울여 듣는 법을 배웠다.

바수데바와 더불어 그는 다정하게 살았다. 때때로 서로 의견을 교환하기도 했다. 아주 적은, 오랫동안 숙고한 말들만 나누었다. 바수데바는 말을 좋아하는 사람이 아니었다. 싯다르타로서는 그의 말문을 열게 하는 것이 쉽지가 않았다.

언젠가 싯다르타가 물었다. "당신도 그 비밀을, 즉 시간이란 존재하지 않는다는 비밀을 강물에서 배우셨나요?"

바수데바의 얼굴에는 밝은 미소가 흘렀다.

"그래요, 싯다르타." 그가 말했다. "당신이 말하려는 게, 이런 것이겠지요? 강물은 어디에서나 동시에 존재한다. 강물 원천이나 강어귀에서, 폭포나 나루터에서, 강 여울목이나 바다나 산에서, 어디에서나 동시에 존재한다. 그리고 강물에는 현재만이 존재할 뿐, 미래라는 그림자는 없다. 이런 것이지요?"

"그렇습니다." 싯다르타가 말했다. "그리고 이걸 배웠을 때, 전제 인생을 바라보게 되었지요. 그 인생도 강물과 같았습니다. 소년 싯다르타와 장년 싯다르타와 노년 싯다르타는 그저 그림자를 통해 분리되었을 뿐, 실제로 분리된 게 아니었습니다. 싯다르타의 전생(前生)들도 과거가 아니었고, 그의 죽음이나 브라마로 돌아간다는 것도 미래가 아니었습니다. 과거에 아무것도 존재하지 않았으며, 미래에 아무것도 존재하지 않을 것입니다. 모든 것은 현존하고 있으며, 모든 것은 본질과 현재를 지니고 있는 것입니다."

싯다르타는 황홀경에 빠져 말하였다. 이러한 깨달음이 그를 깊이 기쁘게 하였던 것이다. 아, 일체의 번뇌란 바로 시간 때문이 아니었던가? 괴로워하는 것, 두려워하는 것도 시간 때문이 아니었던가? 그렇다면 우리가 그 시간이라는 것을 극복하자마자, 우리가 그 시간이라는 것을 없는 것이라 생각할 수 있게 되자마자, 이 세상의 힘든 일이나 적대감이 모두 제거되고 극복되는 것이 아닐까? 그는 황홀경에 빠져 말하였다. 그러나 바수데바는 광채가 비치는 얼굴에 미소를 짓고, 그의 말이 맞는 듯 고개를 끄덕였다. 아무 말 없이 고개만 끄덕이고는, 손으로 싯다르타의 어깨를 쓰다듬어 주었다. 그러고는 몸을 돌려 자기 일을 하러 갔다.

또 언젠가 한번은 장마철이 되어 강물이 불어났고, 무서운 소리를 내며 힘차게 흘러갔다. 그때 싯다르타가 말했다. "오, 친구여, 강물은 많은 소리를, 아주 많은 소리를 가지고 있어요, 그렇지 않나요? 강물은 제왕의 소리, 전사(戰士)의 소리, 황소의 소리, 야조(夜鳥)의 소리, 출산부의 소리, 탄식하는 사람의 소리, 그 외에도 수천 가지의 다른 소리를 갖고 있지 않나요?"

"그렇지요." 바수데바가 고개를 끄덕였다. "강물 소리에는 삼라만상의 모든 소리가 다 들어 있지요."

"그렇다면……" 싯다르타가 말을 계속했다. "수만 가지의 모든 소리를 동시에 경청할 수 있다면, 강물이 무슨 말을 하는지도 아시겠군요?"

바수데바의 얼굴에 행복한 미소가 감돌았다. 그는 싯다르타에게로 몸을 굽혔고, 그의 귀에다 대고 성스러운 옴을 말하였다. 이 소리는 싯다르타도 들었었던 바로 그 옴이었다.

한 번 두 번 거듭되면서 그의 미소는 점점 뱃사공의 미소를 닮아 갔으며, 거의 똑같이 밝은 광채가 났다. 똑같이 행복으로 반짝였고, 똑같이 수천 개의 잔주름으로 빛을 발했으며, 똑같이 어린아이처럼 천진난만하고, 똑같이 백발의 노인다워 보였다. 많은 여행자들이 그 두 사람의 뱃사공을 보게 되면, 그들을 형제라고 생각했다. 저녁이면 종종 두 사람은 강변에 있는 나무그루터기 위에 함께 앉아, 아무 말 없이 강물 소리에 귀를 기울였다. 그 소리는 그들에게 물소리가 아니라, 생명의 소리, 현존의 소리, 영원한 생성의 소리였다. 그 두 사람은 강물 소리를 경청하면서 때로는 똑같은 것들을 생각하곤 했다. 엊그제 함께 나누었던 대화를, 얼굴과 운명이 그들 마음에 남아 있는 어느 여행자를, 죽음을, 그들의 유년 시절을 생각했다. 그리고 강물이 무언가 좋은 말을 들려줄 때면, 그와 똑같은 순간에 두 사람은 서로를 바라보았다. 두 사람은 똑같은 것을 생각하면서, 똑같은 질문에 똑같은 답변을 받은 것에 대해 기뻐하였다.

그 나루터와 뱃사공 두 사람으로부터 무엇인가가 풍겨 나오는 것 같았다. 여행자들 중 많은 사람들이 그 분위기를 느끼기도 했다. 어떤 때는 길 가던 나그네가 두 뱃사공 중 한 사람의 얼굴을 들여다보고서는 자기 인생 이야기를 시작하고, 고민을 털어놓고, 잘못한 일을 고백하며, 위로와 충고를 간청하는 일이 생기기도 했다. 또 어떤 때는 어떤 사람이 그들 집에서 하룻밤을 지내며, 강물 소리를 경청하게 해달라고 부탁하는 일도 생겼다. 그런가 하면 이 나루터에 두 사람의 현인인지, 마술사인지, 성자인지가 살고 있다는 이야기를 듣고 호기심에 찬 사람들이 찾아오는 경우도 있었다. 이 호기심 많은 사람들은 여러 가지 질문을 해보기도 했지만, 아무런 답변도 듣질 못했고, 어떤 마술사도 현인도 찾아내지 못했다. 다만 벙어리처럼 말이 없고, 어딘가 괴상하고 멍청해 보이는 친절한 늙은이 두 사람을 찾아냈을 뿐이다. 그러고 나면 이 호기심 많은 사람들은 껄껄 웃어대면서, 사람들이 얼마나 어리석고 쉽게 믿어버리면 그런 헛소문을 퍼뜨리겠느냐고 떠들어대는 것이었다.

여러 해가 흘렀지만, 아무도 그 세월을 헤아리지 않았다. 그러던 어느 날 부처 고타마를 신봉하는 승려들이 순례하며 그곳까지 왔으며, 그들에게 강을 건너게 해달라고 부탁했다. 뱃사공들은 그들이 서둘러 위대한 스승에게로 돌아가는 길이라는 이야기를 들었다. 왜냐하면 세존이 위독하여 곧 인간으로 마지막 죽음을 죽고, 극락왕생하게 되리라는 소문이 퍼져 있기 때문이라는 것이다. 얼마 지나지 않아 다른 승려들이 무리를 지어 순례하며 찾아왔다. 뒤이어 또 한 무리가 찾아왔다. 승려들뿐만 아니라 대부분의 다른 여행자들이나 방랑객들도 오로지 고타마와 임박한 그의 입적(入寂)에 대해서만 이야기했다. 출정식(出征式)이나 제왕의 대관식이 있으면 온 나라 방방곡곡에서 사람들이 물밀듯 밀려오고 개미떼처럼 우글거리듯이, 사람들은 마치 어떤 마법의 힘에 이끌리는 것처럼, 위대한 부처가 입적을 기다리는 곳을 향하여 밀려가고 있었다. 거기에서는 엄청난 놀라운 일이 일어날 것이며, 당대의 위대한 완성자가 영광의 열반에 들 것이라는 소문이었다.

이때에 싯다르타는 죽어가는 현자를, 그 위대한 스승을 많이 생각했다. 그의 목소리는 중생을 훈계하고, 수십만에 이르는 사람들을 깨우쳐 주었다. 그도 언젠가 그의 목소리를 들은 적이 있고, 경외하는 마음으로 그의 성스러운 얼굴을 바라본 적이 있었다. 그는 다정한 마음으로 그를 생각하며, 그가 걸은 완성의 길을 눈앞에 그려보았다. 그리고 옛날 아직 젊었던 시절에 세존에게 건넸던 말들을 회상하면서 빙그레 미소를 지었다. 그건 오만하고 건방지기 짝이 없는 말들 같다는 생각이 들었다. 미소를 지으며 그는 이런 말들을 더듬어 보았다. 오래전부터 그는 고타마의 가르침을 받아들일 수는 없었지만, 그와는 떼려야 뗄 수 없는 관계임을 알고 있었다. 그렇다, 진실로 구도하는 자는, 진실로 도를 찾으려는 자는 어떤 가르침도 받아들일 수가 없다. 그러나 도를 찾은 자는 하나하나의 모든 가르침을, 하나하나의 모든 길을, 하나하나의 모든 목표를 긍정할 수 있다. 세상 그 어떤 것도 그런 경지의 성자를 영원 속에 살며 신적인 것을 호흡하는 수많은 다른 성자들과 떼어놓을 수는 없는 것이다.

그 많은 사람들이 죽어가는 부처를 향해 순례하던 이 무렵의 어느 날, 한때 가장 아름다웠던 고급기생 카말라도 그를 향해 순례하고 있었다. 그녀는 이미 오래전에 예전 생활을 청산하였다. 유락원을 고타마의 제자승려들에게 헌납하였고, 부처의 가르침에 귀의하였으며, 순례자들에게 다정한 친구이자 자선을 베푸는 여인들 중 한 사람이 되었다. 고타마의 입적이 임박했다는 소식을 듣고서, 그녀는 아들인 소년 싯다르타와 함께 소박한 옷차림으로 걸어서 길을 떠났던 것이다. 작은 아들과 함께 그 강가에 다다르게 되었다. 그러나 소년은 곧 지쳤고, 집으로 돌아가기를 원했다. 쉬어가자고 칭얼거리고, 먹을 것을 달라고 떼를 썼으며, 심술을 부리다가 울어 버리기까지 했다. 카말라는 아들과 함께 자주자주 쉬어가야만 했다. 아들은 그녀의 뜻에 거슬러 자기 고집을 부리는 데 습관이 들어 있었다. 그녀는 먹을 것을 주기도 하고, 그를 달래기도 했으며, 또 야단을 치기도 했다. 아들은 그가 무엇 때문에 어머니와 함께 알지도 못하는 곳으로, 성자로 죽어간다는 낯선 사람을 찾아, 이토록 힘들고 슬픈 순례여행을 해야만 하는지 이해가 되지 않았다. 그 사람이 죽든 말든, 이것이 소년에게 무슨 상관이란 말인가?

순례하는 이 두 사람이 바수데바의 나루터에서 멀지않은 곳에 다다랐을 때, 어린 소년 싯다르타는 어머니에게 또다시 쉬어가자고 졸라댔다. 카말라, 그녀 자신도 지쳐 있었다. 소년이 바나나 한 개를 먹고 있는 동안에 그녀는 땅바닥에 쭈그리고 앉았으며, 잠시 눈을 감은 채 쉬고 있었다. 그런데 갑자기 그녀가 비명을 질렀다. 소년이 깜짝 놀라 어머니를 쳐다보았다. 얼굴이 겁에 질려 창백해져 있었다. 옷자락 아래서 작고 검은 뱀 한 마리가 기어나왔다. 카말라가 뱀한테 물렸던 것이다.

사람들에게 도움을 청하기 위해 그들 두 사람은 급히 달려갔으며, 나루터 근처까지 가게 되었다. 거기에서 카말라는 쓰러졌고, 더 이상 갈 수가 없었다. 소년은 슬픔에 찬 비명을 질러댔다. 그동안에도 그는 입맞춤을 해대면서 어머니의 목을 끌어안았다. 그녀도 함께 큰 소리로 도와달라고 외쳐댔다. 그 소리가 나루터에 서 있던 바수데바의 귀에까지 들려왔다. 그는 재빨리 달려갔고, 그 여인을 팔로 안아 나룻배에 실었다. 소년도 함께 달려왔다. 세 사람 모두가 곧 오두막집에 이르렀다. 싯다르타는 마침 아궁이 옆에 서서 불을 지피고 있었다. 그는 눈을 들었고, 맨 먼저 소년의 얼굴을 보았다. 그 얼굴은 놀랍게도 그 자신을 연상시켰고, 잊어버린 과거를 기억나게 했다. 그 다음에 그는 카말라를 보았다. 그녀가 의식을 잃은 채 뱃사공의 팔에 안겨 있었지만, 당장 그녀를 알아보았다. 그리고 이제 그는 잊어버린 과거를 기억나게 했던 얼굴을 가진 소년이 자기 아들이라는 것을 깨달았다. 가슴속의 심장이 격렬하게 고동쳤다.

카말라의 상처를 깨끗이 씻어냈다. 그러나 이미 검게 변했고,

몸도 부어 있었다. 물약을 입속으로 넣어주었다. 의식이 돌아왔다. 그녀는 오두막 안에 있는 싯다르타의 침상에 누워 있었다. 예전에 그녀를 그토록 사랑했던 싯다르타가 몸을 굽혀 그녀를 바라보며 서 있었다. 그녀는 꿈을 꾸는 것 같았다. 미소를 지으며 옛날 애인의 얼굴을 바라보았다. 아주 서서히 자기 처지를 깨닫게 되었다. 뱀에게 물렸다는 것을 기억해 냈고, 불안한 목소리로 소년을 찾았다.

"당신 곁에 있으니, 걱정 말아요." 싯다르타가 말했다.

카말라는 그의 두 눈을 쳐다보았다. 독 기운에 마비되어, 간신히 혀를 움직여 말했다. "많이 늙으셨군요, 내 사랑." 그녀가 말했다. "머리가 하얗게 세었어요. 그렇지만 당신은 옛날에 제대로 옷도 입지 않은 채, 먼지가 잔뜩 묻은 맨발로 우리집 정원으로 들어왔던 젊은 사문 모습 그대로예요. 당신이 나와 카마스와미를 떠났던 당시에 사문을 닮았던 것보다도, 지금 당신의 모습이 훨씬 더 사문을 닮았어요. 싯다르타, 눈매가 젊은 사문 시절의 눈매와 똑같아요. 아, 저도 늙었지요. 늙었어요. ― 그런데 절 알아볼 수가 있었나요?"

싯다르타는 미소를 지었다. "내 사랑, 카말라, 당장에 당신을 알아보았다오."

카말라가 자기 사내아이를 가리키며 말했다.

"이 아이도 알아보셨나요? 그 앤 당신 아들이에요."

그녀의 두 눈 초점이 흐트러지더니, 이내 감겨 버렸다. 소년이 울음을 터뜨렸다. 싯다르타는 그 아이를 무릎에 앉혔다. 그대로 울도록 내버려두고, 머리를 쓰다듬어 주었다. 그 아이의 얼굴을 내려다보면서, 그 자신이 어린 소년 시절에 배웠던 바라문의 기도가 생각났다. 천천히, 노래하는 목소리로, 그 기도를 읊조리기 시작했다. 지난 과거와 어린 시절로부터의 말들이 물 흐르듯 흘러나왔다. 노래같이 읊조리는 소리를 들으면서 소년은 진정되었고, 이따금 훌쩍거리기도 하다가 잠이 들었다. 싯다르타는 아이를 바수데바의 침상에 눕혔다. 바수데바는 아궁이 옆에 서서 쌀밥을 짓고 있었다. 싯다르타가 눈길을 보내자, 그도 미소를 지으며 응답의 눈길을 보내왔다.

"그녀는 죽을 것입니다." 싯다르타가 나직이 말했다.

바수데바가 고개를 끄덕였다. 그의 다정스런 얼굴에 아궁이에서 비쳐 나오는 불빛이 아른거렸다.

다시 한 번 카말라는 의식을 찾아 깨어났다. 그녀의 얼굴은 고통으로 일그러졌다. 싯다르타의 눈은 그녀의 입에, 창백해진 뺨에 드리운 고통을 읽고 있었다. 그는 조용히, 주의 깊게, 기다리면서 그 고통을 읽었고, 그녀의 고통 속으로 침잠하였다. 카말라는 그것을 느끼고 있었다. 그녀의 시선이 그의 눈을 찾았다.

그를 바라보면서 그녀가 말했다. "이제 당신의 두 눈도 달라졌다는 것을 알겠어요. 완전히 달라졌어요. 그런데 뭘 보고 당신이 싯다르타라는 걸 알아보는 걸까요? 당신이기도 하고, 당신이 아니기도 한데요."

싯다르타는 아무 말도 하지 않았다. 조용히 두 눈으로 그녀의 두 눈을 바라보기만 했다.

"그걸 이루셨나요?" 그녀가 물었다. "평화를 찾으셨나요?"

그는 미소를 지었다. 그리고 그녀의 손에 자신의 손을 올려놓았다.

"그것이 보여요." 그녀가 말했다. "그것이 보여요. 저도 평화를 찾을 거예요."

"당신은 평화를 찾았소." 싯다르타가 속삭이듯 말했다.

카말라는 꼼짝도 하지 않고 그의 눈을 들여다보았다. 그리고 그녀는 완성자의 얼굴을 보기 위하여, 그 완성자의 평화를 호흡하기 위하여, 고타마에게로 순례하려고 했다. 그런데 고타마 대신에 싯다르타를 만나게 되었다. 그것은 잘된 일이다. 고타마를 만난 것만큼이나 잘된 일이다. 이렇게 생각했다. 이런 생각을 그에게 이야기하고 싶었다. 그러나 혀가 더 이상 그녀의 뜻을 따라주지 않았다. 아무 말 없이 그를 바라보기만 했다. 그는 그녀의 눈에서 생명의 빛이 꺼져가는 것을 알았다. 마지막 고통이 그녀의 눈을 가득 채우며 터져 나왔을 때, 마지막 전율이 그녀의 사지에 퍼졌을 때, 그의 손가락이 그녀의 눈을 감겨주었다.

오랫동안 그는 앉아 있었다. 그리고 영원히 잠든 그녀의 얼굴을 바라보았다. 오랫동안 그는 그녀의 입을 바라보았다. 입술이 얇아진, 늙고 피로에 지친 입을 살펴보았다. 언젠가 봄날 같던 청춘 시절에 그가 이 입을 막 터진 무화과열매와 같다고 했던 기억이 났다. 오랫동안 그는 앉아 있었다. 그녀의 창백한 얼굴을 읽어 보고, 피로에 지친 주름살을 읽어 보았다. 그는 바라보는 일에 몰두해 있었다. 그 자신의 얼굴도 거기 누워 있는 것이 보였다. 그녀의 얼굴과 마찬가지로 창백하고. 마찬가지로 빛이 꺼져 있었다. 동시에 젊은 시절의 그의 얼굴과 그녀의 얼굴도 보였다. 입술은 빨갛고, 눈은 불타는 듯했다. 그러자 현재와 동시성의 감정이 완전히 그의 마음을 파고들어 왔다. 영원성의 감정에 사로잡혔다. 이 순간에 그는 모든 생명의 불멸성을, 모든 순간의 영원성을 깊이, 그 어느 때보다도 더 깊이 느꼈다.

그가 자리에서 일어났을 때, 바수데바가 쌀밥을 차려주었다. 그러나 싯다르타는 먹지 않았다. 두 노인은 염소를 키우는 마구간에 짚을 깔아 잠자리를 만들었다. 바수데바는 잠을 자려고 자리에 누웠다. 그러나 싯다르타는 밖으로 나가 밤새도록 오두막집 앞에 앉아 있었다. 강물 소리를 경청하면서, 과거라는 파도에 씻겨 넘어지기도 하고, 그가 살아온 인생의 모든 시간들과 만나기도 하고, 동시에 그 시간들에 둘러싸이기도 했다. 그러나 가끔씩 자리에서 일어나 오두막집 문 쪽으로 가서는, 소년이 잘 자는지 귀를 기울여 보기도 했다.

다음날 아침 일찍, 아직 해가 뜨기도 전에 바수데바가 마구간 밖으로 나와서는 친구에게로 다가갔다.

"한숨도 자지 않았군요." 그가 말했다.

"그래요, 바수데바. 여기 앉아 있었어요. 강물에 귀를 기울였어요. 강물은 제게 많은 이야기를 해주었어요. 아주 유익한 사상으로 제 마음을 깊이 채워 주었어요. 단일성 사상으로 말입니다."

"싯다르타, 당신은 고통스런 일을 겪었지요. 그러나 난 당신 마음에 아무런 슬픔도 깃들이지 않았다는 걸 알아요."

"그래요, 친애하는 분이여. 어찌 제가 슬퍼할 수 있겠습니까? 부유하고 행복했던 제가 지금은 더 부유해지고 더 행복해졌습니다. 아들을 선물로 받았으니까요."

"당신 아들은 나 역시 환영하지요. 싯다르타, 그렇지만 지금은 일을 하도록 합시다. 할 일이 많아요. 옛날에 내 아내가 죽었던 그 침상에서 카말라가 죽었어요. 옛날에 내 아내를 화장할 장작을 쌓았던 그 언덕에 카말라를 화장할 장작을 쌓도록 합시다."

소년이 아직 잠자고 있는 동안에, 그들은 장작더미를 쌓았다.

아들

      소년은 겁먹은 듯 울먹이면서 어머니의 장례식에 참석하였다. 그는 침울하고 겁먹은 듯 잠자코 싯다르타가 하는 말을 들었다. 싯다르타는 그를 아들로 맞아들였으며, 바수데바의 오두막집에서 함께 살기를 환영한다고 했다. 그는 얼굴이 창백한 채 며칠 동안이고 어머니 무덤가에 앉아 있었고, 아무것도 입에 대지 않으려 했다. 두 눈을 꼭 감고 마음의 문을 닫은 채, 자신의 운명을 거부하며 반항하였다.

    싯다르타는 그를 보살피며, 그가 하는 대로 내버려두었다. 그 아이의 슬픔을 존중했던 것이다. 싯다르타는 아들이 자기를 잘 알지도 못하고, 자기를 아버지로 사랑할 수도 없다는 것을 이해했다. 그는 서서히 열한 살 먹은 소년이 사치에 젖은 아이라는 것도, 어머니에게 귀여움만 받은 응석받이라는 것도 알게 되었다. 그리고 재물이 풍부한 습관에 젖어 자랐으며, 좋은 음식과 푹신한 침대에 익숙해 있고, 하인들을 부리는 습관에 젖어 있다는 것도 이해했다. 싯다르타는 사치에 물든 데다 어머니를 잃고 슬퍼하는 소년이 이 낯설고 가난에 찌든 상황에 갑자기 쉽사리 적응할 수는 없는 일이라고 생각했다. 그는 아이에게 강요하지 않았다. 아이를 위해 많은 일을 해주었으며, 언제나 가장 좋은 음식을 골라 먹였다. 느긋한 마음으로 다정하게 참고 기다리면서, 언젠가는 아이의 마음을 얻을 수 있기를 희망했다.

소년이 처음 그에게로 오게 되었을 때, 싯다르타는 자신이 부유하고 행복하다고 말했었다. 그동안 세월이 꽤 많이 흘렀다. 그런데도 소년은 여전히 낯설고 침울한 상태로 남아 있었다. 건방지고 반항적인 마음을 드러내고, 아무런 일도 하려 하지 않았으며, 두 노인을 공경하는 태도도 보여주지 않았고, 바수데바의 과일나무 열매를 몰래 따먹기도 하였다. 그러자 싯다르타는 아들과 함께 행복과 평화가 온 것이 아니라, 고통과 근심걱정이 찾아왔다는 것을 깨닫기 시작했다. 그러나 그는 소년을 사랑하였다. 소년이 없는 행복과 기쁨을 누리느니, 차라리 사랑의 고통과 근심걱정을 겪는 것이 더 낫다고 생각했다.

어린 싯다르타가 오두막집에 온 이후로부터 두 노인은 일을 분담하여 해오고 있었다. 바수데바는 뱃사공 일을 다시 혼자 떠맡았다. 싯다르타는 아들과 함께 있기 위하여 집안일과 들판 일을 전담했다.

오랜 시간 동안, 여러 달 동안 싯다르타는 아들이 자기를 이해하고, 자기의 사랑을 받아들이고, 혹시나 그 사랑에 응답해 주기를 기다렸다. 바수데바는 그냥 지켜보기만 하면서 여러 달을 기다렸다. 그냥 기다리며 아무 말도 하지 않았다.

그러던 어느 날 어린 싯다르타가 다시 심하게 반항하고 변덕을 부리며 아버지를 괴롭혔다. 밥그릇 두 개를 아버지한테 던져 깨버리기까지 했다. 바수데바는 그날 저녁 친구를 한쪽으로 데리고 가서 이야기를 나누었다.

"서운하게 여기진 말아줘요." 그가 말했다. "우정에 찬 마음에서 말하는 것이라오. 당신이 괴로워한다는 걸 알고 있어요. 근심 걱정에 싸였다는 걸 잘 알아요. 친애하는 친구여, 아들이 걱정이지요. 내게도 걱정이구요. 그 어린 새는 다른 생활에, 다른 보금자리에 익숙해 있어요. 그 아이는 당신처럼 구역질과 싫증이 나서 부(富)와 도시를 도망친 게 아니라, 자기 의지와는 상관없이 모든 것을 남겨두고 떠나야만 했던 것이오. 난 강물에게 물어보았소. 오, 친구여, 여러 번 물어보았지요. 그러나 강물은 웃기만 했소. 나를 비웃었지요. 나와 당신을 비웃고, 우리의 어리석음을 보고 몸을 흔들며 웃어댔다오. 물은 물끼리, 청춘은 청춘끼리 어울리려 하지요. 당신 아들은 지금 그가 성장할 수 있는 곳에 있는 게 아니오.

당신도 강물에게 물어보고, 당신도 강물의 대답을 들어봐요."

싯다르타는 괴로운 표정으로 그의 다정한 얼굴을 바라보았다. 수많은 그의 얼굴 주름살에는 지속적인 명랑성이 깃들어 있었다.

"제가 그 아이와 헤어질 수 있을까요?" 그는 부끄러운 듯 나지막하게 물었다. "제게 시간을 좀 주십시오, 친애하는 친구여! 보십시오, 전 그 아이를 얻으려 싸우고 있어요. 그 애 마음을 얻으려고 애쓰고 있어요. 사랑과 다정한 인내심으로 마음을 잡으려는 것입니다. 언젠가는 강물이 아이에게도 말할 겁니다. 그 아이도 소명을 받았으니까요."

바수데바의 미소가 한층 따사롭게 피어올랐다. "아, 그렇지요. 그 아이도 소명을 받았지요. 그 아이도 영원한 생명의 소명을 받았지요. 그렇지만 우리가, 당신과 내가 알 수 있을까요? 그 아이가 어떤 소명을 받았는지, 어떤 길을 가고, 어떤 행위를 하고, 어떤 고통을 겪도록 소명 받았는지 말이오? 그의 고통은 적지 않을 것이오. 그 아이의 마음은 자부심이 대단하고 아주 강해요. 그런 마음을 가진 사람들은 많은 고통을 겪고, 많은 방황을 하고, 많은 잘못을 저지르고, 많은 죄를 짊어질 수밖에 없어요. 친애하는 친구여, 말해 봐요. 당신이 아들을 양육하려는 건 아니지요? 그 아이를 강요하려는 것은 아니지요? 때리지는 않겠지요? 벌을 주려는 것은 아니겠지요?"

"아닙니다, 바수데바. 전 그런 짓은 하지 않습니다."

"나도 알고 있었소. 당신은 그에게 강요하지도 않고, 그 아일 때리지도 않고, 그에게 명령하지도 않을 거요. 왜냐하면 부드러운 것이 단단한 것보다 강하고, 물이 바위보다 강하며, 사랑이 폭력보다 강하다는 것을 당신이 잘 알고 있기 때문이오. 아주 잘하고 있어요. 그 점을 칭찬하고 싶어요. 그렇지만 당신이 그를 강요하지 않고, 벌을 주지 않는다고 생각하는 것은 당신의 착각이 아닐까요? 당신은 그를 사랑이라는 끈으로 묶어 놓고 있는 것은 아닐까요? 당신의 호의와 인내심으로 그 아이를 매일매일 부끄럽게 만들고, 그 아이를 점점 더 힘들게 만드는 건 아닐까요? 당신은 그 오만 불손하고 사치에 젖은 소년에게 바나나나 먹으며 살아가는 두 늙은이의 오두막집에서 살라고 강요하는 것은 아닐까요? 우리 두 늙은이이야 쌀밥만이라도 별미이지만, 우리 생각이 그 아이의 생각일 수는 없지요. 우리 마음은 늙고 고요하여 그 아이의 마음과 다를 것이며, 우리가 가는 길도 그 아이가 가는 길과 다르지 않을까요? 모든 사정이 이러한데 그 아이가 강요받고 있는 게 아닐까요? 벌을 받고 있는 게 아닐까요?"

싯다르타는 당황하여 시선을 아래로 떨어뜨렸다. 그는 나지막하게 물었다. "그럼 제가 어떻게 해야 한다고 생각하시나요?"

바수데바가 말했다. "아이를 도시로 데려가세요. 그 아이 어머니의 집으로 데려다 주라는 겁니다. 거기에는 아직 하인들이 살고 있을 테니, 그들에게 아이를 맡기도록 하세요. 그런데 거기에 아무도 살고 있지 않으면, 스승을 구해 맡기세요. 가르침 때문이 아니오. 다른 소년들과 어울려서, 그리고 소녀들과도 어울리면서, 그 아이가 속한 세계로 가서 살게 하자는 것입니다. 그런 생각을 한 번도 해보지 않았나요?"

"제 마음을 꿰뚫고 계시군요." 싯다르타가 슬픈 어조로 말했다. "종종 그런 생각을 했었습니다. 하지만 생각해 보십시오. 그렇잖아도 마음이 부드럽지 않은 그런 아이를 어떻게 세상으로 내보낼 수 있을까요? 그 아이가 교만해지지 않을까요? 쾌락과 권세의 늪에 빠져 버리지는 않을까요? 자기 아비가 저질렀던 잘못을 모두 되풀이하지는 않을까요? 혹시 윤회의 소용돌이 속에 완전히 휘말려 버리지는 않을까요?"

뱃사공의 미소가 밝게 피어올랐다. 그는 부드럽게 싯다르타의 팔을 어루만지면서 말했다. "친구여, 그 점에 대해서도 강물에게 물어보시오! 그 말을 듣고 강물이 비웃는 소리를 들어보시오! 당신이 저질렀던 어리석은 짓이 정말 아들에게 그런 운명을 벗어나도록 하기 위해서라고 생각하나요? 그리고 아들을 정말 윤회로부터 보호해 줄 수 있다는 건가요? 대체 어떻게 말이오? 가르침을 통해서, 기도를 통해서, 아니면 경고를 통해서 그럴 수 있겠소? 친구여, 당신은 언젠가 바로 이 자리에서 내게 들려주었던 그 이야기를, 바라문의 아들 싯다르타의 그 교훈적 이야기를 완전히 잊어버렸단 말인가요? 대체 누가 사문 싯다르타를 윤회로부터, 죄업으로부터, 탐욕으로부터, 어리석음으로부터 지켜주었던가요? 아버지의 경건함이, 스승들의 경고가 지켜주었나요? 아니면 자기 자신의 지식이, 자기 자신의 구도행위가 지켜줄 수 있었던가요? 어떤 아버지가, 어떤 스승이 사문 싯다르타가 스스로의 인생을 살아가고, 그러한 삶으로 스스로를 더럽히고, 스스로의 죄업을 짊어지고, 스스로 쓰디쓴 음료를 마시고, 스스로 자기 길을 찾아내는 것을 막아줄 수 있었나요? 친애하는 친구여, 혹시 누군가는 이런 길을 가지 않아도 될 거라고 생각하고 있나요? 당신이 아들을 사랑하기 때문에, 당신 아들은 이런 번뇌와 고통과 환멸을 겪지 않기를 바라기 때문에, 당신 아들은 그런 길을 가지 않아도 될 거라고 생각하나요? 하지만 당신이 아들 대신 열 번을 죽는다 해도, 작은 부분이라도 그의 운명을 대신할 수가 없을 것이오."

바수데바는 아직 한 번도 이렇게 말을 많이 한 적이 없었다. 싯다르타는 다정하게 감사하였고, 근심에 젖어 오두막 안으로 들어갔지만, 오랫동안 잠을 이루지 못했다. 바수데바가 말했던 것들 중에 그 스스로가 이미 생각하지 못했거나 알지 못했던 것은 하나도 없었다. 그러나 그것은 그가 실행할 수 없는 앎이었다. 그러한 앎보다는 자식에 대한 사랑이 더 강했고, 그의 애정과 자식을 잃지나 않을까 하는 그의 불안이 더 강했다. 그가 이전에 그 어떤 일에든 이렇게 마음을 완전히 빼앗겨본 적이 있었던가? 지금까지 이렇게 맹목적으로, 이렇게 괴로워하며, 이렇게 아무런 득이 없으면서도, 이렇게 행복하게 그 어떤 사람을 사랑해 본 적이 있었던가?

싯다르타는 친구의 충고를 따를 수가 없었다. 아들을 내줄 수가 없었다. 그는 아들이 명령을 해도 그대로 두었고, 경멸을 해도 그대로 참고 있었다. 그는 아무 말이 없이 기다리면서, 날마다 친절이라는 무언의 투쟁을, 인내라는 소리 없는 전쟁을 시작하였다. 바수데바도 아무 말 없었고, 친절하게, 알면서도 모르는 척, 참을성 있게 기다렸다. 인내하는 데 그들 두 사람은 대가가 되어 있었다.

언젠가 소년의 얼굴이 몹시 카말라를 생각나게 했다. 그때 갑자기 싯다르타는 오래전 젊은 시절에 카말라가 그에게 했던 말이 생각났다. "당신은 사랑을 할 수가 없어요." 그녀가 이렇게 말했었다. 그는 그녀의 말이 옳다고 인정했고, 자신을 하나의 별에, 그리고 어린아이 같은 인간들은 떨어지는 나뭇잎에 비교했었다. 그러면서도 그 말 속에는 비난의 소리도 숨어 있다는 것을 느꼈었다. 실제로 그는 이제껏 한 번도 다른 사람에게 완전히 빠져서 자신을 헌신할 수가 없었다. 다른 사람에 대한 사랑 때문에 자신을 망각하거나, 어리석은 짓을 저지를 수도 없었다. 그는 결코 그런 일을 할 수가 없었다. 그리고 그 당시에는 바로 이런 점이 그를 어린아이 같은 인간들과 구별해 주는 커다란 차이점이라고 생각했었다. 그러나 이제 아들이 나타난 이래로 싯다르타, 그도 완전히 그런 어린 아이와 같은 인간이 되어 버렸다. 한 인간 때문에 괴로워하고, 한 인간을 사랑하고, 어느 한 사랑에 빠져 버리고, 어느 한 사랑 때문에 바보가 되어 버렸다. 이제 그도 뒤늦게나마 일생에서 한 번쯤 아주 강하고 아주 야릇한 열정을 느껴보게 된 것이다. 그 열정으로 괴로워하고, 비참할 정도로 고통스러웠지만, 그는 행복에 젖어 있었고, 어느 정도 새로운 사람이 되었으며, 어느 정도 더 풍부해 졌다.

그는 이 사랑이, 아들에 대한 이 맹목적인 사랑이 하나의 열정이요, 무언가 아주 인간적인 것이라는 사실을 잘 느끼고 있었다. 이 사랑은 윤회이며, 흐릿한 원천이며, 어두운 강물이었다. 그렇지만 동시에 그는 그 사랑이 가치 없는 것이 아니라 필연적인 것이며, 자기 자신의 본질로부터 우러나온다는 것을 느꼈다. 이런 쾌락도 보상받고 싶고, 이런 고통도 맛보고 싶고, 이런 바보짓도 저질러 보고 싶었다.

그러는 동안 아들은 아버지가 바보짓을 하도록 내버려두었고, 자기 환심을 사려고 애쓰도록 내버려두었고, 매일매일 자기 기분을 맞추도록 내버려두었다. 아버지에게는 그를 매혹시킬 만한 것도 없었고, 그가 두려워할 만한 것도 하나 없었다. 이 아버지란 사람은 착한 사람이었다. 그는 착하고 선량하고 부드러운 사람이었다. 어쩌면 아주 경건한 사람일지도 모르고, 어쩌면 성인이었을지도 몰랐다. ― 이런 것들이 소년의 마음을 사로잡을 수 있는 특성은 아니었다. 그는 비참한 오두막집에 자기를 가둬 놓고 있는 아버지가 지겨웠다. 정말 지겨운 존재였다. 아무리 무례한 짓을 해도 미소로 대하고, 아무리 욕지거리를 해대도 다정하게 대하고, 아무리 악의를 보여도 선의로 대하고 있는데, 이런 것이야말로 늙고 음흉한 위선자의 아주 가증스런 술책 같았다. 소년은 오히려 아버지에게 위협을 받고, 학대를 당하는 편이 더 좋았을 것이다.

그러던 어느 날 마침내 어린 싯다르타의 성질이 폭발하여, 아버지에게 솔직하게 대드는 일이 벌어졌다. 아버지가 그에게 한 가지 일을 시키며, 섶나무를 해오라고 지시했다. 그러나 소년은 오두막 밖으로 나가질 않았다. 반항적으로 화를 내면서 방바닥을 마구 굴러댔다. 주먹을 불끈 쥐고서는 거세게 폭발하여 아버지 면전에다 증오와 멸시의 소리를 질러댔다.

"당신이나 가서 나무를 해오시오!" 그는 입에 거품을 물고 소리쳤다. "난 종이 아니란 말이에요. 당신이 때리지도 못한다는 걸 알고 있어요. 감히 그럴 수가 없는 거지요. 난요, 당신이 경건하고 관대하게 굴면서 계속 날 벌주려 하고, 소심하게 만들려 한다는 걸 알고 있어요. 당신은 내가 당신처럼 되길 바라고 있지요. 그렇게 경건하고, 그렇게 온화하고, 그렇게 현명하게 말예요! 하지만 난요, 들어보세요, 난요 당신을 괴롭힐 거예요. 당신 같은 사람이 되느니, 차라리 노상강도가 되든지 살인자가 되어서 지옥에나 갈 거란 말이에요! 난 당신을 증오해요. 당신은 절대로 내 아버지가 아니에요. 열 번이라도 당신이 우리 어머니 정부였다고 해도 말이에요!"

분노와 원망의 감정이 그의 마음속에 흘러넘쳤으며, 거칠고도 악의에 찬 수백 가지의 말들을 아버지 면전에 퍼부어댔다. 그러고 나서 소년은 집 밖으로 달려 나갔다가 저녁 늦게야 다시 돌아왔다.

그러나 다음날 아침에 그는 사라지고 없었다. 사공들이 뱃삯으로 받은 동전과 은화를 보관해 두었던 두 가지 색의 나무껍질로 엮어 만든 작은 바구니도 없어져 버렸다. 나룻배 역시 사라졌다. 싯다르타는 그 나룻배가 맞은 편 강변에 놓여 있는 것을 발견했다. 소년은 도망쳐 버린 것이었다.

"제가 뒤쫓아가 보아야겠습니다." 싯다르타가 말했다. 그는 어제 소년이 욕하는 소리를 들은 이후 비참한 심정이 되어 몸을 떨고 있었다. "어린애 혼자서는 숲을 빠져나갈 수가 없습니다. 죽고 말 겁니다. 바수데바, 강물을 건너가게 뗏목을 만들어야겠습니다."

"뗏목을 만듭시다." 바수데바가 말했다. "소년이 가져간 우리 나

롯배를 다시 가져오기 위해서 말입니다. 하지만 그 아이는 달아나도록 그냥 두어야 합니다. 친구여, 그는 이제 어린아이가 아닙니다. 스스로 빠져나갈 길도 알고 있어요. 그는 도시로 가는 길을 찾을 겁니다. 그가 옳아요. 그 점을 잊지 마세요. 그 아이는 당신이 실행하지 못했던 일을 한 겁니다. 그는 자기 자신을 돌보고 있는 것이며, 자기 갈 길을 가고 있는 겁니다. 아, 싯다르타, 당신이 괴로워하는 걸 알겠어요. 그러나 다른 사람들이라면 웃어넘겨 버릴 고통으로 괴로워하고 있는 거예요. 당신도 곧 그걸 웃어넘기게 될 겁니다."

싯다르타는 대답하지 않았다. 벌써 도끼를 손에 들고, 대나무로 뗏목을 만들기 시작했다. 그리고 바수데바는 풀을 꼬아 만든 새끼줄로 대나무줄기를 묶는 일을 도왔다. 그런 다음에 그들은 강을 건너기 시작했고, 물살에 밀려 멀리까지 떠내려갔다. 저편 강변에 도달하여 그들은 뗏목을 강물 위쪽으로 끌고 올라왔다.

"도끼는 왜 가져오셨나요?"

싯다르타가 물었다.

바수데바가 말했다.

"우리 나룻배의 노가 없어졌을 수도 있어서요."

싯다르타는 친구가 무슨 생각을 했었는지를 알 수 있었다. 그는 그 아이가 분풀이를 하기 위해서, 또는 추적해 오는 것을 방해하기 위해서, 노를 내던져 버렸거나 부숴 버렸을 거라고 생각했던 것이다. 그리고 사실 나룻배 안에는 노가 없었다. 바수데바는 나룻배 바닥을 가리켰고, 미소를 지으면서 친구를 바라보았다. 그는 이렇게 말하려는 것 같았다. "당신 아들이 무슨 말을 하고 싶은지 아직도 모르겠소? 그 아이가 추적당하고 싶어하지 않는다는 걸 아직도 모르겠소?" 그렇지만 이것을 직접 말로 표현하지는 않았다. 그는 노를 새로 만들기 시작했다. 그러나 싯다르타는 이미 떠나 버린, 도망친 아들을 찾아나섰다. 바수데바는 그를 말리지 않았다.

싯다르타가 오랫동안 숲속을 헤매고 있었다. 그때 갑자기 아들을 찾는 일이 쓸데없는 짓이라는 생각이 들었다. 그 소년이 따라잡을 수 없을 정도로 앞서가서 이미 시내에 들어가 있거나, 아니면 그가 아직 도시로 가는 중이라도 뒤쫓아오는 그를 피해 숨어 버릴 것이라는 생각이 들었다. 그는 계속해서 생각했다. 그 자신이 아들을 걱정하지 않고 있다는 것도 깨달았다. 그리고 깊은 내면에서는 아들이 죽지도 않았으며, 숲속에서 위험에 처하지도 않을 것이라는 사실도 알고 있었다. 그렇지만 그는 쉬지 않고 달려갔다. 아이를 구하기 위해서가 아니라, 혹시 아들의 모습을 다시 한 번 볼 수 있을까 하고 달려갔다. 그리하여 도시 근처에까지 달려가게 되었다.

도시 근처의 넓은 거리에 다다랐을 때, 그는 옛날에 카말라의 소유였던 아름다운 유락원 입구에 멈추어 섰다. 바로 여기에서 옛날에 가마에 탄 카말라를 처음 보았었다. 당시의 일들이 다시 그의 영혼 속에 떠올랐다. 그는 거기 서 있는 자신의 모습을 보았다. 수염이 덥수룩한 벌거벗은 젊은 사문이 머리에 먼지를 뒤집어쓴 모습이었다. 싯다르타는 오랫동안 거기에 서서, 열린 대문을 통해 유락원 안을 들여다보았다. 누런 법복을 입은 승려들이 아름다운 나무들 아래를 거닐고 있는 것이 보였다.

　그는 깊은 사색에 잠긴 채, 여러 가지 모습들을 보면서, 자기 인생길 이야기에 귀를 기울인 채 오랫동안 서 있었다. 한참 동안을 그렇게 서 있었고, 승려들을 바라보았다. 그런데 그의 눈에는 승려들 대신에 젊은 싯다르타가 보였고, 젊은 카말라가 높은 나무들 아래에서 거니는 모습이 보였다. 그가 카말라에게 대접을 받고, 그녀의 첫 번째 키스를 받아들이고, 그가 자신의 사문생활을 오만하고 경멸적으로 되돌아보면서, 오만하고 갈망하는 마음으로 세속생활을 시작하는 모습이 분명하게 보였다. 카마스와미도 보였고, 하인들과 연회, 주사위 노름꾼들과 악사들이 보였으며, 새장에 갇혀 있는 카말라의 울어대는 새도 보였다. 이 모든 것들이 다시 한 번 살아 있었으며, 윤회를 호흡했고, 다시 한 번 늙어갔고, 피로에 지쳐 있었다. 다시 한 번 구토를 느꼈고, 다시 한 번 자신을 말살시키고 싶은 소망을 느꼈으며, 다시 한 번 성스러운 옴의 힘으로 치유되었다.

그는 그 유락원 대문 옆에 오랫동안 서 있었다. 그 후에야 싯다르타는 자기를 이 자리까지 몰아왔던 욕망이 어리석었다는 것을 깨달았다. 그가 아들을 도와줄 수 없다는 것을, 그리고 아들에 집착해서도 안 된다는 것을 깨달았다. 그는 도망간 아들에 대한 사랑을 하나의 상처처럼 마음속 깊이 느꼈다. 그와 동시에 이 상처가 자기 마음을 들쑤셔 놓으라고 주어진 것이 아니라는 점을, 그리고 이 상처가 장차 꽃으로 피어나 광채를 발해야만 한다는 것을 느꼈다.

이 상처가 이 시간에 아직 꽃으로 피어나지 못하고, 아직 광채를 발하지 못한다는 사실이 그를 슬프게 했다. 도망친 아들을 찾아 그를 여기까지 달려오게 만들었던 희망에 찬 목적은 사라지고, 대신 그 자리에 공허함이 들어서 있었다. 슬픔에 젖어 그는 자리에 주저앉았다. 그의 마음속에서 무엇인가가 죽어가고 있음을 느꼈다. 공허함만을 느꼈으며, 더 이상 아무런 기쁨도, 아무런 목적도 보이지 않았다. 그는 침잠한 채 앉아서 기다렸다. 이것을 그는 강물에게서 배웠다. 오직 이 한 가지, 즉 기다리는 법, 인내하는 법, 경청하는 법을 배웠다. 그는 거리의 먼지를 뒤집어쓴 채 앉아서 귀를 기울여 들었다. 그는 피로에 지쳐 비통하게 고동치는 심장

소리를 경청하며, 하나의 소리를 기다리고 있었다. 몇 시간 동안이고 그는 쭈그리고 앉아서 귀를 기울였다. 더 이상 아무런 모습도 보이지 않았다. 공(空)의 상태에 가라앉았고, 깊이 침잠하였다. 아무런 길도 보이지 않았다. 그리고 상처가 불타오르는 것을 느낄 때면, 소리 없이 옴을 말했고, 옴으로 자신을 가득 채웠다. 유락원의 승려들이 그를 보았다. 그가 많은 시간 동안 쭈그리고 앉아 있고, 회색 머리카락 위에 먼지가 잔뜩 쌓였을 때, 승려 한 사람이 다가와서 바나나 두 개를 그 앞에 가져다놓았다. 노인은 그것을 쳐다보지도 않았다.

이렇게 무감각한 상태에서 그를 깨운 것은 그의 어깨를 매만진 하나의 손길이었다. 그는 어깨에 와 닿는 이 손길을, 그 부드럽고 조심성 있는 이 손길을 곧 알아차렸고, 정신을 차렸다. 그는 자리에서 일어났고, 자기를 뒤따라온 바수데바를 맞이했다. 그리고 그는 바수데바의 다정한 얼굴을 바라보았다. 온통 미소로 가득 찬 잔주름들과 명랑한 두 눈을 바라보았다. 그도 미소를 지었다. 이제야 그는 자기 앞에 바나나가 놓여 있는 것을 알았으며, 그것을 집어서 하나는 뱃사공에게 주고, 나머지 하나는 자기가 먹었다. 그러고 나서 그는 아무 말 없이 바수데바와 함께 숲으로 돌아갔다. 집으로 되돌아왔다. 오늘 일어났던 일에 대해 누구도 말하지 않았다. 누구도 그 아이의 이름을 입 밖에 내지 않았으며, 누구도 그의 도망이야기를 꺼내지 않았고, 누구도 그 상처에 대해 말하지 않았다. 오두막집에 들어와서 싯다르타는 침상에 누웠다. 그리고 한참 후에 바수데바가 야자유를 한 대접 갖다 주려고 들어가 보았다. 그는 이미 잠이 들어 있었다.

옴

그 후에도 오랫동안 상처는 화끈거렸다. 싯다르타는 아들이나 딸을 데리고 다니는 많은 여행자들을 건네주어야만 했다. 그런 사람들을 볼 때마다 그는 부러움을 느끼며 이렇게 생각했다. "이렇게 많은 사람들은, 이렇게 많은 수천의 사람들은 사랑에 가득 찬 행복을 누리고 있다. ― 그런데 난 왜 그렇지 못할까? 사악한 사람들도, 도둑이나 강도들도 자식들이 있으며, 그들을 사랑하고 그들로부터 사랑을 받고 있다. 그런데 나만은 그렇질 못하구나." 이제 그는 이렇듯 단순하게, 이렇듯 정신도 차리지 못하고 생각했다. 이렇듯 그는 어린아이 같은 사람들과 닮아 있었다.

이제 그는 예전과는 다른 눈으로 사람들을 바라보았다. 전보다 총명하지도, 오만하지도 않은 대신에, 보다 따스하고, 보다 호기심이 많고, 보다 많은 관심을 기울이는 눈길이었다. 그는 어린아이 같은 사람들이나 장사꾼들, 무사들이나 부인네들 같이 흔히

볼 수 있는 부류의 여행자들을 건네주었다. 이런 사람들이 예전처럼 그렇게 낯설다는 생각이 들지 않았다. 그는 그들을 이해하였다. 그는 사상과 통찰에 의해서가 아니라, 오로지 충동과 소망에 의해 좌우되는 그들의 생활을 이해하였고, 자신도 그런 생활을 하였다. 그는 그들과 똑같이 느꼈다. 비록 그가 완성의 경지에 가까이 다가가 있었고, 지난번의 상처를 지니고 있다 할지라도, 이 어린아이 같은 사람들이 형제처럼 여겨졌다. 그들의 허영심이나 탐욕이나 우스꽝스러운 일들이 이제는 웃음거리가 되는 것이 아니라, 그 모두가 이해될 수 있고, 사랑스러운 일이 되며, 심지어는 존경할 만한 가치가 있는 일이 되었다. 자식에 대한 어머니의 맹목적인 사랑, 어린 외아들에 자랑을 느끼는 아버지의 어리석고 맹목적인 자부심, 보석을 갈구하고 경탄하는 사내들의 눈길을 탐내는 젊고 허영심 많은 여자의 맹목적이고 거침없는 열망, 이 모든 충동들, 이 모든 유치한 짓들, 단순하고 바보스럽긴 하지만 어마어마하게 강하고, 강인하게 생명력을 유지해 가며, 강력하게 관철시키는 이 모든 충동들과 탐욕들을 싯다르타는 이제 더 이상 어린아이 같은 유치한 짓거리로 여기지 않았다. 그는 바로 이런 것들 때문에 사람들이 살아가고 있다는 것을 알았다. 바로 이런 것들 때문에 사람들이 업적을 이루고, 여행을 하고, 전쟁을 일으키고, 무한한 고통을 겪고, 무한한 고통을 감수한다는 것을 알았다. 그리고 그는 바로 이런 것들 때문에 사람들을 사랑할 수 있었다. 그는 그들의 모든 욕정과 행위들 하나하나에서 바로 생명을, 생동하는 것을, 불멸을, 범천을 보았던 것이다. 이러한 사람들은 바로 그들의 맹목적인 성실성이나 맹목적인 강인함과 끈질김 때문에 사랑할 만한 가치가 있고, 경탄할 만한 가치가 있었다. 그들에게는 아무것도 부족한 것이 없었다. 식자(識者)이며 사상가인 그가 단 한 가지 사소한 일 이외에는 그들보다 앞선 것이 아무것도 없었다. 단 한 가지 미미하고 사소한 일이란 모든 생명의 단일성에 대한 의식(意識), 그에 대한 의식적인 사상이었다. 그리고 싯다르타는 심지어 많은 시간에 걸쳐 이러한 지식, 이러한 사상이 그렇게 높이 평가되어야 하는 것인지, 이러한 사상이라는 것도 어쩌면 생각하는 인간의, 생각하는 어린아이 같은 사람의 유치한 짓은 아닌지 하고 의심하였다. 그 사상을 제외한 다른 모든 점에 있어서 세속인들은 현자인 그와 대등한 입장에 있으며, 그를 훨씬 능가할 때도 자주 있었다. 이는 짐승들도 불가피한 경우에는 끈질기고 단호한 행동을 취한다는 점에 있어서 인간을 능가하는 것처럼 보일 경우가 많다는 것과 같은 것이었다.

싯다르타의 내면에서는 대체 지혜란 무엇인가, 그가 오랜 세월 동안 구도(究道)해 온 목적이 무엇인가에 대한 인식이, 그 깨달음이 서서히 꽃피어났고, 서서히 무르익어갔다. 그것은 바로 매순간마다, 생(生)의 한가운데에서, 단일성 사상을 생각하고, 단일성을 느끼고 호흡할 수 있는 영혼의 준비이고, 하나의 능력이며, 하나의 비밀스런 기술일 따름이었다. 조화(調和)와 세상의 영원한 완전성에 대한 깨달음, 미소와 단일성, 바로 이것이 그의 내면에서 서서히 꽃피어났으며, 바수데바의 늙은 동안(童顔)으로부터도 환하게 그를 향해 반사되었다.

그러나 상처는 아직도 불타고 있었다. 싯다르타는 그리움에 젖어 쓰라린 마음으로 아들을 생각했고, 마음속에 그에 대한 사랑과 정을 간직하고 있었다. 고통으로 자신을 갉아 먹으면서, 사랑 때문에 온갖 어리석은 짓을 저지르곤 했다. 이 사랑의 불꽃은 저절로 꺼지지를 않았다.

그러던 어느 날 그 상처가 격렬하게 불타올랐으며, 싯다르타는 그리움에 사무친 나머지 나룻배를 타고 강물을 건너갔다. 배에서 내려서는 시내로 들어가 아들을 찾아보려고 했다. 강물은 부드럽고 나지막한 소리를 내며 흐르고 있었다. 비가 오지 않는 건기(乾期)였지만, 강물 소리가 이상스럽게 울려왔다. 그것은 웃는 소리였다! 분명히 웃는 소리였다. 강물은 웃고 있었다. 강물은 밝고 맑은 소리로 늙은 뱃사공을 비웃고 있었다. 싯다르타는 멈추어 섰다. 좀 더 잘 들어보려고 강물 위로 몸을 굽혔다. 그리고 고요히 흘러가는 강물 속에 자기 얼굴이 반사되어 있는 것을 보았다. 이 반사된 얼굴에는 그가 까맣게 잊고 있던 것을 회상시켜 주는 그 무엇이 깃들어 있었다. 곰곰이 생각해 보고는 그것이 무엇인지를 알아냈다. 이 얼굴은 그가 옛날에 알았고, 사랑했고, 두려워했던 어떤 사람의 얼굴과 닮았다. 그것은 바라문이었던 아버지의 얼굴과 같았다. 그러자 아주 오래전인 젊은 시절의 추억들이 머리에 떠올랐다. 옛날에 그는 고행자들에게로 가게 해달라고 아버지를 졸라댔었고, 아버지에게 작별을 고하였으며, 그렇게 길을 떠나와서는 한 번도 다시 돌아가지를 않았었다. 지금 그가 자기 아들 때문에 겪고 있는 것과 똑같은 고통을 아버지께서도 그 자신 때문에 겪었던 것은 아닐까? 아버지께서는 당신의 아들을 다시 보지도 못한 채 이미 오래전에 외롭게 세상을 떠나시지는 않았을까? 그 자신도 이와 똑같은 운명을 짊어져야만 했던 것은 아닐까? 이러한 반복은, 이러한 숙명적 순환의 테두리 속에서 돌고 도는 것은 하나의 희극이며 기이하고도 바보 같은 일이 아닐까?

강물은 웃고 있었다. 그랬다, 그러했다. 끝까지 고통을 당하여 해결되지 않은 일체의 것은 다시 돌아왔다. 언제나 되풀이하여 똑같은 고통을 겪게 되어 있었다. 싯다르타는 다시 나룻배에 올라탔다. 아버지를 생각하면서, 아들을 생각하면서, 강물의 비웃음을 받으면서, 자신과 싸우면서, 절망적인 마음 상태로 기울어져서, 적지않게 자신과 온 세상을 큰 소리로 함께 비웃고 싶은 생각을 하면서, 오두막집으로 되돌아왔다. 아, 아직도 상처는 꽃을 피우지 못하고 있었고, 아직도 마음은 자신의 운명을 거역하고 있었으며, 아직도 그의 고통으로부터 명랑함과 승리의 빛이 비쳐 나오지 않고 있었다. 그러나 그는 희망을 느꼈다. 그리고 오두막집으로 돌아와서는, 바수데바 앞에 마음을 털어놓고, 그에게 모든 것을 보여주고, 남의 말에 귀를 기울이는 경청의 대가인 그에게 모든 것을 말하고 싶은 억누를 수 없는 욕구를 느꼈다.

바수데바는 오두막집 안에 앉아 바구니를 짜고 있었다. 그는 이제 나룻배 젓는 일은 하지 않았다. 그의 시력이 약해지기 시작하고 있었다. 시력만이 아니라 팔과 손도 약해졌다. 그래도 얼굴의 기쁨과 명랑한 호의의 표정만은 변함없이 피어나고 있었다.

싯다르타는 그 노인 옆에 앉았다. 그리고 천천히 말하기 시작했다. 이번에는 그들이 한 번도 이야기해 본 적이 없는 것들에 대해 이야기했다. 그 당시 도시로 찾아갔던 일에 대해, 화끈거리는 상처에 대해, 행복스러운 아버지들을 바라보며 부러워했던 것에 대해, 그러한 소망들이 어리석은 일임을 깨달은 것에 대해, 그러한 소망들에 맞서 싸워보았지만 허사였다는 것에 대해 이야기했다. 그는 모든 것을 이야기했다. 아무리 고통스러운 일이라 할지라도 모든 것을 말할 수가 있었다. 하나도 숨김없이 말할 수가 있었고, 모든 것을 보여줄 수가 있었으며, 모든 것을 드러내 놓고 모조리다 이야기할 수가 있었다. 그는 상처도 드러내 놓고 보여주었고, 오늘 도주했던 일도 이야기했다. 어린아이 같은 도망자인 그가 도시를 찾아갈 생각으로 강을 건넜던 일이며, 강물이 비웃던 이야기도 털어놓았다.

그가 이야기하는 동안, 길고 길게 이야기하는 동안, 바수데바는 내내 고요한 표정으로 귀를 기울이고 있었다. 싯다르타는 바수데바의 경청을 이전에 느꼈던 것보다 훨씬 더 강하게 느꼈다. 온갖 고통과 온갖 불안한 마음이 그에게로 흘러들어가고 있음을, 그리고 은밀한 희망이 흘러들어갔다가 그쪽으로부터 다시 자기에게로 되돌아오는 것을 느꼈다. 이 경청하는 사람에게 자기 상처를 드러내 보여준다는 것은, 그 상처를 강물 속에 넣어 씻어서, 결국은 상처가 아물고 강물과 하나가 되는 것과 똑같은 일이었다. 그는 아직도 여전히 이야기를 하고 있었고, 아직도 여전히 고백을 하고 참회를 하고 있었다. 그러는 동안 싯다르타는 그의 말을 경청하고 있는 사람이 더 이상 바수데바가 아니며, 더 이상 인간 존재가 아니라는 것을 느꼈다. 꼼짝도 하지 않고 귀를 기울여 듣고 있는 이 사람은 나무가 빗물을 빨아들이는 것처럼 그의 고백을 내면으로 빨아들이고 있었으며, 꼼짝도 하지 않는 이 사람은 강물 그 자체이고, 이 사람은 신(神) 그 자체이며, 이 사람은 영원한 존재 그 자체라는 것을 느꼈다. 그리고 싯다르타가 자신에 대한, 그리고 자신의 상처에 대한 생각을 하지 않게 되면서, 바수데바의 변해 버린 본질에 대한 인식이 온통 그의 마음을 차지하고 있었다. 그가 이런 사실을 더 많이 느끼며 그런 인식으로 빠져들면 들수록, 그 사실은 그만큼 더 이상스럽지 않은 상태가 되었다. 그러면 그럴수록, 그는 모든 것이 질서정연하며 아주 자연스러운 일이라는 것을, 바수데바는 벌써 오래전부터, 거의 언제나 그런 존재였는데, 그 자신만이 그것을 제대로 인식하지 못했다는 것을, 그리고 사실상 그 자신이 바수데바와 거의 다르지 않은 존재라는 것을 점점 더 많이 깨닫게 되었다. 그는 지금 이 늙은 바수데바를 마치 백성들이 신들을 우러러보듯이 그렇게 바라보고 있으며, 이러한 상태가 지속될 수는 없다는 사실을 느꼈다. 그는 마음속에서 바수데바에게 작별을 고하기 시작했다. 그러면서도 그는 계속해서 이야기를 하고 있었다.

마침내 이야기를 끝마쳤을 때, 바수데바는 그에게 다정하면서도 약간 희미해진 시선을 보냈다. 그는 아무 말도 하지 않았다. 침묵하면서 사랑과 명랑성의 광채, 이해와 알고 있음의 눈빛만을 보냈다. 그는 싯다르타의 손을 잡고서 그들이 늘 앉아 있던 강가의 자리로 나갔다. 그와 함께 자리에 앉아서, 그 강물을 향해 미소를 보내고 있었다.

"당신은 저 강물이 웃는 소리를 들었어요." 그가 말했다. "하지만 모든 소리를 다 들은 것은 아닙니다. 귀를 기울여 들어봅시다. 그럼 더 많은 것을 듣게 될 겁니다."

그들은 귀를 기울였다. 수많은 소리가 어우러진 강물의 노랫소리가 부드럽게 울려왔다. 싯다르타는 강물 속을 들여다보았다. 흘러가는 물결 속에 수많은 모습이 나타났다. 아버지가 나타났다. 아들 때문에 슬픔에 잠긴 외로운 모습이었다. 그 자신이 나타났다. 그도 아버지와 마찬가지로 멀리 떠나간 아들에 대한 그리움의 끈으로 묶여 있는 외로운 모습이었다. 아들이 나타났다. 그 소년 역시 어린 열망에 사로잡혀 불타는 길을 미친 듯이 달리고 있는 외로운 모습이었다. 모두가 각자의 목표를 향하고, 모두가 각자의 목표에 사로잡혀 있었으며, 모두가 고통당하고 있었다. 강물은 고통의 목소리로 노래했다. 강물은 그리움에 사무쳐 노래했다. 강물은 그리움에 사무친 채 목표를 향해 흘러갔다. 강물은 비탄에 젖은 소리로 울려 퍼졌다.

"들리나요?" 바수데바가 말없는 눈길로 물어왔다. 싯다르타는 고개를 끄덕였다.

"더 잘 들어봐요!" 바수데바가 속삭이듯 말했다.

싯다르타는 더 잘 들어보려고 애를 썼다. 아버지의 모습, 자신의 모습, 아들의 모습이 함께 어우러져 흘러갔다. 카말라의 모습도 나타났다가 녹아 없어졌다. 고빈다의 모습, 다른 사람들의 모습도 나타났다. 모두가 한데 어우러져 흘러갔고, 모두가 강물이 되었다. 모두가 강물이 되어 그리움에 젖어, 갈망하면서, 괴로워하면서 목표를 향해 노력하고 있었다. 그리고 강물의 소리는 그리움으로 가득 차고, 불타는 슬픔으로 가득 차고, 진정시킬 수 없는 욕망으로 가득 찬 소리로 울려 퍼졌다. 강물은 목표를 향해 노력했다. 싯다르타는 강물이 급히 흘러가는 것을 보았다. 강물은 그 자신과 그의 가족들과 그가 살아오면서 만났었던 모든 사람들로 이루어져 있었다. 출렁이는 모든 파도와 물결은 괴로워하면서 여러 목표를 향해 급히 흘러갔다. 폭포, 호수, 여울, 바다 등 수많은 목표를 향해 흘러갔고, 이 모든 목표에 도달하였다. 그리고 이 모든 목표에는 다시 하나의 새로운 목표가 뒤따랐다. 강물은 수증기가 되어 하늘로 올라갔다. 비가 되어 하늘에서 다시 아래로 내려왔고, 샘물이 되고, 시냇물이 되고, 강물이 되었다. 다시 새 목적을 향해 노력했고, 다시 새롭게 흘러갔다. 그러나 그리움에 젖은 소리는 변했다. 그 소리는 여전히 고통에 가득 차서 무엇인가를 찾으며 울리고 있었지만, 그 소리에 다른 소리들이 끼어들어 있었다. 기쁨의 소리와 고통의 소리, 선한 소리와 악한 소리, 웃는 소리와 슬퍼하는 소리, 수백 가지, 수천 가지의 소리들이 함께 어우러져 있었다.

싯다르타는 귀를 기울였다. 그는 이제 완전히 귀를 기울여 듣는 자가 되었다. 경청하는 데 완전히 몰두하였으며, 완전히 마음을 비운 채, 완전히 빨아들이고 있었다. 그는 이제 귀를 기울여 듣는 법을 끝까지 배웠다고 느꼈다. 그는 이미 종종 이 모든 소리를, 강물 속에 깃들인 이 수많은 소리들을 들어왔었다. 오늘은 그 소리가 새롭게 울려왔다. 벌써 그는 그 많은 소리들을 더 이상 서로 구분할 수 없었다. 기쁜 소리와 슬픈 소리, 어린아이 소리와 어른 소리를 구분할 수 없었다. 그 모든 소리가 함께 어우러져 있었다. 그리움에 젖은 비탄의 소리와 깨닫는 자의 웃음소리, 분노에 찬 외침 소리와 죽어가는 자의 신음 소리, 이 모든 것이 하나였다. 모든 것이 서로서로 뒤엉킨 채 결합되어 있었고, 수천 겹으로 휘감겨 있었다. 그리고 이 모든 것이 함께, 일체의 소리, 일체의 목적, 일체의 그리움, 일체의 번뇌, 일체의 쾌락, 일체의 선과 악, 이 모든 것이 함께 세상을 이루었다. 모든 것이 함께 사건의 강물을 이루고, 생명의 음악을 이루고 있었다. 그리고 싯다르타가 주의를 기울여 이 강물에, 이 수천 가지 소리가 어우러진 노래에 귀를 기울일 때면, 그가 고통의 소리도 웃음소리도 구분해 듣지 않을 때면, 그의 영혼을 어떤 특정한 소리에 묶어두고 자기 자아와 더불어 그 소리에 몰입하지 않고, 모든 소리들을 듣고, 일체의 소리, 즉 단일성에 귀를 기울일 때면, 그 수천의 소리가 어우러진 거대한 노래는 단 하나의 말로 이루어져 있었다. 그 말은 옴, 즉 완성이었다.

"듣고 있나요?" 바수데바가 다시 눈빛으로 물었다.

바수데바의 미소가 밝게 빛나고 있었다. 그 미소는 밝게 빛나면서 그의 노안에 가득 찬 모든 주름살 위를 떠다니고 있었다. 그것은 강물의 모든 소리들 위에 옴 소리가 떠다니는 것 같았다. 친구를 바라볼 때, 그의 미소는 밝게 빛났다. 이제 싯다르타의 얼굴에도 이와 똑같은 미소가 밝게 빛나며 피어올랐다. 그의 상처가 꽃을 피웠고, 그의 고통이 빛을 발했으며, 그의 자아가 단일성으로 흘러들어갔다.

이 순간 싯다르타는 운명과 싸우는 일을 중단했고, 고통스러워하는 일도 중단했다. 그의 얼굴에는 깨달음의 명랑함이 꽃피었다. 그것은 어떤 의지도 더 이상 거기에 맞서지 않는, 완성을 알고 있는 깨달음이었다. 그 깨달음은 사건의 흐름에, 인생의 물길에 동의하고 있었으며, 함께 괴로워하고 함께 기뻐하는 마음으로 가득 차고, 흘러가는 강물에 몸을 맡긴 채, 단일성에 속해 있었다.

바수데바는 강가의 앉은 자리에서 일어섰다. 싯다르타의 눈을 들여다보며, 거기에 깨달음의 명랑함이 밝게 빛나는 것을 알았다. 그는 조심스럽고도 부드럽게 싯다르타의 어깨를 손으로 살며시 만지면서 말했다. "난 이 순간을 기다려 왔소. 친애하는 친구여, 이제 그 순간이 왔으니, 나를 보내줘요. 오랫동안 난 이 순간을 기다려 왔으며, 오랫동안 뱃사공 바수데바로 살아왔소. 이제

되었소. 오두막아, 잘 있어라. 강물아, 잘 있어라. 싯다르타, 잘 있어요!"

싯다르타는 작별을 고하는 사람에게 깊이 허리 숙여 절을 했다.

"전 알고 있었어요." 그는 작은 소리로 말했다. "숲속으로 들어가시겠지요?"

"숲속으로 들어갈 겁니다. 단일성으로 들어갈 겁니다." 바수데바는 밝은 빛을 발하면서 말했다.

밝은 빛을 발하면서 그는 떠나갔다. 싯다르타는 그의 뒷모습을 오랫동안 바라보았다. 마음속 깊이 기쁨을 느끼며, 마음속 깊이 아쉬움을 느끼면서, 그의 떠나가는 뒷모습을 바라보았다. 그의 발걸음은 평화로 가득 차고, 그의 머리는 광채로 가득 차고, 그의 온몸은 빛으로 가득 차 있었다.

고빈다

고빈다는 언젠가 한 번 휴식기간 동안에 다른 승려들과 함께 고급기생 카말라가 고타마의 제자들에게 헌납한 유락원에서 잠시 머무른 적이 있었다. 그는 어느 한 늙은 뱃사공에 대한 이야기를 들었는데, 그 뱃사공은 걸어서 하루쯤 걸리는 강가에 살고 있으며, 많은 사람들로부터 현인으로 여겨지고 있다는 것이었다. 고빈다는 계속해 순례할 때에 그 뱃사공을 만나보고 싶은 열망에 싸여 나루터로 가는 길을 택하였다. 왜냐하면 그는 일생 동안 계율에 따라 살아왔고, 자기보다 젊은 승려들로부터 노인장으로 또 겸손함 때문에 존경을 받기도 하였지만, 마음속에는 여전히 불안과 구도(求道)의 불길이 꺼지지 않았기 때문이다.

그는 강가에 이르렀고, 그 노인에게 강을 건네달라고 부탁하였다. 그들이 건너편에 도착하여 배에서 내릴 때, 노인에게 이렇게 말했다. "당신은 우리 승려들과 순례자들에게 좋은 일을 많이 해

주고 계십니다. 우리들 중 많은 사람을 건네주셨지요. 사공양반, 당신도 올바른 길을 찾고 있는 구도자가 아니신지요?"

싯다르타가 노안(老眼)에 미소를 지으면서 말했다. "오, 존경하는 스님이시여, 스님께선 스스로를 구도자라 말씀하시는군요? 이미 연세가 많으신 것 같은데, 여전히 고타마의 승복을 입고 다니십니까?"

"많이 늙었지요." 고빈다가 말했다. "하지만 구도하는 일은 중단하지 않았습니다. 앞으로도 구도하는 일은 결코 중단하지 않을 것입니다. 이게 제 운명인 것 같습니다. 제가 보기엔 사공께서도 구도의 길을 걸어오신 것 같습니다. 존경하는 분이시여, 제게 한 말씀 해주시겠습니까?"

싯다르타가 말했다. "존경하는 스님이시여, 제가 해드릴 말씀이 무엇이 있겠습니까? 혹시 이런 말씀을 드려도 괜찮을지 모르겠습니다. 스님께선 너무 지나치게 구도를 하시는 건 아닌지요? 너무 구도에만 매달려 있느라고 찾으려는 일에 이르지 못하는 건 아닌지요?"

"무슨 말씀이신지요?" 고빈다가 물었다.

"누군가가 구도를 한다면", 싯다르타가 말했다. "그의 눈은 오로지 자기가 구하는 것만을 보게 되며, 그 결과 아무것도 깨달을 수가 없고, 자기 내면에 아무것도 받아들일 수 없는 일이 생기기가 쉽습니다. 왜냐하면 그 사람은 항상 자기가 찾고자 하는 것만 생각하기 때문이고, 하나만의 목표를 갖고 있기 때문이며, 그 목표에만 집착하고 있기 때문입니다. 구도를 한다는 것은 하나의 목표를 갖고 있다는 뜻입니다. 하지만 깨닫는다는 것은 자유로운 상태, 열려 있는 상태, 아무런 목표도 갖지 않는 상태를 의미합니다. 존경하는 스님이시여, 당신은 실제로 구도자일 수가 있겠군요. 왜냐하면 목표만을 추구하느라고 바로 눈앞에 있는 많은 것들을 보지 못하니까 말입니다."

"하시는 말씀을 제대로 이해하지 못하겠습니다." 고빈다가 간청했다. "그게 무슨 말씀이신지요?"

싯다르타가 말했다. "오, 스님이시여. 여러 해 전 언젠가 당신은 이미 이 강가에 왔던 적이 있습니다. 그리고 이 강가에서 잠들어 있는 어떤 사람을 발견했지요. 당신은 그 사람 옆에 앉아서, 그가 잠자는 것을 지켜주었지요. 그런데, 오, 고빈다여, 자넨 잠들어 있던 그 사람을 알아보지 못하는군."

승려는 마술에 걸린 사람처럼 깜짝 놀라 뱃사공의 두 눈을 쳐다보았다.

"자네가 싯다르타란 말인가?" 그는 부끄러운 목소리로 물었다. "이번에도 자넬 알아보지 못할 뻔했네! 싯다르타, 진정으로 반갑군. 자넬 다시 만나게 되어 정말 기쁘기 한이 없네! 그런데 자네 많이 변했군, 친구여. ― 그러니까 이제 뱃사공이 되었단 말인가?"

싯다르타가 다정하게 웃었다. "그래, 뱃사공이야. 고빈다, 많은 사람들은 어쩔 수 없이 많이 변하기도 하고, 여러 가지 옷을 입을 수밖에 없는 사람도 많은 법일세. 나도 그런 사람들 중 하나인 셈이라네, 친구여. 잘 왔네, 고빈다, 오늘밤은 우리 오두막집에서 묵도록 하게."

고빈다는 그날 밤 그 오두막집에 머물렀으며, 옛날에 바수데바가 쓰던 침상에서 잠을 잤다. 그는 젊은 시절의 친구에게 많은 질문을 하였으며, 싯다르타는 자기 인생에 대해 많은 이야기를 해야만 했다.

다음날 아침 그날의 순례를 떠날 시간이 되었을 때, 고빈다는 조금쯤은 망설이다가 이런 말을 했다. "싯다르타, 계속해 길을 떠나기 전에, 한 가지만 물어보고 싶네. 자넨 어떤 교리를 가지고 있는가? 자네가 추종하고 있으며, 자네가 살아가고 올바르게 행하는 데 도움을 주는 어떤 믿음이나 어떤 지식을 갖고 있는가?"

싯다르타가 말했다. "여보게, 친구여. 옛날 젊은 시절 우리가 숲속 고행자들과 함께 생활했을 때, 내가 그 가르침과 스승들을 불신하고, 그들에게 등을 돌렸다는 것은 자네도 알고 있는 사실일세. 난 그때 그대로라네. 그렇지만 그 이후로 내겐 많은 스승들이 있었지. 어느 아름다운 고급기생이 오랫동안 내 스승이었고, 어느 부유한 상인이 그리고 몇몇 주사위 노름꾼들이 내 스승이었다네. 언젠가 한번은 떠돌아다니는 불제자가 스승이 된 적도 있었지. 내가 숲속에서 잠들어 있을 때, 그는 순례하던 도중 발걸음을 멈추고 내 곁에 앉아 있었네. 그에게도 배웠으며, 난 그에게도 감사하고 있다네. 아주 감사하고 있지. 그러나 난 여기 이 강물로부터, 그리고 내 전임자였던 뱃사공 바수데바에게서 가장 많은 것을 배웠다네. 바수데바는 아주 소박한 사람이었어. 그는 사색가는 아니었지만, 고타마처럼 필연적 이치를 깨닫고 있었어. 그분은 완성자이며, 성자였다네."

고빈다가 말했다. "오, 싯다르타, 자넨 여전히 농담하기를 좋아하는 것 같군. 자네 말을 믿네. 자네가 어떤 스승도 추종하지 않았다는 걸 알고 있네. 그렇지만 하나의 교리는 아니라 할지라도, 자네 스스로 어떤 사상을, 어떤 인식을 깨달은 것은 아닌가? 그것들이 자네 자신의 것이 되어, 자네가 살아가는 데 도움을 준 것은 아니었던가? 이런 것들을 조금이라도 얘기해 준다면, 내 마음은 한없이 기쁠 것일세."

싯다르타가 말했다. "사상들이 있었지. 그래, 때때로는 인식들을 가져보기도 했었지. 가끔씩, 한 시간 정도 혹은 하루 정도, 내 가슴속에 지식을 느끼곤 했었네. 마음속에 생명이 고동치는 것을 느끼듯이 말이야. 그건 여러 가지 사상이었어. 그러나 그걸 전달한다는 건 어려운 일이라네. 여보게, 고빈다. 내가 깨달은 사상들 중 하나는 이런 것일세. 지혜란 전달할 수가 없다. 어떤 현자가 전달하려고 하는 지혜란 언제나 바보 같은 소리로 울릴 따름이다."

"농담하는 건가?" 고빈다가 물었다.

"농담이 아닐세. 나는 내가 깨달은 사실을 말하는 걸세. 지식은 전달할 수 있지만, 지혜는 아닐세. 우리는 지혜를 깨달을 수 있고, 지혜의 삶을 살 수가 있으며, 지혜를 지니고 다닐 수 있고, 지혜로 기적을 행할 수도 있지만, 지혜를 말하고 가르칠 수는 없다네. 바로 이것이 내가 젊은 시절부터 종종 예감했었고, 나로 하여금 스승들 곁을 떠나게 했던 요인이라네. 난 하나의 사상을 깨달았네. 고빈다, 자넨 그걸 또 농담이나 어리석은 말이라고 여길 테지만, 이건 내 최고의 사상일세. 그건 이렇다네. 모든 진리의 정반대도 똑같은 진리이다! 말하자면 이런 걸세. 진리란 언제나 일면적일 때에만 이야기할 수 있고, 말이라는 덮개로 덮을 수가 있다. 사상으로 생각될 수 있고, 말로 이야기될 수 있는 것은 모두가 다 일면적이라네. 모든 것이 일면적이고, 모든 것이 반쪽이며, 모든 것이 전체성이나 완전성이나 단일성이 결여된 상태라네. 그래서 세존 고타마께서도 이 세상에 대해 설법하실 때, 이 세상을 윤회와 열반, 미혹과 진리, 번뇌와 해탈로 양분하지 않을 수 없었던 것이라네. 달리 어쩔 도리가 없어. 가르치고자 하는 사람에게는 그 외엔 다른 방법이 없어. 그러나 세상 자체는, 우리 주위와 우리 내면에 현존하는 것 그 자체는 결코 일면적인 것이 아니라네. 어느 한 인간이나 어느 한 행위가 완전히 윤회이거나 완전히 열반인 경우가 결코 없으며, 어느 한 인간이 완전히 신성하거나 완전히 죄악에 젖어 있는 경우가 결코 없다네. 그런데도 그렇게 보이는 것은 우리가 시간을 실제로 존재하는 것이라고 착각하고 있기 때문일세. 시간이란 실제로 존재하는 것이 아니라네. 고빈다, 난 이걸 여러 번 경험하였다네. 그리고 시간이 실제로 존재하지 않는 것이라면, 현세와 영원 사이에, 번뇌와 행복 사이에, 선과 악 사이에 가로놓인 것처럼 보이는 간격이라는 것도 하나의 착각인 셈이지."

"어째서 그렇단 말인가?" 고빈다가 초조하게 물었다.

"잘 들어보게, 친애하는 친구여. 잘 들어보게! 나도 죄인이고, 자네도 죄인이야. 죄인은 죄인이지만, 그는 언젠가 다시 브라마가 될 것이고, 언젠가는 열반에 다다를 것이고, 부처가 될 것이네. ─ 그런데 이걸 알아두게. 이 '언젠가'라는 것은 착각이고, 비유일 따름일 뿐이네! 그 죄인은 불성(佛性)으로 가는 도중에 있는 것이 아니며, 하나의 발전 과정 속에 있는 것도 아닐세. 비록 우리의 사유란 것이 만사를 달리 상상하는 방법을 알지 못한다고 할지라도 말이네. 그래, 그 죄인의 내면에는 지금 그리고 오늘 이미 미래의 부처가 깃들어 있는 걸세. 그의 미래라는 것은 모두 다 이미 존재하고 있는 것이네. 자네는 그의 내면에, 자네의 내면에, 모든 중생 개개인의 내면에 깃들어 있는, 바로 그 생성되고 있는 부처를, 가능성을 지닌 부처를, 숨어 있는 부처를 존중해야만 한다네. 나의 친구 고빈다여, 이 세상은 불완전한 것도 아니고, 완전성을 향하여 서서히 나아가는 도중에 있는 것도 아닐세. 그래, 이 세상은 매 순간 완전한 상태에 있으며, 온갖 죄업은 이미 그 자체에 자비(慈悲)를 지니고 있으며, 모든 어린아이들은 자기 내면에 이미 백발노인을 품고 있으며, 젖먹이들도 모두 죽음을 지니고 있고, 죽어가는 사람들도 모두 영원한 생명을 지니고 있다네. 어떤 사람도 다른 사람이 그의 인생길에서 얼마만큼 나아갔는지를 안다는 것은 불가능하다네. 도적이나 주사위 노름꾼의 내면에 부처가 기다리고 있고, 바라문의 내면에서 도둑이 기다리기도 하지. 깊은 명상에 잠긴 상태에서는 시간을 초월할 가능성이 있으며, 과거에 존재하였고, 현재 존재하고 있으며, 미래에 존재하게 될 모든 삶을 동시적으로 바라볼 수가 있다네. 그러면 모든 것이 선(善)하고, 모든 것이 완전하며, 모든 것이 브라마가 되지. 따라서 내겐 존재하는 것은 모두 선하게 보인다네. 죽음과 삶이 똑같이 보이고, 죄악과 신성함, 지혜와 어리석음이 똑같이 보이지. 세상만사가 그러하다네. 모든 것은 오로지 내 동의, 오로지 내 기꺼운 마음, 그리고 내 사랑에 찬 양해만을 필요로 할 따름일세. 그러니 모든 것이 내겐 선한 일이며, 결코 내게 해를 끼칠 수 없다네. 난 내 육신과 내 영혼의 경험을 통하여, 내가 죄악을 매우 필요로 하였고, 관능적 쾌락과 재물에 대한 욕망과 허영심을 필요로 하였으며, 그리고 가장 수치스러운 절망도 필요로 했다는 것을 알게 되었다네. 그것은 이 세상 거역하기를 포기하는 법을 배우기 위해서, 이 세상 사랑하는 법을 배우기 위해서, 이 세상을 내가 소망했고 내가 상상했던 그 어떤 세상과 비교하지 않기 위해서, 그리고 내가 생각해 낸 일종의 완전한 상태와 비교하는 것이 아니라, 이 세상을 있는 그대로 놓아둔 채 이 세상을 사랑하고, 기꺼이 이 세상에 소속되기 위해서였던 것이라네. ― 오, 고빈다여, 이건 내 마음에 떠오른 생각들 중 몇 가지를 이야기한 것일세."

싯다르타는 허리를 굽혀 땅바닥에서 돌을 하나 집어 들었다. 그리고 그 돌을 손에 들고 이리저리 흔들어 보았다.

"여기 이것은" 그는 돌을 가지고 노닐면서 말했다. "하나의 돌일세. 일정한 시간이 지나면 이 돌은 아마 흙이 될 것이네. 그 흙에서는 식물이나, 아니면 짐승이나 사람이 생겨날 걸세. 옛날 같으면 이렇게 말했을 거야. '이 돌은 그저 하나의 돌이다. 아무런 가치가 없으며, 그것은 마야세계에 속하는 것이다. 그러나 이 돌은 수많은 변화의 순환을 거치면서 사람도 될 수 있고 정신이 될 수도 있다. 그래서 나는 이 돌에도 가치를 부여하고 있다.' 예전 같으면 아마 그렇게 생각했을 것이네. 그러나 오늘에는 이렇게 생각하고 있지. 이 돌은 돌이다. 그것은 짐승이기도 하고, 그것은 신이기도 하며, 그것은 부처이기도 하다. 난 이 돌이 언젠가 이것 혹은 저것이 될 수 있기 때문에 그걸 존중하고 사랑하는 것이 아니다. 이 돌은 이미 오래전부터 그리고 항상 모든 것이기 때문에 그걸 존중하고 사랑하는 것이다. ― 그리고 이 돌이 돌이라는 것, 이 돌이 지금 그리고 오늘 내게 돌로 보인다는 것, 바로 이런 사실 때문에 나는 이 돌을 사랑한다네. 그리고 이 돌의 광맥과 움푹한 구멍 하나하나, 노란색이나 회색을 띤 돌 색깔, 돌의 강도(強度), 두드릴 때 울려나오는 소리, 마른 상태나 젖은 상태의 돌 표면, 이런 점에서 나는 돌의 가치와 의미를 찾고 있다네. 어떤 돌은 기름 같은 혹은 비누 같은 느낌을 주기도 하고, 어떤 것은 나뭇잎 같기도 하고, 또 어떤 것은 모래 같은 느낌을 주기도 하지. 모든 돌 하나하나가 독특하며, 제각기 자기 방식대로 옴을 읊조리고 있어. 모든 돌 하나하나가 브라마인 셈일세. 그러나 이 돌은 동시에 있는 그대로의 돌이지. 기름 같거나 비누 같기도 하지. 바로 이런 점이 마음에 든다네. 이 점이 경이롭고 숭배할 만한 가치가 있다고 생각하네. ― 하지만 이젠 이런 말을 하지 않았으면 좋겠군. 말이란 비밀스런 의미를 훼손시키게 된다네. 무엇이든 말로 표현하게 되면, 그 즉시 본래의 의미가 늘 약간 달라지고, 약간 변조되고, 약간 바보스럽게 된단 말일세. ― 그래, 그런 것도 아주 좋은 일이며, 아주 마음에 드는 일이야. 어떤 사람에게는 소중한 보물이나 지혜로 여겨지는 것이 다른 사람에게는 항상 바보 같은 소리로 들린다는 사실에 대해서도 나는 전적으로 동의하고 있거든."

고빈다는 아무 말 없이 듣고만 있었다.

"무엇 때문에 그 돌에 관한 이야기를 하였나?" 그는 잠시 후에 머뭇거리면서 물었다.

"아무런 의도 없이 그냥 이야기한 걸세. 아니면 내가 바로 그 돌을, 그 강물을, 그리고 우리가 관찰하고 거기서 배움을 얻을 수 있는 모든 사물을 사랑한다는 뜻으로 얘기했는지도 모르지. 고빈다, 난 하나의 돌을 사랑할 수가 있네. 그리고 한 그루의 나무 또는 한 조각의 나무껍질을 사랑할 수도 있지. 그것들은 사물이며, 우린 그 사물을 사랑할 수가 있는 걸세. 그렇지만 말[言]은 사랑할 수가 없다네. 그래서 내겐 가르침이라는 것이 아무 쓸모가 없는 거라네. 가르침에는 아무런 단단함도, 아무런 부드러움도, 아무런 색깔도, 아무런 모서리도, 아무런 냄새도, 아무런 맛도 없어. 말이외에는 아무것도 없단 말일세. 어쩌면 바로 이것이 자네가 마음의 평화를 얻지 못하도록 방해하는지도 모르지. 아마도 그 무수한 말들 때문일 걸세. 고빈다, 해탈과 미덕이라는 것도, 윤회와 열반이라는 것도 그저 말에 불과하기 때문이라네. 열반이라는 그런 사물은 존재하지 않아. 열반이라는 말만 존재할 따름이야."

고빈다가 말했다. "친구여, 열반이 단지 하나의 말에 불과한 건 아닐세. 그건 하나의 사상이야."

싯다르타가 계속해 말했다. "하나의 사상이라, 그럴지도 모르지. 친애하는 친구여, 내 생각을 털어놓자면, 사실 난 사상과 말을 별로 구분하지 않는다네. 솔직히 말하자면, 사상이란 것도 별로 중요하게 생각질 않아. 난 사물들을 더 중요하게 여기고 있어. 예를 들자면, 여기 이 나룻배에 한 분이 있었는데, 내 전임자이며 스승이었네. 성인이 된 그분은 오랜 세월 동안 오로지 강물만을 믿었으며, 그 외의 것은 아무것도 믿지 않았어. 그분은 강물 소리가 자기에게 이야기한다는 것을 알고 있었고, 강물 소리에게서 가르침을 받았다네. 강물 소리가 그를 기르고 가르쳤던 걸세. 강물을 신처럼 생각했던 것이네. 오랜 세월 동안 그분은 바람 하나하나, 구름 하나하나, 새 한 마리 한 마리, 딱정벌레 한 마리 한 마리가 모두 그가 숭배하는 강물과 꼭 마찬가지로 신성할 뿐만 아니라, 강물과 똑같이 많은 것을 알고 가르칠 수 있다는 사실을 알지 못했었지. 하직만 이 성인이 숲속으로 들어갈 때, 모든 것을 깨닫게 되었어. 그분은 스승도 없이, 책도 없이 자네나 나보다 더 많은 것을 깨달았던 것이네. 그건 오직 그분이 강물을 믿었었기 때문이라네."

고빈다가 말했다. "하지만 자네가 '사물'이라고 하는 그것이 과연 어떤 실제적인 것, 어떤 본질적인 것일까? 그것도 그저 마야의 미혹에 불과하지 않을까? 그저 어떤 모습이나 가상에 불과한 것이 아닐까? 자네가 말하는 돌, 자네가 말하는 나무, 자네가 말하는 강물 — 이런 것들이 실제로 존재하는 현실일까?"

싯다르타가 말했다. "난 그런 것들도 별로 신경 쓰지 않는다네. 그 사물들이 가상이든 아니든 상관없네. 그렇다면 나도 가상이거든. 그러니까 사물들은 언제나 나와 똑같은 존재라네. 사물들이 사랑스럽고 숭배할 만한 가치가 있다고 여기는 것은, 그것들이 나와 똑같은 존재라는 것이야. 그래서 나는 그것들을 사랑할 수가 있네. 자넨 비웃을 테지만, 아무튼 이것은 하나의 가르침이야. 오, 고빈다여, 내겐 그 사랑이 무엇보다도 중요한 것이라 생각된다네. 세상을 통찰하고, 세상을 설명하고, 세상을 경멸하는 것은 위대한 사상가가 할 일이야. 그러나 내게 단 한 가지 중요한 일은 세상을 사랑할 수 있고, 세상을 경멸하지 않으며, 세상과 나를 증오하지 않고, 세상과 나와 모든 존재를 사랑과 경탄과 외경심을 가지고 관조할 수 있는 것뿐이라네."

"그건 이해하겠네." 고빈다가 말했다. "그러나 바로 그것을 세존께서는 미망(迷妄)이라 인식하셨어. 그분께서는 호의와 관대함, 자비와 인내를 명하셨지만, 사랑은 아니었어. 그분께선 우리 마음이 세속적인 것에 대한 사랑에 사로잡히는 것을 금하셨어."

"알고 있네." 싯다르타가 말했다. 그의 미소가 황금색으로 빛나고 있었다. "나도 알고 있네, 고빈다. 그런데 생각해 보게. 우린 지금 의견들이 무성한 숲속에 빠져서, 말들 때문에 싸우고 있네. 왜냐하면 난 사랑에 관한 내 말이 고타마가 한 말들과 모순된다는 것을, 겉보기에 모순된다는 것을 부인할 수가 없기 때문이지. 바로 이런 이유에서 내가 말들을 불신하는 거라네. 왜냐하면 이 모순이 착각이라는 걸 알고 있기 때문이네. 난 내가 고타마와 의견이 일치한다는 걸 알고 있어. 어찌 그분께서 사랑을 아시지 못하겠나. 그분께선 온갖 인간 존재가 무상하고 무가치하다는 것을 인식하셨고, 그럼에도 불구하고 인간 중생을 그토록 사랑하셔서, 오로지 중생을 돕고 가르치는 데 노고로 가득 찬 긴 한평생을 바치시지 않았던가! 그분에게도, 자네의 위대하신 스승에게도 말보다는 사물이 더 사랑스러웠다고 생각하네. 그분의 말씀보다는 그분의 행위와 삶이 더 중요하고, 그분의 생각들보다는 그분의 손짓이 더 중요하다네. 난 그분의 위대함이란 말씀이나 사상에 있는 게 아니라, 오로지 행위나 삶에 있다고 생각하네."

오랫동안 두 노인은 아무 말이 없었다. 그러다가 고빈다가 몸을 굽혀 작별인사를 하면서 말했다. "약간이라도 자네 사상을 말해주어 고맙네, 싯다르타. 부분적으로 특이한 사상들이라서, 그 모든 걸 당장 이해할 수는 없었네. 그건 그렇다고 함세. 아무튼 감사하네. 그리고 평안한 나날이 되길 빌겠네."

(그러나 마음속으로 그는 이렇게 생각하고 있었다. 싯다르타라는 이 친구는 참으로 별난 사람이다. 그는 이상스런 사상들을 말하고 있다. 그의 가르침은 바보스럽게 울리고 있다. 세존의 순수한 가르침은 이와는 다르게, 더 선명하고, 더 순수하고, 더 이해하기 쉽게 울리고 있다. 그의 가르침에는 이상한 점이나 바보스러운 점이나 우스꽝스러운 점이 전혀 들어 있지 않았다. 그러나 싯다르타의 손과 발, 그의 두 눈과 그의 이마, 그의 숨결과 그의 미소, 그의 인사와 그의 걸음걸이는 그의 사상과는 아주 다르게 보인다. 우리의 세존 고타마께서 열반에 드신 이후로 나는 한 번도, 그 이후로 결코 단 한 번도 이분은 성인이로구나! 하고 느낄 만한 사람을 만나본 적이 없었다. 오로지 이 친구, 이 싯다르타만이 그렇게 느껴졌다. 그의 가르침이 이상스럽기는 하지만, 그의 말들이 바보스럽게 울리기는 하지만, 그의 눈빛과 그의 손, 그의 피부와 그의 머리카락, 그의 모든 것이 순결함의 광채를 발하고, 고요함의 광채를 발하고, 명랑성과 온화함과 성스러움의 광채를 발하고 있다. 우리의 거룩하신 스승께서 마지막 입적하신 이후로 난 어느누구에게서도 이와 같은 모습을 본 적이 없다.)

고빈다는 이렇게 생각하고 있었고, 마음속으로는 모순적인 갈

등을 겪고 있었다. 그러면서도 그는 사랑에 이끌려 싯다르타에게 다시 한 번 절을 했다. 고요히 앉아 있는 사람 앞에 그는 큰절을 올렸다.

"싯다르타." 그가 말했다. "우린 늙은이가 되었네. 자네나 나나 이런 모습으로 다시 만나기는 어려울 테지. 사랑하는 친구여, 자넨 이미 평화를 얻었다는 걸 알겠네. 고백하는데, 난 아직 평화를 얻지 못했어. 존경하는 친구여, 말 한 마디만 더 해주게. 내가 파악할 수 있고, 내가 이해할 수 있는 무언가를 말해주게! 내가 가는 길에 뭐라도 말 좀 해주게. 내가 가는 길은 종종 힘이 들고, 종종 암담하기도 하다네, 싯다르타."

싯다르타는 아무 말도 하지 않았다. 언제나 똑같은 잔잔한 미소를 지은 채 그를 바라보았다. 고빈다는 불안한 마음으로, 동경하는 마음으로 그의 얼굴을 뚫어져라 바라보았다. 고빈다의 눈길에는 번뇌와 영원한 구도의 빛이, 영원한 얻지 못함의 빛이 쓰여 있었다.

싯다르타는 그것을 보았고, 미소를 지었다.

"내게 몸을 숙여보게!" 그는 고빈다의 귀에 대고 작은 소리로 속삭였다. "이쪽으로 내게 몸을 숙여보게! 그래, 좀 더 가까이! 아주 가까이! 고빈다, 내 이마에 키스를 해보게!"

고빈다는 기이하다고 생각했지만, 지극한 사랑과 예감에 이끌려 그의 말에 순종했다. 그에게로 가까이 몸을 숙이고, 그의 이마에 키스를 하는 동안에, 정말 불가사의한 일이 일어났다. 고빈다의 생각은 여전히 싯다르타가 이야기한 이상스러운 말들에 매달려 있었고, 그는 여전히 아무런 소용도 없이 반항하면서 시간관념을 떨쳐 버리고, 열반과 윤회를 하나로 생각해 보려 노력하고 있었으며, 심지어 그의 내면에서는 친구가 얘기한 말들에 대한 경멸감이 그에 대한 지극한 사랑과 외경하는 마음과 대립해 서로 싸움질을 벌이고 있었다. 그러는 동안에 이런 일이 일어났다.

그의 눈에는 친구 싯다르타의 얼굴이 더 이상 보이지 않았다. 그 대신 다른 얼굴들이 보였다. 길게 줄지어 늘어선 수많은 얼굴들이 보였다. 수백 개의 얼굴들이, 수천 개의 얼굴들이 흐르는 강물처럼 나타났으며, 이들은 모두 왔다가는 다시 흘러가 버렸다. 그렇지만 그 얼굴들 모두는 동시에 거기 존재하는 것처럼 보였다. 모든 얼굴들이 끊임없이 변화하고 새로워졌지만, 그 얼굴 모두가 싯다르타였다. 한 마리 물고기의 얼굴이, 무한한 고통으로 입을 딱 벌리고 있는 한 마리 잉어의 얼굴이, 눈빛이 흐려진 채 죽어가는 한 마리 물고기의 얼굴이 보였다. ― 새로 태어난 어린아이의 얼굴도 보였는데, 그 얼굴은 빨갛고 주름으로 가득한 채 당장 울음을 터뜨릴 듯 일그러져 있었다. ― 어느 살인자의 얼굴도 보였는데, 그는 어떤 사람의 몸에 칼을 찌르고 있었다. ― 이와 동일한 순간에 그 범죄자가 꽁꽁 묶여 무릎을 꿇고 있으며, 그의 머리가 망나니가 내리치는 칼에 잘려 나가는 모습도 보였다. ― 알몸이 되어 갖가지 체위로 미칠 듯이 사랑싸움을 하는 남녀들의 육체도 보였다. ― 사지를 쭉 뻗친 채 고요히, 차갑고 공허하게 누워 있는 시체들도 보였다. ― 수퇘지나 악어들, 코끼리나 황소나 날짐승 등 동물 대가리들도 보였다. ― 신들도 보였고, 크리슈나[30]도 보였고, 아그니[31]도 보였다. ― 이 모든 형상과 얼굴들은 서로 무수한 관계를 맺고 있었고, 모두가 서로를 돕고 사랑하기도 하고 증오하기도 하며, 서로를 파괴하기도 하고 새로이 탄생시키기도 했다. 그 하나하나는 죽으려 하는 의지이고, 격정적으로 고통스러운 무상함에 대한 고백이었다. 그러나 어느 것 하나 죽지 아니하고, 모든 것이 그저 변화할 따름이었다. 끊임없이 새로이 탄생하고, 끊임없이 새로운 모습을 지녔다. 그러나 이전 모습과 새로운 모습 사이에는 여하한 시간도 존재하지 않았다. ― 이 모든 형상과 얼굴들은 정지하고 흘러가고, 스스로를 낳게 하고, 저 멀리 헤엄쳐 가고, 또 서로 엉키어 물결쳤다. 이 모든 것 위에는 쉴새없이 그 어떤 얇은 것, 형체 없는 것, 그러면서도 존재하고 있는 것이

30) 힌두교 신화에서 비슈누 신은 여러 권화(權化)의 형태로 세상에 나타난다고 하는데, 크리슈나는 그 중에서 가장 중요한 영웅신(英雄神). 그는 악왕(惡王)을 죽이고, 많은 악귀를 퇴치하고 정복하여 세상을 구하기 위한 여러 가지 위업을 쌓음.

31) 인도의 베다신화에 나오는 불의 신. 암흑을 물리치고 부정(不淨)을 태워 없애며, 가정 및 사자(死者)의 수호신으로 받들어짐.

감싸여 있었다. 엷은 유리나 얼음 같은 것이 덮여 있었는데, 그것은 투명한 피부나 물의 껍질이나 물의 모양이나 물의 가면과 같은 것이었다. 이 가면(假面)은 미소하고 있었다. 그리고 이 가면은 싯다르타의 미소 짓는 얼굴이었다. 고빈다가 지금 이 순간에 입술을 갖다 대고 있는 바로 그 얼굴이었다. 그러자 고빈다는 이 가면의 미소, 물처럼 흐르는 수많은 형상들 위에 나부끼는 단일성의 미소, 헤아릴 수 없이 많은 탄생과 죽음을 초월한 동시성의 미소, 싯다르타가 짓고 있는 이 미소야말로 고빈다 자신이 수백 번이나 외경심을 갖고 우러러보았던 고타마의, 부처의 미소와 꼭 같다는 것을 알게 되었다. 그의 미소는 언제나 변함없고 고요하고 우아하며, 깊이를 헤아릴 수 없이 불가사의하고, 어쩌면 자비롭기도 하고, 어쩌면 조롱하는 것 같기도 하며, 현명하면서도 수천 가지의 모습을 담고 있는 지혜로운 미소였다. 고빈다는 완성에 이른 성자들은 이런 미소를 짓는다는 것을 깨닫게 되었다.

고빈다는 시간이라는 것이 존재하는지 안하는지, 이런 관조(觀照)를 하는 데 시간이 일 초가 걸렸는지 백 년이 걸렸는지 알 수가 없었다. 싯다르타라는 한 인간이, 고타마라는 한 인간이, 나와 너라는 존재가 있는지 없는지조차도 알 수가 없었다. 가장 깊은 내면에 신성한 화살을 맞아 상처를 입었는데, 그 상처가 달콤한 맛을 내는 것 같기도 하고, 가장 깊은 내면이 마술에 걸려 녹아 버리기라도 한 것 같았다. 이런 상태로 고빈다는 잠시 동안 그가 방금 키스했던 싯다르타의 고요한 얼굴 위에 몸을 굽히고 서 있었다. 그 얼굴은 방금 전까지만 해도 모든 형상들과 모든 생성과 모든 존재의 무대였었다. 그 표면 아래로 수천 겹의 심오한 비밀의 문이 다시 닫혀 버린 다음에도 그 얼굴은 조금도 변하지 않았다. 그는 고요히 미소 짓고 있었다. 은은하고 부드럽게 미소 지었다. 어쩌면 매우 자비롭기도 하고, 어쩌면 조롱하는 것 같기도 했다. 세존께서 미소 지었던 모습과 아주 똑같았다.

고빈다는 몸을 굽혀 절을 했다. 그의 늙은 얼굴에는 알 수 없는 눈물이 흘러내렸다. 마음속에는 진심에서 우러나오는 사랑의 감정이, 가장 겸허한 존경의 감정이 불꽃처럼 타올랐다. 싯다르타의 미소는 그가 이제까지 살아오면서 사랑했던 모든 것, 그가 이제까지 살아오면서 소중하고 성스럽게 여겼던 모든 것을 회상시켜 주었다. 그는 꼼짝 않고 앉아 있는 분 앞에 머리가 땅에 닿도록 깊이 큰절을 올렸다.

Hermann Hesse

Indischer Lebenslauf

인도의 이력서

"하인" 의 뜻을 지닌 한 영혼이 인도적인 시간의 초월 속에서 호전적인 왕 라바나의 아들로 거대한 갠지스 강가에서 다시 태어난다. 다시는 환상으로 파악된 현상 세계를 단념하고. 노스승을 따라 우주적 전일성(全一性)에 대한 행복을 안겨주는 체험을 하게 된다. 명상적인 관조 속에서 그는 우주 만유를 저항없이 긍정하는 초세상적 관점에 도달하는 것이다.

마정(魔精)들 사이에 벌어지는 어느 과격한 전투에서 비슈누[32]에 의하여, 그보다는 라마[33]로서 인간이 된 비슈누의 한 부분에 의하여, 초승달 모양의 화살에 의해 살해된 마정왕들 중의 하나가 수많은 형상들을 통한 윤회 속에서 다시 인간의 모습으로 나타났다. 그 이름을 라바나라 하고, 거대한 갠지스 강가에서 호전적인 왕으로 살고 있었다. 그가 다사의 아버지였다. 다사의 어머니는 일찍 세상을 떠났다. 그 후에 들어온 부인은 얼굴이 예쁘고 공명심이 강한 여자로서 왕과의 사이에 아들이 태어나자마자 어린 다사를 성가신 존재로 여겼다. 그녀는 어느 때고 장남인 다사 대신에 자기가 낳은 아들 날라를 지배자의 자리에 앉힐 생각을 하고 있었다. 그래서 다사로 하여금 아버지와의 접촉을 하지 못하도록 하고, 좋은 기회가 오기만 하면 그를 제

32) 힌두교 세 주신(主神) 중의 하나. 세계 질서를 유지하는 신으로, 후에 크리슈나로 화신함.
33) 인도 신화에 나오는 비슈누의 일곱 번째 화신(化身).

거해 버리겠다고 계획했다. 바라문 중의 한 사람으로 라바나 왕의 궁내관인 바수데바[34]는 희생에 관해 정통하고 있었기에 그녀의 의도 역시 간파하고 있었으며, 영리한 그 사람은 그 계획을 실패로 돌아가게 할 방도를 알고 있었다. 그는 소년을 불쌍히 여겼다. 또한 어린 왕자는 어머니로부터 경건한 성정과 정의감을 이어받고 있다는 생각도 들었다. 그는 다사에게 아무런 일도 일어나지 않도록 감시하고 있었으며, 계모에게서 그를 떼어낼 기회만 엿보고 있었다.

그런데 라바나 왕은 브라마 신에게 바쳐진 암소들의 무리를 소유하고 있었다. 이 소들을 신성시하며 종종 그 우유와 버터를 신에 대한 제물로 바쳤다. 그래서 이 나라에서 가장 좋은 목초지를 이 소들에게 할당하였다. 그러던 어느 날 이 브라마 신에게 바쳐진 암소들을 돌보는 목자(牧者) 34) 헤세의 소설 《싯다르타》에 나오는 인물 이름.

한 사람이 버터를 배달하러 왔다. 짐을 내리고서 그는 지금까지 소들을 방목하던 지방에 가뭄이 올 것이라는 징조가 있어서, 목자들은 가장 메마른 절기에도 샘물과 신선한 목초가 부족하지 않을 먼 산간 지방으로 가축들을 몰고 가자는 데 의견이 일치했다고 보고했다. 바라문승(僧)은 오래 전부터 잘 알고 있던 이 목자에게 비밀을 털어놓았다. 그는 다정하고 성실한 인간이었다. 다음 날 라바나 왕의 아들인 어린 다사가 사라지고 다시 찾아낼 수가 없었을 때, 이 행방불명의 비밀을 아는 사람은 바수데바와 그 목자 둘 뿐이었다. 목자들은 어린 소년 다사를 산속으로 데리고 갔으며, 거기서 천천히 걷고 있는 암소들 무리와 만났다. 다사는 소들과 목자들과 기꺼이 다정하게 어울렸다. 목동으로 자라면서 소를 돌보고 몰아가는 일을 도왔고 젖을 짜는 법도 배웠다. 송아지들과 함께 놀고 꽃밭에 누워 있기도 하였고, 달콤한 우유를 마시고 맨발에 소똥을 묻히기도 하였다. 그러는 것이 마음에 들었다.

그는 목자와 소들과 그들의 생활을 알게 되었고, 숲과 나무들과 그 열매를 알았다. 망고열매와 야생무화과와 바링가나무를 좋아했으며, 숲속에 있는 초록빛 연못에서 달콤한 연뿌리를 낚아 올리기도 했다. 축제일에는 숲속의 불꽃이라는 빨간 꽃들로 만든 화관을 쓰고 다녔고, 황야의 짐승들을 조심하고 호랑이를 피하며, 영리한 몽

35) 사향고양이과에 속하며 뱀을 잡아먹고 사는 인도산(産)의 족제비를 닮은 동물.

구스[35]와 명랑한 고슴도치와 친구도 되었으며, 장마철에는 어두 컴컴한 오두막 대피소에서 참고 견디는 법도 배웠다. 그곳 소년들 은 아이들 장난도 하고 노래도 불렀으며, 바구니나 갈대 깔개를 짜기도 했다. 다사는 옛 고향과 예전의 생활을 완전히 잊지는 못했 지만, 그것도 곧 꿈과 같이 여겨졌다.

그러던 어느 날 소떼가 다른 곳으로 옮겨갈 때, 다사는 꿀을 찾 으러 숲속으로 들어갔다. 그는 숲을 알게 된 이후 경이로울 정도 로 숲을 좋아했다. 더구나 여기 이 숲은 특별히 아름다운 숲 같아 보였다. 대낮의 밝은 빛이 황금색 뱀처럼 나뭇잎과 나뭇가지들을 휘감고 있었다. 수목에 밝은 빛이 뒤얽혀 있는 것과 비슷하게 새들 의 노랫소리, 나뭇가지들의 속삭임, 원숭이들의 외침 소리 등 여 러 가지 음향이 부드럽게 반짝이는 우아한 짜임으로 뒤엉키며 교 차하고 있었다. 그와 마찬가지로 여러 가지 냄새들, 즉 꽃과 나무, 잎들과 물, 이끼와 동물, 과일과 흙과 진흙들의 향기가 진동하며 서로 결합하기도 하고 다시 분리되기도 하였다. 그것은 떫고도 달 콤한 냄새, 거칠고도 은근한 냄새, 잠을 깨우면서도 졸리게 하는 냄새, 명랑하면서도 가슴을 조이게 하는 냄새들이었다. 때로는 보이지 않는 숲속 개울로부터 물소리가 살랑거렸고, 때로는 하얀 산형 꽃들 위에 검고 노란 반점이 있는 초록 벨벳 같은 나비가 춤 을 추었다. 때로는 푸르게 그늘진 우거진 수목 깊은 곳에서 나뭇가지가 으지직 부러졌고, 쌓인 나뭇잎에 나뭇잎들이 무겁게 떨어져 내렸다.

어둠 속에서 맹수가 요란하게 울어대기도 하고, 잔소리하기 좋아하는 암원숭이가 새끼들을 꾸짖어 대기도 하였다. 다사는 꿀을 찾는 것도 잊어버렸다. 화려하게 반짝이는 몇 마리 작은 새들의 노랫소리에 귀를 기울이다가 그는 거대한 숲속에 하나의 작은 밀림을 이루고 있는 커다란 양치나무 사이에서 사람이 걸어 다닌 발자취 같은 것을 발견했다. 그것은 길이라기보다는 가느다랗고 미세한 오솔길 같았다. 그는 소리를 죽이고 조심스럽게 발걸음을 옮기며 그 오솔길을 따라 들어갔다. 가지가 많은 나무 아래에 양치나무로 짓고 그 잎을 엮어 만든 일종의 천막과도 같은 조그만 움막이 발견되었다. 그 움막 옆에는 한 남자가 땅바닥에 똑바른 자세로 꼼짝도 하지 않고 앉아 있었다. 두 손은 가부좌한 무릎 위에 올려 놓고 있었으며, 백발의 머리와 넓은 이마 아래에 고요하고 무의식적인 듯한 눈길은 땅위로 내리깔려 있었다.

눈을 뜨기는 떴으나 내면(內面)을 바라보고 있었다. 다사는 그가 성자(聖子)이며 요가[36] 수도자라는 것을 알았다. 그러나 그가 만난 첫 번째 수도자는 아니었다. 그들은 모두 신성하고 신들의 은총을 받은 분들

36) 고대 인도로부터 전해오는 심신 단련법의 하나. 자세와 호흡을 가다듬고 명상을 통해 정신을 통일·순화시켜 초자연적 능력을 개발하고 물질의 속박으로부터 자유로워지는 것을 목표로 하는 수행법.

로서, 그들에게 시주하고 그들을 공경한다는 것은 훌륭한 일이었다. 그러나 이렇게 아름답고 잘 숨겨진 양치나무로 지은 오두막집 앞에서 양팔을 고요히 늘어뜨린 채 똑바른 자세로 앉아 있는 여기 이 사람은 한층 더 소년의 마음에 들었고, 그가 이전에 만나보았던 수도자들보다 더 진귀하고 공경스러워 보였다. 붕붕 떠 있는 듯 앉아 있으며 무아경인 듯한 눈길로도 일체를 꿰뚫어 보고 또 알고 있는 것 같은 이 사람을 성스러운 영기(靈氣)와 위엄의 마력, 집중된 열기와 요가의 힘에서 나오는 큰 파도와 화염이 에워싸고 있었다. 소년은 감히 그 안으로 걸어 들어가거나, 인사를 하고 말을 건네어 이를 깨트릴 수가 없었다. 이 모습에서 풍기는 위엄과 위대함, 얼굴에 광채를 일게 하는 내면으로부터 나오는 빛, 그의 표정에 깃들여 있는 집중과 철석같은 확고함은 수많은 파도와 광선을 발산시키고 있었으며, 그 한가운데에 그가 달과 같이 군림하고 있었다. 그의 모습에 축적된 정신력과 고요히 집중된 의지력은 그의 주위에 마술의 원을 둘러쳐 놓고 있었다. 그래서 이 사람은 그저 단순히 소망하고 생각만 함으로써 눈을 치켜뜨지 않고서도 사람을 죽이거나 다시 소생시킬 수 있으리라고 느낄 정도였다.

그 요가 수도자는 잎이나 가지로 숨을 쉬면서도 움직이는 나무보다도 더 꼼짝하지 않고, 돌로 만든 신들의 석상(石像)처럼 미동도 하지 않은 채 그 자리에 앉아 있었다. 그를 본 순간부터 소년도 마찬가지로 꼼짝도 하지 않고 기다리며, 마술로 땅바닥에 못 박히고 사슬에 꽁꽁 묶인 듯, 요술에 걸린 것처럼 그 모습에 이끌려 있었다. 그는 그 자리에 서서 수도자를 뚫어져라 바라보며, 태양 반점 하나가 그의 어깨 위에 그리고 또 하나의 태양 반점이 고요히 놓여 있는 한쪽 손 위에 비치는 것을 보았다. 그리고 그 햇빛 반점들이 천천히 움직이고 또 새로운 반점들이 생겨나는 것도 보았다. 그렇게 선 채로 놀라움에 젖어 소년은 그 태양 빛들이 이 사람에게는 하등 아무런 상관이 없다는 것을 이해하기 시작했다. 주변의 숲속에서 들려오는 새소리나 원숭이들 울음소리도, 명상에 잠긴 수도자의 얼굴에 내려앉아 피부 냄새를 맡고는 뺨 위를 얼마간 기어다니다가 다시 날아올라 저 멀리 날아가 버리는 갈색 꿀벌도, 다양하게 펼쳐지는 일체의 숲속 생활도 그에게는 아무 상관이 없었다. 이 모든 것, 눈에 보이고 귀에 들리는 것, 아름답거나 추악한 것, 사랑스럽거나 두려움을 야기하는 것 등, 이 모든 것이 이 성자와는 아무런 관계가 없다는 것을 다시는 느꼈다. 비도 그를 식혀 주거나 불쾌하게 할 수 없을 것이며, 불길도 그를 태울 수 없을 것이다. 그를 에워싸고 있는 세상 전체가 그에게는 껍질일 뿐이며 아무런 의미도 갖지 못했다. 사실상 온갖 세상사가 그저 하나의 유희이고 껍질일 따름이며, 미지의 심연(深淵) 위를 지나가는 바람의 입김이고 잔물결일 따름일지도 모른다는 예감이 그것을 바라보는 목동 왕자에게 불어왔다. 그것은 사상으로서가 아니라 육체적인 전율과 가벼운 현기증으로서, 두려움과 위험의 감정인 동시에 그리움에 찬 욕망에 이끌리는 감정으로서 그에게 찾아왔다. 왜냐하면 그는 그 요가 수도자가 이 세상의 껍질과 그 껍질 세계를 뚫고 지나서 존재의 밑바닥으로, 모든 사물의 비밀 속으로 가라앉았으며, 감각이라는 마법의 그물인 빛과 소리와 색깔과 감성의 유희를 돌파하여 떨쳐 버리고는 변화하지 않는 본질적인 것 속에 단단히 뿌리박고 있다는 것을 느꼈기 때문이다. 이 소년은 예전에 바라문들로부터 교육받으며 여러 가지 정신적 광채를 수여 받기는 했을지라도, 그것을 지성(知性)으로 이해한 것이 아니었기 때문에 이에 관해 말로써는 아무런 표현도 할 수가 없었다. 그러나 사람들이 축복 받은 순간에 신적인 요소가 몸 가까이 있음을 느끼듯이 그것을 느꼈다. 이 성자에 대한 경외심과 경탄에 젖은 전율로서 그것을 느꼈다. 이분에 대한 사랑으로, 그리고 명상에 침잠하여 앉아 있는 이분이 살아가고 있는 듯이 보이는 삶에 대한 그리움으로 그것을 느꼈다. 다사는 이렇게 그 노인을 통해 이상스럽게 자신의 출신과 왕후국(王侯國)을 회상하게 되고, 마음의 감동을 받은 채 양치나무가 울창한 숲 가장자리에 서 있었다. 새들이 날아가면 날아가는 대로, 나무들이 부드럽게 대화를 속삭이면 속삭이는 대로 내버려두었고, 숲은 숲 그대로, 멀리 떨어진 소떼는 소떼 그대로 내버려두었다. 그리고 그는 마술에 자신을 맡긴 채 명상에 잠긴 은둔자를 바라보고 있었다. 그의 모습에서 나오는 이해할 수 없는 평온과 초연함, 그의 얼굴에 깃들인 밝은 고요함, 그의 태도에서 풍기는 기운과 집중력, 그리고 그의 헌신에 대한 완전한 탐닉에 사로잡혀 있었다.

그가 움막 곁에서 보낸 시간이 두 시간 혹은 세 시간이었는지, 아니면 며칠 동안 걸렸었는지를 그는 훗날에도 말할 수 없었을 것이다. 마술에서 풀려나서 그는 소리 없이 양치식물들 사이의 오솔길을 다시 살그머니 걸어 나왔다. 숲속에서 빠져나오는 길을 찾아 마침내 넓은 목초지와 소떼가 있는 곳에 당도했을 때에도 그는 자신이 무엇을 하는지 의식하지 못한 채 행동했다. 그의 영혼은 아직도 마술에 사로잡혀 있었던 것이다. 그리고 목자 한 사람이 그를 소리쳐 불렀을 때에야 비로소 정신을 차렸다. 그가 오랫동안 떠나 있었기 때문에 목자는 큰 소리로 꾸짖으며 그를 맞이하였다. 그러나 다사는 그의 말을 알아듣지 못하는 것처럼 눈을 크게 뜨고 놀란 표정으로 그를 바라보았다. 목자는 소년의 눈길이 여느 때와는 다르게 낯설고, 그의 태도도 엄숙해진 것을 보고 놀라서 곧 입을 다물었다. 그러나 잠시 후에 그가 다시 물었다. "이보게, 자네 대체 어디에 갔었나? 하느님이라도 보았나? 아니면 악마라도 만났었나?"

"숲속에 갔었어요." 다사가 말했다. "숲속으로 이끌려 가서는 벌꿀을 찾아보려 했어요. 그런데 그걸 깜빡 잊어 먹었어요. 거기서 어떤 사람을 보았거든요. 은둔자를요. 그는 거기 앉아서 명상인지 아니면 기도인지에 빠져 있었어요. 그를 바라보니 그의 얼굴에 광채가 빛나고 있었어요. 난 그 자리에 서서 오랫동안 그를 바라보지 않을 수 없었어요. 저녁에 그리로 가서 그분에게 시주를 하고 싶어요. 그분은 성자예요."

"그렇게 하게." 목자가 말했다. "우유와 달콤한 버터를 가지고 가게. 그런 분들은 공경해야 돼. 그런 성자들에겐 시주를 해야 해."

"그런데 어떻게 말을 해야 하나요?"

"말을 할 필요는 없지. 다사, 그저 그분 앞에 꿇어앉아 시주를 앞에다 놓아드리면 돼. 그 이상은 필요 없어."

그래서 그는 그렇게 했다. 그 장소를 다시 찾기까지는 시간이 좀 걸렸다. 움막 앞자리가 텅 비어 있었다. 그는 감히 움막 안으로 들어가지 못하고, 시주를 움막 입구 땅바닥에 놓고서는 다시 물러나왔다.

목자들이 소떼를 몰며 그 장소 가까이에 머물고 있는 동안, 그는 매일 저녁 그리로 시주를 가지고 갔다. 한번은 낮에 갔다가 존경하는 그분이 명상에 잠겨 있는 것을 발견했다. 이번에도 그는 축복 받은 목격자로서 이 성자의 기(氣)와 행복의 빛을 받고 싶은 유혹을 물리칠 수 없었다. 그리고 사람들이 이 지방을 떠나고 다사가 새로운 목초지로 소떼를 몰아가는 일을 돕고 난 후에도 그는 숲속에서의 이 체험을 오랫동안 잊을 수가 없었다. 소년들의 버릇이 그러하듯이 그도 때때로 혼자 있을 때면, 자기 자신이 은둔자가 되고 요가에 정통한 자가 된 듯한 꿈에 빠지곤 하였다. 그러는 동안 세월이 감에 따라 이런 추억도 꿈속 모습도 퇴색하기 시작했다. 다사가 이제 빠르게 건장한 청년으로 성장하고, 같은 또래들과 장난질이나 싸움에 열성적으로 몰두하면 할수록 더욱 그러했다. 그러나 지금은 그에게서 사라져 버린 왕자나 왕후의 신분이 언젠가는 요가의 품위와 위력에 의하여 보상될 수 있으리라는 희미한 빛과 어렴풋한 예감이 그의 영혼 속에 남아 있었다.

그들이 도시 근처에 머물고 있던 어느 날, 목자들 중 한 사람이 도시에서는 성대한 축제를 목전에 두고 있다는 소식을 전해 듣고 왔다. 즉 노왕(老王) 라바나가 옛날의 힘을 잃고 쇠약해져서 자기 아들 날라를 후계자로 삼아 왕으로 선포하는 날을 정했다는 것이다. 다사는 이 축제를 구경하고 싶었다. 그의 머릿속에 어린 시절에 대한 추억의 자취가 희미하게라도 거의 남아 있지 않은 도시를 구경하고 음악 소리도 듣고 싶었다. 귀족들의 축제 행렬이나 경기도 보고, 한번은 도시 사람들이나 고귀한 사람들의 미지의 세계도 접해 보고 싶었다. 그런 세계는 전설이나 동화 속에 자주 서술

되고 있으며, 옛날 언젠가는 그 자신의 세계이기도 했었다는 점을 알고 있었지만, 그것도 지금은 한낱 전설이나 동화에 불과했고 아니면 그보다도 못했다. 축제날의 제물을 위하여 궁정에 버터를 한 짐 봉납하라는 명령이 목자들에게 전달되었다. 그리고 다사는 기쁘게도 목자 대장이 이 일을 위해 뽑은 세 사람 가운데 하나가 되었다.

버터를 봉납하기 위하여 그들은 축제 전날 밤에 궁정에 도착했다. 바라문승 바수데바가 봉납업무를 담당하는 우두머리였기 때문에 목자들에게서 버터를 수령했다. 그러나 그는 청년이 된 다사를 알아보지 못했다. 그런 다음 세 사람의 목자는 대단한 열망을 느끼며 축제에 참석했고, 아침 일찍부터 바라문승의 지휘 하에 봉납제전이 시작되어 황금색으로 반짝이는 버터가 대량으로 화염에 휩싸여 하늘을 찌를 듯한 불꽃으로 변하는 것을 구경했다. 훨훨 타오르는 불꽃과 기름에 젖은 연기가 무한한 하늘로 높이 솟아오르며 삼 곱하기 열의 신들에게 헌납되었다. 행렬 속에서는 코끼리들을 보았는데, 코끼리를 모는 사람이 앉아 있는 대(臺) 위에는 도금한 지붕이 달려 있었다. 꽃으로 장식한 왕의 마차와 젊은 날라 왕도 보았고, 힘차게 울려 퍼지는 북소리도 들었다. 모든 것이 대규모적이고 화려했지만, 약간 우스꽝스럽기도 했다. 최소한 젊은 다사에게는 그렇게 생각되었다. 그는 소란스런 소리와 마차들과 치장된 말들 등 이 모든 화려함과 사치스런 낭비에 마비되고 황홀해지고 열광되기도 하였다. 왕의 마차 앞에서 춤을 추는 사지가 날씬하고 연꽃 줄기처럼 질긴 듯한 무희들에게 가장 황홀해졌다. 거대하고 아름다운 도시를 경탄하기도 했지만, 그는 열광과 환희를 느끼는 중에도 약간은 근본적으로 도시인을 경멸하는 목자의 냉엄한 마음으로 이 모든 것을 관찰하였다. 게다가 그는 그 자신이 장남이었다는 사실, 여기 그의 눈앞에서 전혀 기억도 나지 않는 이복동생인 날라가 몸에 향유(香油)를 바르고 왕위에 임명되어 축하 받고 있다는 사실, 그런데 실은 그 자신인 다사가 날라 대신에 꽃으로 장식된 마차를 타고 가야 할 것이라는 사실을 전혀 생각하지도 못했다. 이와는 반대로 그 젊은 날라가 전혀 그의 마음에 들지를 않았으며, 어리광만 부려서 어딘가 멍청하고 사악해 보이고, 쓸데없이 잘난 체를 하여 참을 수 없을 정도로 허영심이 강해 보였다. 그는 이 왕 행세를 하는 청년에게 장난을 걸어서 교훈을 주고 싶기도 했다. 그러나 그럴 만한 기회가 없었다. 또한 보고 듣고 웃고 즐길 것들이 너무 많아 그런 것은 곧 잊어버리고 말았다. 도시 처녀들은 예뻤다. 그들의 눈매와 행동과 말투도 대담하고 자극적이었다. 세 목자들은 오랫동안 귓가에 쟁쟁거릴 만한 말들도 많이 들었다. 그 말에는 그러나 조롱의 여운이 깃들여 있었다. 왜냐하면 도시 사람이 목자들을 대하는 것과 마찬가지로 목자도 도시 사람들을 대했기 때문이다. 이를테면 서로는 서로를 경멸했던 것이다. 그러나 이 모든 것에도 불구하고 도시 처녀들에게는 이 아름답고 건장하며, 우유와 치즈를 양식으로 삼으며, 일 년내내 거의 언제나 자유로운 하늘 아래서 살아가는 청년들이 마음에 꼭 들었다.

이 축제를 구경하고 돌아온 다사는 이제 어른이 되었다. 처녀들 뒤를 쫓아다니기도 했고, 여러 번 다른 젊은이들과 심한 권투나 격투를 벌려 이기기도 했다. 그러다가 그들은 다시 또 다른 지방으로 옮겨갔다. 평평한 목초지가 있고 등심초와 대나무 사이에 여러 군데 물이 고여 있는 지방이었다. 여기에서 그는 프라바티라고 하는 이름의 처녀를 만났고, 이 예쁜 여인에 대한 미친 듯한 사랑에 빠졌다. 그녀는 소작인의 딸이었다. 다사의 사랑은 너무나 지극하여 그녀를 얻기 위하여 다른 것은 모두 잊어버리고 포기하였다. 얼마 후에 목자들이 다시 그 지방을 떠나게 되었을 때, 그는 어떠한 경고나 충고에도 귀를 기울이지 않았고, 오히려 그가 그렇게도 좋아했던 목자들과 목동생활에 작별을 고했다. 그리고 거기에 정착하여 프라바티를 아내로 맞이하였다. 그는 장인의 수수밭과 벼논을 경작하고, 물방앗간 일과 나무하는 일을 도왔다. 아내를 위해 대나무와 점토로 오두막집을 짓고, 그 안에 아내를 가두어 놓았다. 젊은 남자로 하여금 이제까지의 기쁨이나 친구들이나 습관을 단념케 하고, 삶의 방식을 바꾸어 낯선 사람들 사이에서 그리 부럽지도 않은 사위의 역할을 맡도록 한다는 것은 대단한 힘이었다. 프라바티의 아름다움은 그만큼 대단했다. 그녀의 얼굴과 자태에서 흘러나오는 진정한 사랑의 쾌락에 대한 욕구는 다사로 하여금 다른 모든 것에 눈이 멀도록 하고 오로지 이 여인에게만 완전히 몰두시킬 만큼 대단하고 유혹적이었다. 그리고 실제적으로 그는 그녀의 품안에서 크나큰 행복을 느꼈다. 수많은 신들이나 성자들에 관해서도, 그들이 황홀한 여자의 마술에 걸려 그 여인을 몇 날이고 몇 달이고 몇 년이고 품에 안고 있으며, 그녀와 함께 녹아 떨어져 다른 일은 모두 망각한 채 완전히 쾌락에 빠져 버렸다는 이야기들이 전해지고 있다. 다사도 그의 운명과 사랑이 그러하기를 소망했을 것이다. 그러나 그에게는 다른 운명이 주어졌으며, 그의 행복도 오래 지속되지 못했다. 약 일 년쯤 지속되긴 했지만, 이 기간 동안에도 행복으로만 가득 차진 않았었다. 장인의 까다로운 요구들, 처남들로부터의 빈정거림, 젊은 아내의 변덕 등 여러 가지의 일들이 생겼다. 그러나 침상에서 아내에게로 다가갈 때에는 이 모든 것이 잊혀지고 아무것도 아닌 것처럼 변해 버렸다. 그녀의 미소는 그만큼 매혹적으로 그를 끌어당겼고, 날씬한 그녀의 사지를 매만진다는 것은 그만큼 달콤했다. 그녀의 젊은 육체를 맛보는 쾌락의 정원은 그만큼 다양한 수천 가지의 꽃과 향기와 그림자들로 꽃

피어났다.

　이런 행복이 아직 일 년도 채 되지 못했던 어느 날, 이 지방은 불안과 소란에 휩싸이게 되었다. 말을 탄 사자(使者)들이 나타나 젊은 왕이 출두할 것이라고 예고했다. 그리고 젊은 왕 자신, 즉 날라가 병사들과 말과 수행원을 데리고 이 지방에서 사냥을 하기 위해 나타났다. 여기저기에 천막이 쳐졌고, 말들이 힝힝 울어대고 뿔 호각을 불어대는 소리가 들렸다. 다사는 그런 것들에 신경 쓰지 않고 들판에서 일도 하고 물방앗간 일도 돌보면서 사냥꾼들이나 궁중 사람들을 피하고 있었다. 그러던 어느 날 그가 집으로 돌아와 보니 아내가 집에 없었다. 이 기간에는 절대 바깥출입을 하지 말라고 엄하게 금지했었기 때문에 그는 가슴이 찢어지는 듯했고, 자기 머리 위로 불행이 몰려오고 있음을 예감했다. 그는 급히 장인 집으로 달려가 보았으나 프라바티는 거기에도 없었다. 그리고 그녀를 보았다는 사람은 아무도 없었다. 가슴을 조이는 불안은 점점 더해갔다. 그는 채소밭과 들판도 샅샅이 찾아보았다. 하루 이틀 자기 오두막집과 장인의 집 사이를 오고가며, 경작지에서 기다리기도 하고 우물가로 내려가 보기도 하였다. 기도를 드리기도 하고, 아내의 이름을 불러보기도 하고, 유혹의 말도 하고 저주하기도 하며 그녀의 발자취를 찾아보기도 했다. 마침내 아직 어린 소년이었던 그의 막내처남이 말하기를 프라바티는 왕과 함께 있고,

그의 천막 안에 살고 있으며, 그녀가 왕의 말을 타고 가는 것을 본 사람이 있다고 했다. 다사는 날라의 천막 주위에서 보이지 않게 매복하고 있었다. 옛날 목동생활을 할 때 사용하던 투석기(投石器)도 지니고 있었다. 낮이나 밤이나 왕의 천막에 잠시라도 보초가 없는 것처럼 보이면, 그는 살금살금 그리고 다가갔다. 그러나 그때마다 보초가 곧 다시 나타나서 그는 달아나지 않으면 안 되었다. 나무로 기어올라가 그 가지에 숨어서 야영지를 내려다보니, 왕의 모습이 보였다. 도시에서 벌어졌던 축제 때부터 혐오감이 들었던 그의 얼굴을 알고 있었다. 왕은 말을 타고 나갔다가 몇 시간 후에 돌아왔다. 말에서 내려 천막의 포장을 걷으면, 천막의 그늘 속에서 몸을 일으키며 돌아온 왕에게 인사를 하는 젊은 여인이 다사의 눈에 띄었다. 이 젊은 여인이 그의 아내 프라바티라는 것을 알았을 때, 그는 잘못하다가 나무에서 떨어질 뻔했다. 이제는 확실했다. 그리고 가슴을 조이는 압박은 더욱 심해졌다. 프라바티와의 사랑의 행복이 컸었던 만큼, 지금은 고통과 분노, 상실감과 모욕감이 그에 못지않게 컸다. 아니, 그보다 더 컸다. 인간이 사랑의 능력을 단 하나의 대상에 집중시키면 이렇게 되는 것이다. 그 대상을 상실하면 그에겐 모든 것이 허물어지고, 그는 비참하게 그 폐허 속에서 있게 되는 것이다.

하루 낮과 하루 밤을 다사는 그 지방의 숲속을 헤매고 다녔다.

잠시라도 휴식을 취하면 비참한 마음이 지친 사나이를 다시 휘몰아댔다. 그는 달리며 헤매고 다니지 않을 수 없었다. 이 세상 끝까지, 그리고 이젠 그 가치와 빛을 상실해 버린 삶의 끝까지 달려가고 헤매야만 할 것 같은 기분이었다. 그러나 그는 먼 곳으로 또 미지의 곳으로 달려가진 않았으며, 오히려 언제나 불행의 가까이에 머물면서 자기의 오두막집과 물방앗간, 경작지와 왕의 사냥용 천막 주변을 맴돌았다. 마지막에는 다시 천막 위에 있는 나무 속에 몸을 숨겼고, 잎이 무성한 은신처에 쭈그리고 앉아 굶주린 맹수처럼 음울하게 분노하며 매복하고 있었다. 드디어 그가 마지막 힘까지 긴장시켜 기다린 순간이 왔다. 왕이 천막 앞으로 나왔던 것이다. 그때 다사는 살며시 나뭇가지에서 미끄러져 내려와 투석기를 꺼내 가지고 돌을 투척했다. 그 돌이 증오스런 인간의 이마에 명중하자 그는 그 자리에 쓰러지고 뒤로 나자빠져 꼼짝도 하지 못했다. 거기에는 아무도 없는 것 같았다. 다사의 오관에 용솟음치는 폭풍과도 같은 쾌감과 복수심 속에서도 한순간 놀랍고도 이상스럽게 깊은 적막감이 밀려왔다. 그리고 돌에 맞아 죽은 자의 주변이 소란해지고 시종들이 몰려들기 전에, 다사는 빽빽한 숲속으로 들어가서 계곡으로 연결되는 대나무숲으로 사라져 버렸다.

그가 나무에서 뛰어내려왔을 때에는, 그리고 열광적인 행동으로 투석기를 빙빙 돌려 죽음의 돌을 던졌을 때에는, 그 증오스런 적이 한순간에 자기 앞에 쓰러져 죽기만 한다면, 그 자신의 생명도 그와 더불어 꺼져 버리고, 마지막 힘까지 다 써 버리고는 자신도 살인적인 돌과 함께 날아가 이 몰락에 동의하며, 스스로 파멸의 나락 속으로 몸을 던질 것이라고 생각했었다. 그러나 이제 이 살인 행위에 대해서 예기치 못했던 저 적막감의 순간이 대답을 하니, 이제까지 전혀 알지 못했던 생명욕이 입을 딱 벌리고 있는 죽음의 나락에서부터 그를 다시 끌어당겼다. 그리고 근원적 본능이 그의 감각과 사지를 사로잡으며 삼림과 빽빽한 대나무숲을 찾아가라고 하고, 도망쳐서 자취를 감추라고 명령하였다. 은신처에 도착하여 가장 위험한 고비를 벗어났을 때에야 비로소 그는 자신에게 일어났던 일들을 의식하게 되었다. 몹시 지쳐서 그 자리에 쓰러져 숨을 헐떡이는 동안에, 그리고 기력이 쇠진해지면서 살인 행위에 대한 흥분도 사라지고 냉정한 정신이 차츰 자리잡는 동안에, 그는 자신이 아직 살아 있고 죽음으로부터 달아난 것을 보고는 처음으로 그에 대한 실망과 거부감을 느꼈다. 그러나 호흡이 진정되고 지친 다음에 오는 현기증이 가라앉으면서 곧 반항심과 생존 의지가 생겨나며 이 메스껍고 불쾌한 감정은 사라져 버렸다. 그리고 자기 행위에 대한 거친 기쁨이 마음속으로 다시 돌아왔다.

곧 가까운 주변이 어수선해졌다. 살인자에 대한 탐색과 추적이 시작되었고, 이는 온종일 계속되었다. 그는 호랑이가 무서워 아무도 깊이 들어오지 못하는 은신처에서 숨을 죽이고 기다리면서 위기를 모면했다. 잠시 눈을 붙이고는 다시 매복하였고, 계속 기어가다가 다시 쉬기도 했다. 살인 행위가 있은 후 사흘째 되던 날에 그는 산맥 저편에 와 있었으며, 계속해서 더 높은 산으로 쉬지 않고 기어올라갔다.

그는 이리저리 고향을 잃은 생활을 계속했다. 그로 인해 더 냉혹하고 무정해지기도 했지만, 더 영리해지고 체념이 빨라지기도 했다. 그렇지만 밤이면 언제나 프라바티와 옛날의 행복에 대한, 아니면 그가 지금 그렇게 부르고 있는 것에 대한 꿈을 꾸었다. 그가 추적당하고 도망치는 꿈도 여러 번 꾸었다, 가슴을 죄는 그 무시무시한 꿈은 대충 이러했다. 그가 숲속으로 도망을 치는데, 추격병이 뒤에서 북을 울리고 사냥용 뿔 호각을 불며 쫓아온다. 숲과 늪지대를 지나고, 가시나무 덤불을 헤치고 나가 썩어서 부서지려는 다리를 건너가면서 그는 무엇인가 짐을 안고 간다. 무엇인가 둘둘 말아 싼 꾸러미인데, 거기에 감추어진 것이 무엇인지는 알 수가 없고, 그것이 값진 것이며 어떤 상황에서도 손에서 놓쳐서는 안 된다는 것만 알고 있었다. 무엇인가 값지고 위험에 처한 것으로, 어쩌면 도둑질한 보물일는지도 모른다. 그것은 프라바티가 축제일에 입었던 옷처럼 적갈색과 파란색 무늬가 있는 화려한 보자기에 싸여 있다. ─ 그러니까 그는 도둑질한 물건이든 보물이든 이

꾸러미를 가지고 여러 가지 위험에 빠지고 고난에 봉착하며 도망을 하고 있다. 낮게 드리워진 나뭇가지 아래로 그리고 머리 위에 솟아 있는 암벽 밑으로 해서 살금살금 뱀들 옆을 지나가기도 하고, 악어들이 득실거리는 강물 위에 놓인 현기증이 날 정도로 좁다란 징검다리 위를 건너기도 한다. 결국은 추격을 당하고 기진맥진한 채 그 자리에 멈춰 서서 꾸러미를 졸라매 놓은 매듭을 만지작거린다. 하나하나 매듭을 풀고는 보자기를 펼친다. 이제 그 보물을 꺼내어 떨리는 손에 받쳐보니, 그것은 자신의 머리였다.

그는 숨어서 방랑 생활을 계속했다. 사람들로부터 도망치지는 않았지만, 그래도 사람들을 피하고 있었다. 그러던 어느 날 풀이 많은 구릉지를 지나가게 되었다. 그곳은 아름답고 명랑하다는 기분을 불러일으켰고, 그가 이 지방을 알고 있는 듯 그에게 인사를 하는 것 같았다. 여기에는 부드럽게 나부끼는 풀꽃들이 피어 있는 목초지가 있고, 저기에는 그도 알고 있는 갯버들숲이 있었다. 이 숲은 그가 아직 사랑과 질투, 증오와 복수에 대해 아무것도 알지 못했던 명랑하고도 천진스런 시절을 상기시켜 주었다. 그곳은 그가 예전에 동료들과 소떼를 돌보던 그 목초지였다. 가장 명랑했던 그의 어린 시절이 다시 돌아올 수 없는 머나먼 심연으로부터 그를 바라보고 있었다. 마음속의 달콤한 슬픔이 여기서 그에게 인사하는 목소리들에게 대답을 했다. 은빛으로 나부끼는 버드나무 가지에 부는 바람에게, 즐겁고도 재빠르게 흘러가는 조그만 시냇물의 행진곡 소리에, 새들의 노랫소리와 황금색 땅벌이 나지막하게 붕붕거리는 소리에 대답했다. 이곳은 도피처이며 고향과도 같은 소리가 울리고 향기로운 냄새가 났다. 떠돌아다니는 목동 생활에 익숙한 그에게는 아직 어떤 지방도 이곳처럼 자기에게 속하고 고향 같이 느껴지는 일이 없었다.

마음속에 이러한 목소리들을 동반하고 그에 이끌려서, 그는 귀향한 자의 기분과도 흡사한 감정을 느끼며 이 다정한 지방을 돌아다녔다. 무섭게 지낸 몇 달만에 처음으로 그는 낯선 이방인으로서, 추적당하는 사람으로서, 도망치는 자로서, 죽음의 선고를 받은 자로서가 아니라, 준비가 되어 있는 마음으로 아무것도 생각하지 않고, 아무것도 갈망하지 않으며, 고요하고 명랑한 현재와 주변에 몰두하고, 맞아들이면서 감사하고, 약간은 자기 자신과 이 익숙지 않고 새로우며 처음으로 황홀하게 경험하는 마음 상태를 이상히 여기면서 거닐었다. 아무런 소망도 없는 열려진 마음이, 아무런 긴장도 없는 이런 명랑함이, 주의 깊고 감사하게 관찰하는 즐거움이 약간 이상하긴 했다. 그는 푸른 목초지를 지나 숲속으로 갔고, 조그만 태양 반점들이 뿌려진 어스름한 나무 아래로 들어갔다. 여기에서는 귀향과 고향의 감정이 더욱 강렬해졌다. 그의 발길이 저절로 찾아가는 듯한 길을 따라가다 보니 그는 우거진 양치나무 숲을 통해 갔고, 거대한 숲 한가운데 있는 빽빽한 작은 숲을 지나서 조그마한 움막에 당도하게 되었다. 그 움막 앞 땅바닥에는 그가 한때 몰래 관찰하기도 하고 우유를 시주하기도 했던 그요가 수도자가 꼼짝도 하지 않고 앉아 있었다.

잠에서 깨어나는 듯 다사는 그 자리에 멈춰 섰다. 이곳에는 모든 것이 옛날 그대로였다. 이곳에는 시간도 흐르지 않았고, 살인도 없고 괴로움도 없었다. 이곳에는 시간과 삶이 수정처럼 단단히 굳어지고, 고요히 정지하여 영원불변인 것 같았다. 그는 노인을 바라보았다. 옛날 그를 처음 보았을 때 느꼈던 경탄과 사랑과 그리움이 마음속으로 다시 돌아왔다. 그는 움막을 둘러보고 다음 장마철이 시작되기 전에 약간 수리할 필요가 있겠다고 혼자 생각했다. 그는 조심스럽게 감히 몇 발자국을 다가갔고, 움막 안으로 들어가 무엇이 있는가를 살펴보았다. 많이는 없었다. 거의 아무것도 없는 것 같았다. 나뭇잎으로 만든 침상, 약간 물이 들어 있는 호리병, 그리고 나무껍질로 만든 텅 빈 자루 하나뿐이었다. 그는 자루를 집어 들고 밖으로 나와 숲속에서 먹을 것을 찾아내어 과일이나 달콤한 나무속껍질 같은 것을 따 가지고 왔다. 그리고는 호리병을 가지고 가서 신선한 물을 가득 채워다 놓았다. 이로써 여기서 할 수 있는 일은 다한 것이었다. 한 인간이 살기 위하여 필요한 것은 너무나도 적었다. 다사는 땅바닥에 웅크리고 앉아 몽상에 잠겼다. 그는 숲속에서의 이 고요한 안정과 몽상에 만족했다. 자기 자신에 만족하였고, 또 옛날 청년 시절에 평화와 행복과 고향 같은 것을 느껴 보았던 이곳으로 그를 이끌어온 자기 내면의 목소리에 만족했다.

이렇게 그는 그 침묵을 지키는 수도자 곁에 머무르게 되었다. 그분 침상에 나뭇잎을 새로 갈아 넣고, 두 사람이 먹을 음식을 찾아왔으며, 낡은 움막을 수리하였다. 그리고는 자신이 사용할 두 번째 움막을 약간 떨어진 곳에 짓기 시작했다. 노인은 그가 거기 있는 것을 허용한 것 같았지만, 도대체 그가 그를 인지하고 있는지는 알아차릴 수 없었다. 그가 명상에서 깨어 일어나는 것은 그저 움막으로 잠을 자러 가거나, 약간의 음식을 먹거나 숲속을 잠시 거닐 때뿐이었다. 다사는 위대한 사람을 가까이에서 모시는 하인처럼 그 고귀한 분 곁에서 살았다. 아니, 그보다는 사람들 곁에서 살아가는 조그만 애완동물이나 길들인 새나 몽구스처럼 시중을 들어가며 거의 눈에 띄지 않고 살았다. 그가 오랜 세월 동안 도망 다니며 숨어서 살았고, 불안하게 양심의 가책을 받으며 항상 추적당할 것을 각오하고 있었기 때문에, 이 고요한 삶과 힘도 안 드는 일, 그리고 자기에게 전혀 주의도 기울이지 않는 것 같은 사람과 함께 사는 것이 한동안 아주 마음에 들었다. 악몽도 꾸지 않고 잠을 잤으며, 일어났던 일을 반나절 동안 또 때로는 하루 종일 잊어버리기도 했다. 미래에 대한 생각은 전혀 하지 않았다. 동경이나 소망에 사로잡힐 때가 있다면, 그것은 이곳에 머물면서 요가 수도 자로부터 은둔자적 생활의 비밀을 전수 받아 그에 정통하고, 스스로 요가 수도자가 되어 요가정신과 그 기품 있는 무관심에 참여하고 싶다는 것뿐이었다. 그는 종종 그 존경하는 수도자의 자세를 흉내내며 다리를 가부좌한 채 꼼짝하지 않고 앉아 있었고, 그분처럼 초현실적인 미지의 세계를 바라보며 자신을 에워싸고 있는 주변의 일에 무관심하려고 노력했다. 그때 대개는 이내 지쳐 버리고, 사지가 뻣뻣해지며 잔등에 통증이 왔다. 모기의 시달림을 받기도 하고, 피부에 이상스러운 느낌이 오기도 하였으며, 가렵거나 여러 가지 자극을 받기도 하여, 다시 몸을 움직이고 긁기도 하다가 결국은 다시 일어서고 말았다. 그러나 몇 번은 다른 느낌을 받은 적도 있었다. 이를테면 공허하게 되거나 가벼워지거나 부동하는 느낌이었다. 꿈속에서 종종 그러하듯이 우리가 대지를 그저 살며시 건드리면, 부드럽게 대지로부터 튀어 올라 양털 송이처럼 다시 붕붕 떠다니는 기분이었다. 이런 순간에는 지속적으로 부동하는 상태가 어떠할 것이라는 예감이 어렴풋이 떠올랐다. 그것은 자신의 육체와 자신의 영혼이 그 무게를 벗어 버리고, 보다 더 크고 더 순수한 태양빛과도 같은 생명의 숨길 속에 함께 비약하며, 저 시간도 없고 변화도 없는 피안의 세계로 높이 올라가 흡수되는 예감이었다. 그러나 그것은 순간일 뿐이고 예감으로 머물렀다. 이러한 순간에서 깨어나 실망을 느끼며 이제까지의 습관적 생활로 되돌아올 때면, 그는 이 수도자를 자기 스승으로 모시고, 그의 요가 행공법과 비술(秘術)을 전수받고, 자신도 요가 수도자가 되도록 해달래야겠다고 생각했다. 그런데 어떻게 하면 될까? 그 노인은 한 번이라도 그를 눈으로 인지한 것 같지도 않고, 그들 두 사람 사이에 언제고 말이 오고갈 것 같지도 않았다. 그 노인은 날이나 시간, 숲이나 움막의 저편에 가 있듯이, 또한 말의 저편에 존재하는 것처럼 보였다.

그러던 어느 날 그는 한 마디 말을 하였다. 그 시기에 다사는 또다시 때로는 혼란스러울 정도로 달콤하게, 또 때로는 혼란스러울 정도로 처참하게 꿈을 꾸었다. 자기 아내 프라바티에 대한 꿈이거나 무시무시한 도망자 생활에 대한 꿈이었다. 낮에는 아무런 진전도 보지 못하고, 앉아서 행공하는 것도 오래 견디지 못했으며, 여자와 사랑에 대한 생각도 떨쳐 버릴 수가 없었으며, 수없이 숲속을 이리저리 헤매고 다니기도 했다. 그것이 날씨 탓일 수도 있었다. 뜨거운 열풍이 부는 무더운 날들이 계속되었다. 다시 또 그렇게 짜증스런 어느 날 모기들이 윙윙거리고 있었다. 지난 밤 다사는 또 지독한 꿈을 꾸어 불안하고 답답한 마음에 휩싸여 있었다. 그 꿈 내용이 무엇인지는 알지 못했으나, 깨어 생각해 보니 그것은 옛날의 상태와 생활 단계로 비참하게 전락하는 것 같았다. 사실은 허용될 수도 없는 깊이 수치스러운 전락이었다. 온종일 그는 음울하고 불안한 마음으로 움막 주위를 슬금슬금 돌아다니거나 웅크리고 앉아 있었다. 이런저런 일도 해보고, 명상 수도를 하려고 몇 번이고 앉아 있기도 했었지만, 그때마다 뜨거운 불안이 곧 엄습해 왔다. 사지에 경련이 일고, 개미가 간질이듯 발가락이 근질근질하고, 목은 불타오르는 것 같았다. 그는 잠시도 참지 못하고, 수줍고 수치스런 표정으로 노인을 바라보았다. 노인은 완전한 자세로 앉아 있었으며, 눈을 내면으로 향한 얼굴은 범접할 수 없을 정도로 고요한 명랑함에 젖어 꽃송이처럼 둥실둥실 부동하고 있었다.

그런데 이날 요가 수도자가 자리에서 일어나 움막 쪽으로 향했을 때, 오랫동안 이런 순간을 기다려 온 다사는 그 앞으로 나가 불안해하는 자의 용기로써 말을 걸었다. "선생님" 하고 그가 말했다. "선생님의 고요함을 범접하여 죄송합니다. 저는 평화를 찾고 고요함을 갈구하고 있습니다. 선생님처럼 살고 싶고 선생님처럼 되고 싶습니다. 보십시오, 저는 아직 젊긴 하지만, 벌써 수많은 고통을 맛보았습니다. 운명이 저를 가지고 참혹한 장난을 한 것이지요. 저는 왕후로 태어났으면서 목자들에게 던져졌습니다. 저는 목동이 되어 성장하였고, 어린 황소처럼 즐겁고 힘도 세며, 마음도 천진난만했습니다. 그러다가 여자들에게 눈을 돌리게 되었지요. 가장 아름다운 여자를 만나 제 생명을 다 바쳐 그녀에게 봉사키로 했습니다. 그녀를 얻지 못했다면, 저는 아마 죽어 버렸을 것입니다. 제 동료들인 목자들을 버리고 저는 프라바티에게 청혼했습니다. 그녀를 얻었고, 사위가 되어 봉사하며 죽도록 열심히 일했습니다. 허나 프라바티는 제 아내였고 저를 사랑했지요. 아니면 그녀가 저를 사랑한다고 믿었습니다. 매일 저녁 저는 그녀의 품으로 돌아와 그녀의 품에 안겨 누웠습니다. 그런데 그때 왕이 그 지방으로 왔습니다. 바로 그 자 때문에 제가 어릴 적 추방되었었던 것입니다. 그런데 그 자가 와서 제게서 프라바티를 앗아갔지요. 그녀가 그 자의 품에 안겨 있는 것을 보았습니다. 그것이 제가 겪었던 가장 큰 고통이었으며, 저와 제 인생을 완전히 바꿔 놓았습니다. 저는 돌을 던져 왕을 죽였지요. 저는 살인을 한 것입니다. 그리고는 범죄자로 추적 받는 죄인의 삶을 살았습니다. 모든 것이 제 뒤를 추적해 왔지요. 이곳으로 올 때까지 제 생명은 한순간도 안전하지 못했습니다. 저는 어리석은 인간입니다. 선생님, 저는 살인자입니다. 지금이라도 체포되어 사지를 찢길지 모릅니다. 이 무시무시한 삶을 더 이상 견딜 수가 없습니다. 이런 삶에서 벗어나고 싶습니다."

요가 수도자는 조용히 눈을 내리깔고 이 폭발적인 말을 경청했다. 이제 눈을 올려뜨고는 다사의 얼굴로 시선을 주었다. 그것은 밝고도 꿰뚫어 보는 듯하며, 거의 참을 수 없을 정도로 확고하고, 한 곳에 집중된 빛나는 시선이었다. 그가 다사의 얼굴을 관찰하며 성급한 이야기를 가만히 생각하고 있는 동안에, 그의 입은 서서히 미소로 변하고 웃음으로 변해갔다. 소리 없는 웃음을 웃으면서 그는 머리를 흔들더니, 다시 웃으며 "마야[37]로다! 마야로다!" 하고 말했다.

다사는 완전히 마음이 혼란해지고 부끄러워서 그대로 서 있었다. 수도자는 약간의 식사를 하기 전에 잠시 양치식물 사이로 난 좁다란 오솔길로 나갔다. 자로 잰 듯이 박자를 맞추어 그는 이리저리 산보했다. 몇 백 발자국쯤 거닐다가 다시 돌아와 움막 안으로 들어갔다. 그의 얼굴은 다시 여느 때와 같아졌고, 현상 세계와는 다른 어떤 곳으로 돌아가 있었다. 언제나 똑같이 변하지 않는 이 얼굴에서 가련한 다사에게 대답해 주었던 웃음은 대체 무슨 웃음이었을까! 그는 오랫동안 그 생각을 하지 않을 수 없었다. 다사가 절망적으로 고백하고 탄원하는 순간에 터져 나온 이 무시무시한 웃음은 호의적이었던가, 아니면 조소적이었던가? 위안을 주는 것이었던가, 아니면 비난을 하는 것이었던가? 신적인 것이었던가, 아니면 악마적인 것이었던가? 아무것도 더 이상 진지하게 받아들

37) 고대 인도에서 환영(幻影)으로 충만한 물질계를 뜻하던 베단타학파의 술어.

일 수 없는 노인의 비꼬는 웃음이었던가, 아니면 현인이 다른 사람의 어리석음을 보고 즐거워하는 웃음이었을까? 그렇지 않으면 거절하면서 작별을 고하고 떠나가라는 뜻이었을까? 혹은 충고를 하면서 다사에게 그를 따라 행하고 그와 함께 웃으라고 요구하는 것이었을까? 그는 그 수수께끼를 풀 수가 없었다. 밤늦게까지 이 웃음에 대해 곰곰이 생각해 보았다. 그의 인생, 그의 행복과 불행이 이 노인에게는 웃음이 되어 버린 것 같았다. 그 어떤 맛이 나고 향내가 나는 딱딱한 뿌리를 씹듯이, 그의 생각은 이 웃음을 되씹고 있었다. 그리고는 그 노인이 밝은 소리로 외친 그 말을 되씹고 생각하며 고뇌했다. 노인은 너무나도 명랑하고 이해할 수 없을 정도로 만족하며 "마야로다, 마야로다!" 하고 웃으면서 말했었다. 이 말이 대체 무엇을 의미하는지를 그는 절반쯤 이해하고 절반쯤 깨달았다. 웃는 사람이 그렇게 말했던 태도에도 의미를 추측케 하는 무엇인가가 깃들여 있는 듯했다. 다사의 삶, 다사의 청춘, 다사의 행복과 쓰디쓴 불행, 그것은 마야였다. 아름다운 프라바티도 마야였고, 사랑도 그녀와의 쾌락도 마야였고, 인생 전체가 마야였다. 다사의 인생과 다른 모든 사람들의 인생, 이 모든 것이 이 늙은 요가 수도자의 눈에는 마야였다. 이 모든 것은 어린아이들의 놀이, 하나의 구경거리, 연극, 공상, 오색찬란한 껍질에 싸인 무(無), 비눗방울과 같은 것이었다. 어느 정도 황홀한 마음으로 웃어 버릴 수가 있는 동시에 경멸해 버릴 수도 있지만, 결코 진지하게 받아들일 수 없는 그 무엇이었다.

늙은 요가 수도자에게는 다사의 인생이 웃음과 마야라는 말로써 처리되고 떨쳐 버릴 수 있는 것이었지만, 다사 자신에게 있어서는 그렇지 못하였다. 그 자신은 스스로 웃음을 웃는 요가 수도자가 되어 자기 인생을 그저 하나의 마야로 인식할 수 있기를 간절히 소망하고 있었다. 그렇다 할지라도 이렇게 불안하게 며칠 동안의 밤낮을 지내고 난 이후로, 자신이 지칠 대로 지친 도망의 시절을 보낸 다음 여기 이 도피처에서 지내며 잠시 거의 잊어버렸다고 생각했던 모든 것들이 그의 마음속에 다시 깨어나 되살아왔다. 그가 언젠가 정말로 요가 수행법을 습득하여 그 노인과 똑같이 행할 수 있을 것이라는 희망은 극도로 희박해 보였다. 그렇다면 — 그렇다면 그가 이 숲속에 머물러 있다는 것이 대체 무슨 의미가 있을까? 이건 도피처였을 따름이다. 여기서 그는 약간 안도의 숨을 쉬고 힘을 다시 모았으며 어느 정도 정신을 차리게 되었다. 이것도 가치 있는 일이고 대단한 것이었다. 그러는 동안에 바깥세상에서는 왕의 살인자에 대한 추적이 포기되었을는지도 모른다. 그렇다면 그는 큰 위험이 없이 계속 방랑할 수 있을 것이다. 그렇게 하기로 그는 결심했다. 그리고 다음 날 떠나려고 했다. 세상은 넓었으며, 이런 은신처에서 영원히 머물러 있을 수는 없는 일이었다. 이렇게 결심하자 그는 어느 정도 마음이 안정되었다.

그는 이른 새벽에 출발할 생각이었다. 그러나 늦잠을 자고 깨어 보니 해는 벌써 중천에 떠 있었고, 요가 수도자는 이미 명상을 시작했었다. 다사는 작별 인사도 없이 떠나고 싶진 않았으며, 수도자에게 한 가지 볼 일도 있었다. 그래서 그는 한 시간 또 한 시간을 기다렸다. 마침내 수도자가 자리에서 일어나 사지를 펼쳐 기지개를 켜고는 이리저리 걷기 시작했다. 그때 다사는 그 앞으로 나가 절을 하고는 요가 수도자가 눈을 들어 의아하게 그를 쳐다볼 때까지 물러서지 않았다. "선생님" 하고 그는 겸손하게 말했다. "저는 계속 제 길을 가고자 합니다. 선생님의 고요한 삶을 더 이상 방해하지 않을 것입니다. 그러나 선생님, 이 한 번만 제 간청을 들어 주십시오. 제 생애를 말씀드렸을 때 선생님께서는 웃으시며 '마야로다' 하고 말씀하셨습니다. 간청 드리오니 마야에 관해 좀 더 하교해 주십시오."

요가 수도자는 움막 쪽으로 몸을 돌렸고, 그의 눈길은 다사에게 그를 따라오라고 명령했다. 노인은 물동이를 집어들더니 다사에게 내주며 손을 씻으라고 했다. 다사는 시키는 대로 순종했다. 그런 다음 요가 수도자는 호리병 속에 남은 물을 양치잡초에 쏟아 버렸고, 빈 물동이를 젊은이에게 내밀며 물을 새로 떠오라고 명했다. 다사는 그 말을 따르며 달려갔다. 그의 마음속에는 이별의 감정이 꿈틀거렸다. 이 조그만 오솔길을 따라 샘물가로 가는 것도 마지막이었다. 가장자리가 반들반들하게 닳아 버린 이 가벼운 물동이를 거울 같은 작은 수면에 띄워보는 것도 마지막이었다. 거기에는 잎이 혀처럼 긴 양치식물, 아치 모양의 수관(樹冠), 그리고 밝은 반점이 뿌려진 달콤하게 푸른 하늘이 반영되고 있었다. 이 수면 위로 몸을 구부리자 그 자신의 얼굴도 갈색 빛이 나는 어스름 속에 마지막으로 반영되었다. 그는 생각에 잠기며 천천히 물동이를 샘물 속에 넣었다. 그는 불안한 기분을 느꼈다. 그리고 무엇 때문에 이런 이상스런 기분을 느끼는지, 그가 떠나기로 결심한 이때에도 노인이 그에게 여기에 있어라, 어쩌면 영원히 남아 있어라 하고 말하지 않는 것이 왜 마음을 아프게 하는지 분명히 알 수가 없었다.

그는 샘물가에 쭈그리고 앉아서 물을 한 모금 마셨다. 그리고 물을 쏟지 않으려고 조심하면서 물동이를 가지고 일어나서 멀지도 않은 귀로 길에 오르려고 하였다. 그때 어떤 소리가 그의 귓가에 들려오며, 그를 황홀케 하고 놀라게 하였다. 그것은 그가 수많은 꿈속에서 들었고, 깨어 있는 시간에는 가혹한 그리움에 젖어 수없이 생각하곤 했던 목소리였다. 그 소리는 달콤하게 울렸다. 그 소리는 어스름한 숲을 통해 달콤하고 천진스럽게 유혹적으로 울려왔다. 그의 마음은 놀라고 즐거움에 젖어 떨고 있었다. 그것은 프라바티의 소리, 그의 아내의 목소리였다. "여보" 하고 그녀는 유혹했다. 믿어지지 않는 눈길로 그는 호리병을 손에 든 채 주위를 둘러보았다. 그런데 보라. 나무줄기 사이에 그녀가 나타났다. 긴 다리에 날씬하고 탄력적인 모습으로 프라바티가, 그 사랑하는 여인, 잊을 수 없는 여인, 성실치 못한 아내가 나타난 것이다. 그는 물동이를 던져 버리고 그녀에게로 달려갔다. 그녀는 미소를 짓고 약간 부끄러워하면서 그의 앞에 서 있었고, 사슴 같이 커다란 눈으로 그를 바라보았다. 가까이 다가가 보니 그녀는 빨간 가죽으로 만든 샌들을 신고 있었고, 몸에는 아주 아름답고 값비싼 옷을 걸치고 있었다. 팔에는 황금 팔찌를 끼었고, 검은 머리에는 반짝반짝 빛나는 오색찬란하고 값진 보석들을 달고 있었다. 그는 움찔하며 뒤로 물러섰다. 그렇다면 그녀는 아직도 왕의 정부란 말인가? 자기는 날라를 죽이지 못했단 말인가? 그녀는 아직도 그 자가 준 이런 선물을 달고 돌아다닌단 말인가? 이런 팔찌와 보석으로 치장하고서 어떻게 자기 앞에 나타나 자기 이름을 부를 수 있단 말인가?

그러나 그녀는 예전보다도 더 아름다웠다. 그녀가 말을 꺼내기도 전에 그는 그녀를 끌어안고 그녀 머리에 이마를 묻으며, 그녀의 얼굴을 자기에게로 끌어올려 입에 키스를 하지 않을 수 없었다. 이렇게 하는 동안에 그가 예전에 소유했던 모든 것들이 다시 돌아와 다시 자기 것이 된 것 같은 느낌이 들었다. 행복과 사랑, 쾌락과 삶의 기쁨과 열정 등 모두가 그러했다. 생각 속에서 그는 이미 이 숲과 늙은 은둔자로부터 멀리 떠나 있었고, 이 숲속과 은거지, 명상과 요가는 아무것도 아닌 무(無)가 되어 잊혀졌다. 그가 물을 길어 가야만 했던 노인의 호리병도 더 이상 생각하지 않았다. 프라바티와 함께 숲의 가장자리를 향해 달려갈 때, 물동이는 샘물가에 그대로 던져진 채 남아 있었다. 그리고 그녀는 서둘러 어떻게 이곳으로 왔으며, 모든 일들이 어떻게 진행되었는지를 이야기하기 시작했다.

그녀의 이야기는 놀라웠다. 놀랍고 황홀하며 동화 같았다. 다사는 동화 속으로 들어가듯 새로운 삶으로 달려 들어갔다. 프라바티가 다시 자기 아내가 되었을 뿐만이 아니고, 저 증오스런 날라가 살해되고 그 살인자에 대한 추적도 오래 전에 중단되었을 뿐만이 아니었다. 그 외에도 목동이 되었던 옛날의 왕자인 다사가 도시에서 적법한 상속자로서 왕으로 선포되었다. 한 늙은 목자와 늙은 바라문이 그를 몰래 빼돌렸다는 거의 잊혀진 이야기를 기억해 내어 모든 사람들 입으로 전해지게 했다. 그래서 한때 날라의 살인자로 고문하고 사형시키려고 사방으로 수색 당하던 그 사람이 지금은 온 나라를 통해 더욱 열성적으로 찾는 인물이 되었다. 그로 하여금 왕위를 승계토록 하고, 장엄하게 도시와 아버지의 궁전으로 모셔가기 위해서였다. 그것은 꿈만 같았다. 그리고 놀란 그에게 가장 기뻤던 일은 그리로 몰려온 모든 파견군들보다도 다행스런 우연으로 프라바티가 제일 먼저 그를 발견하고 인사를 했다는 사실이었다. 숲 가장자리에는 천막이 쳐져 있었고, 연기와 고기 굽는 냄새가 났다. 프라바티는 시종들로부터 큰 소리로 환영을 받았다. 그리고 그녀의 남편인 다사를 발견한 것을 알리자 곧 거대한 축제가 시작되었다. 거기에 한 남자가 있었다. 그는 목자들과 함께 살던 시절의 다사 친구였다. 프라바티와 시종들을 예전에 그가 살았던 이곳으로 데리고 온 것이 바로 그였다. 그 남자는 다사를 알아보고서는 기쁜 나머지 웃으면서 그쪽으로 달려왔다. 친구로서 어깨를 툭툭 치거나 그를 얼싸안고 싶었지만, 그의 친구는 지금은 왕이 되어 있었다. 달려오다가 그는 마비된 듯 멈춰 섰고, 다시 천천히 공손하게 걸어와서는 깊이 숙여 절을 하며 인사했다. 다사는 그를 일으켜 세워 얼싸안았고, 다정하게 이름을 부르며 어떤 선물을 주었으면 좋겠느냐고 물었다. 그 목자는 암송아지를 받길 원했고, 사육되고 있는 가축들 중에서 제일 좋은 놈 세 마리를 왕이 보내주어 그걸 선물로 받았다. 그리고 새로운 왕에게는 계속 새로운 사람들, 즉 관리들과 수렵장, 궁정 바라문들이 소개되었다. 그는 그들의 인사를 받았다. 식사가 시작되었고, 북과 기타와 피리 등의 음악이 울려 퍼졌다. 이 모든 화려한 축제가 다사에게는 꿈처

럼 여겨졌다. 그러한 것을 정말이라고 믿을 수가 없었으며, 무엇보
다도 자기 품에 안고 있는 젊은 아내 프라바티만이 그에게는 현실
이었다.

매일 낮에만 조금씩 여행을 하여 행렬은 도시에 가까이 왔다.
전령을 먼저 보내어 젊은 왕이 발견되었고 지금 도시에 가까이 왔
다는 즐거운 소식을 퍼뜨렸다. 도시가 보였을 때, 시내는 온통 징
소리와 북소리로 가득했다. 화려하게 흰 옷을 입은 바라문들의
행렬이 그를 마중 나왔다. 옛날 약 이십 년 전 다사를 목자들에게
로 내보냈고 얼마 전에 세상을 떠난 바수데바의 후계자가 맨 앞에
서 있었다. 그들은 다사에게 인사를 올리고 찬가를 불렀으며, 그
를 궁중으로 안내하여 그 앞에서 몇 개의 거대한 제물의 불꽃을
점화했다. 다사는 자기 집으로 인도되었다. 여기에서도 새로운 인
사와 충성의 맹세, 축복의 말과 환영 인사가 그를 맞이하였다. 바
깥에서는 온 도시가 밤늦게까지 환희의 축제를 벌였다.

매일 두 사람의 바라문에게 교육을 받으며 그는 짧은 시일 내에
학문적으로 빼놓을 수 없는 것을 모두 배웠다. 제전 의식에도 참
석하고 판결도 하며, 기사 기술과 전쟁 기술도 연마하였다. 바라
문승 고팔라는 그에게 정치를 가르쳤고, 그의 일신과 일가, 가문
의 권리와 미래 아들들의 권한이 어떠한가, 또 어떠한 적들이 있
는가에 관해 이야기해 주었다. 적이라고 하면 누구보다도 날라의

어머니를 꼽을 수 있었다. 그녀는 한때 왕자인 다사의 권리를 탈취하고 그의 생명까지 빼앗으려고 하였지만, 지금은 다사를 자기 아들의 살인자로 증오하고 있음에 틀림없었다. 그녀는 도망쳐서 이웃나라의 왕 고빈다의 보호를 받으며 그의 궁전에 살고 있었다. 이 고빈다 왕과 그의 가문은 옛날부터 원수지간으로 위험한 관계였다. 그들은 다사의 조상 때에 벌써 서로 전쟁을 했었고, 그의 영토 일부분을 내놓으라고 요구하고 있었다. 그에 반하여 남쪽에 있는 이웃나라의 가이팔리 왕은 다사의 아버지와 친분 관계에 있었고, 피살된 날라를 몹시 싫어했었다. 그를 방문하여 선물을 전하고 다음 사냥에 초대하는 것이 중요한 의무였다.

아내인 프라바티는 귀족신분의 생활에 완전히 익숙해 있었으며, 왕비로 처신하는 법도 알고 있었다. 아름다운 옷을 입고 보석으로 치장한 모습이 너무나 경이로워서 그녀의 주인이며 남편에 못지않은 고귀한 가문의 출신인 것 같았다. 그들은 행복한 사랑에 젖어 한 해 한 해를 살아갔다. 그들의 행복이 신들의 축복을 받은 사람들에게 주어지는 미관과 광채를 그들에게 부여해 주었기 때문에 온 국민이 그들을 존경하고 사랑했다. 오랫동안 헛되이 기다리다가 마침내 프라바티가 예쁜 아들을 낳자 그는 아버지의 이름을 따라 라바나라고 이름 지었다. 이제 그의 행복은 완전하였다. 그가 소유하고 있는 나라와 권력, 집들과 마구간, 우유 짜는 방과

소와 말들은 그가 보기에 배가(倍加)되는 의미와 중요성, 드높아진 광채와 가치를 지니는 것 같았다. 이 모든 소유물이 프라바티를 에워싸고 그녀를 옷 입히며, 그녀를 치장해 주고 충성을 바치는 데 아름답고 즐거운 것이었지만, 지금은 아들 라바나에게 물려줄 상속이며 미래를 보장해 주는 행복으로써 훨씬 더 아름답고 즐거우며 중요한 것이 되었다.

프라바티가 주로 축제와 치장, 화려하고 풍성한 옷차림과 보석, 수많은 하인을 거느리는 데서 즐거움을 느꼈다면, 다사가 기쁨을 얻는 곳은 정원이었다. 그는 진귀하고 값진 나무와 꽃들을 정원에 심도록 하고, 앵무새와 다른 화려한 새들을 기르고 있었는데, 이들에게 모이를 주고 이야기를 나누는 것이 매일매일의 습관이 되었다. 그뿐만 아니라 학문도 그의 관심을 끌었다. 바라문들의 감사를 받을 만한 학생으로서 그는 많은 시와 격언, 독서기술과 필법(筆法)을 배웠다. 독자적인 서기를 한 명 두고 있었는데, 그는 야자나무 잎으로 필기용 두루마리를 만들 줄 알았으며, 그의 섬세한 필치로 쓴 조그마한 도서관이 생겨나기 시작했다. 귀한 재목으로 지은 벽들에는 신들의 삶을 묘사한 형상이 풍부하고 일부는 도금까지 된 조각들이 새겨져 있었다. 이 작긴 하지만 귀중한 도서관에서 그는 때때로 바라문들, 즉 승려들 중에서 가려 뽑은 학자나 사상가들을 초대하여 신성한 일들에 관해 서로 논쟁을 벌리도록 하였다. 세계의 창조와 위대한 비슈누의 마야, 성스런 베다경 (經)과 희생의 위력, 그리고 유한한 인간이 신들까지 두려움에 떨도록 했던 보다 더 위대한 속죄의 힘 등에 관해 논증토록 했다. 말과 토론과 논증을 가장 잘하는 바라문들에게는 푸짐한 선물도 주었다. 어떤 바라문들은 논쟁에 승리를 거둔 상품으로 훌륭한 암소를 끌고 가기도 했다. 그러나 때때로는 우스꽝스럽고 마음을 흔들어 놓는 일도 일어났다. 방금 베다경의 격언들을 이야기하고 설명하면서 하늘과 바다의 일을 모두 알고 있는 것 같던 위대한 학자들이 영광의 선물을 받고 오만하게 뽐내면서 물러간다거나, 그런 선물 따위 때문에 질투를 부리며 싸움질을 할 때 그러하였다.

다사 왕이 대체로 재물과 행복, 정원과 책들을 누리며 살아가는 중에도 때로는 인간 생활과 인간 존재에 속하는 하나하나의 모든 것이 이상스럽고 절망적이라는 생각이 들었다. 저 허영에 빠진 현명한 바라문승들과 같이 감동적인 동시에 우스꽝스럽고, 밝은 동시에 음산하며, 갈망할 만한 가치가 있는 동시에 경멸적이라는 생각이 들었던 것이다. 그가 정원 연못에 핀 연꽃들, 공작새와 꿩들과 무소새의 깃털에 반짝이는 색깔의 유희, 그리고 궁전에 새겨진 도금한 조각품들을 바라보며 즐기노라면, 이 모든 것들이 때로는 신적으로 보이며, 영원한 생명으로 작렬하는 것처럼 보였다. 그러나 다음 번에는 이 모든 것들에서 그는 동시에 무언가 비현실적인 것, 믿을 수 없는 것과 의심스러운 것, 무상함과 해체로 기울어지는 경향, 형상도 없는 혼돈 속으로 되돌아가려는 준비 상태 같은 것을 느꼈다. 다사 왕인 그 자신이 한때는 왕자였다가 목동이 되고, 살인자로서 추적당하는 몸으로 추락했다가, 나중에는 내일과 모레 일을 모르듯이 어떤 힘에 이끌리고 유발되었는지도 모르는 채 다시 왕위에 오른 것처럼, 인생살이의 마야 유희는 어디에서나 지고한 것과 야비한 것, 영원함과 죽음, 위대함과 가소로운 요소를 동시에 포괄하고 있었다. 심지어는 애인마저, 그 아름다운 프라바티까지도 때로는 잠시나마 매력을 잃고 우스꽝스럽게 보였다. 팔에 너무나 많은 팔찌를 끼었고, 눈에는 지나친 오만과 승리감이 가득 차 있으며, 걸음걸이에도 품위를 갖추려고 너무나 애를 쓰고 있었던 것이다.

정원이나 책들보다 더 사랑스러운 것은 어린 아들 라바나였다. 그는 자기 사랑과 존재의 실현이며, 애정과 근심의 목적이었다. 이 섬세하고 잘 생긴 아들은 정통의 왕자로서 어머니를 닮아 사슴과 같은 눈매를 하고, 아버지를 닮아 사색적이고 몽상에 젖는 경향이 있었다. 이 어린아이가 때때로 정원에서 관상식물 앞에 오래 서 있거나 양탄자 위에 쭈그리고 앉아 있는 모습을 볼 때면, 또 얼마간 눈썹을 곤추세우고 약간 넋이 나간 듯 고요한 눈길로 돌이나 깎아 만든 장난감이나 새의 깃털을 관찰하며 깊이 몰두하는 모습을 볼 때면, 이 아들이 꼭 그를 닮았다는 생각이 들었다. 다사가 이 아들을 얼마나 사랑하는가 하는 것은, 그가 처음으로 불확실한 기간 동안 집을 떠나야만 했을 때 깨닫게 되었다.

이를테면 어느 날 그의 나라와 이웃 고빈다 왕의 나라가 접해 있는 지방에서 급사(急使)가 도착했다. 고빈다의 부하들이 그 지방을 습격하여 가축을 약탈해 가고, 많은 사람들도 체포하여 끌고 갔다는 보고였다. 다사는 지체 없이 출정 준비를 갖추었고, 친위대 대장과 수십 필의 말과 부하들을 이끌고 약탈자들을 추적하러 나섰다. 그 당시 그가 말을 타고 떠나기 직전에 어린 아들을 품에 안고 키스를 할 때, 사랑은 불길이 치솟는 고통처럼 그의 마음속에 타올랐다. 이 화염 같은 고통의 힘이 그를 깜짝 놀라게 하고, 미지의 세계에서 오는 경고처럼 그에게 엄습해 왔지만, 오랫동안 말을 타고 가는 동안에 이는 하나의 인식과 이해로 변해갔다. 말하자면 그는 말을 타고 가면서 곰곰이 생각해 보았다. 어떤 이유에서 그가 말을 타고 이렇게 단호하게 서둘러서 지방으로 달려가고 있는 것일까. 도대체 어떠한 힘이 그로 하여금 이러한 행위와 수고를 하도록 이끌고 있는 것일까. 그는 깊이 숙고하고 난 다음 이러한 점을 인식했다. 국경선 어디에선가 가축과 인간이 탈취되었다 할지라고 근본적으로 그의 마음에는 중요하지도 않고 괴로운 것도 아니다. 그 도둑질이나 왕권에 대한 침해도 그를 분노와 행동으로 불타오르게 할 만큼 충분치 않다. 그리고 가축 약탈에 대한 소식을 그저 동정 어린 미소로 처리해 버리는 것이 훨씬 더 어울렸을 것이라는 점이다. 그러나 그는 다음과 같은 점도 깨달았다. 만일 그렇게 처리했다면, 그 소식을 가지고 지쳐 쓰러질 지경으로 달려온 급사에게 매우 부당한 태도를 취하는 것이다. 그리고 약탈당한 사람들과 심지어 포로가 되어 잡혀가며, 고향의 평화로운 생활에서 낯선 나라로 끌려가 노예생활을 하게 된 사람들에게는 더욱 그러할 것이다. 그래, 털끝 하나 다치지 않은 다른 모든 신하들에 대해서도 그는 전투적인 복수를 포기함으로써 부당한 태도를 취하는 것이다. 그들은 왕이 나라를 제대로 잘 지키지 못한다는 사실, 또 그들 중 어느 한 사람이 폭력을 당했을 경우에도 어떤 복수나 도움을 기대할 수 없다는 사실을 참지도 못하고 이해하지도 못할 것이다. 이렇게 복수를 하기 위해 말을 달리는 것이 자기 의무라는 사실을 그는 깨달았다. 그러나 의무란 대체 무엇이란 말인가? 우리는 얼마나 많은 의무를 종종 마음의 동요도 없이 소홀히 취급해 버리고 있는가! 그런데 이번 복수의 의무는 별 관심이 없는 의무가 아니고, 그는 이 의무를 소홀히 할 수가 없다는 것, 또한 그는 아무렇게나 별 마음도 쓰지 않고서가 아니라 열심히 열정을 가지고 이 의무를 수행하고 있다는 것은 대체 무슨 연유에서일까? 이런 의문이 머릿속에 떠오르자마자 곧 그의 마음이 해답을 해주었다. 그러면서 그의 마음은 왕자인 라바나와 작별할 때처럼 다시 한 번 불길이 타오르는 듯 고통을 느꼈다. 그리고 이제 그는 이러한 사실을 깨달았다. 만일 왕이 저항도 하지 않은 채 가축이나 사람들을 약탈당하도록 내버려 둔다면, 이런 약탈질과 폭력 행위는 그 나라의 국경지대로부터 점점 가까이 다가올 것이고, 종국에는 적군이 바로 그 자신의 눈앞에 나타날 것이며, 그가 가장 크고 가혹한 고통을 느끼게 될 아들에게 불어닥칠 것이다! 적들은 그에게서 후계자인 아들을 앗아갈 것이다. 그를 약탈해 고통스럽게 죽일 것이다. 이는 그가 겪을 수 있는 가장 극단적인 고통이 될 것이며, 프라바티의 죽음보다도 훨씬 더 가혹하고 쓰라릴 것이다. 바로 이런 연유에서 그는 이렇게 열심히 달려가는 것이고, 의무에 충실한 왕이 되었던 것이다. 그것은 가축이나 국토를 상실한 데 대한 감상에서가 아니고, 신하들에 대한 자비심에서도 아니며, 왕으로서의 자기 아버지의 명성을 위한 명예심에서도 아니었다. 오로지 이 자식에 대한 격렬하고 고통스러우며 맹목적인 사랑 때문이며, 이 아들을 잃을 경우 그가 겪게 될 고통에 대한 격렬하고 불합리한 두려움 때문이었다.

말을 타고 가면서 그는 이 정도까지의 인식에 도달하였다. 그 이외에 고빈다의 부하들을 추격하여 처벌하는 일에는 성공을 거두지 못했다. 놈들은 약탈물을 가지고 이미 도망쳐 버렸다. 그러나 자신의 확고한 의지를 보여주고 용기를 증명해 보이기 위해, 그는 국경을 침범하여 이웃나라의 농촌마을을 습격하고 가축 몇 마리와 몇 명의 노예를 끌고 오지 않을 수 없었다. 여러 날 동안 그는 집을 비웠었다. 승리를 거두고 돌아오는 귀향길에 그는 다시 깊은 생각에 잠겼다. 그리고 아주 고요히 슬픈 기분에 젖어 집으로 돌아왔다. 왜냐하면 깊은 사색 속에서 그는 자신의 모든 존재와 행위가 전혀 빠져나갈 가망도 없이 음흉한 그물에 단단히 걸려 졸라매져 있다는 사실을 깨달았기 때문이다. 사색하는 경향, 고요한 관찰, 행위가 없는 천진스런 생활에 대한 욕구가 끊임없이 커지고 있는 동안에, 다른 한편에서는 라바나에 대한 사랑과 그 일신상의 삶과 미래에 대한 근심과 걱정에서부터 억지로라도 행동하고 사건에 얽혀드는 욕구도 똑같이 커가고 있었다. 애정에서 투쟁이 자라났고, 사랑에서 전쟁이 자라났다. 정의를 실천하고 벌을 주기 위한 것이라 할지라도, 벌써 그는 가축을 약탈하고 농촌마을을 죽음의 공포 속으로 몰아넣었으며, 불쌍하고 죄 없는 사람들을 강제로 납치해 왔다. 이로 인해 물론 또다시 새로운 복수와 폭력 행위가 일어날 것이고, 이렇게 계속되다가 결국에는 전체의 생활과 온 나라가 전쟁과 폭력과 병기의 소음으로만 뒤덮이게 될 것이다. 이러한 통찰 혹은 이러한 전망으로 인하여 그는 고향으로 돌아올 때마다 그렇게 조용하고 슬픈 표정을 지었던 것이다.

그리고 적의를 품은 이웃나라는 실제적으로 안정을 보장해 주지 않았다. 침입과 약탈을 계속해 왔다. 다사는 벌을 가하고 방위를 위해 출정해야만 했고, 적군이 달아나면 그의 병사와 저격병들이 이웃나라에 새로운 해를 끼치는 것을 보고도 참아야만 했다. 수도에서도 말 탄 병사와 무장한 사람들이 점점 더 많이 눈에 띄었다. 국경선 가까이에 있는 농촌마을에는 이제 계속적으로 병사들이 보초를 섰다. 전쟁을 위한 회의나 준비로 인해 매일매일이 불안스러웠다. 다사는 이 소규모 전쟁에 대체 무슨 의미와 이득이 있는지 이해할 수가 없었다. 피해를 당한 사람들의 고통과 죽은 사람들의 생명이 그의 마음을 아프게 했다. 그가 점점 더 소홀해야만 하는 정원과 책들이 마음 아프고, 자신의 나날과 마음의 평화가 깨지는 것이 슬펐다. 그는 바라문승인 고팔라와 자주 그에 관한 이야기를 했고, 자기 아내 프라바티와도 몇 번 상의했다. 그는 명망이 높은 이웃나라 왕 중 한 사람을 조정자로 초빙하여 평화를 수립하도록 노력해야만 한다, 그의 편에서는 어느 정도 양보를 하여 몇 개의 목초지와 마을을 떼어주고라도 평화를 수립하는 데 기꺼이 동의하겠노라고 말했다. 그런데 바라문승도 프라바티도 그런 이야기는 들으려고도 하지 않는 것을 보고 그는 실망도 하고 약간 불쾌하기도 했다.

이에 관한 의견을 교환하다가 프라바티와는 아주 격한 논쟁을 벌렸고, 심지어는 불화까지 생기게 되었다. 그는 긴박하게 애원하면서 자신의 이유와 생각을 설명했다. 그러나 그녀는 그 한 마디 한 마디를 전쟁이나 무모한 살인 행위에 대한 반대가 아니라, 오로지 그녀 개인에 대한 반대라고 느꼈다. 그리고 그녀는 불타오르는 듯 수다스런 말로 이렇게 설명했다. 다사의 착한 기질과 (전쟁에 대한 공포심이라고는 말하지 않더라도) 평화를 사랑하는 마음을 자기편에 유리하도록 이용하려는 것이 적의 의도이다. 적은 그로 하여금 계속적으로 평화조약을 체결하도록 하며, 그때마다 영토와 백성을 조금씩 떼어 지불하도록 할 것이다. 그리고 마지막으로 다사의 힘이 아주 나약해지면, 더 이상 그에 만족하지 않고 공공연하게 전쟁을 일으켜 마지막 하나까지 탈취해 갈 것이다. 여기에서는 가축이나 농촌마을, 이득이나 손해가 문제되는 것이 아니라, 생존하느냐 아니면 파멸하느냐가 문제되는 것이다. 그리고 다사가 자신의 품위와 아들과 아내를 위해 해야 할 일을 알지 못한다면, 그녀가 가르쳐 주어야만 할 것이라고 했다. 그녀의 눈은 화염으로 불타오르고 목소리는 떨렸다. 그는 오래 전부터 이렇게 아름답고 정열적인 그녀의 모습을 본 적이 없었다. 그러나 그의 기분은 슬픔뿐이었다.

그러는 동안에도 국경을 침범하고 평화를 파괴하는 짓은 계속되었으며, 큰 장마철이 와서야 잠시 중단되었다. 그러나 다사의 궁중에는 이제 두 당파가 생겨났다. 그 하나는 평화당으로 극소수였다. 다사 자신 이외에 나이 많은 바라문들이 몇 명이 이 당에 속했는데, 그들은 학식이 많고 명상에 몰두하는 사람들이었다. 그러나 전쟁당은 프라바티와 고빈다의 당이라고 할 수 있는데, 대부분의 승려와 장교들 모두가 그들 편이었다. 그들은 열성적으로 군비를 갖추었고, 저편 이웃나라 적들도 그렇게 하고 있음을 알고 있었다. 소년 라바나는 저격병 대장으로부터 활 쏘는 법을 배웠고, 어머니는 열병식을 할 때마다 그를 데리고 나갔다.

그 시절에 다사는 그가 한때 가련한 도망자로 얼마 동안 살았었던 숲속과 거기에서 은둔자로 명상에 몰두해 있던 백발노인을 자주 생각하였다. 종종 이 은둔자를 생각하며, 그를 찾아가 만나보고 조언을 듣고 싶은 욕구를 느꼈다. 그러나 그 노인이 아직 살아 있는지, 그의 말에 귀를 기울이고 조언을 해 줄는지 알 수 없었다. 그가 아직 실제로 살아 있고 그에게 조언을 해 준다 할지라도, 세상만사는 제 길을 갈 것이고 변할 것이라고는 하나도 없을 것이다. 명상과 지혜란 훌륭하고 고귀한 일이었지만, 그것은 저 멀리 동떨어져 인생의 가장자리에서만 자라나는 것 같았다. 삶의 강물 속에서 헤엄치며 그 파도와 싸우는 사람, 그의 행위와 고통은 지혜와는 아무런 상관도 없었다. 그것은 인과적으로 생기는 일이요 운명이었으며, 숙명적으로 행하고 괴로워하는 것이었다. 모든 신들까지도 영원한 평화와 영원한 지혜 속에 살아가는 것이 아니며, 그들도 위험과 공포, 투쟁과 전투를 겪고 있었다. 다사는 이러한 것을 많은 이야기들을 통해 알고 있었다. 그래서 그는 운명에 순종하며 프라바티와도 더 이상 다투지 않았고, 말을 타고 열병식에도 참석했다. 전쟁이 닥쳐오는 것을 보았고, 그를 녹초로 만들어 버리는 밤마다 꾸는 꿈속에서 전쟁을 미리 맛보기도 했다. 그의 모습이 점점 여위어가고 얼굴이 점점 어두워지면서, 그는 자기 인생의 행복과 즐거움이 차츰 시들어 버리고 퇴색해 가는 것을 보았다. 남은 것은 아들에 대한 사랑뿐이었다. 이 사랑은 근심과 함께 성장했고, 군수장비와 군사훈련과 함께 성장했다. 그리고 점점 황폐해 가는 그의 정원에 빨갛게 불타오르는 꽃이 되었다. 그는 인간이 얼마나 많은 공허와 기쁨도 없는 삶을 견뎌낼 수 있는지, 또 근심과 불쾌감에 얼마나 익숙해질 수 있는지에 대해 놀랐다. 그리고 열정이 모두 다 사라져 버린 듯 마음속에 어떻게 그러한 근심하고 걱정하는 사랑이 압도하듯이 불타오르며 꽃필 수 있는지에 대해서도 놀랐다. 그의 인생은 무의미했을는지 모르지만, 핵심과 중심이 없지는 않았다. 그것은 아들에 대한 사랑 주위를 맴돌고 있었다. 아들을 위해 그는 매일 아침 침상에서 일어났으며, 그의 마음에는 거슬렸지만 전쟁에 그 목적을 둔 일을 하고 힘든 노력을 기울이며 하루를 보냈다. 아들을 위해 그는 인내심을 갖고 참모회의를 주재했으며, 최소한 때를 기다리면서 무모하게 모험 속으로 뛰어들지 않도록 하는 데에만 다수의 결정을 반대하였다.

그의 생활의 기쁨이었던 정원과 책들이 그에게서 점점 낯설고 멀어졌던 것처럼, 아니면 그가 이런 것들을 낯설게 여기고 멀리했던 것처럼, 여러 해 동안 그의 삶에 행복과 즐거움을 주던 것들도 낯설어지고 멀어져 갔다. 이는 정치와 함께 시작되었다. 그 당시 프라바티가 열정적인 연설을 하며 그가 죄악을 꺼려하고 평화를 사랑하는 것을 거의 공공연하게 비겁한 일이라고 조롱하고, 얼굴을 붉히며 불타오르는 듯한 말로 왕의 명예와 영웅 정신과 당한 굴욕에 관한 이야기를 했을 때, 그 당시 그는 몹시 당황하고 갑자기 현기증을 느꼈으며, 자기 아내가 그로부터 얼마나 멀어져 있는지를, 아니면 그가 아내로부터 얼마나 멀어져 있는지를 알아챘었다. 그 이후로 두 사람 간의 간격은 점점 더 커지고 더욱 더 벌어졌다. 둘 중 어느 한 사람 그것을 막아보려고 하지도 않았다. 그러한 일을 해야 할 의무가 있는 사람은 아마도 다사였을 것이다. 왜냐하면 그 간격이 다사에게만 보였기 때문이다. 그리고 이 간격은 그의 생각 속에서 모든 간격들 중 가장 심한 간격으로 벌어졌고, 남자와 여자, 긍정과 부정, 영혼과 육체 사이에 놓인 나락으로 변해 갔다. 곰곰이 돌이켜 생각해 보면, 모든 것이 아주 명확해 보였다. 즉 옛날에 매혹적으로 아름다운 여인 프라바티가 그를 사랑에 빠지게 하여 함께 놀았다. 그는 결국 자기 동료이며 친구들인 목자들을 버리고, 그때까지 그렇게도 즐거웠던 목자 생활과도 작별했다. 그녀 때문에 낯선 곳에서 선하지 못한 사람들의 사위로 죽도록 일을 하며 살았다. 그들은 그가 사랑에 빠진 것을 오로지 그들을 위해 일을 부려먹는 데에만 이용했다. 그러다가 저 날라가 나타났고, 그의 불행은 시작되었다. 날라가 그의 아내를 낚아채 갔다. 그 부유하고 깔끔한 왕이 화려한 옷을 입고 천막을 치고 말과 하인들을 거느리고서 사치를 모르던 가난한 아내를 유혹했다. 그것은 별로 힘도 들지 않았을 것이다. 그러나 ― 그녀가 내면적으로 성실하고 정숙했다면, 그가 정말 그렇게 빨리 그리고 그렇게 쉽게 그녀를 유혹할 수 있었을까? 아무튼, 그 왕이 그녀를 유혹해 갔거나, 아니면 낚아채 갔다. 그리고 다사가 그때까지 겪은 고통 중 가장 가혹한 고통을 안겨주었다. 그러나 다사는 복수를 했다. 자기 행복을 앗아간 도둑놈을 돌로 때려죽였다. 그것은 지고한 승리의 순간이었다. 그렇지만 이런 행위가 이루어지자 그는 도망을 쳐야만 했다. 몇 날이고 몇 주일이고 몇 달 동안을 숲속이나 등심초 속에 추방된 채 사람을 믿지 못하고 살았다. 그런데 이 기간 동안에 프라바티는 대체 무엇을 했단 말인가? 두 사람 사이에는 이에 관한 이야기가 거의 없었다. 여하튼 간에 그녀는 그를 따라 도망하지는 않았다. 그녀가 그를 찾고 발견한 것은 비로소 그가 출생 때문에 왕으로 선포되고, 그녀가 옥좌에 앉아 궁궐로 입성하기 위해 그를 필요로 했던 바로 그때였다. 그때에 그녀가 나타났고, 그를 숲속으로부터 그리고 존경하는 은둔자와의 근린(近隣) 관계로부터 끌어내었다. 사람들은 그를 화려한 차림으로 치장하여 왕으로 추대하였다. 모든 것이 광채와 행복뿐이었다. ─ 그러나 실제적으로 그때 그는 무엇을 버렸고, 대신 무엇을 얻었단 말인가? 그는 광채와 왕의 의무를 얻었다. 처음에는 쉬웠지만, 그 이후로 점점 더 어려워지기만 하는 의무였다. 아름다운 아내와 그녀와 나눈 달콤한 사랑의 시간을 다시 찾았다. 그 다음에는 아들과 그 아들에 대한 사랑을 얻었고, 위협받는 생활과 행복에 대한 자꾸 커지기만 하는 근심을 얻었으며, 이제는 전쟁이 문전에 박두해 있었다. 그 당시 프라바티가 숲속 샘물가에서 그를 발견했을 때, 그녀가 가져온 것은 바로 이것이었다. 허나 그 대신 그는 무엇을 버리고 희생시켰던가? 그는 숲속의 평화와 경건한 고독의 평화를 버렸고, 성스런 요가 수도자와의 근린 관계와 이상적 모범을 버렸다. 그의 제자가 되고 후계자가 되는 희망을 버렸고, 현인의 심오하게 빛나는 의연한 영혼의 고요를 얻는 희망, 그리고 인생의 온갖 투쟁과 열정으로부터 해방되는 것을 희생시켰다. 프라바티의 아름다움에 유혹되고, 아내에게 매료되고, 명예욕에 감염되어서 그는 자유와 평화를 얻을 수 있는 유일한 길을 버리고 말았다. 오늘은 그의 인생사가 이렇게 보였다. 사실 인생사란 아주 쉽사리 이렇게 해석해 볼 수가 있다. 이렇게 해석해 보기 위해서는 약간만 둘러대고 생략해 버리기만 하면 된다. 특히 그가 생략해 버린 부분이란 그가 아직 저 은둔자의 제자가 되지 못했었다는 상황, 그리고 그가 자발적으로 벌써 그곳을 떠나려고 했었다는 상황이었다. 뒤를 돌아볼 경우 여러 가지 사실들이란 이렇게 쉽사리 뒤바꿔지는 법이다.

프라바티는 남편에 비해 그런 사색에 몰두하는 일이 훨씬 더 적다 할지라도, 이 사실들을 완전히 다르게 보았다. 날라에 관해서는 전혀 아무 생각도 하지 않았다. 그에 반해서 자신의 기억이 틀리지 않았다면, 그녀 혼자만이 다사의 행복을 정당화시켜 주고 이끌어 왔으며, 그를 다시 왕으로 만들어 주고 아들까지 낳아 주었다. 그에게 사랑과 행복을 듬뿍 안겨주었는데, 결국 그는 그녀의 위대함에 비길 바가 못 되고, 그녀의 원대한 계획에 걸맞지 않는다는 것을 알게 되었다. 왜냐하면 다가올 전쟁은 확실히 고빈다를 파멸시키고, 그녀의 권력과 재산을 배가시킨다는 것이 분명했기 때문이다. 그녀가 보기에 다사는 그런 것을 기뻐하거나 열심히 협조하지 아니하고, 제왕답지 않게 전쟁과 정복에 반대하고 있는 것 같았다. 무엇보다도 그는 아무런 활동도 하지 아니하고 꽃들과 나무, 앵무새와 책들을 보며 늙어가는 것을 가장 좋아하는 것 같았다. 그런데 기병대 사령관인 비슈바미트라는 완전히 다른 남자였다. 그녀 다음으로 가장 열렬한 당원으로서 당장 전쟁을 하여 승리를 거두자는 주창자였다. 이 두 남자를 비교해 볼 때는 언제나 그에게 유리한 결과가 나왔었다.

다사는 그의 아내가 이 비슈바미트라와 얼마나 친근하게 지내고 있는지, 그녀가 그를 얼마나 경탄하고 있으며 또 그로부터 얼마나 경탄을 받고 있는지를 잘 알고 있었다. 이 장교는 어쩌면 약간 피상적이고 너무나 영리할는지는 모르지만, 명랑하고 용감한 데다가 웃음이 우렁차고, 이빨이 아름답고 튼튼하며 잘 손질한 수염을 달고 있었다. 다사는 이런 관계를 쓰디쓴 동시에 경멸적인 마음으로 생각하며, 자기 자신을 속이면서 조소적인 무관심으로 바라보았다. 이 두 사람의 우정 관계가 허락된 예의바른 한계를 지키고 있는지 아니면 넘어서고 있는지를 살펴보지도 않았고 알려고도 하지 않았다. 프라바티가 이 멋진 기마병에게 반해 버린 모습, 그리고 너무나 영웅적이지 못한 남편보다 이 남자를 언제나 높이 평가하는 그녀의 태도를 다사는 외면적으로는 무관심한 듯하지만, 내면적으로는 쓰디쓴 침착성을 유지한 채 바라보고 있었다. 그는 일체의 일들을 이러한 마음으로 바라보는 습관에 젖어 있었다. 이런 태도가 아내가 자기에게 행하려고 결심한 부정이며 배반이던지, 아니면 다사의 생각들을 과소평가하려는 표현이던지, 그것은 마찬가지였다. 사실 그런 일이 있고 발전하며 점점 커졌다.

전쟁과도 같이, 운명과도 같이 그를 향해 증대되어 왔다. 거기에 대항할 방법은 없었다. 그저 그것을 받아들이고 침착하게 참아내는 일 이외에는 어떻게 달리 취할 방도가 없었다. 공격을 하고 정복하는 대신에, 지금은 그렇게 하는 것이 다사의 사나이다운 그리고 영웅다운 태도였다.

기병대장에 대한 프라바티의 경탄이나 그녀에 대한 기병대장의 경탄이 허락된 미풍양속의 범위를 지키고 있는 것이든 아닌 것이든, 어쨌든 프라바티가 자기 자신보다는 잘못이 적다는 사실을 다사는 이해하고 있었다. 사색가이며 의심이 많은 다사, 그의 마음은 자기 행복이 사라진 것에 대한 잘못을 그녀에게서 찾으려 하고 있었다. 그가 사랑과 명예욕, 복수와 약탈 등 이 모든 일에 빠지고 얽혀 들었던 것에 대한 책임을 그녀에게 함께 지우려 하고 있었다. 그래, 그는 생각 속에서 여자와 사랑과 쾌락이라고 하는 것, 이 지상에서의 일체의 것, 즉 열정과 욕망, 간통과 죽음, 살인과 전쟁 등 일체의 춤과 일체의 사냥질에 대한 책임을 그녀에게 돌리고 있었다. 그러나 동시에 그는 프라바티는 아무런 잘못도 없고 원인도 아니며, 오히려 그녀 자신도 희생자라는 것을 잘 알고 있었다. 그녀가 자신의 아름다움과 그녀에 대한 그의 사랑을 만든 것도 아니고 책임질 일도 아니며, 그녀는 단지 태양광선 속에 있는 하나의 작은 먼지, 강물 속에 있는 하나의 물결에 불과할 따름이었다. 여자와 사랑, 행복에 대한 갈망과 명예욕을 탈피하고 불만이 없는 목동으로 목자들 사이에 머문다든가, 비밀스런 요가의 길을 가며 마음속의 불충분한 점을 극복한다던가 하는 것은 전적으로 자신의 일이었다는 점을 그는 잘 알고 있었다. 그런데 그가 그것을 게을리했고 거부했었다. 그가 위대한 일을 하라는 소명을 받지 못했거나, 그가 자신의 소명에 충실치 못했던 것이다. 아내가 그를 비겁자로 여겼다면, 결국 그녀의 말이 옳았다. 그 대신 그는 그녀로부터 이 아들을, 이 아름답고 귀여운 소년을 얻었다. 그를 위해 그렇게도 많은 걱정을 했지만, 그의 존재가 언제나 자기 인생에 의미와 가치를 부여해 주었다. 그래, 그것은 커다란 행복이었다. 고통스럽고 두려운 행복이긴 했지만, 그래도 그것은 하나의 행복이었다. 자신의 행복이었다. 이런 행복에 대한 대가로서 이제 그는 마음속에 고통과 가혹함을 느끼고, 전쟁과 죽음의 준비를 하며 운명을 맞이할 자각을 하고 있었다. 저편에는 고빈다 왕이 자기 나라에 앉아서, 좋지 않은 추억을 남겨 놓은 유혹자로서 돌에 맞아 죽은 날라의 어머니로부터 자문을 받으며 계속 설득 당하고 있었다. 고빈다의 침범과 도전은 점점 빈번해지고 대담해졌다. 가이팔리의 막강한 왕과 동맹을 맺는 것만이 다사를 강력하게 만들어, 이웃나라와의 평화조약을 이끌어낼 수 있는 유일한 길이었다. 그러나 이 왕이 다사를 호의적으로 생각한다 할지라도 고빈다와 친

척 관계에 있었으며, 그는 그러한 동맹을 맺으려고 하는 시도를 매번 정중히 피하고 있었다. 피할 방도가 없었다. 이성이나 인류애에 의지할 희망도 없었다. 숙명적인 일은 점점 다가왔고, 그것을 감수할 수밖에 없었다. 이제는 다사 자신도 거의 전쟁을 바랐고, 결집된 번개가 폭발하기를, 더 이상 예방할 수 없는 사건이 촉진되기를 갈망했다. 다시 한 번 그는 가이팔리의 왕을 방문하여 점잖은 외교를 교환하였으나 아무런 효과가 없었다. 조언과 자중과 인내를 요청하였으나 이미 아무런 희망도 없는 짓이었다. 다른 한편으로 그는 군비를 갖추고 있었다. 이제 회의석상에서 유일하게 논쟁의 대상이 되었던 것은 적군이 다음 번 침범해 올 때에 적국으로 진군하여 전쟁으로 응대해 줄 것이냐, 아니면 적군이 총공격을 해 올 때까지 기다려서 적국을 온 백성이나 전 세계 앞에 전쟁 책임자요 평화 파괴자로 남게 할 것이냐 하는 것뿐이었다.

적군은 이러한 문제에는 전혀 신경 쓰지 않은 채, 숙고하고 토의하고 주저하기를 끝내고는 어느 날 공격을 개시했다. 적은 대규모적인 약탈 습격을 연출함으로써 다사로 하여금 기병대장과 정예병사들과 함께 신속히 국경지대로 달려가도록 유인하였다. 그들이 전선으로 향하는 동안에 적군은 주력부대를 국내로 진군케 하여 직접 다사의 수도를 습격하였고, 성문을 탈취하고 궁궐을 포위하였다. 다사가 이 보고를 듣고 즉시 돌아와 보니 그의 아내와 아들은 위협받는 궁궐에 갇혀 있었고, 거리에서는 피비린내 나는 전투가 벌어지고 있었다. 그의 처자와 그들이 빠져 있는 위험을 생각하니, 원한에 찬 괴로움으로 심장이 조여들었다. 이제는 그도 더 이상 마지못해 싸우고 신중히 처신하는 전사(戰士)가 아니었다. 고통과 분노로 불꽃을 튀기며 그는 부하들을 이끌고 급히 서둘러 고향으로 달려왔다. 거리마다에 온통 전투가 전개되고 있는 것을 보면서 그는 궁궐로 쳐들어갔으며, 적들에 대항하여 미친 사람처럼 싸웠다. 그러나 피에 젖은 하루가 저물어갈 무렵에 그는 완전히 지치고 여러 군데 상처를 입은 채 쓰러지고 말았다.

다시 의식을 찾아 깨어났을 때에 그는 포로가 되어 있음을 알았고, 전투에는 패하고 도시와 궁궐은 적군의 수중에 들어가 있었다. 그는 포박된 채로 고빈다 앞에 끌려갔다. 고빈다는 조롱하듯 그를 맞이하여 어느 한 방으로 데리고 갔다. 그것은 벽에 도금한 조각들이 새겨져 있고 두루마리 책들이 놓여 있던 그 방이었다. 이곳 양탄자 위에 그의 아내 프라바티가 돌같이 굳은 표정을 하고 똑바로 앉아 있었다. 그녀의 뒤에는 무장한 경비병들이 있었고, 무릎에는 아들이 누워 있었다. 그 귀여운 모습은 꺾어진 꽃처럼 죽어 있었고, 얼굴은 잿빛으로 변하고 옷은 피에 흠뻑 젖어 있었다. 남편이 끌려 들어올 때, 그 여인은 몸을 돌리지도 않고 그를 쳐다보지도 않았다. 아무런 표정도 없이 죽은 어린 아들만 뚫어져라 쳐다보았다. 다사에게는 그녀가 이상스럽게 달라진 것처럼 보였다. 잠시 후에야 그는 며칠 전까지만 해도 아주 까맣던 그녀의 머리가 여기저기 회색빛으로 반짝인다는 것을 알아차렸다. 벌써 오랫동안 그녀는 그렇게 아이를 무릎에 안고 굳어진 채, 가면과 같은 표정을 짓고 앉아 있는 것 같았다.

"라바나야!" 하고 다사는 소리쳤다. "라바나야, 내 아들아, 내 꽃송이야!" 그는 무릎을 꿇고 앉아 얼굴을 죽은 아들의 머리 위에 떨어뜨렸다. 기도하는 사람처럼 말없는 아내와 아들 앞에 그는 무릎을 꿇고서 두 사람을 슬퍼하며 정성스레 사랑했다. 아들의 머리에 바른 꽃 기름 냄새와 뒤섞인 꽃 냄새와 죽음의 냄새를 맡았다. 프라바티는 얼어붙은 눈길로 그들 두 사람을 뚫어져라 내려다보고 있었다.

누군가가 그의 어깨를 흔들었다. 고빈다의 장군들 중 한 사람이었다. 그에게 일어나라고 명령하고는 그를 밖으로 데리고 나갔다. 그는 프라바티에게 말을 한 마디도 건네지 못했고, 그녀도 그에게 말 한 마디 하지 않았다.

포박된 채로 그를 마차에 태워 고빈다의 수도로 데려가 감옥에 가두었다. 포박이 일부분 풀어졌고, 한 병사가 물 항아리를 가져다 돌바닥 위에 놓았다. 그는 혼자 남겨졌고, 문이 닫히고는 빗장이 쳐졌다. 어깨의 상처가 불꽃처럼 타올랐다. 그는 물 항아리를 더듬어서 두 손과 얼굴을 적셨다. 물을 마시고도 싶었지만, 그만 두었다. 그러면 더 빨리 죽을 것이라고 그는 생각했다. 얼마나 오랫동안 이런 상태가 계속될 것인가, 얼마나 오랫동안! 목마른 목구멍이 물을 그리워하듯이 그는 죽음을 그리워했다. 죽음이 와야만 비로소 마음속의 고문도 끝날 것이다. 그러면 죽은 아들을 안고 있는 어머니 모습도 그의 마음속에서 사라질 것이다. 그러나 이 모든 고통을 겪고 있는 가운데 지치고 쇠약해진 몸이 그에게 자비를 베풀어 주었다. 그는 쓰러져 잠이 들었던 것이다.

이 짧은 잠에서 조금씩 다시 깨어나면서, 그는 멍한 채 눈을 비비려고 하였지만 그렇게 할 수가 없었다. 두 손이 모두 어떤 일에 열중하여 무엇인가를 꽉 붙잡고 있었다. 그가 정신을 가다듬고 눈을 떠보니, 그의 주변에는 감옥의 벽이 있는 것이 아니라, 초록 햇빛이 나뭇잎과 이끼 위를 밝고도 힘차게 흘러내리고 있었다. 그는 한참 동안 눈을 깜박였다. 햇빛이 소리는 나지 않지만 격렬한 매질로 그를 때렸다. 목덜미와 등골이 오싹하고 경련을 일으키며 소름이 끼쳐왔다. 그는 다시 한 번 눈을 깜박이고는, 흐느껴 울 듯 얼굴을 찡그렸다가 두 눈을 크게 떴다. 그는 숲속에 서서 물을 가득 채운 물동이를 두 손에 받쳐 들고 있었다. 발치에는 물이 솟아나는 저수 샘이 갈색과 초록빛으로 반사되고 있었다. 저편 양치나무 수풀 뒤에는 움막이 서 있고, 그에게 물을 떠오라고 심부름 보냈던 요가 수도자가 기다리고 있다는 것을 그는 깨달았다. 그렇게도 경이로운 웃음을 웃던 그분에게 그는 마야에 관해 하교해 달라고 간청했었던 것이다. 그는 전쟁에 패한 것도 아들을 잃은 것도 아니었다. 왕도 아니었고 아버지도 된 적이 없었다. 그러나 그 요가 수도자는 그의 소원을 들어주었고, 마야에 관한 가르침을 주었던 것이다. 궁전과 정원, 책들과 새의 양육, 제왕의 근심과 아버지의 사랑, 전쟁과 질투, 프라바티에 대한 사랑과 격노한 불신, 이 모든 것은 무(無)였다. — 아니, 무가 아니라, 그것은 마야였다! 다사는 감동한 채 서 있었다. 그의 뺨에는 눈물이 흘러내렸다. 손이 떨리고 방금 은둔자를 위해 가득 채운 물동이가 흔들거렸다. 물이 가장자리를 넘어 그의 발 위로 흘렀다. 그는 누군가가 그의 사지를 하나 잘라내고, 머릿속에서 무엇인가를 제거해 버린 것 같은 기분이 들었다. 그의 마음속에 공허가 깃들였다. 오랫동안 살아온 세월, 잘 지켜온 보화, 향락했던 기쁨, 괴로워했던 고통, 참아낸 공포, 죽을 지경까지 맛본 절망, 이 모든 것이 갑자기 다시 제거되고 사라지며 무가 되었다. — 그러나 완전히 무가 된 것은 아니었다. 왜냐하면 추억이 남아 있고, 여러 모습이 마음속에 남아 있었기 때문이다. 아직도 프라바티가 갑자기 회색빛이 된 머리칼을 하고, 크고도 굳어진 표정으로 앉아 있는 모습이 보이는 듯했다. 그녀 자신이 목을 졸라 죽이기라도 한 것 같은 아들이 그녀의 무릎에 누워 있었다. 아들은 노획물처럼 누워 있었는데, 사지는 그녀의 무릎 위에 축 늘어져 있었다. 아, 얼마나 빨리, 얼마나 빠르고 무섭게, 얼마나 잔인하고 얼마나 철저하게 그는 마야에 관한 가르침을 받았던가! 모든 것이 그에게서 물러났다. 체험들로 충만한 많은 세월이 몇 순간으로 축소되었다. 방금 전까지도 고난으로 가득 찬 현실로 여겨지던 것이 모두 꿈이 되었다. 옛날에 일어났던 일체의 다른 일들, 즉 왕자 다사와 그의 목동 생활, 그의 결혼과 날라에 대한 복수, 은둔자 곁에서의 피난 등의 이야기도 모두 꿈이었을는지 모른다. 우리가 궁정 벽에 새겨 놓은 우거진 나뭇잎 사이의 꽃들과 별들, 새와 원숭이와 신들을 보고 경탄하는 것처럼 이 모든 것은 그림이었다. 그리고 지금 막 그가 체험하고 눈으로 보았던 것, 즉 왕위와 전쟁과 감옥에서 깨어난 것, 샘물 곁에 서 있는 것, 방금 물을 약간 엎질렀던 물동이, 그때 그가 했던 생각들 — 이 일체의 것이 결국은 동일한 재료에서 나오지 않았던가? 이 모든 것이 꿈이, 환영(幻影)이, 마야가 아니었던가? 그리고 언제고 죽을 때까지 그가 미래에 체험하고 눈으로 보고 손으로 만지게 될 것 — 이런 것은 다른 재료에서 나오고, 다른 성질로 되어 있을까? 그것은 유희이고 환상이었다. 거품이며 꿈이었다. 그것은 마야였다. 타오르는 환희와 타오르는 고통을 함께 하는 인생의 아주 아름답고 잔혹하며, 황홀케 하고 절망케 하는 그림 놀이였다.

다사는 여전히 정신이 나간 마비된 사람처럼 서 있었다. 손에 든 물동이가 다시 흔들거렸다. 물이 쏟아져 그의 발가락에 차갑게 찰싹대며 흘러내렸다. 어찌하면 좋을까? 물동이에 다시 물을 채워 요가 수도자에게 가지고 가서, 지금까지 꿈에서 겪었던 모든 일에 관해 비웃음을 당할 것인가? 그것은 마음을 끌지 못했다. 그는 물동이를 기울여 물을 쏟아 버린 후 이끼 속으로 던져 버렸다. 그리고는 푸른 숲속에 앉아 진지하게 생각하기 시작했다. 이런 꿈 따위에는 싫증이 났다. 사람의 마음을 짓누르고 피를 멎게 하고, 그 다음에는 갑자기 마야가 되어 버리고, 사람을 바보로 만들어 버리는 체험이나 기쁨이나 고통들로 엮어 짠 이런 악마적인 일에는 너무 지쳤다. 그는 이 모든 것에 싫증이 났다. 더 이상 그는 아내도 자식도 원치 않았다. 왕좌도 승리도 복수도 원치 않고, 행복도 지혜도 원치 않고, 권력도 덕망도 원치 않았다. 그가 갈망하는 것은 평온함이요, 종말이었다. 그는 이 영원히 돌아가는 바퀴를, 이 끝없는 그림 전시를 정지시키고 소멸시키는 것 이외에 다른 아무것도 바라지 않았다. 그는 자기 자신을 정지시키고 소멸시키기를 원했다. 그가 마지막 전투에서 적진으로 돌진하여 사방을 무찌르고 무찌름을 받으며, 또 상처를 입히고 상처를 당하다가 결국은 쓰러지고 말았을 당시에도 그와 같이 원했었다. 그러나 그 다음에는 어떻게 되었던가? 그 다음에는 기절 혹은 수면의, 아니면 죽음의 휴식이 찾아왔다. 그러고 나서는 다시 곧 깨어났으며, 삶의 물결이 자신의 가슴속으로 다시 들어오도록 하였고, 무시무시하고도 아름다우며 소름끼치는 그림들의 흐름을 끝도 없고 피할 수도 없이 다음번의 기절에, 다음번의 죽음에 다다를 때까지 자신의 두 눈에 다시 받아들여야만 했다. 죽음이란 아마도 휴식일 것이다. 짤막하고도 보잘 것 없는 하나의 휴식이며, 한 번 잠시 숨을 돌리는 것이리라. 그러나 그 다음에는 또다시 계속되었다. 우리는 다시 거칠고 도취적이며 절망적인 인생의 춤 속에 깃들여 있는 무수한 형상들 중의 하나가 되었다. 아, 소멸하는 일이란 있지도 않았으며, 종말이란 결코 존재하지도 않았다.

불안한 마음으로 그는 다시 벌떡 일어섰다. 이 저주받은 생의 윤무(輪舞) 속에 휴식이란 존재치 않으며, 단 하나의 간절한 소망조차 실현될 수 없는 것이라면, 그가 물동이에 다시 물을 채워 가지고, 물을 떠오라고 명한 노인에게 가져간다 해도 똑같이 상관없는 일일 것이다. 사실 노인이 아무런 명령을 한 것도 아니었다. 그것은 그에게 바란 봉사였고, 부탁이었다. 그의 말을 따르고 그렇게 실행할 수도 있었다. 그렇게 하는 것이 자리에 앉아 자살의 방법을 생각하는 것보다 더 나았다. 아무튼 복종하고 봉사하는 것이 지배하고 책임지는 것보다 훨씬 더 쉽고 편했으며, 훨씬 더 순수하고 건강에도 좋았다. 그도 그 정도는 알았다. 좋다, 다사여,

그럼 어서 물동이를 들고, 물을 가득 채워서, 너의 주인에게 가져가도록 하라!

그가 움막으로 갔을 때, 스승은 기묘한 눈길로 그를 맞이하였다. 그것은 가볍게 질문하며 반쯤은 함께 괴로워하고 반쯤은 즐거워하는 동의(同意)의 눈길이었으며, 보다 어린 소년이 힘들고도 약간은 면목 없는 모험, 즉 그에게 부과된 담력(膽力) 시험 같은 것을 마치고 돌아오는 모습을 보다 나이 많은 소년이 바라보고 있는 것 같은 눈길이었다. 목동이 된 이 왕자, 그에게로 도망쳐 온 이 가련한 사나이는 그저 샘물에 가서 물을 떠왔을 뿐이며, 시간적으로는 채 십오 분도 떠나 있지 않았었다. 그러나 아무튼 그는 감옥에서 돌아온 것이었다. 아내와 자식을 잃고 왕위를 상실했으며, 인간 생활을 졸업하고 굴러가는 수레바퀴를 통찰한 것이었다. 추측하건대 이 젊은이는 예전에도 한 번 아니면 여러번 깨우침을 받았고, 한 입 가득히 현실이란 것을 호흡했을 것이다. 그렇지 않다면 그가 이곳으로 와서 이렇게 오랜 세월 머물러 있지도 않았을 것이다. 그러나 이제 그는 올바른 깨우침을 받고, 기나긴 길을 떠날 만큼 성숙해진 것처럼 보였다. 이 젊은이에게 올바른 자세와 호흡을 가르치는 데만도 여러 해가 걸릴 것이다.

이러한 눈길만으로도, 호의적인 관심의 자취와 그들 사이에 생겨난 관계, 즉 스승과 제자라는 관계의 암시를 포함하고 있는 ─

이러한 눈길만으로도 요가 수도자는 제자의 입문을 수행하였다. 이 눈길은 제자의 머리에서 쓸데없는 생각들을 쫓아 버리고, 교육과 봉사 속으로 그를 맞이하였다. 다사의 인생에 관하여 더 이상은 이야기할 수가 없다. 나머지 삶은 여러 그림들과 이야기들 저편에서 이루어졌기 때문이다. 그는 그 이후 이 숲을 떠나지는 아니하였다.

Hermann Hesse

Die Morgenlandfahrt

동방순례
—하나의 이야기—

《동방순례》는 비교(秘教)와도 같은 특성을 지니고 있다. 이 이야기는 "결맹(結盟)"에 가입하여 동방순례자들과 함께 동방으로 여행을 떠났던 H. H. 의 보고서라고 할 수 있다. 그러나 이는 H. H. 의 여행기라기보다는, 오히려 작가인 헤세가 자신의 소재를 시적으로 형상화하려는 예술가의 절망적 시도라고 해야 할 것이다. 왜냐하면 그는 자기 시문학의 핵심문제인 무의식 세계를 통한 동화적 방랑, 그 내면적 직관의 비밀을 털어 놓고자 하기 때문이다.

제 **1** 장

　나는 다른 사람들과 함께 무엇인가 위대한 것을 체험해 보겠다는 결심이 섰었고, 또 운이 좋게도 그 "결맹(結盟)"[38]에 들어가 저 특이한 순례단의 일원이 될 수 있었다. 그 여행의 기적은 당시에는 유성처럼 빛을 발했으나, 나중에는 놀랍도록 빨리 잊혀지고, 심지어는 좋지 않은 평가까지 받게 되었다. 그 때문에 나는 감히 이 전대미문의 여행을 간략하게나마 기록해 보겠다는 결심을 하게 되었다. 이 여행은 휘온[39]과 광란의 롤란트[40] 시대 이래로, 거대한 전쟁 이후[41]의 우울하고 절망적이며 그러면서도 결실이 많았던 이 진기한 시대에 이르기까지 한 번도 시도된 적이 없는 그런 순례

38) 괴테의 장편 《빌헬름 마이스터의 편력시대》에 편력자들의 결사(結社)에 관한 이야기가 있고, 아르님의 《왕관지기》와 E.T.A. 호프만의 《세라피온의 형제들》에 정신적 공동체가 서술되었음. 이러한 모티브들이 "공동체"에 대한 기독교적 표상과 함께 헤세의 동방 순례자들 단체인 "결맹 Bund"이란 개념을 설정하는 데 중요한 역할을 하였음.
39) 휘온 드 보르도는 13세기에 쓰여진 고대 프랑스 서사시에 나오는 영웅 이름. 이 무용담을 담은 휘온 전설의 소재는 이탈리아·영국·독일로 전해지고 있음.

였다. 내가 하고자 하는 일의 어려움에 대해서는 잘 알고 있다. 정말 커다란 난관이 놓여 있다. 주관적인 성질의 난관만이 앞을 가로막고 있는 것도 아닌데, 그것만 감당한다는 것도 벌써 아주 힘들 것 같다. 나는 지금 여행 당시의 기억이 될 만한 추억의 물건이나 기념품, 어떤 기록이나 일기장도 가지고 있지 않은 데다가, 그 후 불운과 병과 깊은 재앙을 겪으며 흘러간 시련의 세월 속에[42] 기억하고 있던 것들도 많이 잊어버렸다. 그리고 운명의 타격을 받을 때마다 매번 더 의기소침해져서 내 기억 자체만이 아니라, 전에는 그다지도 굳건하던 내 기억에 대한 믿음조차 부끄러울 정도로 약해져 버렸기 때문이다. 그러나 이런 순전히 나의 개인적인 어려움은 차치하고라도, 부분적으로는 예전에 내가 결맹에서 행했던 맹세 때문에 내 두 손이 묶여 있는 것이다. 왜냐하면 그 맹세는 개인적인 체험에 관해서는 무한정 이야기해도 좋다고 허락하고 있었지만, 결맹의 비밀 자체를 폭로하는 것은 무엇이든 금하고 있었기 때문이다. 이미 오래전부터 그 결맹이 더이상 존재하지 않음이 확실한 듯하고, 또 그 회원들 중 어느 한 사람도 다시 만나보지는 못했지만, 이 세상의 어떤 유혹

40) 카를 대제 시대의 12용사 중의 한 사람. 르네상스 후기의 이탈리아 대표적 서사시인 루도비코 아리오스토(1474~1533)가 휘온의 전설을 소재로 쓴 유명한 영웅서사시 《광란(狂亂)의 오를란도》의 주인공.
41) 제1차 세계대전을 의미함. 이로써 이 순례기가 시대와 밀접히 연관되었음을 암시하고 있음.
42) 헤세는 이 이야기가 주관적인 1인칭 형식을 통해서뿐만 아니라 이 대목에서 자서전적인 고백의 특성이 있음을 분명히 하였음.

이나 협박도 나로 하여금 그 맹세를 깨뜨리게 하지는 못할 것이다. 그 반대로 내가 설사 오늘이나 내일 군사재판에 회부되어 사형을 당할 것인가, 아니면 결맹의 비밀을 폭로할 것인가 둘 중에 하나를 선택하라고 한다면, 오, 나는 타오르는 기쁨으로 목숨 바쳐 결맹에 대한 나의 맹세를 결단코 지킬 것이다!

여기서 언급하고 지나갈 것이 있다. 카이저링 백작[43]의 여행일기가 출판된 이후로 여러 책들이 세상에 나왔는데, 그 저자들이 한편으로는 무의식적이지만 또 다른 한편으로는 의도적으로 자신이 결맹의 동지이고 동방여행에 참가했던 것 같은 인상을 주고 있다는 점이다. 심지어 오센도브스키[44]의 모험적인 여행기까지도 가끔 이런 영예로운 의심을 사곤 했다. 그러나 그들은 모두 이 결맹이나 우리의 동방순례와는 아무런 관계가 없다. 설령 있다고 해도 경건주의 소규모 종파의 목사들이 그리스도와 사도들, 그리고 성령에 종사하면서 그들의 특별한 은총과 유대 관계를 자신에게 연결시키는 정도의 것일 뿐이다. 카이저링 백작이 사실상 쾌적하게 배를 타고 세계를 돌아다녔을 수도 있고, 오센도브스키는 실제로 그가 묘사한 나라들을 횡단해 지나가기도 했

43) 독일의 철학자이며 저술가인 카이저링 백작(1880~1946)은 유명한 《어느 철학자의 여행일기》(1919)를 남기고 있음. 헤세는 1920년 『생명의 절규 Vivos voco』지에 이 책에 관한 서평을 썼음.
44) 폴란드의 저술가 겸 기자인 페르디난트 안토니 오센도브스키(1876~1944)는 1922년에 극동 지방으로의 여행기를 출판했는데, 그 다음 해에 《동물과 인간과 신들》이란 제목으로 독일어 번역판이 나옴.

을 것이다. 그러나 그들의 여행은 경이롭다고 할 수는 없고, 새로운 영토를 발견해 낸 것도 아니었다. 반면에 우리 동방순례의 어떤 단계들은 현대 여행의 모든 진부한 교통수단들인 철도나 기선, 전신이나 자동차나 비행기 등을 포기함으로써 실제로 영웅적이고 마술적인 세계 속으로 돌진해 들어갈 수가 있었다. 당시는 세계대전이 끝난 지 얼마 되지 않았을 때였으며, 특히 패전국 국민들의 생각에는 비현실적 상태나 초현실적인 것이라도 받아들일 태세가 되어 있는 비상한 분위기였다. 그러나 실제로 현실의 한계를 뛰어넘고, 다가오는 미래의 정신요법 영역으로의 진출이 가능했던 것은 물론 그저 극소수의 분야에서만 행해질 수 있었다. 그 당시 알베르투스 대제(大帝)[45]의 영도 아래 달빛 바다[46]를 건너 파마구스타[47]로 갔던 순례길이며, 치팡구[48]에서 12도를 지난 곳에서 나비섬[49]을 발견했던 일, 혹은 뤼디거[50]의 묘지에서 거행되었던 숭고한 결맹의 축제 — 이와 같은 것들은 우리 시대와 이 지구상에 사는 사람들에게 오직 한 번만 베풀어지는 그런 행위이며 체험들이었다.

여기서 벌써 나는 이 보고를 하는 데 있어서 가장 큰 어려움 중의 하나에 부딪치

45) 위대한 스콜라 학자인 알베르투스 마그누스(1193년경~1280)는 아리스토텔레스의 학설을 서양 철학에 도입함.
46) 여기서는 지중해를 의미함.
47) 지중해 동쪽에 있는 키프로스[사이프러스]섬의 항구도시.
48) 마르코 폴로가 처음으로 명명한 동해 바다의 섬나라로 오늘의 일본을 말함.
49) 헤르만 헤세가 지어낸 허구의 섬 이름.
50) 독일 철학자 안드레아스 뤼디거(1673~1731).

고 있음을 실감하게 된다. 우리들의 행위가 이루어진 차원, 그 행위들이 속하는 영혼의 체험 영역이 바로 그것인데, 만일 독자를 이 결맹 비밀의 핵심으로 안내하는 것이 허용된다면, 비교적 쉽게 이 영역을 독자에게 이해시킬 수도 있을 것이다. 그러나 그렇게 되면 또 많은 것이, 혹은 모든 것이 독자에게는 믿을 수 없는 것처럼 여겨질 것이고, 또 영원히 납득할 수 없는 것으로 남을는지도 모른다. 그러나 역설적인 것은 끝없이 되풀이하여 감행될 것이고, 그 자체 불가능한 것은 언제나 새로이 시도되어야 하는 것이 아니었던가. 나는 언젠가 다음과 같은 말을 한 적이 있는, 동방에서 온 우리의 지혜로운 친구 싯다르타[51]와 의견을 같이하고 있다. "말이란 숨겨진 깊은 뜻에는 이롭지 못하다. 모든 것이 언제나 조금씩 달라지고 조금씩 변조되며 조금씩 어리석어진다. — 그래, 그것도 별 문제가 되지 않는다. 어떤 사람에게는 보배롭고 지혜로운 것이 다른 사람에게는 언제나 바보스럽게 들린다는 것에도 나는 동감하고 있다."[52] 이미 수백 년 전부터 우리 결맹의 회원들과 사가(史家)들은 이러한 어려움을 알고 있었지만, 용감하게 이 난관에 대항했고, 그들 중 한 사람은, 즉 가장 위대했던 사람들 중의 한 사람은 그것을 불

51) 1922년에 발표된 헤세의 소설 《싯다르타. 인도의 시》에 나오는 주인공.
52) 싯다르타가 친구인 고빈다에게 한 말. 그 원문은 "말이란 숨겨진 깊은 뜻에는 이롭지 못하다. 우리가 말을 하게 되면, 모든 것이 언제나 조금씩 달라지고……."로서 이 동방 순례기에는 "우리가 말을 하게 되면"이란 구절이 생략되었음.

후의 시(詩)로 다음과 같이 표현하였다.

　멀리 여행하는 자는 종종 사물들을 보게 되나니,

　그가 진리라고 생각했던 것과는 거리가 먼 것들이다.

　고향의 초원으로 돌아와 그 이야기를 하면,

　그는 거짓말쟁이라고 웃음거리나 되기 십상이라.

　꽉 막혀 버린 사람들이란, 제 눈으로 보고

　스스로 분명하다 느끼지 못하면 믿으려 하지 않으니까.

　나 생각하건대, 세상 경험이 없는 자들,

　내 노래를 결코 믿지 않으리라.[53]

　그런데 이 "세상 경험이 없다는 것"이 예전에는 수천 명의 사람들을 황홀경에 빠지게 했던 우리의 여행을 오늘날에는 세상 사람들로부터 잊혀지고 그 기억마저 터부시되는 상태로까지 만들어 놓은 것이다. 그런데 역사를 보면 이와 비슷한 일들이 아주 많다. 세계사 전체가 내게는 그저 가끔 인간의 가장 격렬하고 맹목적인 동경, 즉 망각에 대한 동경을 반영하고 있는 한 권의 그림책에 지나지 않는다는 생각이 든다. 세계사에서는 어느 세대든지 금지나 묵살이나 조롱이라는 수단으로 그 전 세대가 가장 중요하다고 여겼던

53) 아리오스토의 서사시 〈광란(狂亂)의 오를란도〉 중 제7의 노래에 나오는 구절.

것을 제거해 버리고 있지 않던가? 여러 해 동안 계속되면서 엄청나게 끔찍했던 전쟁이 온 국민에 의해 몇 년 동안 잊혀지고 부정되며, 마적으로 억압되고 퇴치되었는가 싶었다. 그런데 잠시 동안 쉬고 난 지금에 와서는 바로 이 국민들이 수년 전에 그들 스스로 일으켜 고난을 겪었던 전쟁을 흥미진진한 전쟁소설의 힘을 빌려서 기억해 내려고 하는 것을 우리가 지금 체험하고 있지 않는가? 그와 마찬가지로 오늘날 세상에서 잊혀지고, 사람들의 웃음거리가 되어 있는 우리 결맹의 활동과 고난에 대해서도 언젠가는 재발견의 날이 올 것이다. 그러면 나의 이 수기(手記)가 조금이나마 그 일에 도움이 될 수 있으리라.

동방순례의 여러 특색들 가운데에는 특히 이런 것들도 있었다. 결맹은 이 여행으로 상당히 수준 높은 특정의 목적들을 달성하려 했지만 (이 목적들은 비밀의 영역에 속하기 때문에 터놓고 말할 수가 없다), 참가자는 누구나 자신의 개인적인 순례 목적을 가질 수 있었고 또 가져야만 했다. 왜냐하면 이런 개인적인 목적을 추구하지 않는 사람에게는 참가가 허락되지 않았기 때문이다. 그러므로 우리들 각자는 공동의 이상과 목적을 따르고 있고 또 공동의 깃발 아래 싸우고 있는 것처럼 보이면서도, 그 자신의 독자적이고 순진한 어린아이다운 꿈을 가장 내면적인 힘으로 또 궁극적인 위안으로 자기 가슴속에 간직하였던 것이다. 내가 결맹의 일원으로 받아들여지기 전에 최고지도자[54]가 물어보았던 나 자신의 여행 목적은 정말로 단순한 것이었다. 반면에 다른 결맹의 동지들이 설정하고 있었던 여행 목적이란 나로서는 존중은 할 수 있으나 완전히 이해할 수는 없는 것들이었다. 예를 들어 어떤 사람은 보물을 찾고 있었는데, 그는 "도(道)"[55]라고 불리는 이 고귀한 보물을 얻는 것 이외에는 아무것도 생각하지 않았다. 또 다른 사람 하나는 특정한 뱀을 잡겠다는 것만을 염두에 두고 있었는데, 쿤달리니[56]라고 하는 이 뱀은 마술적인 힘을 가졌다는 것이다. 그러나 이런 것들과는 달리 웬만큼 성장한 소년 시절부터 이미 꿈속에 어른거렸던 나 자신의 여행과 생(生)의 목표는 아름다운 공주 파트메[57]를 만나보고 가능하면 그녀의 사랑을 얻는 것이었다.

내가 결맹에 가입해도 좋다는 행운을 잡았던 당시는 이른바 대전이 끝난 직후로서, 우리나라는 자칭 구세주나 예언자나 사도들이라고 하는 자들로 들끓고 있었고, 세계 종말에 대한 예감과 제3제국[58]의 도래에

54) 최고지도자를 비롯한 결맹 간부들의 구조는 가톨릭교의 계급제도와 유사함.

55) 우주 만유의 근본이 되는 중국의 도(道)사상.

56) 여성적 원칙을 나타내는 신비로운 마력의 힘. 탄트라 신앙에 의하면 남자의 척추를 휘감고 있는 뱀의 형상을 지닌 이 마적인 힘은 남성적 원칙과 합일된 절대자의 비이원성(非二元性)을 초월적 무아경에서 신비적으로 체험케 하는 것을 암시한다고 함.

57) 《천일야화》에 나오는 인물로 예언자 마호멧의 딸. 동방순례의 이야기가 진행해되면서 세 번째 부인 니논에 대한 헤세의 관계도 분명해지고 있음.

대한 희망으로 가득 차 있었다. 그 당시 우리 민족은 전쟁에 충격받고, 고난과 배고픔에 절망하고, 생명과 재산을 바친 모든 희생이 덧없어 보이는 것에 깊이 실망한 나머지 많은 허망한 꿈들을 쫓고 있었지만, 그러나 여러 가지로 진실하게 영혼을 함양시키는 일에도 마음을 열고 있었다. 광란의 춤을 추는 집단들이 있는가 하면 재세례파(再洗禮派)[59]적인 투쟁 집단들이 있었고, 피안의 세계와 기적을 암시하는 것 같은 이런저런 모임들이 있었다. 그뿐만 아니라 인도와 고대 페르시아와 다른 동방의 비밀과 종교에 대한 호기심도 그 당시 널리 퍼져 있었다. 이런 모든 것들이 태고적 역사를 지닌 우리의 결맹을 대부분의 사람들에게 갑작스레 번창한 수많은 유행물들 중의 하나로 보이게 했고, 몇 년 후에는 그런 유행물들과 함께 일부는 잊혀지고 또 다른 일부는 멸시와 나쁜 소문에 빠지게 되었다. 그렇다고 이런 것들이 결맹의 사도들 가운데 충성을 지킨 사람들의 마음까지 바꾸어 놓을 수는 없었다.

나의 수습기간이 끝난 후 최고지도자에게 신고를 하고, 대변인으로부터 동방순례 계획의 뜻에 대한 설명을 듣고 났을 때, 그리고 나도 이 계획에 몸과 마음을 바치겠다고 말을 하고, 내가 동화의 나라로 향하는 이 순례에서 바라는 것이 무엇이냐고 다정스레 질문 받던 그 순간이 얼마나 생생하게 내 기억

58) 제차 세계대전 이후 독일에서 히틀러가 집권한 국가 사회주의[나치] 시대.
59) 독일의 종교개혁에 나타난 극단적 신교의 한 파.

속에 남아 있단 말인가! 얼굴이 붉어지기는 했지만, 그러나 주저하지 않고 솔직하게, 나는 파트메 공주를 내 눈으로 직접 보는 것이 소원이라고 그 자리에 모인 간부들 앞에서 고백하였다. 그러자 대변인은 복면하여 모습을 가린 간부들의 몸짓을 그대로 옮기면서 내 머리 위에 온화하게 손을 얹고서 나를 축복해 주었고, 내가 이 결맹의 동지로 받아들여졌다고 정식으로 말했다. 그는 "아니마 피아 anima pia"[60] 라고 내게 말하기 시작하면서, 신앙에는 충실을, 위험에 처해서는 영웅적인 용기를, 그리고 동료들에게는 형제와 같은 사랑을 가지라고 훈계하였다. 수습기간 동안에 충분히 훈련 받은 대로 나는 선서를 하였고, 세상과 그 세상의 미신을 멀리할 것을 맹세하였다. 그리고는 결맹의 반지를 손가락에 끼게 되었다. 그 반지에는 우리 결맹의 역사 중 가장 아름다운 장(章)에서 인용한 다음과 같은 문장이 새겨져 있었다.

대지와 공기, 물과 불 속의 영(靈)들
모두가 그에게 복종하리니,
아무리 사나운 맹수들도
그를 보면 무서워하고 온순해질 것이며,
반(反) 기독교인조차도
그에게 가까이 오면 몸을

60) 경건한 영혼이라는 뜻.
61) 비일란트의 영웅시 《오베론》에 나오는 제7의 노래, 6절의 구절.

떨리라……

등등.[61]

결맹에 가입한 후 곧 우리 초심자들에게 약속되었던 바와 같은 깨달음을 하나 얻은 것도 나에게는 기쁜 일이었다. 즉 간부의 지시에 따라서 내가 결맹의 본대(本隊)에 합류하기 위해, 열 명씩 한 조가 되어 국내 곳곳을 여행하고 있는 그룹들 중의 하나에 가담하자마자 우리 순례의 비밀 하나가 내 몸에 스며드는 듯 확연해졌던 것이다. 나는 다음과 같은 사실을 깨달았다. 언뜻 보기에 나는 동방으로 가는 하나의 여행, 즉 동방으로 가는 어느 특정한 일회적인 순례에 합류한 것 같았다. ─ 그러나 더 높고도 근원적인 의미에서 볼 때, 사실 이 동방으로의 순례는 내 경우의 것만도 아니고, 지금 벌어지는 현재의 것만도 아니었다. 믿음을 가진 자들이나 헌신하는 자들의 동방을 향한, 광명의 고향을 향한 이 순례는 지속적으로 영원히 물결치고 있었다. 광명과 기적을 찾아가는 행렬이 모든 세기를 통해 항상 존재하고 있었던 것이다. 그리고 우리 결맹 동지들의 한 사람 한 사람, 우리 그룹들의 하나하나, 그뿐만 아니라 우리 결맹단 전체와 그 일단의 거대한 순례 행렬, 이 모든 것은 영혼들이 모여 흐르는 영원한 강물 속에 나타나는 하나의 파도, 즉 동방의 고향을 찾아가려는 정신들의 영원한 노력 속에 나타나는 하나의 파도에 지나지 않았다. 이러한 인식이 번개처럼 내 마음을 뚫고 지나갔다. 그와 동시에 내 마음 속에는 하나의 구절이 떠올랐다. 그 구절은 수습기간 중에 배웠던 것으로서, 그 참뜻을 제대로 이해하지도 못하면서 이상스럽게 언제나 내 마음에 들었던 시인 노발리스의 말이었다. "우리는 대체 어디로 가는 것일까? 언제나 집으로 가는 것이지."[62]

그러는 동안 우리 그룹도 여행길에 올랐고, 얼마 안 되어 다른 그룹들과도 만났다. 모두가 일치단결하여 공동의 목표를 가지고 있다는 감정이 마음을 가득 채워 주어 우리는 더욱 더 행복해졌다. 우리는 결맹의 수칙을 충실히 지키며 순례자로 살아갔다. 그러면서 돈과 숫자와 시간 때문에 망가진 세상에 태어나서, 그 내용이 되는 삶을 공허하게 만들어 버린 문명의 이기(利己)는 전혀 사용하지 않았다. 특히 철도나 시계 등 그와 같은 기계들은 일체 쓰지 않았다. 우리가 한결같이 지킨 또 하나의 원칙은 엄청나게 오래된 우리 결맹의 역사와 그 믿음에 관계된 장소나 기념물들을 모두 찾아보고 경배하는 것이었다. 모든 경건한 장소와 기념물들과 교회들, 그리고 어느 길가에 있는 공경할 만한 이들의 묘지를 찾아 참배하였고, 작은 교회당과 제단들을 꽃으로 장식했으며, 폐허에는 노래와 침묵의 명상을 바쳤고, 죽은 자들을 음

[62] 노발리스의 장편 《하인리히 폰 오프터딩엔》(일명 《푸른 꽃》)의 제2부 〈실현〉 중 '치아네와 실베스터'에 나오는 구절.

악과 묵도로 추도하였다. 이때에 우리는 종종 믿음이 없는 사람들로부터 멸시 당하고 방해를 받기도 했다. 그러나 사제들이 우리를 축복해 주고 손님으로 초대하거나, 아이들이 감격해서 우리 사이에 끼어들어 우리의 노래를 배우고, 눈물을 글썽이며 우리가 떠나가는 것을 배웅해 주는 일도 많았다. 어떤 노인은 우리에게 잊혀진 옛날의 기념물을 가리켜 주고, 자기가 사는 지방의 전설을 이야기해 주기도 했다. 또 많은 청년들은 우리가 가는 길을 함께 걸어가면서 결맹에 가입하고 싶어하기도 했다. 이런 청년들에게는 조언을 해주고, 초심자들이 처음에 지켜야 할 규율과 훈련들을 가르쳐 주기도 했다. 최초의 경이로운 일들이 일어났다. 직접 우리가 보는 눈앞에서 일어날 때도 있었고, 갑자기 기적적인 일들에 대한 이야기와 전설을 듣게 될 때도 있었다. 내가 아주 초심자였던 어느 날에는 우리 통솔자들의 천막에 거인 아그라만트[63]가 손님으로 찾아와서, 통솔자들에게 아프리카를 경유하는 길을 택하여, 거기서 무어인의 포로가 된 결맹의 동지 몇 사람을 구출하도록 설득하고 있다는 소문이 갑자기 퍼졌었다. 또 한 번은 사람들에게 재난을 미리 알려주고 위로를 해주는 난쟁이 요정 후첼맨라

63) 아리오스토의 서사시 《광란의 오를란도》에 나오는 인물.
64) 에두아르트 뫼리케(1804~1875)의 동화 《슈투트가르트의 후첼맨라인》에 나오는 인물.

인[64]이 나타났고, 그래서 사람들은 우리의 여행길은 블라우토프[65] 방향이 될 것이라고 추측했

었다. 그러나 내 눈으로 직접 목격한 최초의 경이로운 현상은 이런 것이었다. 우리는 슈파이헨도르프 지방[66]의 반쯤 무너진 교회당에서 기도를 드리며 쉬고 있었다. 단 하나 무사히 남아 있는 교회당 벽에는 아주 커다랗게 성자(聖子) 크리스토퍼[67]의 그림이 그려져 있었고, 성자의 어깨 위에는 오랜 세월이 흐르는 동안 반쯤 소멸된 어린 구세주가 앉아 있었다. 통솔자들은 전에도 가끔 그러했듯이 곧장 길을 떠나지 않고, 우리들을 모두 불러놓고 우리의 의견을 물었다. 마침 교회당이 세 갈래로 갈라지는 길목[68]에 위치해 있었기 때문에, 우리가 그 중 어느 한쪽을 택해야 했던 것이다. 우리들 중 소망이나 의견을 말하는 사람은 별로 없었지만, 어느 한 사람이 왼쪽을 가리키면서 완강하게 그 길을 택하자고 요구했다. 우리는 아무 말도 하지 않고 통솔자들의 결정을 기다리고 있었다. 그때에 벽에 그려진 성자 크리스토퍼가 길고 거친 지팡이를 든 팔을 들어 왼쪽을, 즉 우리의 동지가 가고 싶어했던 그쪽을 가리켰다. 우리 모두는 말없이 그것을 바라보고만 있었다. 그리고 통솔자들도 말없이 왼쪽으로 방향을 돌려 그 길을 걸어갔고, 우리들도 진정한 기쁨을 느끼며 그 뒤를 따랐다.

65) 뫼리케의 동화 《슈투트가르트의 후첼맨라인》에 나오는 도나우강 지류에 있는 22미터 깊이의 수원지(水源池).
66) 슈투트가르트 남부에 위치한 작은 도시 투틀링엔 근처에 있는 마을 슈파이킹엔에 대한 암시임.
67) 크리스토포루스를 말함. 어린 그리스도를 업고 강을 건너가 그로부터 세례를 받았다는 거인이라는 성담(聖談)이 있음.
68) 슈파이킹엔 상부의 세 갈래 산 위에 있는 세 갈래 교회에 대한 암시.

슈바벤 지방으로 들어선 지 얼마 안 되어서부터 우리가 생각지도 않았던 어떤 힘이 두드러지게 나타났다. 이 힘의 영향을 벌써 오래전부터 강하게 느껴오곤 있었지만, 그 힘이 우호적인 것인지 적대적인 것인지는 알 수 없었다. 그것은 이 지방에서 옛날부터 호엔슈타우퍼가(家)[69]의 기념물과 유물들을 지키고 있는 왕관지기들[70]의 힘이었다. 우리의 통솔자들이 여기에 대해 더 많은 것을 알고 있고, 상부로부터 어떤 지령을 받고 있었는지의 여부는 모르겠다. 나는 단지 이 힘으로부터 여러 번 격려나 경고가 우리에게 나타났다는 것만 알고 있을 뿐이다. 예를 들면 보핑엔[71]으로 가는 길 저 언덕 위에서는 백발의 갑옷을 입은 기사가 우리에게 다가와 눈을 감고 백발이 성성한 머리를 가로젓더니, 어느새 흔적도 없이 다시 사라져 버리는 것이었다. 통솔자들은 이 경고를 받아들였고, 우리는 그 자리에서 되돌아섰으므로 보핑엔을 볼 수 없게 되었다. 그런가 하면 우라하[72] 근처에서는 왕관지기들의 한 사자(使者)가 마치 땅 속에서 솟아나오듯이 통솔자의 천막 한 가운데에 나타났으며, 우리 일행이 슈타우퍼[73]에 봉사할 것과 특히 시실리 섬을 정복하는 데 준비를 하

69) 정확하게는 호엔슈타우펜가를 말함. 이 가문의 이름은 괴핑엔의 동북쪽에 있는 산 호엔슈타우펜에서 유래하며, 여기에는 1525년 농민전쟁 때 파괴된 성채의 폐허가 아직도 남아 있음.
70) 아킴 폰 아르님(1781~1831)의 미완성 장편 《왕관지기들》에 나오는 중세의 신비적인 기사(騎士) 결맹.
71) 슈투트가르트의 동쪽에 위치한 마을 이름.
72) 로이트링엔 동쪽에 위치한 마을 이름.
73) 전설적인 일종의 비밀결사.

도록 갖은 감언과 협박으로 우리의 통솔자들을 유인하려 했던 일이 있었다. 통솔자들이 이에 따르기를 단호하게 거절하자 사자는 결맹과 우리의 여행길에 무서운 저주를 퍼부었다는 것이다. 그렇지만 나는 여기에서 우리들끼리 이 일에 대해 속삭였던 것만을 보고하고 있을 따름이다. 통솔자들 자신은 이에 대해 아무 말도 하지 않았다. 그런데도 그 당시 한동안 우리 결맹이 그 왕조를 재건하기 위한 비밀결맹이라는 부당한 소문이 돌게 된 데는 그 왕관지기들에 대한 우리의 불안정한 관계가 원인이 되었을 수도 있을 것 같다.

언젠가 한 번은 내 동료 중 한 사람이 결맹에 들어온 것을 후회하면서 자신의 맹세를 짓밟고, 믿음이 없는 상태로 되돌아가는 것을 지켜보아야만 했었다. 그는 내가 진정으로 좋아했던 젊은이였다. 그가 동방으로 함께 여행을 떠나게 된 개인적인 동기는 예언자 마호메드의 관[74]이 마법에 의해 공중에서 자유로이 공중을 떠돈다는 말을 듣고, 직접 그것을 보고자 하는 소망을 가졌기 때문이었다. 슈바벤 지방인지 아니면 알레마넨 지방인지 어느 작은 도시에서 우리는 토성과 달의 대치된 성좌가 우리가 계속 행진해 가는 것을 저지했기 때문에 며칠 머무른 적이 있었다. 벌써 얼마 전부터 어딘지 거북하고 우울해 보이던 이 불행한 젊은이는

[74] 모하메드는 632년에 메디나에서 죽었으며, 현재는 1487년에 건립된 엘 하람 회교 성전에 안치되어 있음.

거기서 그가 학창시절부터 따르던 옛 스승 한 분을 만났다. 그런데 그 스승이 그 젊은이로 하여금 저 믿음이 없는 사람들의 시각에서 우리의 일을 관찰하도록 다시 돌려놓았던 것이다. 이 가련한 인간은 옛 스승을 방문하고 난 후, 끔찍하게 흥분하고 일그러진 표정으로 우리의 야영숙소로 돌아와서는 통솔자의 천막 앞에서 소동을 피웠다. 대변인이 밖으로 나오자 그는 그에게 분노에 찬 소리를 질러대는 것이었다. 아무리 가도 동방에는 당도할 것 같지도 않은 이 바보 같은 행렬을 따라가는 게 지겹다. 멍청한 점성술 때문에 며칠씩 여행을 중단하는 것도 진저리가 난다. 한가하게 빈둥거리는 것이나 어린애 장난 같은 행진, 화려한 꽃잔치나 신통한 체하는 마술, 생활과 시가(詩歌)를 뒤범벅으로 만드는 것 — 이 모든 것에 진절머리가 난다. 그는 자신의 반지를 통솔자들 발치에 팽개쳐 버리고 작별을 고하노라. 그리고는 예약해 놓은 기차를 타고 고향으로, 자신의 유익한 일로 되돌아갈 것이다 라고. 그것은 참으로 추악하고 보기 딱한 광경이었다. 우리는 수치심과 동시에 이 눈먼 인간에 대한 연민의 정 때문에 가슴이 조여들었다. 대변인은 그의 말을 온화하게 듣고 있더니, 미소를 지으며 몸을 굽혀 팽개쳐진 반지를 집어들었다. 그리고는 그 화가 나서 날뛰던 사람이 부끄러워하지 않을 수 없을 정도로 명랑하면서도 온화한 목소리로 말했다. "자네는 우리와 작별을 했네. 그러니까 기차로, 이성으로,

유익한 일로 되돌아갈 것이네. 자네는 결맹과 작별하였고, 동방으로의 행렬로부터 작별하였으며, 마법과 꽃의 축제 그리고 시가로부터 작별을 고했네. 자네는 자유로운 몸이야. 자네는 자네의 맹세로부터 해방되었네."

"침묵의 의무로부터도요?" 하고 그 변절자는 격렬하게 외쳤다.

"침묵의 의무로부터도일세." 대변인이 대답했다. "돌이켜 생각해 보게나. 자네는 믿음이 없는 사람들 앞에서는 결맹의 비밀을 말하지 않겠다고 맹세했었지. 그러나 보아하니 자네는 결맹의 비밀을 잊어버린 것 같으니, 아무한테도 그걸 말할 수 없을 것일세."

"내가 뭘 잊어버렸다고요? 난 아무것도 잊어버리지 않았어요!" 하고 젊은이는 소리쳤지만, 침착성을 잃은 것 같았다. 대변인이 그에게 등을 돌리고 천막 안으로 들어가자 젊은이는 갑자기 서둘러 달아나 버렸다.

우리는 그를 마음 아프게 생각했다. 그러나 그 당시에는 매일매일이 여러 가지 체험들로 꽉 차 있었기 때문에, 나는 그에 관한 일을 이상하게도 빨리 잊어버렸다. 그로부터 얼마간의 세월이 흐른 다음, 이제는 우리들 중 어느 누구도 그를 생각하지 않고 있을 때에, 우리가 지나갔던 여러 마을과 거리에서 사람들이 이 젊은이에 관해 이야기하는 소리를 듣게 되었다. 어느 한 젊은 사람이 그곳에 왔었는데 (사람들은 그의 생김새를 정확히 묘사했고 그의 이름도 댔다), 그는 도처에서 우리를 찾아다니고 있다는 것이었다. 처음에는 자기가 우리 일행인데 행진에서 낙오되어 길을 잃었노라고 했다가, 다음에는 울음을 터뜨려 울기 시작하더니 사실은 그가 우리를 배반하고 도망을 친 것인데, 이제는 결맹을 떠나서는 살 수 없다는 것을 알게 되었고, 우리를 꼭 찾아내어 통솔자 앞에 무릎을 꿇고 용서를 빌겠다고 말하더라는 것이었다. 여기저기에서 이런 똑같은 이야기를 들었고, 우리가 도착한 곳은 언제나 이 불쌍한 사람이 왔다가 방금 떠나간 곳이었다. 우리는 대변인에게 이 일을 어떻게 생각하는가, 이 일이 어떻게 되어갈 것인가를 물어보았다. "그는 우리를 발견하지 못할 겁니다." 대변인은 짤막하게 대답했다. 그리고 사실 그는 우리를 발견하지 못했고, 우리도 그를 다시 만나지 못했다.

언젠가 통솔자들 중의 한 사람이 나와 친밀한 대화를 나누게 되었을 때, 나는 용기를 내어 이 변절한 동지는 이제 어떻게 되는가를 물어보았다. 나는 그가 어쨌든 후회를 하고 있고 우리를 찾고 있으니, 자신의 잘못을 보상할 수 있도록 그래도 도와주어야 할 것이며, 그 사람은 틀림없이 장차 가장 충실한 결맹의 동지가 될 것이라고 말했다. 통솔자의 대답은 이러했다. "그가 다시 돌아온다면, 우리들로서도 기쁜 일이지요. 그러나 우리가 그에게 그 일을 쉽게 해줄 수는 없습니다. 그는 믿음을 다시 찾는 일을 스스로 어렵게 만들었어요. 걱정되는 것은 우리가 바로 그의 옆으로 지나 간다 할지라도 그는 우리를 보지도 못하고, 알아채지도 못할 것이 라는 점입니다. 그는 눈이 멀어 버렸어요. 후회만으로는 아무런 도움이 되지 못합니다. 후회하는 것으로 은총을 살 수는 없는 것 이고, 은총이란 도대체가 살 수 있는 성질의 것이 아니지요. 이미 많은 사람들이 이와 비슷한 일을 겪었답니다. 위대하고 유명한 사 람들이 이 젊은이와 같은 운명의 동지가 되었지요. 젊은 시절 어느 때 그들에게 광명이 비치고, 그들은 한때 눈을 뜨고 별을 쫓아가 지만, 곧 이성(理性)이 생기고 세상의 비웃음이 찾아옵니다. 겁을 먹게 되고, 외견상 실패한 것처럼 보이지요. 피로와 실망이 겹쳐 와서 그들은 다시 길을 잃고 다시 장님이 되어 버립니다. 많은 사 람들이 일생 동안 계속 되풀이해서 우리를 찾고 또 찾았지만, 더 이상 우리를 발견할 수는 없었지요. 그래서 세상 사람들은 우리의 결맹이 그저 아름다운 전설에 지나지 않으니, 이것에 유혹 당해서 는 안 된다고 가르쳤습니다. 또 다른 사람들은 아주 격렬한 적이 되어, 결맹에 대해 그들이 할 수 있는 모든 비방과 해를 자행해 왔 답니다."

행진을 해 가는 도중에 결맹의 다른 그룹들과 만나게 되면, 그 것은 언제나 경이로운 축제의 날들이 되었다. 그러면 우리는 때 때로 수백 명 아니 수천 명을 헤아리는 일대 진영을 이루었다. 물론 행진이 질서정연하게 행해진 것은 아니었기 때문에, 모든 참가자는 크고 작은 짜임새 있는 대열을 이루어 모두 같은 방향으로만 나아가면 되었다. 그보다도 수없이 많은 그룹이 동시에 길을 떠나 행진하고 있었는데, 그 개개의 그룹은 그들의 통솔자나 별을 따라가면서, 언제나 더 큰 집단을 이루어 거기에 한동안 속해 있을 태세가 되어 있었다. 또한 그들은 마찬가지로 집단으로부터 언제라도 다시 떨어져 나와 독립해서 행진을 계속할 준비도 되어 있었다. 많은 사람들이 완전히 혼자서 자신의 길을 가기도 했는데, 나 역시 가끔 어떤 표시나 부름이 유인할 때에는 나 혼자서 행진하곤 하였다.

나는 우리가 며칠간 함께 행진하고 또 함께 야영도 했던 한 작은 정예그룹을 기억하고 있다. 이 그룹은 아프리카에 포로로 잡혀 있는 결맹의 동지들과 이사벨라 공주[75]를 무어인들의 손에서 구해내는 사명을 띠고 있었다. 이 그룹 사람들은 휘온의 호른을 가지고 있다고들 했고, 그들 가운데에는 나와 친한 시인 라우셔[76], 화가 클링소어[77], 화가 파울 클레[78]가 함께 끼어 있었다. 그들은 아프리카와 포로가 된 공주에 관해서 이외에는 아무런 이

75) 아르님의 1812년 작 《에집트의 이사벨라, 카를 대제 5세의 첫사랑》을 연상시킴. 이사벨라(1451~1504)는 부군인 페르디난드 왕과 함께 아프리카의 무어 왕국과 싸워 1492년에 이를 정복함.
76) 헤세의 초기 산문집 《헤르만 라우셔의 유작과 시》에 나오는 인물.
77) 헤세의 중기 작품 《클링소어의 마지막 여름》의 주인공.

야기도 할 줄 몰랐다. 그들의 성서(聖書)는 돈키호테[79]의 행적에 관한 책이었으며, 그에 대한 경의를 표하고자 그들은 스페인을 경유하는 길을 택할 생각을 하고 있었다.

이러한 동료 그룹을 만나, 그들의 축제와 기도에 자리를 함께 하기도 하고, 또 그들을 우리의 축제와 기도에 초대하여, 그들의 행적과 계획에 관한 이야기를 듣고, 작별할 때 그들에게 축복을 해준다는 것은 언제나 아름다운 일이었다. 그리고 우리가 우리의 길을 가듯 그들도 그들의 길을 가고 있으며, 그들 각자가 자신의 꿈과 자신의 소원과 은밀한 유희를 가슴속 깊이 품고 있으면서도 그들 모두가 그 커다란 흐름 속에 함께 흐르고 있다는 것, 그들 모두가 함께 한 집단에 속하여 마음속엔 똑같은 외경심을 가지고, 똑같은 믿음을 가지며, 모두가 동일한 맹세를 했다는 것을 안다는 것은 얼마나 아름다운 일이었던가! 나는 자기 인생의 행복을 카쉬미르[80]에서 얻고자 했던 마술사 윰[81]을 만났다. 《모험적 심플리치시무스》[82]에 나오는 어떤 구절을 인용하기 좋아하는 연기(煙氣)의 마술사 콜로피노[83]를 만났으며, 성지에 올리브 밭을 가꾸고 노예를 두는

78) 독일의 화가(1879~1940).
79) 세르반테스(1547~1616)의 대표작 《돈키호테》의 주인공.
80) 헤세의 친구 요세프 엥글레르트는 때때로 카쉬미르와 벵갈로 여행을 하였음.
81) 요세프 엥글레르트를 말함. 그는 《클링소어의 마지막 여름》에서도 이미 "아르메니아의 점성술사"로 등장하고 있음.
82) 그림멜스하우센(1622년경~1676)이 1669년에 발표한 30년전쟁의 혼란상을 다룬 시대소설로서 17세기 독일의 최대 작품으로 평가됨.

것을 꿈꾸고 있는 무자비한 사나이 루이[84]를 만났다. 그는 자기 어린 시절의 꿈인 푸른 꽃을 찾아나선 안셀름[85]과 나란히 팔짱을 끼고 걸어갔다. 나는 "외국여인"으로 알려진 니논[86]을 만나 그녀를 사랑했다. 검은 머리카락 아래 그녀의 두 눈이 검게 빛나고 있었다. 그녀는 내 꿈속의 공주인 파트메를 질투하고 있었다. 그러나 스스로는 모르고 있었지만, 아마도 그녀 자신이 파트메였을 것이다. 우리가 그 길을 순례했던 것처럼, 옛날에는 순례자와 황제, 그리고 십자군의 기사들이 구세주의 묘지를 해방시키기 위해, 혹은 아라비아의 마법을 배우기 위해 그 길을 갔었다. 스페인의 기사들, 독일의 학자들, 아일랜드의 승려들, 프랑스의 시인들이 이와 같은 길을 순례했었던 것이다.

본래의 직업이 바이올린 연주자이고 동화를 즐겨 읽는 독자이던 나에게 우리 그룹의 음악을 담당하라는 임무가 부여되었다. 이때에 나는 위대한 시대라는 것이 어떻게 왜소한 개인을 고양시켜, 그가 지닌 온갖 힘을 발휘케 하는가를 경험했다. 나는 바이올린을 연주하고 우리 합창대를 지휘했을 뿐만 아니라, 옛날 가곡들과

83) 그림멜스하우센의 《모험적 심플리치시무스》에 나오는 인물이다. 그는 헤세의 라틴어 학교 시절의 친구로 퀼른에서 실제 담배제조회사를 경영하던 요세프 파인할스를 암시하고 있음.

84) 헤세의 친구로 여행을 즐기는 자유분방한 화가 루이 물리에.

85) 헤세의 동화 《이리스》의 주인공. 푸른 꽃을 찾아나선 것은 노발리스의 《하인리히 폰 오프터딩엔》을 연상시킴.

86) "외국인"이란 의미를 가진 아우스랜더가(家) 출신으로 헤세의 세 번째 부인.

합창곡들을 수집하기도 하고[87], 6중창과 8중창의 성가곡과 중창음가(重唱音歌)를 써서 그것들을 연습하기도 했다. 그러나 이에 관해서는 더 이상 이야기하지 않겠다.

나는 동료들과 간부들 중의 많은 사람을 아주 좋아하게 되었다. 그러나 그 당시에는 별로 눈에 띄지 않았지만, 나중에 와서 레오[88]만큼 나의 기억에 강하게 남아 있는 사람은 없었다. 레오는 우리 하인들 중의 한 사람이었다. (하인들도 물론 우리와 마찬가지로 자발적으로 들어온 사람들이었다.) 그는 짐을 나르는 일을 도왔고, 때로는 대변인의 사사로운 일을 맡아하곤 했다. 이 눈에 잘 띄지 않는 사나이는 어딘지 사람을 끄는 데가 있고, 부담 없이 사람의 마음을 사로잡는 힘이 있어서 모두가 그를 좋아했다. 그는 즐겁게 일을 했다. 대개는 혼자서 노래를 부르거나 휘파람을 불었으며, 필요로 할 때 외에는 눈에 띄지도 않는 이상적인 하인이었다. 그뿐만 아니라 모든 동물들이 그를 따랐다. 우리 곁에는 거의 언제나 한 마리의 개가 있었는데, 그놈은 레오 때문에 따라온 것이었다. 레오는 새를 길들이고[89], 나비를 자신에게로 유인할 수도 있었다. 그가 동방에 끌린 것은 솔로몬의 암호해독의 열쇠[90]로 새들의

87) 헤세의 친구이며 조카인 카를로 이젠베르크(1901~1945)에 대한 암시. 그는 옛날 음악을 연구했을 뿐만 아니라, 쳄발로와 클라비코드를 연주하고 합창단을 지휘하기도 하였음.

88) 이 작품의 주인공들인 H. H.와 레오에 상응하는 실존인물은 찾아보기 어려우며, 이들은 작가인 헤세 자신의 투영이라고 생각해야 할 것임.

말을 알아들을 수 있도록 배우겠다는 소망에서였다. 우리 결맹에는 개인적인 가치와 결맹에 충실한 점에 있어서는 아무런 문제가 없다 할지라도, 어딘지 정도에 지나치고, 좀 이상하고 잘난 체하는 공상적인 면을 가진 사람들이 적지 않았다. 그러나 이 하인 레오는 소박하고 자연스러웠으며, 붉은 볼을 가진 건강하고 다정하며 겸허한 사람이었다.

내가 이야기를 해나감에 있어서 특히 어려운 점은 내 기억들 하나하나가 서로 크게 다르다는 것이다. 이미 말한 바와 같이 우리는 그저 작은 그룹으로 행진하는가 하면, 때로는 하나의 집단을 형성하거나 심지어 대부대를 이루기도 했다. 그러나 나는 때때로 단 한 사람의 동지와 남아 있기도 하고, 어떤 때는 천막도 통솔자도 대변인도 없이 완전히 혼자서 어떤 지방에 머물러 있기도 했다. 또 이야기를 한층 더 어렵게 하는 것은 우리가 공간을 통해서만 여행하는 것이 아니라, 시간을 통해서도 여행을 하고 있었다는 점이다. 우리는 동방을 향해 나아가고 있었지만, 그러나 또한 중세나 황금시대로도 행진을 했다. 이탈리아나 스위스를 지나가면서도 때로는 10세기에서도 밤을 지내고 족장이나 요정들의 집에서 머물기도 했다. 내가 혼자 있을 때에는 자주 나 자신의 과거 속의 장소와 아는 사람들을 다시 찾기도 했다. 라인강 상류의 숲이 우거

89) 헤르만 헤세가 존경하던 프란츠 폰 아씨시를 연상시킴.
90) 비일란트의 《오베론》을 연상시킴.

진 강변을 따라 옛날의 내 신부(新婦)[91]와 함께 거닐기도 했고, 튀빙엔이나 바젤 혹은 플로렌스에서 젊은 시절의 친구들과 술을 마시기도 했다. 또는 소년시대로 돌아가서 학창 시절의 친구들과 나비[92]를 잡거나 수달을 매복해 잡으러 가기도 했다. 또 내 일행이 즐겨 읽는 책들 속에 나오는 내가 좋아하는 인물들로 이루어지기도 했는데, 알망소어[93]와 파르치팔[94], 비티코[95] 혹은 골트문트[96], 또는 산쵸 판자[97]가 내 옆에서 나란히 말을 타고 달리기도 하였으며, 우리들 모두가 바르메키덴[98]의 손님이 되기도 했다. 그리고 난 다음에 내가 어느 골짜기에서 다시 우리 그룹으로 돌아가 결맹의 노랫소리를 듣고, 통 솔자의 천막을 마주 보며 야영을 하게 되면, 내가 어린 시절 속으로 걸어들어 갔던 일이나 산쵸와 나란히 말을 타고 달렸던 일이란 필연적으로 우리들의 이 여행 일부에 속하고 있는 것이라는 점이 곧 분명해졌다. 왜냐하면 우리의 목표는 그저

91) 헤세의 첫 번째 부인이 되었던 마리아 베르누이.

92) 헤세는 나비에 특별한 관심과 애정을 가지고 있었음.

93) 알망소어(712~775)는 754년부터 칼리프(회교국 군주)였고, 762년에는 수도를 바그다드로 정하였으며, 그의 치하에서 아라비아 저술활동의 전성기가 시작됨. 하인리히 하이네의 초기 시집 《노래 책》(1827)에 〈알망소어〉라는 시가 있음.

94) 독일의 시인 볼프람 폰 에센바하(1170년경~1220)의 성배(聖杯) 서사시 〈파르치팔〉에 나오는 주인공.

95) 오스트리아 작가 아달베르트 슈티프터(1805~1868)의 장편소설 《비티코》의 주인공.

96) 헤세의 장편 《나르치스와 골트문트》에 나오는 두 주인공 중의 한 사람.

97) 세르반테스의 장편 《돈키호테》의 주인공 돈키호테를 섬기는 시동(侍童).

98) 칼리프 치하에서 최고 관직을 지낸 페르시아의 한 가문. 《천일야화》의 동화에서도 등장하고 있음.

동방에 그치는 것이 아니라, 그보다 훨씬 더한 그 어떤 것이었기 때문이다. 우리의 동방은 그냥 어떤 나라, 어떤 지리적인 것이 아니었다. 그것은 영혼의 고향이자 청춘이었고, 어디에나 있는 곳이면서도 아무 데도 없는 곳이었으며, 모든 시간이 하나가 되어 버린 그런 것이었다. 그러나 이것을 의식한다는 것은 어쩌다 있는 그저 한순간일 뿐이었지만, 바로 거기에 내가 그 당시 맛보았던 큰 행복이 깃들여 있었다. 왜냐하면 나중에 이 행복이 내게서 다시 사라져 버리자마자, 나는 아무런 소용도 없고 위로도 되지 않았지만 그 연관성을 분명히 알 수 있었기 때문이다. 그 무엇인가 어떤 소중한 것, 두 번 다시 얻을 수 없는 것이 사라지고 나면, 우리는 곧 잘 꿈에서 깨어난 듯한 느낌을 가지게 된다. 내 경우에는 이 느낌이 기가 막힐 정도로 잘 들어맞았다. 왜냐하면 나의 행복은 실제로 꿈을 꾸면서 느끼는 행복과 똑같은 비밀로 이루어져 있었기 때문이다. 즉 그것은 상상할 수 있는 모든 것을 동시에 경험하고, 내면과 외면을 유희하듯 손쉽게 뒤바꾸며, 시간과 공간을 무대의 세트들처럼 밀어 옮길 수 있는 자유로움으로 구성되어 있었던 것이다. 우리 결맹의 동지들이 자동차나 배가 없이도 세계를 두루 여행하였고, 또 우리가 전쟁으로 교란된 세계를 믿음으로 극복하여 낙원을 만들어 냈던 것처럼, 그렇게 우리는 과거에 존재했던 것, 미래에 닥쳐올 것, 문학적으로 허구화된 것을 창조적으로 현재의 순간으로 불러냈던 것이다.

그리고 언제나 다시, 슈바벤이나 보덴 호반에서, 스위스나 그 외의 모든 곳에서, 우리는 우리를 이해하는 사람들, 혹은 우리와 우리의 결맹 그리고 우리의 동방순례가 존재한다는 사실에 대해 어떤 방식으로든 감사하고 있는 사람들을 만나곤 했다. 취리히 시내의 전차들과 은행들 사이 한가운데서 우리는 노아의 방주[99]를 만나기도 했다. 그 방주는 모두 똑같은 이름으로 불리는 여러 마리의 늙은 개들이 지키고 있었고, 합리적인 시대의 무한히 깊은 심연을 통해 노아의 후예이며 예술 애호가인 한스 C[100]가 용감하게 조종하고 있었다. 우리는 또 슈퇴클린의 마법실[101] 한 층 아래에 있는 빈터투어[102]에서 중국 사원의 손님이 되기도 했다. 이곳에는 청동으로 된 마야상(像) 아래에서 분향 연기가 피어오르고, 떨리는 여운을 남기며 울리는 사원의 종소리에 맞추어 검은 왕[103]이 부는 애절한 피리 소리가 울려 퍼졌다. 그리고 손넨베르크[태양산][104] 기슭에서 우리는 시암 왕[105]의 식민

99) 헤세의 친구이며 후원자인 한스 C. 보드머가 작가에게 빌려준 취리히에 있는 17세기의 집은 "방주"라는 이름을 갖고 있었음.
100) 후원자 한스 C. 보드머를 말하며, 헤세는 《동방순례》의 초판을 그에게 헌정하였음. 보드머는 영웅시 《노아의 후예들》의 저자 요한 야콥 보드머 (1698~1783)의 후손임.
101) 헤세의 친구이며 후원자로 거대한 사업가인 동시에 예술애호가인 게오르그 라인하르트(1877~1955)가 그림을 그리기도 하고 니클라우스 슈퇴클린의 그림들을 보관하기도 했던 작은 아틀리에. 여기에서 계단으로 연결된 사원과도 같은 방에는 동방의 예술품이 대량으로 수집되어 있었는데, 그 중에는 거대한 마야 청동상도 있었음.
102) 게오르그 라인하르트의 거처.

지인 수온 말리[106]에 당도하게 되었으며, 여기에서 우리는 감사하는 참배객으로서 석불(石佛)과 청동불(靑銅佛)들에게 술잔을 올리고 분향을 했다.

가장 아름다웠던 체험들 중의 하나는 브렘가르텐[107]에서 있었던 결맹의 축제였다. 그때 우리는 마법권 안에 단단히 둘러싸여 있었다. 우리는 성주인 막스와 틸리[108]로부터 영접을 받았으며, 천장이 높은 홀에서 오트마르[109]가 피아노로 모차르트[110]를 연주하는 소리를 들었다. 공원에는 앵무새[111]와 다른 말하는 동물들이 운집해 있는 것을 보았고, 분수 가에서는 요정 아르미다[112]가 노래를 부르는 소리도 들었다. 그리고 점성가 롱구스[113]의 무거운 머리는 이마 위로 고수머리를 나부끼며 하인리히 폰 오프터딩엔[114]의 사랑스런 얼굴 옆에서 끄덕이고 있었다. 정원에서는 공작새들이 울고 있었고, 루이는 장화 신은 숫고양이와 스페인어로 대화를 나누고 있는 한편, 한스 레좀[115]은 인생의 가면극을 보고 감동을 받아 카를 대제의 무덤[116]으로

103) 자기 가족들과 가까운 친구들 사이에서 실제로 "검은 왕"으로 불렸던 게오르그 라인하르트는 플루트도 연주했다고 함.
104) 태양이 잘 비치는 산이라는 뜻을 지닌 손넨베르크는 취리히에서 가까운 산 이름.
105) 헤세의 친구이자 후견인이었던 프리츠 로이트홀트(1881~1945). 그의 가족은 여러 해 동안 시암에서 살았었고, 그곳으로부터 많은 예술품들을 가지고 스위스로 돌아왔음.
106) 취리히의 소넨베르크가에 있는 로이트홀트의 집. 가족과 친구들은 그의 집을 시암어로 쟈스민 정원이라는 뜻을 가진 수온 말리라고 불렀음.
107) 베른시(市) 근교의 브렘가르텐에 막스 바스머(1887~1970)의 성(城)처럼 큰 저택이 있는데, 헤세는 오랜 친구이며 후원자인 바스머의 초대로 자주 이 저택을 방문하였음.

순례할 것을 맹세하고 있었다. 이것은 우리 순례가 전성기에 달했던 한 때였다. 우리는 마법의 물결을 몰고 왔으며, 이 물결은 온갖 것들 위로 넘실거리고 있었다. 원래 거기에 살고 있던 토착민들은 무릎을 꿇고 아름다움에 경의를 표했으며, 성주는 우리의 그날 저녁 행위를 노래하는 시를 지어 낭송했다. 성벽 주위로는 숲속 동물들이 빽빽이 몰려와 귀를 기울였고, 강물 속에선 물고기들이 장엄한 모습으로 반짝거리며 던져주는 과자와 술을 받아먹고 있었다.

이 최고로 아름다운 체험들은 원래 그 정신에 직접 젖어들어 본 사람에게나 이야기할 수 있는 성질의 것이다. 내가 묘사하게 되면 그것들은 보잘것없고, 아마 어리석게까지 들릴 것이다. 그러나 브렘가르텐의 날들을 함께 체험하고 축제를 치렀던 사람이면 누구라도 내가 말하는 것 하나하나를 확인해 주고, 또 수많은 더

108) 막스 바쓰머와 그의 첫 번째 부인 틸리를 말함.
109) 스위스의 작곡가 오트마르 쇠크(1886~1957). 헤세의 가까운 친구로 헤세의 많은 시를 작곡하였음.
110) 오스트리아의 천재적 작곡가 볼프강 아마데우스 모차르트(1756~1791).
111) 헤세의 두 번째 부인 루트 벵거의 가족은 카로나에 있는 앵무새 집에서 살고 있었음.
112) E.T.A. 호프만의 소설 《기사 글룩》에 나오는 요정.
113) C.G. 융의 제자로 정신과 전문의사 요세프 베른하르트 랑(1883~1945). 롱구스Longus는 랑Lang의 라틴어화된 형태임. 헤세는 한때 랑 박사에게서 정신분석 치료를 받았으며, 나중에는 절친한 친구 사이가 되었음.
114) 독일 낭만주의 시대의 시인 노발리스의 《하인리히 폰 오프터딩엔》의 주인공.
115) 헤세와 알고 지내던 작가 한스 알브레히트 모저(1882년생).

동방순례

아름다운 것들을 열거하여 보완해 줄 것이다. 달이 떠오를 때면 높은 나뭇가지 사이로 공작의 꼬리가 얼마나 아름답게 빛나고 있었던가. 암벽들 사이의 그늘진 강기슭에는 물 위로 떠오르는 요정들이 얼마나 달콤하게 은빛으로 반짝였던가. 그리고 여윈 모습의 돈키호테가 얼마나 외로이 너도밤나무가 그림자를 드리운 샘가에 홀로 서서 얼마나 쓸쓸하게 첫 번째 야간 보초 근무를 하였던가. 그러는 동안에 성탑 위로는 불꽃놀이의 마지막 불꽃송이들이 얼마나 부드럽게 달빛 속으로 가라앉았으며, 나의 동료 파블로[117]는 장미꽃 화관을 쓰고서 처녀들 앞에서 페르시아의 갈대피리를 얼마나 멋지게 불어댔던가. 이러한 광경들은 영원히 내 기억 속에 남아 있게 될 것이다. 오, 우리들 중의 어느 누가 생각이나 했을까. 이러한 마법권이 그렇게도 빨리 깨져 버리고, 우리들 거의 모두가 ─ 그리고 나도, 나조차도! ─ 마치 관리나 가게 점원들이 술자리나 일요일의 소풍이 끝난 다음 맥 빠진 기분으로 다시 일상생활로 굽히고 들어가듯이, 우리가 다시 판에 박힌 듯 무미건조하고 황량한 현실 속을 헤매고 다니게 될 줄이야!

116) 아헨 사원에 있음. 전설에 따르자면 카를 대제는 잘츠부르크 근교의 운터스베르크나 엘사스 지방의 루싸흐 등 여러 곳에서 계속해 살아 있다고 함.
117) 헤세의 소설 《황야의 이리》에 나오는 인물.

그 시절에는 우리들 중 어느 누구도 그런 생각을 할 수 없었다. 브렘가르텐의 성탑 안에 누워 있을 때, 어디선가 라일락 향기가 침실 안으로 풍겨오고 나무들 사이로 물 흐르는 소리가 들려왔다. 나는 행복과 동경에 도취되어 깊은 밤중에 창문을 빠져나와 아래로 내려갔으며, 보초를 서고 있는 기사와 술에 취해 깊이 잠든 사람들 곁을 지나서 출렁거리며 흘러가는 강가로, 하얗게 반짝거리는 인어들에게로 다가갔다. 그리고 인어들은 나를 데리고 그들의 고향, 달빛 차가운 수정의 세계로 내려갔다. 거기에서 그녀들은 구제 받지 못한 채 꿈을 꾸듯이 보물실에 있는 왕관과 황금 사슬들을 가지고 놀았다. 나는 그 반짝거리는 물 속 깊은 곳에서 몇 달 동안의 세월이 흘러간 것 같은 생각이 들었다. 그러나 다시 물 위로 솟아올라 차디찬 몸으로 기슭을 향해 헤엄쳐 왔을 때, 멀리 정원에서는 아직도 파블로의 갈대피리 소리가 들려왔고, 달도 여전히 하늘 높이 그대로 떠 있었다. 레오가 두 마리의 흰 삽살개와 놀고 있는 것이 보였는데, 그의 총명한 동안(童顔)이 기쁨으로 빛나고 있었다. 롱구스는 숲속에 앉아 양피지로 된 책 하나를 무릎 위에 펼쳐 놓고, 그 속에 그리스어와 히브리어 글자들를 써넣고 있었다. 그가 써넣는 단어의 활자 하나하나에서 용이 날아올랐고, 형형색색의 뱀들이 목을 들고 일어섰다. 그는 나를 보지 못하고, 깊이 침잠해서 오색찬란한 뱀 문자들을 그리고 있었다. 나는 그의 구부린 어깨너머로 한참 동안 그 책을 들여다보았으며, 뱀과 용들이 글자의 행(行)들 사이에서 솟아올라 꿈틀거리며 소리 없이 밤의 덤불 속으로 사라지는 것을 보았다. "롱구스" 하고 나는 나지막하게 불렀다. "사랑하는 친구여!" 그는 내 말을 듣지 못했다. 나의 세계는 그에게서 멀었고, 그는 깊은 생각에 침잠해 있었다. 그리고 저편 달빛이 비치는 나무 아래에서 안젤름이 붓꽃 한 송이를 손에 들고 거닐고 있었는데, 그는 정신이 나간 듯 미소를 지으며 보라색 꽃잎 속을 응시하고 있었다.

우리들 순례에서 벌써 여러 번 관찰했던 것이면서도 그에 관해 제대로 깊이 생각해 보지는 못했던 그 무엇인가가 이 브렘가르텐에서 지낸 여러 날 동안에 이상스럽게도 그러면서 조금은 마음 아프게 다시 생각에 떠올랐다. 우리 동지들 가운데는 많은 예술가, 많은 화가, 음악가, 시인들이 있었다. 열정적인 클링소어가 있었고, 불안정한 후고 볼프[118], 말수가 적은 라우셔, 재능이 반짝이는 브렌타노[119]가 있었다. ─ 그러나 이 예술가들, 혹은 이들 중 몇 사람이 아주 발랄하고 사랑 받을 만한 가치가 있는 인물들이라 할지라도, 그들에 의해 창조된 인물들이 이들 시인이나 창조자 자신보다 예외 없이 훨씬 더 생기 있고 아름답고 쾌활했으며, 얼마간은 더 정당하고 현실적이었다. 파블로는 황홀해 하는 천진난만성과 삶의 기쁨 속에서 그의 피리를 불며 앉아 있었지만, 그를 낳은 시인은 달빛을 절반쯤 받은 채 그림자처럼 슬그머니

118) 오스트리아의 가곡 작곡가이며 음악 비평가(1860~1903).
119) 독일 낭만파 시인 클레멘스 브렌타노(1778~1842).

강기슭으로 내려가 고독을 찾고 있었다. 호프만[120]은 불꽃처럼 펄럭이며 몹시 취한 채, 조그만 모습으로 난쟁이 요정같이 수다스레 말을 많이 하며 손님들 사이를 이리저리 뛰어다녔다. 그러나 그 역시 다른 사람들처럼 그 모습이 절반쯤 현실성을 띠고 절반쯤 존재하고 있을 뿐, 어딘지 완전히 견고하지 못하고 어딘지 완전히 진짜 같지가 않았다. 반면에 문서계 린트호르스트[121]는 장난으로 용의 흉내를 내고 있었는데, 숨을 쉴 때마다 자동차처럼 불을 뿜어내고 힘을 토해내고 있었다. 나는 하인 레오에게 물어보았다. 그들이 창조해 낸 이미지들은 그렇게도 반박할 여지없이 생기 있어 보이는 데 반하여, 어째서 예술가들은 대부분이 반쪽짜리 인간처럼 보이느냐고. 레오는 내가 한 질문에 놀란 듯이 나를 빤히 쳐다보았다. 그러더니 팔에 안고 있던 삽살개를 놓아주고는 말했다. "그것은 어머니들도 마찬가지입니다. 어머니들이 아기를 낳고, 아기에게 자신의 젖과 아름다움과 힘을 다 주고 나면, 그들 자신은 눈에 띄지 않게 되지요. 그리고 아무도 더이상 어머니들에 대해 물어보지도 않는답니다."

"그건 슬픈 일이로군요." 나는 사실 거기에 대해 깊이 생각해 보지도 않고 말했다.

"제 생각으론 다른 모든 것보다 더 슬픈 일도 아닙니다." 레오가

120) 독일 낭만주의 작가 에른스트 테오도르 아마데우스 호프만(1776~1822).
121) E.T.A. 호프만의 낭만적 동화 《황금 항아리》에 나오는 인물.

말했다. "아마 슬프기도 하겠지만, 아름답기도 하지요. 법칙이 그렇게 원하고 있습니다."

"법칙이라고?" 나는 호기심이 생겨서 물었다. "무슨 법칙 말이오, 레오?"

"봉사의 법칙 말입니다. 오래 살기를 원하는 자는 봉사를 해야 합니다. 그러나 지배하길 원하는 자는 오래 살지를 못합니다."

"그렇다면 왜 그토록 많은 사람들이 지배욕에 사로잡히는 것일까요?"

"그들은 그 법칙을 몰라서 그렇습니다. 지배하도록 타고난 사람은 몇 명 되지 않습니다. 그런 사람들은 지배하면서도 쾌활하고 건강하게 지낼 수 있습니다. 그러나 그렇지 않은 사람들, 즉 야심만으로 지배자가 된 사람들은 모두 무(無)에서 끝나게 됩니다."

"어떠한 무(無)에서 말이오, 레오?"

"이를테면 요양소에서 말입니다."

나는 이 말 뜻을 제대로 이해하지 못했지만, 이 말들이 내 기억 속에 그대로 남아 있었다. 그리고 내 마음속에는 이 레오가 모르는 것이 없고, 표면상으로 그의 주인이었던 다른 사람들보다 그가 더 많은 것을 알고 있다는 느낌이 사라지지 않았다.

제 2 장

모르비오 인페리오레의 위험한 협곡[122] 한가운데서 우리의 충실한 레오로 하여금 갑자기 우리를 떠나게 한 것이 도대체 무엇이었던가. 이에 관해 이 잊을 수 없는 여행에 참가했던 사람들은 누구나 깊이 생각해 보았을 것이다. 훨씬 나중에야 비로소 나는 이 사건의 진상과 한층 더 깊은 연관성들을 어느 정도 예감하고 개관하기 시작했다. 언뜻 보아서는 부수적인 것 같지만 실제로는 뼈저리게 느껴지는 사건이었던 레오의 실종은 결코 우연이 아니라, 불구대천의 적이 우리의 계획을 무산시키려고 획책한 일련의 박해들 중의 하나였다는 것이 확연히 드러났다. 하인 레오가 없어진 것이 알려지고, 그를 찾으려는 모든 노력이 헛되이 끝나 버렸던 저 서늘한 가을날 아침, 처음으로 불길함과 밀려오는 재난

122) 스위스의 최남단 멘드리시오시(市) 동남쪽의 루가노 호수와 꼬모 호수 사이에 있는 무기오 계곡. 모르비오 인페리오레는 '죽음에 이르는 병'이라는 뜻으로서, 이 말을 통해 믿음을 상실하고 회의에 빠지는 영혼의 병을 암시함.

에 대한 예감 같은 것을 마음 깊이 느꼈던 것은 확실히 나 혼자만이 아니었다.

어쨌든 그 당시의 상황은 다음과 같았다. 우리는 과감한 행진으로 유럽의 절반과 중세의 일부를 편력하고 난 다음에 이탈리아 국경에 있는 깊숙한 바위 골짜기의 거친 협곡에서 야영을 하며, 도저히 설명되지 않는 방식으로 사라져 버린 하인 레오를 찾고 있었다. 그를 찾는 시간이 길어지면 길어질수록, 그리고 이날 하루가 지나는 동안 그를 다시 찾을 수 있다는 희망이 사라지면 사라질수록, 우리들 모두는 그만큼 더 불길한 느낌에 사로잡히게 되었다. 이는 우리 하인들 중에서 가장 사랑 받던 상냥한 사나이 한 사람이 사고를 당했다거나 도망쳐 버렸다거나 아니면 적에 의해 납치되었다는 것일 뿐만이 아니라, 이것은 어떤 싸움의 시작이고, 우리들에게 몰아닥칠 폭풍의 첫 번째 신호일 것이라는 느낌이었다. 우리는 날이 완전히 저물 때까지 레오를 찾아 꼬박 하루를 보냈고, 협곡 전체를 샅샅이 뒤지고 다녔다. 이러한 노력들이 우리를 지치게 하였고, 또 우리 모두의 마음속에는 아무런 소용도 없는 헛수고일 따름이라는 생각이 점점 더 커지기만 하였다. 그런 반면에 이 사라져 버린 하인은 매순간마다 그 중요성을 더해가고, 그를 잃은 손실이 더욱 커지는 것처럼 보였던 것은 정말 이상스럽기도 하고 불길하기도 하였다. 그 잘 생기고 마음에 드는, 기꺼이 봉사하는 젊은이를 잃어버린 것은 우리 순례자들은 물론 하인들 모두의 마음을 아프게 했다. 그뿐만 아니라 그의 실종이 확실해지면 확실해질수록 그는 더욱더 우리에게 없어서는 안 될 존재로 여겨졌다. 레오가 없이는, 잘 생긴 그의 얼굴이 없이는, 그의 명랑한 기분과 그의 노래가 없이는, 우리의 위대한 계획에 대한 그의 감격이 없이는 이 기획 자체가 이상스럽게도 그 가치를 잃어버리는 것 같았다. 적어도 나에게는 그러했다. 나는 그때까지 수개월에 걸쳐 여행을 하는 동안 온갖 긴장과 갖가지 잡다한 실망을 겪기도 했었지만, 아직 한 번도 그런 내적인 무력감과 심각한 회의에 빠지는 일은 체험하지 못했었다. 아무리 공적이 많은 장군이라도, 이집트로 날아가는 제비 떼 속의 어떤 새 한 마리라도, 그 목적이나 사명에 있어서, 그리고 자신이 하는 행동과 노력의 정당성을 확신하는 데 있어서, 이 여행에 참가한 나를 능가할 수는 없었을 것이다. 그러나 나는 지금 이 불길한 장소에서, 푸른 황금빛이 도는 시월의 하루 종일을 쉬지도 않고 전령(傳令)의 외침과 신호에 귀를 기울이고 있다. 점점 더해가는 긴장 속에 소식이 도착하기를 기다리다 계속 다시 실망해서, 어찌할 바를 모르는 얼굴들을 마주하던 그때에 나는 처음으로 가슴속에 무언가 비애와도 같고 회의와도 같은 것을 느꼈다. 그리고 이러한 감정이 내 마음속에서 강해지면 강해질수록, 나는 레오를 다시 찾으리라는 믿음을 잃었을 뿐만 아니라, 이제는 모든 것이 믿을 수 없고 의심스럽게 되어 버렸다는 점을 더욱 분명히 느끼게 되었다. 그리고 우리의 동지애, 우리의 믿음, 우리의 맹세, 우리의 동방순례, 우리의 생활 전체, 이 모든 것들이 그 가치와 그 의미를 상실할 정도로 위협 당하고 있었다.

이런 느낌이 우리 전체에 해당된다고 생각하는 것이 나의 착각이라 할지라도, 게다가 내가 나 자신의 감정과 내면적인 체험들에 대해 착각을 일으켜서 실제로는 훨씬 뒤에 체험한 일을 잘못하여 그날의 일로 되돌려 놓고 있는 것이라 할지라도, ― 그렇다 해도 레오의 여행 보따리에 관한 놀라운 사실은 그대로 남아 있는 것이다! 그것은 사실 모든 개인적인 기분을 넘어서 무언가 아주 특별하고 환상적인 일이며, 사람을 점점 더 불안하게 만드는 그런 사건이었다. 모르비오의 협곡에서 하루를 보내며 사라져 버린 사람을 아직 열심히 찾고 있는 동안, 우리들 중의 이 사람, 또 저 사람이 보따리 속에 넣어두고 있던 아주 중요한 것, 없어서는 안 될 물건을 분실했다는 사실을 알아차리게 되었다. 그 중 어느 한 가지도 찾아낼 수가 없었다. 그리고 없어진 물건들이 모두 레오의 보따리 속에 들어 있다는 사실이 분명해졌다. 레오는 우리 모두와 마찬가지로 평범한 아마포로 만든 배낭을 등에 메고 있었다. 그것은 당시 삼십 개 가량 되는 배낭들 중 단 하나였을 따름이다. 그런데도 이 없어진 한 개의 배낭 속에 우리가 여행에 가지고 간 정말로 중요한 물건들이 모두 들어 있는 것 같았다! 우리가 어떤 물건을 잃어버리면 그 순간 그것이 너무도 귀중해서, 우리 손에 쥐고 있는 어떤 물건보다도 없어서는 안 될 것처럼 여긴다는 것은 잘 알려진 인간의 약점이라 하겠다. 그리고 사실 그 당시 분실되어 모르비오 협곡에서 우리의 마음을 그토록 괴롭혔던 물건들 대부분이 나중에 다시 나왔고, 결국 전혀 없어서는 안 될 물건도 아니라는 것이 밝혀졌다. — 이 모든 사실에도 불구하고 그 당시 지극히 당연스러운 불안한 심정으로, 우리가 일련의 몹시 중요한 물건들 전부가 없어졌다는 사실을 확인했었던 것 또한 사실이었다.

게다가 더욱 이상하고도 불길한 일은 이런 것이었다. 나중에 발견되고 안 되고에 상관없이 분실된 물건들은 그 중요성에 따라 순위가 매겨졌다. 그리고 분실되었다고 생각했던 것들 중에서 그것이 없어진 것을 지나치게 애석해 하며 그 가치를 과대평가했던 물건이 매일 쓰는 물건들 사이에서 하나씩하나씩 다시 나타났다. 그뿐만이 아니다. 무언가 엄밀하고도 전혀 설명할 수 없는 것을 여기서 솔직히 털어놓는다면, 부끄러운 얘기지만 분실되었던 도구들과 귀중품들, 지도와 서류들 등은 없어도 별 지장이 없다는 사실이 여행을 계속하는 동안에 분명해졌다. 그 당시 우리들 모두는 온갖 상상력을 동원하여 돌이킬 수 없는 끔찍한 손실을 입었다고 생각한 것 같았고, 자신에게 가장 중요한 것을 잃어버렸다고 애써

한탄하며 울고불고 했던 것 같았다. 어떤 사람은 여권을 잃어버렸다고 했고, 어떤 사람은 지도, 어떤 사람은 칼리프[123]에게 보내는 신임장을 분실했다고 했으며, 잃어버린 물건은 사람에 따라 각기 달랐다. 결국 분실된 것으로 여겼던 물건이 하나씩하나씩 전혀 분실되지도 않았다거나, 또는 중요하지도 않고 없어도 지장 없는 물건이라는 사실을 알게 되었을 때, 정말로 없어서는 안 되는 귀중품 하나가 보이지 않았다. 그것은 이루 말할 수 없이 중요하고, 만사에 근본이 되는 없어서는 안 될 문서로서, 이것은 실제 결정적으로 없어져 버린 것이었다. ── 그러나 레오와 함께 사라진 이 문서가 도대체 우리들 보따리 속에 들어 있기는 했었는지에 대한 의견들은 대책 없이 엇갈렸다. 이 문서가 아주 높은 가치를 지니고 있다는 사실과 그 분실이 무엇으로도 대체될 수 없다는 점에 있어서는 완전히 의견이 일치했지만, 우리가 이 문서를 지니고 여행길에 올랐다고 단호하게 주장하는 사람은 (나 자신도 그 중 한 사람이었지만) 몇 명 안 되었다. 어떤 사람은 레오의 아마포로 만든 배낭 속에 이와 비슷한 것이 틀림없이 들어 있었지만, 그것은 절대로 그 문서의 원본이 아니고 사본일 뿐이라고 단언하였다. 또 다른 사람들은 문서 그 자체이거나 사본이거나 간에 여행길에 그것

123) 모하메드의 합법적인 후계자로서 회교국의 최고 지위에 있는 지배자.

을 가지고 나온다는 것은 도저히 생각할 수 없는 일이며, 만약 그렇다면 이는 우

리 여행의 의의를 완전히 무시하는 처사라는 점을 믿어 의심치 않는다고 말했다. 여기에 대해 열띤 논쟁이 벌어졌다. 또 원본의 행방에 대해서도 (우리가 그 사본을 가지고 있다가 잃어버렸는지 아닌지는 그만두고서라도) 여러 가지 서로 엇갈리는 의견들이 난무했다. 그 문서는 키프호이저[124]에 있는 본부에 보관되어 있다고 말하는 사람도 있었다. 그게 아니라 이미 고인이 된 우리 총수의 유골이 담긴 항아리 속에 함께 묻혀 있다고 말하는 사람들도 있었다. 그러자 말도 안 되는 소리라고 하며 또 다른 사람이 나섰다. 그 결맹의 문서는 총수에 의해 그만이 아는 원시 상형문자로 작성되었고, 총수의 유언에 따라 그의 유해와 함께 불태워졌으며, 총수가 죽은 후 아무도 그것을 읽을 수 없게 되었는데, 이 문서의 원본에 대해 문제를 제기한다는 것은 아무런 의미가 없노라고 했다. 그런데 확인을 해야만 할 것은, 이 문서에는 총수의 생존 당시 그의 감독 하에 작성된 네 개의 (어떤 사람은 여섯 개라고 하는) 번역본이 어디에 있는지를 알아내는 일이라고 했다. 중국어, 그리스어, 히브리어, 라틴어의 번역본이 남아 있고, 그것들은 네 군데의 옛 수도에 보관되어 있다는 것이었다. 그밖에도 많은 주장과 의견

124) 독일 북부 튀링엔 지방에 있는 산 이름. 전설에 의하면 어느 한 황제가 산속에서 잠들어 있다가 사라진 옛날의 영광을 다시 찾기 위해 깨어날 것이라고 함. 독일에서는 이 전설을 카를 대제, 프리드리히 대왕 1세와 2세에 연관시키고 있음. 마술에 걸린 이 황제가 잠든 곳으로는 잘츠부르크 근교의 운터스베르크 산(山)도 꼽히지만 독일의 키프호이저 산이 가장 유명함.

동방순례

들이 나왔는데, 많은 사람들은 자신의 말을 완강하게 고집하는가 하면, 또 다른 사람들은 이런저런 반대론을 따라가다가는 곧 다시 새로운 의견으로 바꾸어 버리기도 했다. 한 마디로 위대한 이념이 우리를 아직 한데 묶어놓고는 있었지만, 그때부터 이미 우리 집단에는 더 이상 확신과 일치단결은 존재하고 있지 않았던 것이다.

아! 나도 저 최초의 논쟁들을 얼마나 잘 기억하고 있단 말인가! 그 논쟁은 그때까지 굳건하게 뭉쳐 있던 우리 결맹에는 무언가 전혀 새로운, 한 번도 들어본 적이 없는 사건이었다. 적어도 처음에는 이 논쟁은 존경과 예절을 유지하면서 진행되었다. 우선은 당장 붙잡고 싸우는 일도 없었고, 개인적인 비난이나 모독적인 발언도 하지 않았다. 무엇보다도 우리는 아직 전 세계를 상대로 하여 불가분으로 단결된 동지들이었다. 내겐 아직도 그 목소리들이 들리고, 최초의 논쟁이 벌어졌던 그 야영장이 눈에 보이는 듯하다. 몹시 진지한 얼굴들 사이로 여기저기 금빛으로 물든 낙엽들이 떨어져서, 어떤 사람의 무릎 위에 한 잎이 그리고 어떤 사람의 모자 위에 또 한 잎이 얹혀 있는 것이 눈에 선하다. 아! 나는 귀기울여 들으며, 차츰차츰 마음이 무거워지고 위축되어 가는 것을 느꼈었지. 그 모든 의견들이 난무하는 가운데 마음속에서는 저 원본, 진정 오래된 결맹의 문서는 레오의 배낭 속에 들어 있었고, 레오와 함께 그것도 사라지고 분실되어 버렸다는 신념이 완전히 굳어지고 슬플 정도로 확실해졌었다. 이런 신념은 참으로 서글픈 것이었지만, 그러나 그것은 역시 하나의 신념이었고, 나중엔 움직일 수 없는 확신이 되었다. 물론 당시엔 더 희망에 찬 다른 신념이 있다면, 그 신념을 기꺼이 바꾸겠다고 생각했었다. 나중에 이 서글픈 신념을 잃고 다른 어떤 의견이라도 받아들일 마음이 되었을 때에야 비로소 나는 내가 얼마나 이 신념에 사로잡혀 있었던가를 깨달았다.

그러나 이런 식으로 그 사건을 이야기할 수 없다는 것을 나는 알고 있다. 하지만 대체 어떤 방법으로 이 독특한 여행의 이야기, 즉 이 독자적인 영혼 공동체에 관한 이야기, 그렇게 놀랍도록 고양되고 영혼화된 삶의 이야기를 이야기할 수 있단 말인가? 나는 마지막으로 생존해 있는 우리 동지들 중의 한 사람으로서 우리의 위대한 일을 기념할 만한 어떤 것이라도 구해내고 싶은 심정이다. 나는 내 스스로가 카를 대제를 섬겼던 열두 용사들 중의 한 사람을 모시다 살아남은 늙은 하인과도 같다는 생각이 든다. 그 하인의 기억 속에는 일련의 찬란한 행적과 놀라운 일들이 보존되어 있는데, 만일 그가 이것들을 말이나 그림으로, 이야기나 노래로 전해 후세에 남기는 일을 해내지 못하면, 그 모든 형상과 기념해야 할 것들은 그와 함께 완전히 사라져 버릴 것처럼 생각되는 것이다. 그러나 대체 어떻게, 무슨 재주로 그것이 가능할까. 어떻게 우리의 동방순례의 이야기를 이야기해 낼 수 있단 말인가? 나는 모르겠다. 벌써 여기 이 첫 번째 시작부터가, 이 최선의 의도로 시작된 시도부터가 나를 어디 끝도 없고 이해할 수도 없는 것 속으로 이끌어 가고 있다. 나는 단순히 우리 동방순례가 진행되어간 과정과 몇 가지 사건들을 기억에 남아 있는 대로 기록해 보려고 했다. 그보다 더 간단한 일이 없을 것 같았다. 그런데 무엇인가 제대로 이야기를 시작하지도 않은 지금 나는, 원래는 말하려고 생각지도 않았던 그저 하나의 작은 에피소드, 즉 레오의 실종에 관한 일화에 매달려 버리고 말았다. 그리고는 제대로 짜인 직물 대신에 그것을 풀어 가지런히 하려면 수백 사람이 매달려 몇 년을 보내야 할지 모르는 수천 가닥으로 얽힌 실 뭉치를 양손에 들고 있으며, 모든 가닥이 다 그렇지는 않다 하더라도, 어느 한 가닥을 잡아 살그머니 잡아당겨 보면, 그 가닥이 엄청나게 약해서 손가락 사이에서 금방 끊어질 지경인 그런 입장에 처해 버린 것이다.

어느 역사가든지 어떤 시대의 사건들을 기록하기 시작하여 진실이라는 것을 진지하게 생각하게 되면, 누구든 이와 비슷한 상황이 될 것이라는 생각이 든다. 사건들의 중심, 하나의 공통점, 그것을 중심으로 사건들이 서로 연관되고 통합되는 그 무엇은 어디에 있는가? 그것으로 인해 무슨 연관성 같은 것, 그 어떤 인과 관계나 어떤 의미 같은 것이 생겨나도록, 여하튼 그로 인해 지구상에 있었던 그 무엇인가가 이야기될 수 있도록, 역사가는 통일성을 생각해 내야 한다. 즉 그것이 영웅이든, 민족이든, 이념이든, 또한 현실에서는 이름도 없이 일어난 것이든 간에, 그것을 이 허구의 통일성 속에서 일어나도록 해야만 하는 것이다.

실제로 일어났던 믿을 만한 일련의 사건들을 서로 연관시켜 이야기하는 것도 그렇게 어려운 일일진대, 나의 경우에는 그렇게 하기가 더욱 어려운 것이다. 왜냐하면 내가 그 사건을 제대로 정확하게 관찰하려 하면, 모든 것이 의심스러워지고, 이 세상에서 가장 굳건하다던 우리 결맹이 해체되어 버리기라도 할 것처럼 모든 것이 빠져 달아나고 해체되어 버리기 때문이다. 하나의 통일점이나 중심 같은 것, 그것을 축으로 바퀴가 돌아갈 그 어떤 구심점을 어디에서도 찾을 수 없었던 것이다.

우리의 동방을 향한 순례여행과 그 기초를 이루고 있는 공동체인 우리 결맹은 내 생애에 있어서 가장 귀중하고 유일하게 소중한 것이었다. 거기에 비하면 나 개인 같은 것은 완전히 보잘것없는 것처럼 생각되었다. 그런데 이 가장 소중한 것을, 최소한 그 중 한 부분만이라도 기록하여 붙잡아두고자 하는 지금에는 모든 것이 그저 그 무엇엔가 반영되어 있는 수많은 그림들 덩어리가 산산이 부서져 내리고 있는 것과도 같다. 그리고 이 그 무엇이란 나 자신의 자아이며, 이 자아라는 거울은 내가 그것에 물어보려고만 하면 언제나 하나의 무(無)로, 유리의 맨 바깥 표면으로 드러나는 것이다. 나는 펜을 치워 버린다. 그렇지만 내일 아니면 그 언제라도 계속해서 쓰거나, 심지어는 다시 한 번 새로이 시작해 보겠다는 의도와 희망을 버리지는 않고서이다. 그러나 이 의도와 희망 뒤에는, 우리들의 이야기를 이야기하려는 나의 억제할 수 없는 모든 충동의 배후에는 심각한 회의가 깃들어 있다. 그것은 모르비오의 계곡에서 레오를 찾던 때에 시작된 그 회의였다. 이러한 회의는 '너의 이야기가 도대체 이야기될 수 있는 성질의 것인가?' 라는 질문을 던지고 있다. 그뿐만 아니라 '그 이야기가 도대체 체험 가능한 것이었던가?' 라는 질문도 제기한다. 그러나 우리는 실제 있었던 일들을 사실대로 이야기하고, 믿을 만한 이야기를 하기에 부족할 것이 없는 세계대전에 참전했던 병사들까지도 때때로 이런 회의를 느끼지 않을 수 없었다는 선례들을 기억하고 있다.

제 3 장

앞의 부분을 쓰고 난 이후 나는 나의 계획을 다시 한 번, 그리고 다시 한 번 더 곰곰히 생각해 보고 그 일을 착수하기를 시도해 보았다. 해결 방법은 여전히 찾지 못했고, 나는 아직도 혼돈에 마주 서 있다. 그러나 나는 그 일을 포기하지 않기로 스스로 맹세했다. 그런데 이 맹세를 하는 순간 어떤 행복한 추억이 햇빛처럼 내 머릿속을 스쳐 지나갔다. 그러니까 우리가 집단 순례길에 올랐었던 그 당시에도 나는 지금과 비슷한, 그것도 아주 비슷한 느낌을 가지고 있었다는 생각이 들었다. 그때에도 우리는 무엇인가 불가능하게만 보이는 것을 시도했었다. 그때에도 우리는 외견상 방향도 모르는 채 어둠 속을 걸어 다니며 최소한의 예측도 하지 못하고 있었다. 그렇지만도 마음속에서는 그 어떤 현실이나 개연성보다도 더 강하게 우리 행동의 의의와 필연성에 대한 신념이 빛나고 있었던 것이다. 그러한 느낌의 여운이 소나기처럼 내 마음속에 쏟아져 내렸다. 그리고 이런 행복한 전율의 순간에는 모든 것이 밝게 빛나고, 모든 것이 다시 가능한 것처럼 여겨졌다.

이젠 될 대로 되라지. 나는 내 의지를 관철시키겠다고 결심했다. 이야기할 수 없는 내 이야기를 열 번이고 백 번이고 처음부터 다시 시작해야만 하고, 그때마다 똑같은 나락 속에 빠져 버린다 할지라도, 나는 백 번이라도 다시 새로이 시작할 것이다. 그 형상들을 다시 의미 있는 전체로 다듬어 낼 수는 없다 하더라도, 하나하나의 단편적 형상만이라도 가능한 한 충실하게 포착할 것이다. 그리고 지금도 그런 일이 어떤 식으로든 가능하기만 하다면, 위대했던 우리 시절의 첫 번째 수칙을 항상 마음에 새기고 있으리라. 즉 절대로 남에게 의지하지 않을 것, 절대로 이성적이라는 이유들 때문에 당황하지 말 것, 소위 말하는 현실보다 언제나 믿음이 더 강하다는 사실을 명심할 것 등의 수칙을.

당연히 털어놓아야 하겠지만, 나는 그동안 실제적이고 이성적인 방법으로 내 목적에 접근하려는 한 가지 시도를 해 보았다. 나는 여기 이 도시에 살고 있으며 신문의 편집을 맡고 있는 어린 시절의 친구를 찾아갔었다. 그의 이름은 루카스[125]라고 한다. 그는 세계대전에 참전했었고, 이에 관한 책을 한 권 집필하여 아주 많이 읽혀지고 있었다.

125) 헤세의 오랜 친구 마르틴 랑 (1883~1955)의 별명. 저술가이며 출판 편집인으로 유머가 풍부한 회의론자였음. 그는 제차 세계대전에 참전했던 경험을 기록하여 책으로 출판함.

루카스는 나를 다정하게 맞아 주었다. 그는 어릴 적 동창생을 다시 만나 기뻐하는 것이 확연했다. 나는 그 친구와 두 번이나 꽤 오랜 대화를 나누었다.

나는 내가 당면하고 있는 문제가 무엇인지를 그에게 이해시키려고 했다. 말을 이리저리 돌리거나 하지 않고 솔직하게 털어놓았다. 그도 들어서 알고 있겠지만, 내가 소위 말하는 "동방순례"나 결맹의 행진, 혹은 그 위대한 일을 항간에서 무어라 부르든 간에 아무튼 저 원대한 기획에 참가한 한 사람이라고 말했다. 아, 그런가 하고 그는 다정하게 아이러니 섞인 미소를 띠면서 자기도 그 일을 기억하고 있다고 말했다. 아마도 약간 불경스럽기는 하겠지만, 그의 친구들 사이에서는 그 독특한 이야기를 대개는 "아이들의 십자군"이라고 부른다. 그의 주위에서는 이 운동을 그리 심각하게 받아들이지 않고 있으며, 일종의 신지학(神智學)[126]적인 운동이나 사해(四海) 동포주의 기획 같은 것으로 생각하고 있는데, 그럼에도 불구하고 우리가 시도한 일들의 몇몇 성과에 대해서는 아주 감탄하고 있다. 슈바벤 북부로의 용감한 횡단여행, 브렘가르텐에서의 승리, 테씬의 몬타그[월요(月曜)] 마을의 인도(引導)[127] 등에 관해서는 감명 깊게

126) 신의 체험. 신과의 합일에 의하여 신을 직관적으로 인식할 수 있다는 주장을 포함하는 여러 가지의 신비설. 1875년에 「뉴욕 신지학 협회」가 창설됨.

127) 몬타그 마을은 몬타뇰라를 의미함. 한스 C. 보드머가 테씬의 몬타뇰라에 있는 집을 헤세에게 일생 동안 살도록 인도해 준 데 대한 암시일 것임.

읽었으며, 때때로는 이 운동이 공화정치에 봉사하는 쪽으로 돌아서는 것이 아닌가 하는 생각이 들기도 했다. 그런 다음에는 그 일이 무언가 흐지부지 무산되어 버린 것 같고, 예전에 그 통솔자였던 사람들 다수가 떠나 버리고, 그 사람들은 무언지 부끄러워하며 더 이상 그 일을 기억하지 않으려 한다. 그 후 들려오는 소식들도 점점 줄어들고, 갈수록 점점 더 이상하게 서로 모순되는 내용들로 일관했다. 이렇게 하여 마침내는 전체가 완전히 중단되고, 대전 후 몇 년 사이에 생겨났던 그 많은 정치, 종교, 예술의 상궤를 벗어난 운동들과 마찬가지로 잊혀져 버렸다. 그 당시에는 그야말로 수많은 예언자들이 나오고, 메시아적인 희망과 주장들을 내건 비밀 결맹들이 나타났다가는 다시 흔적도 없이 사라져 버리지 않았느냐고 말했다.

그래, 그의 관점은 분명했다. 그것은 호의적인 회의(懷疑)의 관점이었다. 결맹이나 동방순례에 관한 이야기는 들었지만, 이를 직접 체험해 보지 않은 사람은 누구나 루카스와 비슷하게 생각했을 것이다. 나는 루카스의 생각을 바꾸게 할 생각은 아니었지만, 어쨌든 그가 알고 있는 것을 수정해 주는 몇 가지 정보를 제공했다. 예를 들어, 우리 결맹은 절대로 전후에 나타난 하나의 현상이 아니라, 때로는 지하에 잠복을 하기도 했지만, 세계사 전체를 통해 결코 한 번도 중단된 적이 없이 그 맥을 유지하고 있다. 세계대전의 이런저런 국면들 또한 우리 결맹 역사의 어느 단계들에 지나지 않는다. 더 나아가 조로아스터[128], 노자[129], 플라톤[130], 크세노폰[131], 피타고라스[132], 알베르투스 마그누스, 돈키호테, 트리스트럼 샌디[133], 노발리스, 보들레르[134] 등이 우리 결맹의 발기인들이고 동지들이란 점을 알려주었다. 그러자 그는 내가 예상했던 대로의 바로 그런 미소를 지었다.

"좋아" 하고 나는 말했다, "난 자네에게 뭘 가르치려고 온 게 아니라, 자네에게서 좀 배우려고 왔어. 내가 가장 열망하는 것은 이른바 결맹의 역사를 쓰는 것이 아니고 (그건 실력을 모두 갖춘 학자들을 있는 대로 다 모아놓는다 해도 불가능할 걸세), 그저 우리 여행의 이야기를 있는 그대로 이야기해 보려는 것이라네. 그런데 그것이 전혀 되질 않아. 그 일에 가까이 다가갈 수조차 없어. 문학적 재능이 문제가 되는 게 아니야. 그런 재능이라면 나도 가지고 있다고 생각하고, 그런 점에서는 아무런 야심 같은 것도 없다네. 그래, 문제는 바로 이런 것일세. 즉 내가 한때 동지들과 함께 체험했던 현실이 더 이상 존재하지 않는다는 거야.

128) 고대 페르시아 종교의 창시자이며 예언자인 차라투스트라의 다른 이름.
129) 고대 중국의 철학자로 도가사상의 원조. 헤세는 그의 《도덕경》에 심취하여 지대한 영향을 받았음.
130) 희랍의 철학자(기원전 427~347).
131) 고대 희랍의 작가(기원전 430~354년경).
132) 기원전 6세기경에 살았던 희랍의 철학자.
133) 로렌스 스턴(1713~1768)의 장편소설 《트리스트럼 샌디의 생애와 견해》의 주인공.
134) 프랑스의 작가(1821~1867)

그에 대한 추억들이 내가 소유하고 있는 가장 소중하고 가장 생생한 것이라 할지라도 너무나 멀리 있는 것처럼 여겨지네. 그 추억들이 너무나 다른 소재로 이루어져서, 마치 그것이 다른 세상에서 다른 세기에 일어난 것이든지, 아니면 열병을 앓다가 꿈에서 본 것과도 같단 말일세."

"그런 거라면 나도 알지!" 하고 루카스는 신이 나서 외쳤다. 이제야 비로소 우리의 대화는 그의 관심을 끌기 시작했다. "오, 그런 것은 나도 정말 잘 알고 있어! 이보게, 나의 전쟁 체험도 꼭 그랬었다네. 나는 전쟁을 속속들이 뼈저리게 체험했다고 생각하고 있었지. 수많은 영상들로 내 자신이 터져 버릴 듯했고, 뇌리 속에 들어 있는 필름 뭉치는 수천 킬로미터나 되는 것 같았지. ─ 그런데 내가 지붕 아래 식탁 가에서, 책상 앞 의자에 앉아 펜을 손에 들기만 하면, 폭파되어 말끔히 쓸려 버린 마을과 숲들, 연발로 쏘아대는 폭탄에 지진처럼 흔들리는 대지, 뒤엉킨 실뭉치와도 같은 오물과 위대함, 두려움과 영웅심, 찢겨진 배[腹]와 머리통들, 죽음의 공포와 궁한 끝에 부리는 익살 등 ─ 이 모든 것들이 이루 말할 수 없이 멀어져 버렸다네. 모든 것이 그저 꿈꾼 것에 지나지 않았고, 그 어느 것에도 관계가 없었으며, 아무 데서도 포착할 수가 없었지. 자네도 알다시피 그래도 나는 결국 그 전쟁의 책을 썼고, 지금은 널리 읽히며 여러 가지 비평도 받고 있어. 그러나 생각해 보게.

나는 그런 책이 열 권이나 더 씌어지고, 그 한 권 한 권이 내 책보다 열 배는 더 훌륭하고 감동적이라 할지라도, 독자가 전쟁을 스스로 체험하지 못했다면, 그 호의적인 독자에게조차 전쟁에 관한 어떤 모습을 상상토록 해줄 수는 없다고 믿네. 그리고 전쟁을 체험한 사람이란 그리 많지가 않아. '종군을 했던' 사람이라 해도 그들 모두가 전쟁을 체험했다고 할 수는 없지. 그리고 많은 사람들이 전쟁을 실제로 체험했다고 할지라도 ─ 그 다음에는 곧 다시 잊어버리게 마련이네. 아마도 인간에겐 체험에 대한 욕망 다음으로 망각에 대한 욕구만큼 강한 욕망도 없을 걸세."

그는 침묵을 지켰으며, 감회에 젖어 생각에 잠긴 것처럼 보였다. 그의 말에는 나 자신의 경험과 생각을 확인해 주는 것이 있었다.

한참 있다가 나는 조심스럽게 물었다. "그런데도 불구하고 자네는 어떻게 그 책을 쓸 수 있었단 말인가?"

그는 여러 가지 생각에서 깨어나면서 잠시 생각에 잠겼다. 그리고는 "그저 그렇게 하지 않을 수 없었기 때문에 가능했다네" 하고 말했다. "나로선 책을 쓰든지, 아니면 절망하든지 할 수밖에 없었지. 책을 쓴다는 것은 내가 허무와 혼란, 자살로부터 구원받는 유일한 길이었지. 그런 절박함 속에서 그 책은 쓰여졌다네. 그리고 잘 되고 못되고를 떠나서 어쨌든 그 책이 씌어졌기 때문에, 내가 기대했던 대로 구원을 가져다주었지. 그것 하나만이 중요한 점이었어. 그리고 집필할 때에는 나 자신만을, 아니면 기껏해야 한때 가까웠던 전우들 이외에 다른 독자들을 단 한순간도 생각할 여유가 없었다네. 그나마도 살아남은 전우들이 아니라, 항상 전사한 친구들만 생각했었지. 집필하는 동안 나는 열병환자나 미친 사람 같았어. 언제나 팔다리가 잘려나간 서너 명의 죽은 자(者)들에게 둘러싸인 채 말이야. ― 그렇게 해서 그 책이 생겨난 거야."

그러고 나서 갑자기 그가 다시 말했다. ― 이것이 우리 첫 번째 대화의 마지막이었다. "미안하네. 난 이제 그 일에 관해 더 이상 말할 수가 없네. 그래, 한 마디도, 단 한 마디도 할 수 없어. 난 말할 수가 없어. 말하고 싶지가 않아. 잘 가게나."

그는 나를 바깥으로 밀어냈다.

두 번째로 만났을 때 그는 다시 평온하고 침착했으며, 다시 약간 조소적인 미소를 띠고 있었다. 그렇지만 내 처지를 진지하게 생각하고, 아주 잘 이해하고 있는 것 같았다. 그는 내게 몇 가지 조언을 해 주었고, 그것은 어느 정도 도움이 되었다. 두 번째이자 마지막이 된 이 대화의 끝에 가서 그는 지나가는 말처럼 이런 소리를 했다. "들어보게. 자네는 자꾸 되풀이해서 그 레오라는 하인의 이야기로 되돌아가는데, 마음에 들지 않아. 거기에 자네의 암초가 놓여 있는 것 같아. 빠져나오게. 레오 같은 건 던져 버리라고. 레오가 고정관념이 되어 버리려고 하는 것 같단 말일세."

나는 고정된 관념이 없다면 책을 쓸 수도 없을 것이라고 반박하고 싶었다. 그러나 그는 내 말에 귀를 기울이지도 않았다. 그 대신 전혀 생각지도 못한 질문으로 나를 놀라게 했다. "그의 이름이 정말 레오였는가?"

나는 이마에 땀이 배어 나왔다.

"그렇다니까." 내가 말했다. "분명히 레오라고 불렀어."

"그게 이름이었나?"

나는 주춤했다.

"아니야, 이름은 ─ 뭐였더라 ─ 모르겠는데. 잊어버렸어. 레오는 그의 성(姓)이었는데, 우린 모두 그를 그냥 그렇게 불렀어."

내가 아직 말을 하고 있는 동안에 루카스는 책상 위에 있는 두툼한 책을 한 권 집어들고 책장을 넘겼다. 눈 깜짝할 사이에 찾아내어 손가락으로 펼쳐진 페이지의 한 곳을 짚고 있었다. 그것은 주소록이었고, 그의 손가락이 짚고 있는 곳에는 레오라는 이름이 있었다.

"보게나." 그가 웃었다. "여기에도 벌써 레오라는 이름이 하나 있네. 안드레아스 레오, 자일러그라벤가(街)[135] 69번지의 a호야. 이런 성은 희귀하니까, 아마 이 사람이 자네의 레오에 대해서 무언가 알고 있을지도 몰라. 이 사람한테 가보면, 아마 자네가 필요로 하는 이야기를 해줄 수도 있을 걸세. [135] 취리히 시(市)에 있는 거리 이름.

나는 그런 말을 해줄 수가 없다네. 시간이 없어 이만 실례하겠네. 만나서 아주 기뻤네."

그의 집 문을 나왔을 때, 나는 기가 막히고 흥분한 상태로 휘청거렸다. 그의 말이 옳았다. 나는 더 이상 그에게서 찾아낼 것이 없었다.

바로 그날로 나는 자일러그라벤가로 가서 그 집을 찾고, 안드레아스 레오씨에 관해 물어보았다. 그는 4층에 있는 방에 살고 있는데, 저녁과 일요일에는 자주 집에 있지만, 낮에는 종일 일하러 나가고 없다는 것이었다. 나는 그의 직업에 관해 물어보았다. 그는 이런저런 여러 가지 일을 하고 있는데, 손톱 다듬기와 발 치료, 마사지 등을 할 줄 알고, 연고와 치료용 약초 즙을 만들기도 하며, 일거리가 별로 없는 불경기에는 가끔 개를 조련하고 털을 깎아주는 일도 한다고 했다. 나는 다시 그곳을 떠나며, 차라리 이 사나이를 찾아가지 말거나, 적어도 내가 뜻하고 있는 바에 관해서는 그에게 아무 말도 하지 않겠다고 결심했다. 그러면서도 나는 그를 만나보고 싶은 호기심을 크게 느끼고 있었다. 그래서 다음 며칠 동안 자주 산보를 하며 그 집을 살펴보았고, 오늘도 다시 또 가볼 예정이다. 왜냐하면 아직까지 안드레아스 레오의 얼굴을 직접 볼 운이 없었기 때문이다.

아, 정말이지 이 전체의 사건은 나를 절망으로까지 몰아넣으면서도 동시에 나를 행복하게 해주고 있다. 적어도 흥분케 하고 긴장하게 해주며, 나 자신과 나의 삶을 다시 소중한 것으로 만들어준다. 바로 이것이 내게는 이제까지 몹시 결여되어 있었던 것이다.

인간의 모든 행위란 이기적 충동에서 비롯된 것이라고 하는 저임상의나 심리학자들이 옳을는지도 모른다. 그렇지만 내가 이해할 수 없는 것은, 일생 동안을 어떤 일에 봉사하며 자신의 만족이나 행복을 소홀히 한 채, 그 어떤 일을 위해 자신을 희생시키고 있는 인간이, 어찌하여 실제로는 노예를 사고팔거나 탄환 장사를 하여 거기서 얻은 수익을 사치스런 생활로 탕진하는 인간과 똑같은 행동을 하고 있느냐 하는 점이다. 그러나 그런 심리학자들과 논쟁을 벌여 본대야 나는 당장 패배하고 설득당할 것이 뻔하다. 왜냐하면 심리학자들이란 언제나 승리를 거두는 인간들이기 때문이다. 어떻든 간에 그들의 말이 옳다고 해두자. 그렇다면 내가 선하고 아름답다고 생각하고 희생을 바치는 것도 모두 나 자신의 이기적인 소망에서 비롯되었다는 이야기가 된다. 물론 나는 동방순례의 이야기와 같은 그 무엇을 쓰겠다는 나의 계획에서 날이 갈수록 그런 이기주의를 보다 분명히 느끼고 있다. 처음에는 내가 어떤 고귀한 일에 헌신하며 아주 힘든 일을 시작한 것같이 생각되었지만, 점차로 나는 이 여행기를 씀으로써 루카스가 그의 전쟁에 대한 책을 통해 추구했던 바와 다름없는 것을 추구하고 있다는 사실을 알

게 되었다. 말하자면 삶에 다시 한 번 의미를 부여함으로써 내 삶
을 구원해 보려는 것이었다.

내가 그 방법을 알기만 한다면! 한 발짝만이라도 앞으로 나갈
수만 있다면 얼마나 좋을까!

"레오 같은 건 던져 버리라고. 레오로부터 빠져나오게!" 하고 루
카스는 말했었다. 그것은 내 머리와 내 위장을 던져 버리고, 그것
으로부터 빠져나올 수 있다는 것과 마찬가지다!

신이시여, 조금만이라도 저를 도와주소서!

제 4 장

지금은 모든 것이 다시 달라 보인다. 그것이 사실 내 일에 도움이 되는지 안 되는지는 아직 모르겠다. 그러나 나는 무언가를 체험했다. 전혀 예상치도 않았던 그 어떤 일이 내게 일어난 것이다. —아니, 내가 그 일을 예상하고 있지 않았던가? 예감하고, 기대하고 또 그래서 그만큼 두려워하지 않았던가? 그래, 그랬었다. 그런데도 이상하고 도대체 있을 것 같지 않게 여겨질 따름이다.

나는 여러 번, 스무 번이나 혹은 그 이상, 적당해 보이는 시간에 자일러그라벤가를 찾아갔고, 69번지의 a호 집 근처를 여러 번 어슬렁거렸다. 마지막에는 항상 이런 생각을 했다. "이제 한 번만 더 해보자. 이번에도 아무 성과가 없으면, 다시는 오지 말자." 그럼에도 불구하고 나는 계속 다시 갔었는데, 그저께 저녁에는 내 소망이 이루어진 것이다. 오! 그 소망이 어떻게 이루어졌단 말인가!

내가 녹회색 회벽에 금간 곳이나 터진 데까지를 환히 알고 있는 그 집 가까이로 다가갔을 때, 위쪽에 있는 하나의 창문에서 간단한 노래나 춤곡, 아니면 무슨 유행가의 멜로디를 휘파람으로 부는 소리가 들려왔다. 아직 아무 것도 몰랐지만, 나는 무심코 귀를 기울이고 있었다. 그 음조는 내게 무언가를 생각나게 하였고, 그 어떤 추억이 나의 마음속에서 잠깨어 움직이기 시작했다. 그것은 아주 평범한 곡이었지만, 휘파람을 부는 사람이 입술로 불어내는 신기하도록 감미롭고, 경쾌하고도 우아한 입김이 담긴 음향이었다. 새소리와도 같이 아주 순수하고 기분 좋고 또 자연스럽게 들렸다. 나는 멈추어 서서 귀를 기울였다. 그 무엇을 생각하는 것도 아니지만 나는 그 소리에 매혹되었고, 동시에 마음속으로부터 이상하게 사무쳐오는 것이 있었다. 혹 내가 무슨 생각을 했다면, 그것은 이런 식으로 휘파람을 불 줄 아는 사람이라면, 그는 아주 행복하고 사랑스러운 사람임에 틀림없으리라는 것이었다. 한참 동안을 나는 넋을 잃고 조용히 그 골목길에 서서 귀를 기울이고 있었다. 그때에 볼이 움푹 들어간 병자의 얼굴을 한 노인이 지나가다가 내가 서 있는 것을 보고는 잠시 동안 나처럼 귀를 기울였다. 그러고 나서는 알겠다는 듯이 미소 지으며 계속해 걸어갔다. 그 노인의 아름다운 원시(遠視)의 눈길은 이렇게 말하는 것 같았다. "그렇게 더 서 있게나, 젊은이. 이런 휘파람 소리는 매일 들을 수 있는 게 아니라네." 그 노인의 눈길은 나의 기분을 밝게 해 주었고, 그가 떠나가는 것이 아쉬웠다. 그러나 그와 동일한 순간에 이 휘파람 소리야말로 내 모든 소망의 성취이고, 휘파람을 부는 사람은 레오임에 틀림없다는 것을 깨달았다.

날은 이미 어두워졌지만, 아직 어떤 창문에도 불이 켜지진 않았다. 소박한 변주곡을 동반한 멜로디가 끝나자 조용해졌다. "이제 그가 저 위에서 불을 켜겠지" 하고 생각했는데, 아직 모든 것이 어두운 채로 있었다. 그런데 이제 위에서 문 열리는 소리가 들리고, 곧 계단에서 발자국 소리가 들렸다. 대문이 부드럽게 열리더니 누군가가 밖으로 나왔다. 그의 발걸음은 조금 전의 휘파람 소리와 비슷하였는데, 가볍고 유희적이면서도 탄력 있고 건강하고 발랄했다. 걸어가고 있는 사람은 키가 크지는 않지만, 아주 날씬하고 모자를 쓰지 않은 남자였다. 이제야말로 나는 확실히 그를 느낌으로 알아 볼 수 있었다. 그는 레오인 것이다. 그는 주소록에 실려 있는 레오였을 뿐만 아니라, 그 당시 십 년 전, 어쩌면 그보다도 훨씬 더 오래 전에 자취를 감추어 우리를 그토록 슬프게 하고 당황하게 했던 사랑하는 여행동지이자 하인이었던 저 레오, 바로 그 사람이었다. 그 순간 나는 너무나 기쁘고 놀라서 하마터면 그를 부를 뻔했다. 그리고 이제야 나는 그의 휘파람 소리를 그 당시 동방순례를 할 때에도 여러 번 들었었다는 사실을 기억해 냈다. 음조는 그 당시 그대로였는데, 이상스럽게도 얼마나 다르게 들렸던가!

아픈 마음이 가슴을 자르는 듯했다. 그 당시 이후로 하늘과 공기, 계절과 꿈, 잠 그리고 낮과 밤 등 이 모든 것이 얼마나 달라졌단 말인가! 내게는 이 모든 것이 얼마나 깊이, 그리고 얼마나 무시무시하게 변해 버렸단 말인가! 한 가락의 휘파람 소리와 낯익은 걸음걸이의 박자가 내게 잃어버렸던 옛날을 회상시켜 주면서 내 마음속을 이토록 뒤흔들어 놓고, 또 내게 이렇게 행복하고도 이렇게 애잔한 느낌을 불러일으킬 수 있다니!

그 남자는 가까이 내 곁을 지나갔다. 풀어헤친 푸른 셔츠 위로 목이 드러나 있었고, 유연하고도 경쾌한 머리에는 모자도 쓰지 않은 채였다. 아름답고 즐거운 모습으로 그는 저녁의 골목길을 사뿐히 걸어 내려갔다. 가벼운 샌들이나 운동화를 신었던지 발자국 소리도 거의 들리지 않았다. 별 다른 생각도 없이 나는 그의 뒤를 따라갔다. 어찌 내가 그를 따라가지 않을 수 있었겠는가! 그는 골목길을 걸어 내려갔다. 그의 걸음걸이가 가볍고 경쾌하며 젊은이답기는 했을지라도, 그렇지만 그는 저녁 빛을 띠고 있었다. 그에게는 황혼과 같은 울림이 있었다. 그의 모습은 바로 그 황혼의 시간, 거리 안쪽에서 흘러나오는 나약해진 소리들, 그리고 이제 막 하나 둘 불이 켜지기 시작하는 첫 번째 가로등의 희미한 불빛과 다정하게 어울리며 하나로 융화되고 있었다.

그는 성 파울 성당의 문 옆에 있는 작은 정원[136]으로 꺾어져 들

어가, 크고 둥근 관목들 사이로 사라져 버렸다. 나는 그를 놓치지
않으려고 발걸음을 재촉했다. 그러자 그의 모습이 다시 보였다.
그는 라일락 숲과 아카시아 나무 아래로 천천히 걸어가고 있었다.
좁다란 길은 작은 숲을 통해 두 갈래로 나뉘어 있었고, 잔디밭 가
장자리로 벤치가 몇 개 놓여 있었다. 여기 나무들 아래는 벌써 상
당히 어두웠다. 레오는 한 쌍의 연인이 앉아 있는 첫 번째 벤치를
지나, 그 다음 비어 있는 벤치에 가서 앉았다. 등을 기댄 채 머리를
뒤로 젖히고는 한참 동안 나뭇잎과 구름을 쳐다보고 있었다. 그러
고 나서는 상의(上衣) 주머니에서 하얀 금속으로 만든 작고 둥근
곽을 하나 자기 옆에 벤치 위에 꺼내 놓았다. 뚜껑을 돌려 곽을 열
더니 천천히 손가락을 움직여 그 곽에서 무언가를 꺼내 입에 넣고
기분 좋게 먹었다. 그러는 동안 나는 덤불 입구를 왔다갔다했다.
그러다가 그가 앉아 있는 벤치로 다가가서 다른 쪽 끝에 앉았다.
그는 시선을 들어 밝은 회색빛 도는 눈으로 내 얼굴을 바라보며 계
속 먹고 있었다. 그것은 말린 과일로, 두세 개의 자두와 반으로 자
른 살구였다. 그는 그것들을 하나하나 두 손가락으로 집어 눌러보
고 만져보았다. 그리고 나서는 입에 넣고 한참을 씹으며 음미하고
있었다. 그가 마지막 과일을 집어서 다 씹어 삼킬 때까지는 한참
동안이 걸렸다. 그러더니 이제 둥근 곽 뚜껑을 다시 닫아 주머니
에 넣고는 몸을 뒤로 기대면서 다리를   136) 스위스 바젤에 있는 식물원.

앞으로 길게 뻗었다. 나는 이제야 그의 천으로 된 신발 바닥이 밧줄로 엮어 만든[137] 것임을 알 수 있었다.

"오늘 밤에는 비가 올 겁니다." 그가 갑자기 말했다. 나는 그가 나에게 말한 것인지 혼잣말을 한 것인지 알 수가 없었다.

"그럴 것 같군요." 나는 좀 당황해서 말했다. 왜냐하면 이제까지 내 모습이나 걸음걸이로는 그가 나를 알아보지 못했지만, 이제는 목소리로 나를 다시 알아차릴 수 있으리라 생각했고, 또 그것은 거의 틀림없다고 기대하고 있었기 때문이었다.

그러나 아니었다. 그는 나를 전혀 알아보지 못했고, 목소리로도 알아차리지 못했다. 그것이 애당초 내가 소망했던 바이긴 했지만, 나는 깊은 실망을 느꼈다. 그가 나를 알아보지 못하는 것이었다. 그 자신은 십 년 전이나 똑같은 사람으로 남아 있고 전혀 나이를 먹지 않은 것처럼 보이는데, 나는 변해 버린 것이었다. 슬프도록 다른 모습으로 변한 것이다.

"당신은 휘파람을 멋지게 불더군요." 나는 말했다. "아까 저쪽 자일러그라벤가에서 들었습니다. 아주 마음에 들더군요. 실은 나도 예전에는 음악가였습니다."

137) 헤세 연구자 헤르만 뮐러는 헤세의 친구 구스토 그래저가 밧줄로 엮어 만든 샌들을 신고 다녔다고 하며, 이러한 점으로 미루어보아 그래저가 레오의 모델이었다는 결론을 짓고 있음.

"음악가였다고요?" 그가 다정하게 말했다. "그건 좋은 직업이지요. 지금은 그 직업을 그만두셨습니까?"

"그렇습니다. 당분간은요. 바이올린까지도 팔아 버렸답니다."

"그렇습니까? 정말 유감이로군요. 지금은 어렵게 지내시겠군요? 내 말은 배가 고프시냐고요? 집에 먹을 것이 아직 좀 있습니다. 여기 주머니에도 몇 마르크 있구요."

"아, 아닙니다." 나는 얼른 말했다, "그런 뜻으로 말한 게 아니었습니다. 내 형편은 아주 좋습니다. 내가 필요로 하는 것 이상으로 가지고 있지요. 하지만 날 초대해 주시겠다는 친절에 대해 정말 감사드립니다. 이렇게 친절한 사람을 만나기란 어려운 일이지요."

"그렇게 생각하십니까? 글쎄, 그럴지도 모르지요. 사람들은 서로 다르고, 어떤 사람들은 정말 이상하기까지 하니까요. 당신도 좀 특별하십니다."

"내가요? 어째서 그런가요?"

"당신은 돈이 충분하다면서도 바이올린을 팔아 버렸다니 말이지요! 이제 음악에는 기쁨을 느끼지 못하시나요?"

"아, 그렇습니다. 그러나 사람이 전에 좋아했던 어떤 것에 기쁨을 잃어버리는 일은 가끔 있는 일이지요. 음악가가 바이올린을 팔아 버린다거나 벽에 던져 부숴 버린다든지, 화가가 어느 날 갑자기 자기 그림들을 모두 불살라 버린다든지 하는 일이 있지요. 그런 얘기 들어보지 못하셨습니까?"

"예, 들어보고말고요. 절망에서 생기는 것입니다. 그런 일이 있지요. 나도 스스로 목숨을 끊은 사람을 두 사람이나 알고 있답니다. 어리석은 사람들이 있는 법이지요. 참으로 안 된 일이지만, 그런 사람들은 도와줄 수도 없는 경우가 많지요. ― 그건 그렇고, 바이올린을 더 이상 갖고 있지 않으시다니, 그럼 지금은 무얼 하고 지내십니까?"

"그야 뭐, 이런 일 저런 일 하면서 지내지요. 사실 난 원래 대단히 하는 일도 없답니다. 이제 더 이상 젊지도 않고, 게다가 몸이 좋지 않아 자주 앓곤 한답니다. 그런데 당신은 어째서 자꾸 바이올린 이야기만 하시지요? 그렇게 중요한 일도 아닌데 말입니다."

"바이올린 말이요? 다윗 왕[138]을 생각했기 때문이지요."

"뭐라고요? 다윗 왕을 생각했다고요? 그가 바이올린과 무슨 상관이 있단 말입니까?"

"그도 음악가였지요. 아직 젊었을 때, 그는 자주 사울 왕에게 음악을 들려주면서[139] 그의 울적한 기분을 풀어주곤 했답니다. 그런데 나중에 그 자신이 왕위에 올랐을 땐, 여러 가지 변덕과 괴로움을 겪은 근심에 가득 찬 위대한 왕이 되었지요. 그는 왕관을 쓰고 많은 전쟁을 치르기도 했고, 그밖에 여러 가지 야비한 짓도 많이 하여 아주 유명해졌습니다. 그러나 그의 이야기를

138) 이스라엘의 왕(기원 전 약 1000년경~960).
139) 다윗은 젊은 시절에 사울 왕의 치터(고대 그리스의 현악기) 연주자였음.

생각할 때면, 내게 무엇보다도 아름답게 여겨지는 것은 하프를 타는 젊은 다윗, 불쌍한 사울 왕에게 음악을 들려주는 다윗의 모습입니다. 그가 나중에 왕이 된 것은 유감스러운 일입니다. 그가 음악가로 머물러 있었을 때가 훨씬 더 행복하고 아름다웠지요."

"물론입니다." 나는 좀 열성적으로 말했다. "확실히 그는 그때가 더 젊고 아름답고 행복했지요. 그러나 인간은 영원히 젊어 있을 수는 없습니다. 당신의 다윗이 음악가로 남아 있었다 할지라도, 그 역시 세월이 감에 따라 나이를 먹고 보기 싫어지고 근심 걱정도 더 많아졌을 것입니다. 그 대신에 그는 위대한 다윗이 된 것이지요. 여러 가지 업적을 남겼고, 시편(詩篇)도 지었습니다. 어쨌든 인생은 그저 하나의 유희일 수만은 없으니까요!"

레오는 일어섰고 인사를 했다.

"이제 밤이 되었군요." 그가 말했다. "곧 비가 올 겁니다. 나는 다윗이 이룩한 업적에 대해선 잘 모르겠고, 그것들이 과연 위대한 것이었는지도 모르겠습니다. 또한 그의 시편에 관해서도, 솔직히 말해서, 이젠 별로 아는 게 없습니다. 시편을 흠잡고 싶지는 않습니다. 그러나 인생이 그저 하나의 유희가 아니라는 사실을 어떠한 다윗도 내게 증명해 주지는 못하고 있습니다. 인생이 아름답고 행복하다면, 그 인생이야말로 하나의 유희와 같은 것이지요! 물론 인생을 다른 모든 가능한 것으로 만들어 버릴 수도 있겠지요.

하나의 의무나 하나의 전쟁, 혹은 하나의 감옥 같은 것으로 말입니다. 그러나 그런다고 해서 인생이 더 아름다워지지는 않을 겁니다. 안녕히 가십시오. 만나서 기뻤습니다."

경쾌하고도 조심스러우며, 호감이 가는 걸음걸이로 그는 움직이기 시작했다. 이 경이롭고도 정감이 가는 사람은 다시 사라져 버리려 하고 있었다. 그러자 내 마음속의 모든 침착한 행위와 자제력은 완전히 허물어져 버렸다. 절망적으로 나는 그의 뒤를 따라 달려갔고, 애원하는 심정으로 소리쳐 말했다. "레오! 레오! 그렇지만 당신은 레오지요. 이래도 날 알아보지 못하겠소? 우린 결맹의 동지였고, 지금도 마찬가지일 것이오. 우리 둘 다 동방으로의 순례길에 참여했었지요. 레오, 나를 정말 잊어버렸단 말이오? 왕관지기들, 클링소어, 골트문트, 브렘가르텐에서의 축제, 모르비오 인페리오레의 협곡에 대해서 정말 아무것도 모르겠단 말이오? 레오, 생각 좀 해보시오!"

그는 내가 걱정했던 것처럼 도망가지는 않았지만, 그렇다고 뒤로 돌아서지도 않았다. 아무것도 듣지 않은 것처럼 여유 있게 계속 걸어가면서 내가 그를 따라잡을 만한 시간을 주었다. 그리고 내가 그와 나란히 걸어가도 아무런 이의가 없는 것처럼 보였다.

"당신은 아주 비탄에 잠겨 있고 또 몹시 서두르고 있습니다." 그가 진정시키려는 듯 말했다. "그건 좋지 않아요. 그러면 얼굴이 일

그러지고 병도 나게 됩니다. 우리 아주 천천히 걸읍시다. 그러면 마음이 편안하게 진정됩니다. 그리고 이 빗방울들 ― 신기하지 않습니까? 마치 쾰니쉬[140] 향수처럼 하늘에서 내려오고 있군요.”

“레오.” 나는 애원했다. “제발 부탁이오! 한 마디만 해 주시오. 아직 날 기억하겠지요?”

“글쎄요” 하고 그는 달래는 듯이 말했다. 그러면서 아직도 여전히 환자나 술 취한 사람을 대하듯 이렇게 말하였다. “또 그 얘기로군요. 흥분해서 그런 거지요. 당신 말씀은, 내가 당신을 알고 있느냐구요? 글쎄요, 대체 어느 누가 다른 사람을 안다고, 아니면 자기 자신만이라도 안다고 할 수 있겠습니까? 그리고 난, 보시다시피 나는 전혀 인간을 잘 알고 있는 사람이 못됩니다. 흥미가 없어요. 개라면, 그래요, 개라면 아주 잘 알고 있지요. 새나 고양이도 그렇고요. 그러나 당신은 정말 모르겠습니다.”

“그렇지만 당신은 결맹에 속해 있지요? 그 당시 그 여행에도 참가하고 있었고요?”

“나는 언제나 여행 중입니다. 그리고 언제나 결맹에 속해 있습니다. 거기엔 수많은 사람들이 들어오고 나갑니다. 그러니 사람들은 서로 알면서도 서로 잘 알지 못하고 있습니다. 개들이라면 훨씬 간단하지요. 자, 보십시오. 잠깐만 서 계십시오!”

그는 주의하라는 표시로 손가락을   140) 일종의 독일제 향수.

들어 보였다. 우리는 엷고 촉촉하게 내리는 습기가 점점 짙어가는 밤의 공원길에 서 있었다. 레오는 입술을 뾰족하게 하더니 길게 떨리며 나지막하게 울리는 휘파람 소리를 내고는 잠시 기다렸다가 다시 한 번 휘파람을 불었다. 나는 깜짝 놀라 약간 몸을 움츠렸다. 갑자기 커다란 셰퍼드 한 마리가 덤불에서 우리가 서 있는 격자울타리 뒤쪽으로 바짝 우리 앞까지 뛰어나왔고, 막대와 철사들 틈으로 레오의 손가락이 쓰다듬어 주기를 바라면서 기쁜 듯이 쿵쿵대며 몸을 울타리에다 마구 밀어댔던 것이다. 이 맹견의 눈은 밝은 녹색으로 반짝였다. 그 눈길이 내게 미칠 때마다 개는 목구멍 깊숙이에서, 마치 멀리서 울리는 천둥소리처럼 들릴락말락하게 으르렁거렸다.

"네커라는 셰퍼드입니다." 레오가 소개하며 말했다, "우리는 아주 좋은 친구 사이이지요. 네커, 여기 이분은 한때 바이올린 연주가이셨다. 이분께 무슨 짓을 하면 안 돼. 짖어서도 안 되고."

우리는 그렇게 서 있었다. 레오는 울타리 사이로 젖은 개의 털을 정겹게 쓰다듬어 주었다. 그가 짐승과 친구가 되어 개에게 이런 밤 인사의 기쁨을 나누어 주고 있는 것은 참으로 아름다운 광경이었고 정말 마음에 들었다. 그러나 한편 레오가 이 셰퍼드와 그리고 다른 많은 개들, 아마도 그 지방의 모든 개들과 그렇게 친밀한 관계를 맺고 있는 반면에, 나와는 서로 다른 낯선 세계에 떨어져 있다는 사실이 슬프고 거의 참을 수 없는 일로 여겨졌다. 내가 머리를 숙여 간청했던 우정과 신뢰는 이 네커라는 개뿐만이 아니라, 모든 동물이나 모든 빗방울, 레오가 밟고 다니는 대지의 곳곳에 속하고 있는 것 같았다. 그는 쉬지 않고 헌신적으로 자기 주변 세계와 물이 흐르고 굽이치는 듯 관계를 맺고 공존하며, 모든 것을 알고 또 모든 것으로부터 인정받으며 사랑 받고 있는 것처럼 보였다. ─ 그러나 그를 이토록 사랑하고 절실히 필요로 하는 나에게만은 그에게로 통하는 어떠한 길도 존재하지 않았다. 그는 단지 내게만은 거리를 두고 있었으며, 낯설고 냉정하게 나를 지켜보았다. 나만은 그의 마음속에 받아들이지 않았고, 그의 기억에서 지워 버리고 있었던 것이다.

우리는 천천히 계속 걸어갔다. 울타리 저편에서는 애정과 기쁨이 어린 나지막하고 기분 좋은 소리를 내면서 셰퍼드가 그를 따라오고 있었다. 그러면서도 그놈은 나라고 하는 귀찮은 존재를 잊지 않고 있었다. 왜냐하면 그놈은 나에 대한 거부와 적의에 찬 으르렁거리는 소리를 레오를 생각해서 목구멍 속에 그냥 억누르고만 있었기 때문이다.

"미안하군요." 나는 다시 말을 시작했다. "이렇게 당신에게 매달려서 시간을 빼앗고 있으니 말입니다. 물론 집으로 돌아가 쉬고 싶으시겠지요."

"오, 무슨 말씀을요?" 그는 미소 지었다. "밤새도록 이렇게 걸어 다닌다 해도 전혀 나쁠 게 없습니다. 당신만 괜찮으시다면, 나는 시간 여유도 있고 게다가 마음이 내키지 않는 것도 아닙니다."

그는 아주 친절하게 별다른 뜻도 없이 그렇게 말했었다. 그러나 그 말이 끝나자마자 나는 갑자기 머릿속에, 그리고 팔다리 마디마디에 극심한 피로를 느꼈다. 아무런 소용도 없고 내겐 너무나도 굴욕적인 이 야간산책을 하며 거니는 발걸음이 너무나 힘들게 느껴졌던 것이다.

"정말 그렇습니다." 나는 풀이 죽어서 말했다. "난 몹시 피곤합니다. 이제야 피로를 느끼겠군요. 또한 밤중에 이렇게 비를 맞고 돌아다니면서 다른 사람을 귀찮게 한다는 것이 무의미하기도 하구요."

"좋으실 대로 생각하십시오." 그가 정중하게 말했다.

"아, 레오씨. 그 당시 결맹에서 동방으로 여행할 때는 당신이 나와 이런 식으로 대화를 하진 않았습니다. 정말 그 모든 것을 다 잊어버렸나요? …… 그래요, 아무런 소용도 없겠군요. 이 이상 당신을 붙잡지 않겠습니다. 안녕히 가십시오."

재빨리 그는 어두운 밤 속으로 사라졌다. 나는 머리를 얻어 맞은 듯 멍하니 혼자 남아 있었다. 결국 나는 그 게임에서 패배했던 것이다. 그는 나를 알아보지 못했고, 알려고 하지도 않았으며, 또 나를 우스꽝스럽게 만들었던 것이다.

나는 왔던 길을 되돌아갔다. 격자울타리 뒤에서는 사냥개 네커가 사납게 짖어대고 있었다. 여름밤의 후덥지근한 열기 속에서 나는 피로와 슬픔과 고독으로 몸을 떨었다.

예전에도 나는 이와 비슷한 일을 겪은 적이 있었다. 그 당시의 절망은 마치 내가 길을 잘못 든 순례자가 되어 이 세상의 맨 끝에 다다른 것 같은 생각이 들도록 했다. 그리고 이제는 마지막 동경을 따르는 일, 즉 세상의 끝에서 허공 속으로, 죽음 속으로 자신을 떨어뜨리는 길 이외에는 아무런 할 일이 없는 것 같았다. 세월이 가면서 절망감이 가끔 다시 찾아오기는 했지만, 심한 자살충동은 변해갔고 거의 사라져 버렸다. 나에게 "죽음"이란 이미 무(無)도 아니고 공허도 아니며 부정도 아니었다. 그밖에 다른 많은 것들도 변해 있었다. 절망의 시간들을 나는 이제 심한 육체적 고통을 받아들이듯 수용하고 있다. 즉 우리는 탄식을 하든 반항을 하든 고통을 참고 견뎌낸다. 그러면서 그 고통이 점점 더 부풀어오르고 커지는 것을 느낀다. 그리고 또 그 고통이 얼마나 더 진행될 것이며, 대체 얼마나 더 상승할 수 있는가에 대해 때로는 광적이고, 때로는 조소적인 호기심을 가지게 되는 것이다.

실패한 동방순례로부터 외롭게 돌아온 이래로 점점 더 가치와 용기를 잃어간 내 좌절한 인생에 대해서 나는 온갖 불만을 품고 있었다. 나 자신과 나의 능력에 대한 온갖 불신을 지녔으며, 한때 체험했던 선하고 훌륭한 시간들에 대해서는 부러움과 후회 섞인 그리움을 느끼고 있었다. 이런 불만과 불신과 그리움은 내 마음속에서 고통으로 성장했다. 나무처럼, 산처럼 높이 자라나서는 내 마음을 확장시켜 주었고, 이 모든 것들은 당시의 내 과제로서 동방순례와 결맹에 관한 이미 시작된 이야기에 결부되었다. 지금으로서는 그 작업 자체가 더 이상 바람직하지도 않고 가치가 있는 것 같지도 않다. 가치가 있어 보이는 것이라곤 오로지 한 가지 희망뿐이었다. 즉 나의 일을 통해서, 저 고귀한 시절의 기억에 대한 봉사를 통해서 나 자신을 조금이라도 정화시켜 구제하는 것이고, 결맹과 내가 체험했던 일에 나를 다시 결부시키겠다는 희망뿐이다.

나는 집으로 돌아와 불을 켰다. 젖은 옷을 입은 채로 모자도 벗지 않고 책상 앞에 앉아 편지를 썼다. 레오에게 탄식과 후회와 간절한 탄원이 담긴 편지를 열 장, 열두 장, 스무 장이나 썼다. 나는 그에게 내 고난을 서술했고, 옛날에 함께 체험했던 일, 함께 지냈던 친구들의 영상을 불러일으키려 했다. 나의 고귀한 계획을 수포로 돌아가게 한 저 한도 없는 저주스런 난관들을 불평하기도 했다. 그 시간에는 쌓였던 피로도 사라졌다. 나는 불같이 달아오른 채 자리에 앉아 편지를 써내려갔다. 나는 결맹의 비밀을 하나라도 누설하느니, 어떤 난관에 봉착한다 할지라도 차라리 최악의 경우를 당하겠노라고 썼다. 그리고 동방순례의 기억과 결맹의 영광을 위해서, 무슨 일이 있더라도 나의 작품을 완성시키는 일을 포기하지는 않겠다고 했다. 열병에 걸린 사람처럼 나는 아무런 생각도 신념도 없이 한 장 한 장을 일사천리로 메워나갔다. 마치 깨어진 항아리에서 물이 쏟아져 나오듯, 답장을 받겠다는 희망도 없이 그저 해방되고 싶은 충동에서 탄식과 고발과 자책의 말들이 물밀듯이 흘러나오는 것이었다. 그날 밤으로 나는 이 혼란스러운 두툼한 편지를 가까운 우체통에 넣었다. 그리고는 거의 아침이 다 되었을 무렵에야 불을 끄고서, 거실 옆에 있는 작은 침실[141]로 들어가 침대 위에 몸을 눕혔다. 나는 바로 잠이 들었고, 아주 깊고도 오랜 잠을 잤다.

141) 바젤 시의 로트링거 가(街) 7번지에 있는 헤세의 거처.

제5장

　다음 날, 여러 번 잠을 깨었다가 다시 잠이 들고 하여 머리
가 아프기는 했지만, 그래도 충분히 휴식을 취하고 나서 다시 눈
을 떴다. 그때 나는 한없이 놀랍고도 기쁘고 또 당황스럽게도 레
오가 거실에 와 앉아 있는 것을 보았다. 의자 한 귀퉁이에 앉아 그
는 벌써 상당히 오래 기다린 것 같았다.

　"레오." 내가 외쳤다. "당신이 왔군요?"

　"심부름으로 왔습니다." 그가 말했다. "결맹으로부터의 전갈입
니다. 그것 때문에 당신도 제게 편지를 하셨었지요. 그 편지를 간
부들에게 전해드렸습니다. 최고지도자가 당신을 기다리고 계십니
다. 가실 수 있으십니까?"

　어리둥절한 채 나는 서둘러 구두를 신었다. 책상 위는 어젯밤부
터 치워지지 않은 채 잔뜩 흐트러지고 어수선한 그대로였다. 그 순
간 내가 몇 시간 전까지 거기서 무엇을 그다지도 불안해하며 격정

적으로 써내려갔었는지 알 수가 없었다. 어쨌든 그 일이 헛되지는 않은 것 같았다. 무슨 일인가 일어나서 레오가 찾아온 것이었다.

그제야 나는 갑자기 그가 한 말의 내용을 이해했다. 그러니까 "결맹"은 아직도 존재하고 있는 것이었다. 거기에 대해서 나는 아무것도 모르고 있었지만, 결맹은 나와는 상관없이 존재하고 있었고, 나를 더 이상 결맹의 한 사람으로 간주하지 않고 있었다는 것이다! 결맹도 그리고 최고지도자도 아직 존재하고, 간부들도 여전히 존재하고 있으며, 지금 그들이 나를 부르러 사람을 보낸 것이었다! 이 소식을 듣자 나는 몸이 화끈했다가 오싹하는 전율을 느꼈다. 나는 몇 달이고 몇 주일 동안을 이 도시에서 살면서 결맹과 우리들의 순례에 대한 수기를 쓰고 있었다. 그러면서도 나는 결맹의 잔재가 있는지 없는지, 또 어디에 있는지를 몰랐고, 내가 결맹의 마지막 생존자인지 아닌지조차도 몰랐던 것이다. 그래, 솔직히 말하자면, 어떤 순간에는 그 결맹이란 것과 한때 내가 그에 속해 있었던 사실이 현실인지 아닌지조차 확신할 수가 없었다. 그런데 지금 레오가 나를 데리러 결맹에서 파견되어 여기 서 있는 것이다. 그들은 나를 기억하고 나를 불렀다. 그들은 나를 심문하고 아마도 내 해명을 요구하려 할 것이다. 좋다. 나는 마음의 준비가 되어 있었다. 내가 결맹을 배반한 것이 아니라는 것을 보여줄 준비가 되어 있었고, 결맹에 복종할 준비가 되어 있었다. 간부들이 나에게 벌을 주든 용서를 하든 나는 미리부터 모든 것을 그대로 받아들이고, 무엇이던 간에 그들의 말을 시인하며 그들에게 복종하기로 마음먹고 있었다.

우리는 출발했다. 레오가 앞장서서 걸어갔다. 그리고 그의 모습과 걸음걸이를 바라보면서 그 옛날과 마찬가지로 나는 그가 얼마나 훌륭하고 얼마나 완벽한 하인인가에 감탄하지 않을 수 없었다. 유연하고 참을성 있게 그는 내 앞에서 길을 안내하며 여러 골목길을 따라 걸어가고 있었다. 그는 완전히 통솔자가 되고, 완전히 자기 임무에 충실한 하인이 되고, 완전히 기능물이 되어 있었다. 그럼에도 불구하고 그는 나의 참을성이 어떤 사소한 시련에도 부딪치게 하지 않았다. 결맹이 나를 불렀고, 최고지도자가 나를 기다리고 있었다. 나로서는 모든 것이 한 판 승부에 붙여졌으며, 내 앞으로의 인생 전체가 결정될 것이다. 이제까지의 내 인생 전체가 이제 그 의미를 얻게 되든지 아니면 완전히 상실하든지 할 것이다. — 나는 기대와 기쁨, 두려움과 숨막힐 듯한 걱정으로 몸이 떨렸다. 레오가 앞장서 걸어가고 있는 이 길도 조급한 마음 때문에 내겐 참을 수 없을 정도로 길게 느껴졌다. 왜냐하면 나는 벌써 두 시간 이상이나 이 통솔자를 따라왔고 또 아주 이상하고도 변덕스러운 우회로를 걸어가고 있다는 생각이 들었기 때문이다. 두 번이나 레오는 나를 교회 앞에서 오래 기다리게 하고 자기는 안에 들어가기도를 드렸다. 또 오래된 시청[142] 앞에 멈추어 서서는 그것을 바라보고 한참동안 생각에 잠겨 있기도 했는데, 그것이 내게는 한없이 길게 느껴졌다. 그리고 이 시청이 15세기에 결맹의 어느 유명한 회원에 의해 건립되었다는 이야기도 해주었다. 그의 걸음이 그렇게도 날렵하고 충실하며, 목적이 뚜렷한 것처럼 보인다 할지라도, 나는 그가 빙빙 돌아가고 맴돌기도 하고 지그재그로 길을 가며 목적지를 향하고 있으므로 인해 완전히 혼란에 빠져 버렸다. 우리가 오전 내내 걸어온 길은 제대로 가면 15분이면 충분히 도착할 수 있는 거리였다.

마침내 그는 잠들어 버린 듯한 교외의 한 골목길로 나를 데리고 가더니, 굉장히 크고 조용한 어떤 건물 안으로 나를 안내했다. 밖에서 보기에 그 건물은 길게 뻗어나간 관청건물이나 박물관처럼 보였다. 안으로 들어가 보니 사방 어디에도 인기척이라곤 없었으며, 복도와 계단은 하품하듯 텅 빈 채 우리의 발자국 소리만 굉굉히 울려대고 있었다. 레오는 복도와 계단과 대기실들을 돌아다니며 찾기 시작했다. 한번은 그가 높다란 문을 조심스럽게 열었는데, 그 문 안쪽으로는 무엇인가가 잔뜩 쌓여 있는 화가의 아틀리에가 보였다. 이젤 앞에는 화가 클링소어가 셔츠바람으로 서 있었다. ― 오, 얼마나 오랫동안 나는 이 정다운 얼굴을 보지 못했던가! 그러나 나는 그에게 인사할 엄두를

142) 15세기에 건축된 바젤 시청.

내지 못했다. 아직 그럴 시간이 없었다. 사람들이 나를 기다리고 있었고, 나는 부름을 받고 있었기 때문이다. 클링소어는 우리에게 별로 주의를 기울이지 않았다. 그는 레오에게 고개를 끄덕였지만, 나를 못 보았거나 알아보지 못한 것 같았다. 그의 작업에 방해가 되는 것을 참지 못하고서 그는 아무 말 없이 다정하면서도 단호하게 우리에게 나가라는 손짓을 했다.

결국 우리는 이 끝도 없어 보이는 건물의 맨 꼭대기로 올라가 바로 지붕밑 층으로 들어갔다. 거기에는 종이와 판지들 냄새가 났고, 수백 미터나 되는 벽을 따라서 서랍장의 문들과 책들의 등 부분 그리고 서류다발들이 눈을 부릅뜨고 있었다. 거대한 문서고(文書庫)이자 방대한 사무국이었다. 아무도 우리에게 신경을 쓰지 않았고, 모든 일이 소리 없이 진행되고 있었다. 이곳으로부터 별이 총총한 하늘을 비롯해 전 세계가 관리되거나, 아니면 기록되고 감시되는 것 같은 생각이 들었다. 우리는 거기 서서 오랫동안 기다렸다. 우리 주위에서는 많은 문서고 직원들과 도서관 직원들이 목록카드와 번호들을 손에 들고 소리 없이 바쁘게 움직였다. 사다리를 놓고 오르내리기도 했고, 승강기와 바퀴 달린 작은 손수레가 부드럽게 조용히 움직이기도 했다. 드디어 레오가 노래를 부르기 시작했다. 나는 그 음조를 감명 깊게 들었다. 나는 예전부터 그 음조에 아주 친숙해 있었다. 그것은 우리 결맹의 노래 중에 있는 하나의 멜로디였다.

　그 노래에 따라 모든 것이 곧 재빨리 움직이기 시작했다. 사무직원들은 물러갔고, 홀은 아물아물하게 컴컴해지는 멀리까지 길게 연장되었다. 배경으로 보이는 어마어마한 문서고의 풍경 속에서 부지런히 움직이는 사람들의 모습이 조그맣고 비현실적으로 보였다. 그러나 우리 가까이에는 넓고도 텅 빈 공간이 마련되었다. 장엄하게 펼쳐진 홀 한가운데에 많은 의자들이 똑바로 정돈되어 놓여 있었다. 일부는 뒤쪽 배경으로부터, 또 일부는 홀에 달린 수많은 문으로부터 간부들이 들어왔고, 느긋하게 의자들 쪽으로 다가가서는 점차적으로 자리를 차지했다. 의자들은 한 줄 한 줄 천천히 채워졌다. 좌석의 전체적 구성은 완만한 경사를 이루며 점점 높아져서 맨 위에 놓인 옥좌가 정점을 이루고 있었다. 거기에는 아직 아무도 앉아 있지 않았다. 옥좌에 이르기까지의 이 장중한 평의회 좌석이 채워졌다. 레오는 나를 쳐다보며 인내와 침묵과 경외심을 가지라는 경고의 눈빛을 보냈다. 그리고는 많은 사람들 사이로 사라졌다. 알지도 못하는 사이에 그는 가버렸고, 나는 그를 더 이상 찾을 수가 없었다. 그러나 나는 이 최고법정에 모인 간부들 사이에서 여기저기 아는 사람들의 모습이 진지한 표정으로 혹은 미소를 지으면서 나타나는 것을 보았다. 알베르투스 마그누스, 뱃사공 바수데바[143], 화가 클링소　143) 헤세의 소설 《싯다르타》에 나오는 인물.

어, 그리고 또 다른 사람들의 모습을 보았던 것이다.

드디어 장내가 조용해지고 대변인이 앞으로 걸어 나왔다. 나는 혼자서 위축된 채 모든 것을 각오하고 최고법정 앞에 마주 서 있었다. 깊은 불안에 싸여 있기는 했지만, 여기서 지금 일어나고 앞으로 결정될 일에 대해서는 충분히 수긍하고 받아들일 생각이었다.

밝고 평온하게 대변인의 목소리가 홀 안으로 울려 퍼졌다. "달아났던 결맹동지의 자수"라고 그가 발표하는 소리가 들렸다. 나는 무릎이 떨려왔다. 내 생명에 관계되는 문제였다. 그러나 그것은 잘된 일이었다. 이제는 모든 것이 정리되어야만 했다. 대변인은 말을 계속했다.

"당신은 이름이 H. H.이지요? 슈바벤 상부지방에서의 행진, 그리고 브렘가르텐에서의 축제에 참석했었지요? 모르비오 인페리오레를 지나서 곧 도망쳤구요? 동방순례기를 쓰려 한다고 고백하셨지요? 그런데 결맹의 비밀에 대해 침묵을 지키겠다고 한 맹세가 일에 방해가 된다는 생각이구요?"

계속되는 질문 하나하나에 대해서, 심지어 잘 이해되지도 않고 언어도단의 질문에 대해서까지도 나는 모두 그렇다고 대답했다.

잠시 동안 간부들이 서로 속삭이며 몸짓으로 의견을 교환했다. 그리고 나서 대변인이 다시 앞으로 나와 발표했다.

"자수인은 이것으로써 그가 알고 있는 결맹의 법규와 결맹의 비밀을 일반인에게 공개해도 좋다는 권한을 부여받았소. 그뿐만 아니라 그 일을 하기 위해 결맹의 문서고 전체를 이용해도 좋다는 판결이오."

대변인이 물러갔다. 간부들도 서로 흩어져 어떤 사람들은 홀의 깊숙한 공간 속으로, 또 어떤 사람들은 출구들을 통해 다시 천천히 사라졌다. 그러자 그 엄청나게 큰 공간은 아주 조용해졌다. 나는 불안하게 주위를 둘러보다가 내 앞에 있는 사무용 책상 위에 낯익은 듯한 원고 쪽지들이 놓여 있는 것을 발견했다. 그것을 집어보니 그 속에는 바로 나의 작업, 나의 걱정거리, 이제 막 시작한 나의 원고가 들어 있었다. 푸른 표지에는 "동방순례기. H. H. 지음"이라고 적혀 있었다. 나는 그쪽으로 달려들었고, 그 빈약하고도 촘촘히 쓰인, 여러 번이나 지우고 고쳐 쓴 흔적이 있는 원고를 작업욕에 가득 차 성급하게 읽어 내려갔다. 마침내 상부의 승낙, 아니 후원을 받아 이제야 내 과업을 끝낼 수 있겠구나 하는 감회에 젖어 있었다. 이제는 어떠한 맹세도 나의 혀를 구속하지 못하리라는 생각을 하니, 그리고 결맹의 문서고, 즉 그 무진장한 보물창고를 마음대로 이용할 수 있다는 생각을 하니, 그 과업이 어느 때보다도 더 위대하고 더 명예롭게 생각되었다.

그러나 내가 손으로 쓴 그 원고지들을 읽어갈수록 그 원고가 마음에 들지 않았다. 그래, 이제까지 아무리 절망에 빠졌던 때라고 할지라도 지금처럼 그 원고가 쓸모없고 잘못된 것처럼 여겨진 적은 없었다. 모든 것이 뒤죽박죽 뒤섞이고 너무나도 어리석어 보였다. 가장 뚜렷한 연관성들조차 어긋나 있고, 아주 자명한 것이 잊혀지고, 완전히 부수적이고 하찮은 것들이 전면을 가득 채우고 있었던 것이다! 처음부터 완전히 다시 시작해야만 되겠다. 원고를 다시 읽어가면서 나는 문장들을 하나하나 지우지 않을 수 없었다. 그렇게 지워가는 사이에 문장들은 종이 위에서 조금씩 없어져 버렸다. 그리고 분명하고 뾰족뾰족한 철자들은 서로 유희하는 듯 조각난 형태가 되어, 선과 점, 동그라미와 조그만 꽃, 작은 별들의 형상으로 흩어져 내렸다. 그래서 원고지들은 도배지처럼 온통 우아하기는 하지만 아무런 의미도 없는 장식무늬들로 뒤덮여 버렸다. 얼마 안 가서 내가 썼던 원문은 다 없어져 버리고, 그 대신 이제 해야 할 작업을 위해 아무것도 쓰여지지 않은 백지만이 남아 있었다. 나는 마음을 가다듬었다. 그리고 다음과 같은 사실을 나 자신 분명히 했다. 즉 나로서는 물론 예전에는 자유롭고 명백하게 기술하는 것이 불가능했다. 모든 것이 결맹의 맹세로 공개가 금지된 비밀에 관련되어 있기 때문이었다. 그래서 탈출구를 찾은 것이 객관적인 서술 같은 것은 제쳐두고, 보다 높은 연관성이나 목적이나 의도 같은 것도 고려하지 않은 채 그저 단순히 나 자신이 개인적으로 체험한 것들에만 국한시켜 기술하기로 했던 것이다. 그러나 그런 것이 어떤 결과를 초래하는지를 분명히 알게 되었다. 전과는 반대로 이제는 그 어떤 침묵의 의무도 없고 아무런 제한도 없다. 내게 공식적으로 권한이 주어졌으며, 게다가 무진장한 문서고까지 마음대로 이용할 수 있게 된 것이다.

그리고 이것은 분명했다. 이제까지 해놓은 내 작업이 모두 장식 무늬로 해체되어 버리지는 않았다 할지라도, 나는 전체를 완전히 새롭게 시작하고, 새롭게 기초를 다지며 새로이 구성해야만 했다. 나는 짧게 요약된 결맹의 역사, 즉 결맹의 설립과 그 규정들부터 전개시켜 보기로 결심했다. 그 끝이 하도 길어서 저 멀리 어둠 속으로 잠겨 버리는 듯한 여러 책상 위에 쌓여 있는, 몇 킬로미터나 길게 끝없이 뻗어 있는 엄청난 카드들 목록이 모든 나의 의문에 해답을 줄 것이 틀림없었다.

우선 나는 시험 삼아 몇 개의 단어를 문서고의 목록에서 찾아보기로 했다. 사실 이 방대한 문서고의 기능을 이용하는 방법을 배워야 했다. 다른 어느 것보다도 나는 물론 결맹의 문서를 먼저 찾아보았다.

"결맹의 문서" 라고 카드 목록에 나와 있었다. "제목 크리소스토모스[144], 제5권, 39절의 8항을 보라." ― 옳다. 그 제목, 권,

[144] 4세기 콘스탄티노플의 교부였던 성 요하네스. 대단한 웅변가로 "황금의 입을 가진 자 (der Goldmundige)" 라는 별명을 가졌음. 헤세의 소설 《나르치스와 골트문트》에서 골트문트라는 이름도 라틴어화된 이 별명에서 따온 것임. 기원 전 398년에 콘스탄티노플의 주교로 임명되었음.

절 등을 모두 저절로인 것처럼 찾아냈다. 이 문서고는 정말 놀랄 만큼 잘 정리되어 있었다. 이제 나는 결맹의 문서를 입수하게 되었다! 그러나 내가 그것을 읽을 수 없을지도 모른다는 점에는 마음의 준비를 해야만 했다. 사실상 나는 그것을 읽을 수가 없었다. 내가 보기에 그 문서는 그리스 문자로 씌어 있는 것 같았다. 그리고 나는 그리스어를 약간만 할 줄 알았다. 그러나 그 문서가 한편으로는 아주 오래 된 고어의 문자나 이상한 글자들로 되어 있었으며, 그 문자가 언뜻 보기에는 명료하다 할지라도 나로서는 대부분 읽을 수가 없었다. 또 한편으로는 그 원문이 방언이나 연금술사들의 비밀언어로 작성되어 있는 것 같았으며, 나로서는 그저 막연하게 그 울림이나 유추를 통해 간신히 한 마디 정도 이해할 수 있을 따름이었다. 그러나 나는 아직 용기를 잃지는 않았다. 비록 문서는 읽을 수 없는 상태였지만, 그래도 그 글자들로부터 옛날 기억 속의 영상들이 강렬하게 떠올라왔다. 이를테면 친구 롱구스가 밤의 정원에서 그리스어와 히브리어 문자들을 쓰자 그 문자들이 새와 용, 그리고 뱀이 되어 어두운 밤 속으로 사라져 버렸던 광경이 손에 잡힐 듯 선명하게 생각났다.

목록을 넘기면서 나는 여기서 나를 기다리고 있는 풍부한 자료들을 보고 몸이 오싹할 정도였다. 많은 친숙한 단어와 내가 잘 알고 있는 이름들에 부딪쳤다. 흠칫 놀라면서 나 자신의 이름에 부딪치기도 했지만, 감히 그것을 문서고에서 찾아보지는 못했다. — 누가 모든 것을 다 알고 있는 법정으로부터 자기 자신에게 내려진 선고를 듣는 것을 감당해 낼 수 있겠는가? 그 대신에 나는 예를 들어 순례 때부터 알고 있으며 클링소어와도 친했던 화가 파울 클레의 이름을 발견해 냈다. 그리고 그의 번호를 문서고에서 찾아보았다. 거기에는 에나멜을 입힌 작은 황금접시가 있었는데, 아주 오래된 것 같아 보였다. 그 위에 그려진 것인지 화인(火印)된 것인지는 모르지만 클로버[145] 잎새 하나가 새겨져 있었다. 셋으로 나뉘어진 잎의 하나는 푸른 돛단배를 나타냈고, 두 번째 것은 형형색색의 비늘이 달린 물고기[146]를 나타내고 있었으며, 세 번째 것은 무슨 전보용지같이 보였는데, 그 위에 다음과 같은 글이 씌어 있었다.

So blau wie Schnee,

So Paul wie Klee.

눈과도 같이 푸르르니,

파울은 클로버와도 같구나.

클링소어와 롱구스, 막스와 틸리에 관한 기록을 찾아 읽어보는 것은 내게 우수에 찬 기쁨을 안

145) 독일어 클레Klee는 영어로 클로버 clover라는 의미임.
146) 돛단배와 물고기는 화가 클레가 즐겨 사용하는 모티브들임.

겨주었다. 또한 나는 레오에 관해서 더욱 자세히 알고 싶은 욕망을 억제할 수 없었다. 레오의 목록 카드에는 이렇게 쓰여 있었다.

Cave!

Archiepisc. XIX. Diacon. D. VII.

cornu Ammon. 6

Cave!

주의!

대주교 19. 신의 봉사자 D. 7.

암몬[147]의 뿔 6

주의!

두 번씩이나 쓰인 "주의"라는 경고가 마음에 걸렸다. 나는 더 이상 이 비밀에 파고드는 일을 포기하였다. 그러나 새로 이것저것을 찾아볼 때마다 나는 이 문서고에 엄청나게 많은 자료와 지식, 그리고 그 마술적으로 작성된 대본들이 보관되어 있다는 사실을 점점 깊이 깨닫게 되었다. 그야말로 전 세계를 그대로 포괄하고 있는 것처럼 보였다.

147) 이집트 테베 시(市)의 수호신.　　　여러 지식의 분야들을 기쁨과 혼란

을 느끼며 한참 뒤지고 다니다가 나는 점점 거세게 일어나는 호기심에 이끌려 몇 번이나 "레오"라고 쓰인 목록카드로 되돌아갔다. 그리고 그때마다 그 중복된 "주의"라는 말 때문에 나는 흠칫 놀라 뒤로 물러섰다. 그 대신 다른 카드함을 뒤적거리고 있는데, "파트메"라는 단어가 눈에 띄었다. 다음과 같은 말이 씌어 있었다.

Princ. orient. 2

noct. mill. 983

hort. delic. 07

동양의 공주 2[148]

천일야화 983[149]

유원지 07[150]

나는 문서고에서 그 부분을 찾아냈다. 거기에는 아주 작은 메달이 놓여 있었고, 뚜껑을 열어보니 그 안에 축소된 초상화가 들어 있었다. 황홀하게 아름다운 공주의 초상화였다. 그것을 보는 순간 내 젊은 날의 모든

148) 헤르만 헤세의 (동양적인) 첫 번째 공주는 두 번째 부인 루트 벵거이고, 두 번째 공주는 헤세의 세 번째 부인이 된 니논을 말함.
149) 《천일야화》의 983번째 밤의 이야기에 대한 암시.
150) 《유원지 Hortus deliciarum》는 12세기 후반에 헤라드 폰 란드스페르크가 쓴 작품으로 성경사의 범주 내에서 모든 알 만한 가치가 있는 것을 간결하게 서술하였음. 이 작품의 필사본에 그려진 장식화들은 복장이나 무기 등 그 시대의 생활방식에 관한 중요한 자료가 되고 있음. 숫자 07은 이 필사본에 있는 7번째 삽화를 가리킨다고 함.

천일야화를, 모든 동화 같은 일들을 기억나게 했고, 파트메를 향하여 동방으로 순례를 떠나기 위해 수련기를 다 마치고서 결맹에의 가입을 신청했던 저 위대한 시절에 품었던 모든 꿈과 소망들을 생각나게 했다. 그 메달은 거미줄처럼 화사한 연보라색의 비단 천에 싸여 있었다. 냄새를 맡아보니 이루 말할 수 없이 아늑하고 사랑스런 꿈속에서처럼 공주와 동방의 향내가 났다. 이 멀고도 아련한 마법의 향내를 들이마시고 있는 동안에, 나는 갑작스럽고도 강렬하게 다음과 같은 것을 통찰하게 되었다. 즉 그 당시 나는 얼마나 감미로운 마법에 감싸여 동방으로의 순례길을 떠났던가! 그 순례가 어찌하여 음흉하고도 그 원인조차 알 수 없는 장애로 인해 실패로 돌아갔던가! 다음에는 마법이 점점 더 사라져 버렸고, 그 이후로는 얼마나 삭막하고 무미건조하며 참담한 절망이 내가 숨쉬는 공기가 되고 빵이 되고 음료가 되어 버렸던가! 하염없이 쏟아지는 눈물이 앞을 가려 더 이상 비단 천도 초상화도 보이질 않았다. 아, 나는 오늘 이 세상과 지옥을 상대로 싸울 마력(魔力)을 내게 부여해 주고, 나를 십자군의 기사로 만들기 위해서는 이제 이 아라비아 공주의 영상으로는 부족하리라는 점을 느꼈다. 오늘날에는 보다 더 강한 다른 마력이 필요할 것이다. 그러나 내 청춘의 마음을 이끌어갔고, 나를 동화의 애호가이며 음악가이며 신참 수련승으로 만들어 모르비오까지 유인해 갔던 그 꿈은 얼마나 감미롭고 순수하고 신성했던가!

시끄러운 소리 때문에 나는 깊이 잠겨 있던 생각에서 깨어났다. 문서고의 끝없이 깊은 공간이 사방에서 나를 으스스하게 지켜보고 있었다. 어떤 새로운 생각, 새로운 고통이 번개처럼 내 전신을 훑고 지나갔다. 나같이 단순한 자가 이 결맹의 역사를 쓰려고 하다니! 나는 여기 문서고에 있는 수백만의 문서와 책들, 그림과 기호들을 그 천 분의 일도 읽어내지 못하고, 전혀 이해하지도 못하는 인간이 아닌가! 나는 자신이 완전히 망가진 채, 이루 말할 수 없이 어리석고 말할 수 없이 가소로운 꼴로, 나 스스로도 이해하지 못하면서 한 알의 먼지로 말라 쭈그러진 모습으로 이 사물들의 한가운데에 서 있는 것이다. 이 사물들이란 사람들이 나로 하여금 결맹이 무엇인지 또 나 자신이 무엇인지를 느끼게 하려고 잠시 가지고 놀도록 허락해 준 것이었다.

여러 개의 출입문을 통해 끝없이 많은 간부들이 들어왔다. 아직도 눈물을 글썽거리면서 나는 그들 중 많은 사람들을 알아볼 수 있었다. 마법사 욥을 알아보았고, 문서고 직원 린트호르스트, 파블로로 변장한 모차르트[151]를 알아보았다. 고귀한 사람들이 대열을 이룬 수많은 의자에 모여 앉았다. 의자의 대열은 뒤로 갈수록 높아지고 점점 좁아졌다. 그 정점을 이루는 높은 옥좌 위에는 황금

151) 히피들의 성서가 된 헤세의 소설 《황야의 이리》에 서술된 마술극장에서 일어난 사건에 대한 암시.

색의 천개(天蓋)가 반짝이는 것이 보였다.

대변인이 앞으로 나와 공포했다. "결맹은 이제 간부들을 통해 자수인 H에게 판결을 내릴 준비가 되었소. 자수인 H는 결맹의 비밀을 침묵으로 지키는 것을 소명으로 느끼고 있었으며, 그는 이제야 겨우 자기 힘에 겨운 순례기를, 그리고 나중에는 그 존재조차 믿지 못하고 그에 대한 충성을 지키지도 못했던 결맹의 이야기를 기록하려고 했던 자신의 의도가 얼마나 놀랍고도 모독적인 것이었는지를 깨달은 것이오."

그는 나에게로 몸을 돌리고 그 맑은 전령관의 목소리로 크게 말했다. "그대 자수인 H는 법정을 인정하고 그 판결에 복종할 것을 승복하는가?"

"예" 라고 나는 대답했다.

"그대 자수인 H는" 하고 그는 말을 계속했다. "간부들로 구성된 법정이 간부들 중의 최고 간부인 의장 없이 그대에게 판결을 내리는 것에 승복하는가? 아니면 간부들 중의 최고 간부가 직접 그대에게 판결 내리기를 원하는가?"

"저는 간부들의 판결에 승복하겠습니다." 나는 말했다. "간부들 중의 최고 간부인 의장이 주재하든 안 하든 관계없습니다."

대변인이 막 대답을 하려고 했다. 그때 홀의 맨 뒤쪽으로부터 부드러운 목소리가 울려왔다.

"최고 간부가 직접 판결을 내릴 것이오."

이 부드러운 목소리의 음조가 내 마음속에 이상한 전율을 불러 일으켰다. 그 공간의 깊숙이 먼 곳, 즉 문서고의 황막한 수평선 안쪽으로부터 한 사나이가 걸어 나왔다. 그의 걸음걸이는 조용하고도 평화로웠으며, 그의 옷은 황금빛으로 번쩍거렸다. 모든 사람들이 침묵하고 있는 가운데 그는 보다 가까이 다가왔다. 나는 그의 걸음걸이를 알아보았고, 그의 움직이는 모습을 알아보았으며, 드디어 그의 얼굴을 알아보았다. 그는 레오였다. 교황처럼 장중하고 찬란한 예복을 입고 그는 줄지어 앉아 있는 간부들 사이를 지나 최고지도자의 자리로 올라갔다. 그는 화려하고 낯선 꽃처럼 몸에 지닌 장식의 광채를 빛내며 한 계단 한 계단 올라갔다. 그가 지나갈 때 그 앞줄에 앉아 있는 간부들은 모두 몸을 일으켜 인사를 했다. 그는 마치 경건한 교황이나 군주가 옥새(玉璽)를 받쳐들 때와도 같이 조심스럽고 겸허하게 헌신적으로 자신의 빛나는 위엄을 지니고 걸어갔다.

나는 내게 내려질 판결이 형벌이 되든 사면이 되든 겸허하게 받아들일 각오를 하고 그에 대한 기대에 깊이 사로잡혀 있었다. 지금 나는 전체 결맹의 최고 지위에 앉아 나를 심판할 준비가 되어 있는 사람이 바로 옛날 짐꾼이자 하인이었던 레오라는 점에도 적지 않게 감동하고 깊은 충격을 받고 있었다. 그러나 그날 무엇보다도 나를 감격시키고 당황하게 했으며, 놀라게 하고 행복하게 했던 것은 결맹이 예전 그대로 전혀 흔들림 없이 완전하고도 막강하게 존재하고 있다는 사실을 발견했다는 점이었다. 또 나를 버리고 실망시켰던 것은 레오도 아니고 결맹도 아니었으며, 그보다는 오히려 나 스스로가 너무나도 약하고 어리석어서 자신의 체험을 오해하고는 결맹의 존재를 의심하고 동방순례를 실패한 것으로 간주했었다는 것이었다. 그리고 나 자신을 이제 끝장이 난 채 모래 속으로 스며들어가 버린 이야기를 알고 있는 유일한 생존자요 기록자로 여겼었는데, 실은 나 자신이야말로 바로 도망자요 배신자요 낙오자였다는 사실을 알게 되었다는 점이다. 이러한 사실을 깨닫게 되자 나는 놀랍고도 행복한 심정이 되었다. 나는 왜소해진 심경으로 겸손하게 최고지도자의 발치에 서 있었다. 바로 그 최고지도자에 의해 나는 옛날에 결맹의 동지로 받아들여졌고, 입단식을 치르고 결맹의 반지를 받았으며, 하인 레오와 함께 순례길을 떠나게 되었던 것이다. 그리고 이 모든 일들이 생각나는 가운데 또 하나의 새로운 죄, 무어라고 변명할 수 없는 또 하나의 새로운 태만과 새로운 수치가 마음속에 떠올랐다. 즉 나는 결맹의 반지를 갖고 있지 않았던 것이다. 그 반지를 잃어버렸는데, 언제 어디서 그랬는지조차도 모르겠고, 지금까지 반지가 없어진 것조차 깨닫지 못하고 있었던 것이다!

그러는 사이에 간부들 중의 최고 간부가 말을 시작했다. 황금색으로 치장한 레오가 아름답고 부드러운 목소리로 말을 하기 시작한 것이다. 그의 말은 부드럽고 은혜롭게 나에게로 흘러내려왔다. 햇빛처럼 부드럽고 은혜로웠다.

"자수인은" 하고 옥좌로부터 말이 흘러내려왔다. "몇 가지 오류들로부터 벗어날 기회를 가지게 되었소. 그에겐 비판받아야 할 점이 많소. 그가 결맹에 충성을 다하지 못한 점, 자기 자신의 죄와 어리석음을 모르는 채 결맹만을 비난한 점, 결맹의 존속을 의심한 점, 그리고 그가 결맹의 이야기를 기록해 보겠다는 이상한 야심을 품었었던 점 등, 이러한 점은 이해할 수도 있고 용서받을 수도 있는 일이오. 이 모든 것은 그리 중대한 일이 아니오. 그것들은, 자수자가 이런 표현을 용납한다면, 그저 초심자의 어리석은 행동들에 지나지 않소. 이런 어리석을 행동들은 그냥 우리가 웃어넘기는 것으로 처리하도록 하겠소."

나는 길게 숨을 내쉬었다. 모여 있는 전체 고귀한 간부들의 자리에 가벼운 미소가 흘렀다. 내가 저지른 죄 중에 가장 무겁다 할 죄들, 심지어 결맹이 더 이상 존재하지 않으며 나 혼자만이 유일하게 결맹에 충성을 지키고 있었다는 망상까지도 간부들 중의 최고 간부에 의해 그저 "어리석은 행동들"로, 어린애 장난들처럼 간주되어 버린 것은 말할 수 없이 기분을 가볍게 해주었다. 동시에 그것은 나로 하여금 나의 한계를 절실히 느끼게도 했다.

"그러나" 하고 레오는 말을 이었다. 그의 부드러운 목소리는 이제 침통하고 준엄해졌다. ─ "그러나 피고에게는 아직도 많은, 훨씬 더 중대한 죄들이 지적되고 있소. 그 중에서도 가장 나쁜 것은 피고가 이와 같은 죄들에 대한 자수인으로 여기 서 있는 것이 아니라, 이 같은 죄들을 전혀 깨닫지도 못하고 있는 것처럼 보인다는 점이오. 그는 생각으로라도 결맹에 대해 부당한 짓을 저지른 점에 대해 진심으로 후회하고 있소. 또한 하인 레오가 가장 높은 최고지도자 레오라는 점을 알아보지 못한 것에 대해 자기 자신을 용서하지 못하고 있으며, 결맹에 대한 자신의 불충도 거의 깨닫고 있소. 그는 이러한 머릿속으로 지은 죄와 어리석은 행동들을 너무 심각하게 받아들였던 반면에, 이 순간에는 이러한 것들이 웃어넘기는 것으로 처리될 수 있음을 알고 기분이 가벼워지고 있소. 그러나 자신이 실제로 범한 죄의 숫자가 한없이 많으며, 그 하나하나가 상당한 벌을 받아야 마땅할 중대한 잘못들은 완전히 잊어버리고 있는 것이오."

나는 불안에 가득 차 가슴 속 깊이 심장이 두근거렸다. 레오가 내 쪽으로 몸을 돌렸다. "피고 H, 당신은 나중에 당신의 잘못이 무엇인지를 깨닫게 될 것이오. 그리고 그 잘못을 피할 수 있는 방법도 배우게 될 것이오. 당신이 자신의 상황을 아직도 제대로 이해하지 못하고 있다는 점, 그것만이라도 알려주기 위해 당신에게 물어보겠소. 당신을 최고지도자에게로 데려갈 사자(使者)로 나타난 레오의 안내를 받으며 시내 거리를 지나 걸어갔던 일을 기억하겠소? ― 물론 기억하고 있을 것이오. 우리가 시청과 파울 교회[152]와 성당[153]을 지나갔던 일, 그때 하인 레오가 성당 안으로 들어가 잠시 무릎을 꿇고 기도를 드렸던 일, 당신 자신은 결맹의 서약 제4조를 위반하며 함께 들어가 기도하는 것을 포기했을 뿐만 아니라, 밖에서 초조해 하고 지루해 하면서 그 지겨운 의식이 끝나기만을 기다리고 있었는지 기억하겠소? 그 의식은 당신에겐 전혀 불필요한 짓으로 생각되었을 것이고, 당신의 그 이기적인 성급함에는 한낱 귀찮은 시험에 지나지 않았겠지요. ― 그래, 기억하고 있을 것이오. 당신은 성당 문 앞에서의 태도만으로도 이미 결맹의 모든 기본적인 요구와 예의를 짓밟아 버렸소. 당신은 종교를 경멸하였고, 결맹의 동지를 멸시했으며, 기도와 명상에 대한 기회와 요청을 귀찮아하며 피하였소. 자신을 변호할 만한 특별히 유리한 사정이 없다면, 이 죄들은 용서받을 수 없을 것이오."

그는 내 급소를 찔렀다. 지금은 무슨 부차적인 일이라든가 어리석은 행동들이 아니라 모든 문제를 언급했던 것이다. 그가 말하는 것은 백 번 옳았다. 그는 내 마음을 꿰뚫고 있었다.

152) 바젤에 있는 교회 이름.
153) 바젤 성당을 말함.

"우리는" 하고 간부들 중의 최고 간부가 말을 계속했다. "피고의 잘못을 전부 열거하려는 것이 아니오. 자구(字句)대로 그를 심판할 필요는 없소. 피고의 양심을 일깨워 그를 진정으로 뉘우치는 자수인으로 만들기 위해서는 그저 우리의 경고가 필요할 따름이라는 점을 우리는 잘 알고 있소.

자수인 H, 어쨌든 내가 당신에게 권하고자 하는 바는 또 다른 행위를 몇 가지 더 당신 양심의 법정으로 이끌어 내라는 것이오. 당신이 하인 레오를 찾아가 그로부터 결맹의 동지로 다시 인정받고 싶어했던 날, 그날 저녁의 일을 내가 상기시켜 주어야만 하겠소? 그것은 당신 자신이 스스로를 결맹의 동지로 전혀 알아볼 수 없게 만들었기 때문에 불가능한 일이었소. 또한 당신 자신이 레오에게 이야기했던 일들을 기억나게 해주어야겠소? 당신이 바이올린을 팔아 버렸다는 것을 말이오? 그리고 당신이 여러 해 동안 계속해 온 절망적이고 멍청하며, 편협하고도 자살 행위와도 같은 생활을 상기시켜 주어야겠소?

그리고 또 한 가지, 결맹의 동지 H여, 말하지 않을 수 없는 것이 있소. 그날 저녁 하인 레오가 당신에 대해서 아주 부당한 생각을 했을 수도 있을 것이오. 그렇다고 가정해 봅시다. 하인 레오는 아마 좀 지나치게 엄격하고 지나치게 이성적이었을 것입니다. 당신과 당신의 상태에 대해 충분한 관용과 유머를 가지지 못했을는지도 모르지요. 그러나 하인 레오보다 더 높은 법정과 전혀 속일 수 없는 심판관이 있다오. 피고인, 그 동물이 당신에게 내린 판결은 어떤 것이었지요? 네커라는 개를 기억하고 있겠지요? 그 개가 당신에게 내린 거부와 유죄판결을 기억하십니까? 그 개는 매수할 수도 없고, 당원도 아니며, 결맹의 동지도 아니지요."

그는 잠시 말을 쉬었다. 그렇다, 그 셰퍼드 네커! 확실히 그 개는 나를 거부했고 유죄판결을 내렸었다. 나는 그렇다고 인정했다. 판결은 이미 그 개와 나 자신에 의해서 내려져 있었던 것이다.

"자수인 H" 하고 레오는 다시 말하기 시작했다. 그때 찬란한 법복과 천 개의 황금빛 광채로부터 울려나오는 그의 목소리는 너무나 냉엄하고 밝으며 마음을 꿰뚫는 듯했다. 마치 돈 주앙의 최후의 막[154]에서 기사가 문 앞에 나타날 때의 목소리와도 같았다. "자수인 H, 당신은 내 말을 듣고, 그렇다고 대답했소. 우리는 당신 자신이 이미 자신에 대한 판결을 내렸다고 생각하고 있소."

"그렇습니다." 나는 낮은 목소리로 말했다. "그렇습니다."

"추측하건대, 당신이 자신에게 내린 것은 유죄판결이겠지요?"

"그렇습니다."

나는 속삭이듯 말했다.

그러자 레오가 옥좌에서 일어나 부드럽게 두 팔을 벌렸다.

154) 모차르트의 오페라 《돈죠반니》의 마지막 장면에 석상(石像)과도 같은 기사가 나타나서 돈죠반니의 뉘우침을 요구하지만 수포로 돌아감.

"나는 이제 간부 여러분께 말씀드리겠소. 여러분도 함께 들으셨습니다. 여러분은 결맹의 동지 H에게 무슨 일이 있었는지를 이제 알았을 것이오. 그것은 여러분에게도 생소하지 않은 운명이오. 또 여러분 중의 다수가 몸소 겪어야만 했던 일이지요. 피고는 지금 이 시간까지도 자신의 타락과 방황이 하나의 시험이었다는 것을 몰랐거나, 혹은 그것을 제대로 믿을 수가 없었던 것이오. 그는 조금도 굴복하지 않았소. 그는 결맹에 대해 아무것도 모르는 채 고독 속에 혼자 지냈고, 그가 믿었던 모든 것이 무너져 버린 것을 보며 여러 해를 견뎌왔소. 그러나 마침내 자신을 숨길 수도 억제할 수도 없을 만큼 그의 고통이 너무 커졌던 것이오. 여러분도 아시다시피 고통이란 너무 커지면 앞으로 전진하도록 되어 있소. 동지 H는 그의 시련을 통해 절망으로까지 끌려갔던 것이오. 그리고 절망이란 인간의 삶을 이해하고 그 정당성을 인정하려는 모든 진지한 시도의 결과이지요. 절망이란 생을 덕과 정의와 이성으로 극복하고, 그 생의 요구들을 실현시키려는 모든 진지한 시도의 결과인 것이오. 이러한 절망의 이편에는 어린아이들이 살고, 저편에는 각성한 자들이 살고 있지요. 피고 H는 이제 더 이상 어린아이도 아니지만, 아직 완전히 각성을 하지도 못했소. 그는 아직 절망 한 중간에 처해 있소. 그는 그 절망을 넘어설 것이고, 그로써 제2의 수련기를 마치게 될 것이오. 우리는 그가 새로이 결맹에 들어오는 것을 환영하는 바이오. 이제 그는 감히 결맹의 의미를 이해하려고 하지는 않을 것이오. 우리는 그가 잃어버렸던 반지를 다시 돌려주겠소. 그 반지는 하인 레오가 그를 위해 보관하고 있었던 것이오."

그러자 대변인이 반지를 가지고 와서는 내 뺨에 키스하고 그것을 손가락에 끼워 주었다. 그 반지를 보자마자, 그 금속의 싸늘함을 손가락에 느끼자마자 곧 수많은 일들이, 그동안 소홀히 했던 알 수 없는 일들이 마음속에 떠오르는 것이었다. 무엇보다도 먼저 생각난 것은 그 반지에는 일정한 간격으로 네 개의 돌이 박혀 있는데, 적어도 하루에 한 번 손가락에 낀 반지를 천천히 돌리며, 그 네 개의 돌 하나하나에 이를 때마다 맹세의 기본적인 네 가지 법규를 하나씩 마음속에 떠올리는 것이 결맹의 규칙이고 맹세였다는 사실이었다. 그런데 나는 반지를 잃어버렸고, 그것을 알아채지도 못했었다. 그뿐만 아니라 그 모든 끔찍한 세월을 지내면서 한 번도 그 네 가지 기본 법규를 암송하지 않았으며, 그것을 상기해 본 적도 없었다. 나는 곧 그 법규를 마음속으로 다시 암송해 보려고 했다. 나는 그것을 예감할 수 있었고, 그것은 아직 내 마음속에 남아 있었다. 내게 속해 있는 그 법규들은 마치 금방 상기해 낼 듯하면서도 막상 순간적으로는 떠오르지 않는 누군가의 이름과도 같았다. 그래, 그것은 아직도 내 마음속에 말없이 깃들어 있었다. 나는 그 규칙들을 입 밖에 내어 암송할 수 없었으니, 나는 그 구절을 잊어버린 것이었다. 나는 그것들을 잊어버렸고, 여러 해 동안 더 이상 외우지 않았으며, 여러 해 동안 그 법규들을 따르지도 않고 신성하게 여기지도 않았다. ― 그러고도 자신을 충실한 결맹의 동지라고 생각할 수 있었다니!

대변인은 내가 당황하며 깊은 부끄러움에 사로잡히는 것을 보고, 위로하듯 내 팔을 또닥거려 주었다. 그리고 간부들 중의 최고 간부가 다시 말하는 소리가 들렸다.

"피고이며 자수인인 H여, 당신은 무죄입니다. 그리고 여기서 말해두어야 할 사항은 이런 소송에서 무죄 판결을 받은 동지는 그의 믿음과 복종에 대한 시험을 마치게 되면 간부의 대열에 들어 그 자리 하나를 받아들여야 할 의무가 있다는 것이오. 어떻게 실증해 보일 것인가는 본인의 선택에 달려 있소. 동지 H여, 이제 내 하는 질문에 대답하도록 하시오.

당신은 자신의 믿음을 실증해 보이기 위해 사나운 개를 길들일 용의가 있소?"

나는 몸을 떨며 물러섰다. "아닙니다. 할 수 없을 것입니다."

나는 거절하면서 외쳤다.

"그렇다면 우리의 명령에 따라 결맹의 문서고를 주저 없이 불태워 버릴 용의와 의지가 있소? 지금 대변인이 당신 눈앞에서 그 일부를 불태워 버릴 것처럼 말이오."

대변인이 앞으로 걸어 나왔다. 그리고 잘 정돈된 카드상자를 집어 들고는 두 손 가득히 수백 장의 카드를 꺼내었다. 그리고는 그 카드들을 화롯불 위에서 불태워 버리기에 나는 깜짝 놀랐다.

"아닙니다." 나는 거부했다. "그것도 못할 것 같습니다."

"주의하시오, 동지." 간부들 중의 최고 간부가 나에게 소리쳤다. "경고하겠소, 성급한 동지! 나는 최소한의 믿음만 있으면 행할 수 있는 아주 쉬운 과제부터 시작했소. 앞으로 나올 과제들은 점점 더 어려워질 것이오. 대답하시오. 당신은 우리 문서고가 당신 자신에 대해 어떤 판결을 내리고 있는지를 확인해 볼 용의와 의지가 있소?"

나는 온몸이 차가워지며, 숨이 막힐 것 같았다. 그러나 나는 파악하고 있었다. 질문이 거듭될수록 일은 점점 더 어려워질 것이고, 도망치려 하면 더욱 심한 궁지에 빠지게 될 것이다. 나는 숨을 깊게 들이마시고 그러겠다고 대답했다.

대변인은 수백 개의 카드상자가 놓여 있는 책상 앞으로 나를 데리고 갔다. 나는 H라는 글자를 찾아냈고, 내 이름을 발견했다. 이미 400년 전에 역시 결맹의 한 회원이었던 나의 선조 에오반[155]이 먼저 나왔고, 그 다음에 나 자신의 이름이 다음과 같은 지시와 함

155) 헬리우스 에오바누스 헤수스(1488~1540). 인문주의자이며 신(新)라틴어 시인으로 당시에는 시적 재능이 탁월한 인물이었음. 헤수스Hessus는 헤세의 라틴어화 된 이름으로, 그는 헤세와 혈통은 다르지만 작가의 정신적 선조라고 할 수 있음.

께 나타났다.

Chattorum r. gest. XC.

civ. Calv. infid. 49

카토[156] 행위와 작품 10C

칼브 시민 탈주 49[157]

카드를 쥔 손이 덜덜 떨렸다. 그러는 동안에 간부들이 한 사람 한 사람 의자에서 일어나 내게 악수를 하고, 내 눈을 들여다보고 나서는 모두가 떠나갔다. 최고법정은 산회되었고, 마지막으로 간부들 중의 최고 간부가 옥좌에서 내려와 나에게 손을 내밀었다. 그리고 내 눈을 들여다보고는 경건하고 봉사적인 주교로서의 미소를 지으며 마지막으로 홀을 떠나갔다. 나는 혼자 남아 있었다. 왼손에는 내 카드를 들고서, 문서고가 내린 판결을 확인해 보라는 지시를 받고 있었던 것이다.

156) 게르만 민족의 한 이름. 미국의 헤세 연구자 치올코 프스키는 이 이름을 "헤세"라고 해석하고 있음.
157) 헤세는 (18)90년에 그가 태어난 고향 칼브의 시민이 됨. 절망이 기조를 이루고 있는 《황야의 이리》를 집 필하던 1926년에 헤세는 49세였고, 이때에 그는 고향 칼브에 대해서도 불성실하게 되었다고 함.

나는 이러한 지시를 즉시 행동으로 옮겨, 문서고에서 나에 관한 자료를 조사해 보지는 않앉다. 나는 머뭇거리며 텅 빈 홀 안에 서 있었다. 그리고 나에게 무엇인가 뜻있고 알아둘 만한 자료들이 가득 찬 상자와 장들, 정리함과 작은 방들이 끝없이 늘어서 있는 것을 계속 바라보고 있었다. 나 자신의 카드에 대한 두려움과 동시에 문서고에 대한 불타는 호기심에서 나는 자신에 관한 일은 조금 뒤로 미루기로 하고, 나와 나의 동방순례기에 중요하다고 여겨지는 것들을 우선 이것저것 알아보기로 작정했다. 물론 나의 이야기가 이미 유죄선고를 받고 매장되어 버렸다는 점과 내가 그것을 결코 끝까지 기록해 내지 못하리라는 점은 이미 알고 있었다. 그러면서도 나는 아주 깊은 호기심을 느끼고 있었다.

여러 카드상자들 중 한 상자에 제대로 잘 꽂히지 않은 카드 하나가 비스듬히 튀어나와 있는 것이 보였다. 그쪽으로 가서 그 카드를 뽑아 보니 이렇게 씌어 있었다.

Morbio Inferiore.
모르비오 인페리오레.

이 표제어만큼 짧고도 정확하게 내 호기심의 가장 깊은 핵심을 표현할 수 있는 말도 없을 것이다. 가볍게 마음을 두근거리면서 나는 문서고에서 그 부분을 찾아보았다. 문서고의 그 칸에는 상당히 많은 서류들이 가득 차 있었다. 맨 윗부분에는 오래된 이탈리아 책에서 나온 모르비오 협곡에 관한 설명의 사본이 놓여 있었다. 그 다음에는 모르비오가 결맹의 역사에서 맡아 했던 역할에 대한 간단한 보고가 실린 4절지 서류가 한 장 들어 있었다. 그 보고는 모두 동방순례에 관한 것이었고, 그것도 내가 속했었던 단계와 그룹들에 관한 내용이었다. 여기에 기록되어 있는 바로는, 우리 그룹은 그 순례길에서 모르비오까지 갔으나 거기에서 하나의 시련에 부딪치게 되었고 그것을 이겨내지 못했다는 것이다. 즉 레오의 실종이 바로 그것이었다. 그러면 우리는 결맹의 규칙에 따라 행동하면 되었을 것이고, 또 어떤 그룹이 통솔자가 없이 남게 될 경우에는 그에 관한 규칙들이 있는데, 이러한 규칙들을 우리는 순례길에 오르기 전에 이미 엄중하게 시달 받았던 것이다. 그럼에도 불구하고 우리 그룹 전체는 레오가 없어졌다는 사실을 알게 된 그 순간부터 판단과 신념을 상실하였고, 의혹과 쓸데없는 논쟁에 휘말려 버렸다. 그리고 종당에는 그룹 전체가 결맹의 정신에 반하여 여러 당파로 분열되고 뿔뿔이 흩어져 버렸다는 것이다. 나는 모르비오에서 있었던 불행한 사고에 관한 이러한 설명으로 인해 더 이상 몹시 놀라지는 않았다. 반면에 계속해 읽어가면서 우리 그룹의 분열에 관해 알게 된 사실에 대해서는 정말로 깜짝 놀랐다. 이를테면 우리 결맹의 동지들 중에서 적어도 세 사람이 우리 여행 이야기와 모르비오의 체험을 기술하려고 시도했다는 것이다. 이 세 사람 중 하나가 나였으며, 내 원고의 깨끗한 사본도 그 칸에 다른 것들과 함께 놓여 있었다. 나는 아주 이상한 기분을 느끼며 다른 두 편의 원고를 죽 읽어보았다. 다른 두 사람의 저자도 그 당시의 과정을 근본적으로는 내가 묘사했던 것과 크게 다르지 않게 서술하고 있었다. 그럼에도 불구하고 그것은 내게 얼마나 다르게 울렸던가! 그 하나의 원고에는 다음과 같이 쓰여 있었다.

"하인 레오가 실종됨으로써 갑작스럽고도 잔인하게 서로간의 불화와 어찌할 바를 모르는 곤욕의 심연이 드러났다. 이로 인해 이제까지 그렇게도 견고해 보이던 우리의 단결도 갈기갈기 찢어져 버렸다. 우리들 중의 몇몇 사람은 그 즉시에 레오가 사고를 당했거나 도망을 친 것이 아니라, 오히려 그는 결맹 당국에 의해 은밀히 소환되었으리라는 것을 알아챘거나 예감하고 있었다. 그러나 우리가 이 시련을 이겨내지 못하고 어찌하여 형편없이 실패하고 말았는가를 생각하면, 우리들 중 어느 누구도 깊은 후회와 부끄러움을 금할 수 없을 것이다. 레오가 모습을 감추자마자 우리들 사이의 믿음과 일치단결은 끝장나고 말았다. 마치 보이지 않는 상처를 통해 생명의 붉은 피가 우리들 그룹으로부터 흘러나가 버린 것 같았다. 아무런 소용도 없고 우습기 짝이 없는 문제들을 둘러싸고 처음에는 의견의 차이가 생겨났고, 다음에는 공공연한 언쟁이 벌어졌던 것이다. 내가 기억하는 바로서 예를 들어 우리가 그렇게도 사랑했고 공로도 컸던 바이올린 연주자 겸 악장이었던 H. H.는 갑자기 도망친 레오가 그의 배낭 속에 다른 귀중한 물건들과 함께 총수의 친필인 신성한 결맹의 고문서(古文書)를 넣어 가지고 갔다는 의견을 내놓았던 것이다! 이 문제에 관해서 여러 날 동안 진지한 논쟁이 벌어졌다. 상징적으로 볼 때, H의 부조리한 주장은 물론 아주 의미 깊은 것이었다. 사실상 레오의 실종과 함께 우리의 작은 그룹에는 결맹의 축복, 즉 전체와의 연결이 완전히 사라져 버린 것 같았다. 그 한 슬픈 예가 바로 저 음악가 H. H.였다. 그는 모르비오 인페리오레의 그날까지는 가장 충실하고 가장 믿음이 깊은 결맹 동지들 중 한 사람이었고, 게다가 예술가로서도 사랑받고 있었으며, 또 여러 가지 성격상의 결함이 있기는 했어도 가장 발랄한 동료들 중의 한 사람이었다. 그러던 그가 그때부터 상심에 빠지고 우울증과 불신에 빠져 자신의 임무를 지나치게 소홀히 하고, 차츰 협조심이 약해지고 신경질적이 되며 언쟁을 일삼게 되었다. 그러던 어느 날 그가 마침내 행진에서 낙오되고 다시는 모습을 나타내지 않았다. 그때에도 그를 위해 행진을 멈추고 그를 찾아나서자고 생각한 사람은 아무도 없었다. 탈주가 분명했던 것이다. 유감스럽게도 그것은 그 사람 하나만이 아니었다. 결국 우리 작은 순례 그룹에 남아 있는 것이라곤 아무것도 없었다……. "

또 다른 역사가의 원고에서 나는 다음과 같은 구절을 발견했다.

"시저의 죽음과 함께 고대 로마가 무너지고, 윌슨의 탈주[158]와 함께 민주주의적 세계관이 무너졌던 것처럼, 모르비오의 불행한 날과 함께 우리의 결맹도 무너져 버렸다. 여기에서 그 죄와 책임을 문제 삼아도 된다면, 이 붕괴에 잘못이 있는 사람은 얼핏 아무런 잘못이 없어 보이는 두 동지, 즉 음악가 H. H.와 하인들 중의 한 사람인 레오였다. 결맹의 세계사적인 의의를 이해하지는 못했다 할지라도 그 두 사람은 그때까지 사람들에게 사랑을 받았고 결맹의 충실한 귀의자였다. 그런 두 사람이 어느 날 갑자기 흔적도 없이 사라져 버리고, 많은 귀중한 물건들과 중요한 서류들을 함께 가지고 달아나 버렸던 것이다. 그러한 점으로 미루어 볼 때 이 가련한 두 사람은 결맹의 강력한 적에게 매수당한 것으로 추측된다……."

이 역사서술가는 분명 충심을 다해 최대한의 진실을 밝히려는 의도에서 이 보고서를 썼다고는 할지라도, 그의 기억이 너무나 흐리고 잘못되어 있었다면, ─ 그렇다면 내가 쓴 수기는 그 가치가 도대체 어디에 있단 말인가? 모르비오에 관해서 또 나와 레오에 관해서 쓴 각기 다른 저자들의 열 편의 보고서가 발견된다 할지라도, 아마 그 열 편

158) 토마스 우드로우 윌슨(1856~1924). 제27대 미국 대통령. 1918년 1월 8일의 14개 항 프로그램에서 세계민주주의 사상을 표방하였는데, 국제연맹(1919~1940)을 창설하기 위해 협상하던 중 자신의 이념을 버림.

모두가 서로 상반되고 서로 다른 것을 의심하게 될 것이다. 그래, 우리의 역사학적인 노력은 아무런 소용없는 짓이었다. 이런 역사적 기술을 계속할 필요도 없고, 읽을 필요도 없다. 그것들은 이 문서고의 한 구석에서 조용히 먼지가 쌓이도록 내버려둘 수밖에 없는 것이었다.

나는 지금 이 시간에 아직 더 경험하게 될 모든 것들을 생각하며 문득 무섭다는 느낌이 들었다. 이들 거울 속에서 이 모든 것들이 얼마나 비뚤어지고 달라지고 일그러져 버렸던가! 진실의 면모는 이 모든 보고와 반증과 꾸며낸 이야기들 배후에서 얼마나 비웃으며 도달할 수 없다는 듯이 그 정체를 감추고 있었던가! 그렇다면 진실이란 대체 무엇이며, 아직도 무엇을 믿을 수 있다는 말인가? 그리고 내가 아직 나 자신에 관해서, 나 자신의 사람됨과 지내온 과정에 대해서, 이 문서고에 보관되어 있는 정보를 알게 된다 할지라도 대체 무엇이 남을 것이란 말인가?

나는 모든 경우에 대비하여 각오를 단단히 해야만 했다. 갑자기 불확실한 마음과 기대 섞인 불안을 더 이상 참을 수가 없었다. 서둘러 카토 행위와 작품 10C 부(部)로 가서는 내가 속한 항목과 번호를 찾아내어 내 이름이 적혀 있는 칸 앞에 섰다. 그것은 벽을 오목하게 파서 만든 벽감(壁嵌)이었다. 앞에 드리워져 있는 얇은 커튼을 제쳐 보니, 그 속에 문자로 씌어진 것은 아무것도 없었다. 거기에는 나무나 밀랍으로 조각된 것 같은 오래되고 낡아 보이는 조각상이 하나 들어 있었다. 색깔이 창백한 그 조각상은 일종의 우상이나 야만인들의 신상(神像)처럼 보였다. 처음 보았을 때에는 전혀 이해할 수가 없었다. 원래 두 개의 상(像)이 하나가 된 것으로, 등이 서로 붙어 있는 모습이었다. 나는 실망스럽기도 하고 놀라워서 한참 동안 바라보고 있었다. 그때 벽감 속의 벽에 달린 금속으로 된 촛대에 양초가 하나 꽂혀 있는 것이 눈에 띠었다. 성냥도 거기 놓여 있었다. 나는 초에 불을 붙였다. 그러자 그 이상스러운 이중 조각상은 불빛을 받아 밝게 반짝이기 시작했다.

아주 천천히 그 상의 수수께끼가 풀려왔다. 아주 느리게 점차적으로 나는 이 상이 무엇을 나타내고자 하는가를 예감하고 깨닫기 시작했다. 그 하나의 인간 형상이 표현하고 있는 것은 바로 나였다. 그런데 이 나의 형상은 불안스러울 정도로 나약하고 반쯤만 현실적이었으며, 어딘지 지워져 희미해진 모습을 하고 있었다. 전체적인 인상에는 무언가 확고하지 못하고 허약하며, 죽어가는 듯하거나 죽기를 원하는 듯한 그 무엇이 깃들어 있었다. 마치 "무상(無常)"이라든가 "사멸(死滅)"이라든가 혹은 그와 비슷한 제목을 가진 조각 작품처럼 보였다. 이와는 반대로 다른 하나의 형상은 나의 형상과 합생(合生)하고는 있지만 그 색상과 모양이 생생하게 피어났다. 이 형상이 누구를 닮았는가. 그러니까 그것이 하인이자 최고 간부인 레오를 닮았다는 것을 알아차리기 시작했을 때, 나는 벽에 양초가 또 하나 꽂혀 있는 것을 발견하고 거기에도 불을 붙였다. 그러자 나는 나와 레오를 암시하는 그 이중 조각상이 점점 더 뚜렷해지고 비슷해지는 것을 보았다. 그뿐만 아니라 그 상들의 표면이 투명하고, 마치 유리병이나 꽃병 속을 들여다보듯이 그 내면을 꿰뚫어 볼 수 있다는 것도 알게 되었다. 그 상들의 내면에서 무엇인가가 천천히 움직이고 있는 것이, 마치 잠자는 뱀이 움직이듯 아주 서서히 움직이고 있는 것이 보였다. 거기에서는 무슨 일이 진행되고 있었다. 무엇인가가 아주 느리고 부드러우면서도 끊임없이 흐르거나 녹아드는 것이었다. 그것도 나의 상이 녹아 흘러서 레오의 상으로 넘어가고 있었다. 나는 내 상이 점점 레오의 상에 몸을 바치고 흘러들어가 레오를 보양하고 강하게 하려 한다는 것을 알았다. 시간이 지나면서 한쪽 상의 모든 정수가 다른 쪽 상으로 흘러들어가서 오로지 하나의 상, 즉 레오만이 남을 것 같았다. 그는 번창해야만 했다. 그리고 나는 소멸해야만 했다.

내가 거기 서서 바라보면서 눈으로 본 것을 파악하려고 하는 동안에 언젠가 브렘가르텐의 축제 때에 레오와 나누었던 몇 마디 대화가 다시 생각에 떠올랐다. 그때 우리는 문학작품 속에 서술된 인물들이 그 작가들의 모습보다 더 생생하고 사실적이라는 이야기를 했었다.

촛불은 다 타서 꺼져 버렸다. 나는 한없는 피로와 졸음이 밀려오는 것을 느꼈다. 어디 누워서 잠잘 수 있는 곳을 찾아가려고 나는 몸을 돌렸다.

동양을 향한 생애와 정신세계

I. 헤세와 동양 정신

　헤세는 자기 영혼의 전생, 즉 이 세상에 태어나기 이전의 본향 (本鄕)이 유럽이 아니라 인도와 중국 사이에 있는 "히말라야 산중 (山中)"이라는 예감을 끊임없이 지니고 있다. 지리적 의미에서뿐 만 아니라, 정신적인 의미에서도 그는 항상 서양 세계와 더불어 동 양 세계와 결부되어 있다고 느낀다. 헤세는 〈싱가포르에서의 꿈〉 이란 수필에서 자기 영혼의 고향을 회상시켜 주는 이상한 꿈을 꾸 며, 동양을 모든 존재의 태초(太初)로 서술한다. 이와 같은 작가의 예감을 프랑스의 어느 여자 예언가는 이렇게 말하고 있다.

"당신은 유럽에서는 이방인입니다. 전생에서의 당신은 히말라야 산중에 사는 은둔자였습니다. 뾰족뾰족한 암벽들 사이에서 고독한 삶을 영위하며 예쁜 꽃들이 피어 있는 푸른 목장을 좋아했습니다."

작가의 혈통을 간단히 살펴보자.

아버지 요한네스 헤세는 러시아 추밀원 고문관이며 의사로 러시아 시민권을 가지고 에스트란트에서 일하던 헤르만 박사의 아들로 러시아에서 태어나 그곳에서 자라난다. 여기서부터 요한네스는 잠시나마 인도로 건너가 선교사 생활을 한다. 그는 일생 동안 인도와 중국의 정신세계에 몰두하며, 아들인 헤르만 헤세에게 동양, 특히 중국 지혜의 연구에 최초의 영향을 준다. 그리고 작가의 어머니 마리아 군데르트는 선교사이며 인도어문학자인 헤르만 군데르트 박사의 딸로서 동인도에서 태어나 그곳에서 교육받는다. 외할아버지 군데르트 박사는 작가에게 인도의 지혜와 사상에 대한 지대한 영향을 준 사람이다. 헤르만이란 이름 역시 친가와 외가의 할아버지 이름을 그들의 정신과 함께 물려받은 것이라 할수 있다.

친가와 외가의 선조들로부터 동양적 요소를 물려받은 헤세는 이국풍의 분위기 속에서 살아가며, 일생 동안 내적 욕구와 필연에서 인도와 중국의 지혜와 사상을 집중적으로 연구한다. 어린 시절부터 동남아로의 지리적인 여행을 할 때까지 늘 동양 분위기에 젖어 있던 헤세는 무엇보다도 먼저 인도의 정신세계에 열중한다. 그 자신 직접 요가를 수행할 뿐만 아니라, 신지학(神知學)적 논문들을 알게 되고, 다음에는 '소박한 신앙과 비판적 무신론' 간의 균열을 노래한 종교철학 시와 그 외의 인도 문화와 문학과 역사에 관한 책들을 탐독한다. 기원전 2세기경에 우주철리(哲理)를 해설하고 있는 힌두교의 최고 경전으로 "신의 노래"라는 뜻을 지닌 《바가바드기타》를 읽고서, 작가는 "학습을 통하지 않은 체험의 지혜"를 예찬하고, 이러한 "아름다운 계시와 삶의 지혜와 종교로 꽃피어나는 이 철학은 바로 우리가 찾고 또 필요로 하는 것"이라고 말한다. 이 책에는 철학과 문학과 종교와 도덕이 실제로 하나가 되어 있다. 이를 통해 작가는 "인도의 형태로 된 동양의 단일사상"을 발견하게 된다.

고대 인도의 철학시를 독서하면서 헤세는 "이 노래들 속에 깃들인 베다문학의 경건한 철학과 삼키아철학, 그리고 소박한 믿음과 비판적 무신론 사이에 벌어지는 갈등"을 알게 된다. 베단타문학과 삼키아철학 사이에는 상당한 거리가 있다. 후기 베다문학에 속하는 바라문교의 철학 및 신학 사상을 나타내는 일군의 성전으로 운문과 산문으로 되어 있는 우파니샤드에 근본을 두고 있는 베단타철학은 일원적이고 이상적인 사상이 강하다. 즉 성스런 세계 혼으로서의 브라마는 모든 존재의 근원이며, 오로지 여기에서만 현상 세계의 가상적 다양성인 만유가 생성된다는 것이다. 그리고 이 만유 정신과 합일하는 인식이 베단타문학의 최고 목적이다. 모든 삶과 모든 존재를 마야로, 즉 가상으로 생각하는 바, 이는 인도의 부정적 전일사상이라 하겠다. 이와는 반대로 삼키아철학은 사실적이고 이원론적이며, 합리적이고 무신론적인 특성을 강하게 띄고 있다. 이는 원초적 물질인 자연과 다양한 개체적 영혼 사이의 완전히 다른 대립성을 인정하고 있다. 물질계로부터 모든 소재적인 것이 나오고, 개체적 영혼이 결합하여 세상이 구성된다는 것이다. 그러나 이 두 원칙은 서로 투쟁하고 또 서로를 부정한다. 개개 영혼과 물질이 결합하는 것은 그저 하나의 가상적인 현상일 따름이다.

이 다양하고도 광범위한 인도의 고전을 독서하면서 헤세는 내면적 만족을 얻지 못한다. 삶과 세상을 부정하는 인도 정신, 즉 강하게 일원론적인 베단타문학과 강하게 이원론적이며 무신론적인 삼키아철학에서 아무런 정신적 만족감을 얻을 수가 없다. 헤세는 인도의 정신세계에서 발견할 수 없는 일종의 지혜를 그곳에서 찾고 있었던 것이다.

이는 그 가능성을 느끼고 틀림없이 존재하리라는, 아니 틀림없이 존재해야만 한다고 생각했던 지혜인데, 언어로 실현된 것을 그는 다른 어느 곳에서도 접해보지 못했다고 한다. 이러한 생각으로 부터의 해방은 작가가 중국의 정신세계를 접하고 거기에 침잠하고 나서야 비로소 찾아오게 된다.

작가가 고대 중국 철학에 깊이 몰두하게 된 것은 아버지 요한네스 헤세와 일본의 외사촌동생 군데르트, 그리고 유명한 중국어문학자 R. 빌헬름에 힘입은 것이다.

아버지 요한네스는 일생 동안 동양 정신과 지혜를 이해하려 노력하며, 동양의 소재를 다룬《고대 이스라엘 시편(詩篇)에서의 괴로운 자를 위한 충고》와《그리스도 이전의 진리의 증인 노자(老子)》를 저술한다.

작가보다 세 살 어린 외사촌동생 빌헬름 군데르트는 일본에서 30년 간 생활하며, 선사(禪師)와도 같은 생활태도를 받아들인다. 그는《일본문학사》,《일본종교사》,《동양의 시》등 저서를 내고, 선불교에 관한 고전《벽암록 碧巖錄》을 주석과 함께 번역했는데, 헤세는 이를 독서하고 사색하는 일에 많은 시간을 할애한다.

그리고 당대에 가장 저명한 독일의 중국어문학자 리하르트 빌헬름은 공자의《논어》와 노자의《도덕경》과 장자의《남화경(南華經)》,《예기》,《여씨춘추》,《중국 동화집》등을 번역 해설했을 뿐만 아니라,《중국문학사》,《중국의 생활철학》,《노자와 도교》,《공자의 생애와 작품》,《중국의 혼(魂)》,《동양. 그 생성과 변화》등의 책을 저술한다. 헤세는 이들을 열성적으로 탐독하면서 동양 사상과 정신을 수용하는 데 결정적인 영향을 받는다.

1929년의 〈세계문학 총서〉에서 헤세는 인도와 중국의 지혜에 대한 자신의 관계를 다음과 같이 서술한다.

"저 인도인들에게는 없었던 것, 즉 인생과의 밀접함, 최고의 도덕적 요구로 결정된 고귀한 정신성과 육감적이며 일상적인 인생의 유희 및 매력과의 조화 ― 드높은 정신화와 소박한 인생의 쾌락 사이의 드넓은 왕래, 이 모든 것이 여기[중국의 서적]에는 충만하게 존재하고 있었다. 인도인들이 금욕과 승려적인 세계단념 속에서 고귀하고 감동적인 것을 성취했다면, 고대 중국은 자연과 정신, 종교와 일상생활이 적대적 대립이 아니라 조화적인 대립을 의미하고, 이 두 가지가 모두 정당하다는 정신을 도야함으로써 똑같이 경이로운 것을 이룩하였다. 인도의 금욕적 지혜가 그 요구의 과격함에 있어서 젊은이다운 청교도적 지혜였다면, 중국의 지혜는 경험이 많아서 영리하게 되고 유머에도 정통하고 있을 뿐만 아니라, 노련함으로 인해 실망하지도 않고 현명함 때문에 경솔해지지도 않는 어른스런 남자의 지혜이다."

인도의 정신세계에서가 아니라 바로 이 중국 정신의 원천에서 헤세는 "점점 더해가는 기쁨"과 "정신적인 도피처", "자기 예감의

작품 해설

확증"과 영혼의 고향 그리고 내면적 해방감을 발견하는 것이다.

작가는, 물론 인도의 정신세계에 관해서 보다 더 늦게이긴 하지만, 이미 인도여행을 하기 이전부터 중국의 정신세계에 관한 독서에 몰두하기 시작한다. 1912년 여행에서 돌아온 이후로는 점점 더 강렬하게 중국 정신에 심취하고 결국에는 동아시아의 지혜와 사상에 완전히 몰입한다. 헤세가 동양의 정신세계를 알고 이에 몰두한 이래 "경이로운 중국문학"과 "인간성과 인간정신에 대한 중국의 특성"은 그에게 "사랑스럽고 값진 것일" 뿐만 아니라 "정신적인 도피처와 제2의 고향"이 된다.

〈나의 애독서〉에서 고백하듯이 헤세는 "그것 없이는 살아갈 수 없는 그 무엇, 즉 중국 현인과 선인(善人)의 도교적 이상"을 알게 되는 것이다. 이 동양의 이상을 목표로 하여 인생을 영위하고, 이 세상에서의 마지막 날까지 언제나 가까이 놓여 있는 동양 지혜의 책들을 가장 즐겨 읽는다.

그가 독서하고 언급한 동양 정신은 상당히 광범한 바, 예를 들면 공자, 노자, 역경, 시경, 선불교, 여씨춘추, 맹자, 열자(列子), 이태백, 두보(杜甫), 양주(陽周), 중국의 시와 소설과 동화 등이다. 그리고 헤세는 이 책들에 대한 다양한 서평이나 찬양의 글을 쓸 뿐만 아니라, 직접적으로 동양의 지혜가 깃든, 그리고 동양 사상을 근본으로 하는 많은 작품을 남겨 놓고 있다.

II. 전일성을 향한 각성의 길

〈인도의 시(詩)〉라는 부제를 가진 1922년의 종교적 성장소설 《싯다르타 Siddhartha》는 동양의, 특히 인도 지혜의 영향을 받아 창작된 작품이다. 인도의 가장 높은 지위의 승족(僧族)인 바라문의 아들 싯다르타는 인생의 율동적인 경험 속에 명상적으로 침잠함으로써 개체의 원칙을 파괴하고 생의 대립을 관조하며, 자신의 개인 존재를 전체적 내지 전 조화적 단일성에 영구적으로 일치시키고자 한다.

자아의 긍정적인 단일 존재를 추구하기 위하여 그는 처음에 자기 수양의 길을 간다. 인생의 이 첫 단계에서 인도의 금욕적인 정화(淨化)의 방법을 시도하며, 고행과 육체적·정신적 고통의 극복을 통해 자신을 탈피하고 자아를 파괴하려 한다. 모든 공상을 떨쳐 버리고 공(空)을 생각하는 방법으로 온갖 감정과 육욕, 회상과 욕망을 죽이고 자아를 벗어나 수만 가지 낯선 형태 속에 파고들며, 수천 번이나 동물 속에, 돌 속에, 무아(無我) 속에 머무른다. 그러나 무아의 경지에서 깨어날 때는 언제나 다시 자기 자아로, 싯다르타로 돌아온다.

그가 여러 시간 동안, 여러 날 동안 무아 속에 머물고, 그 속에서 세상의 단일성을 체험한다고 할지라도, 결코 자기 자아로부터 벗어나거나 이 세상을 극복할 수는 없었다. 그렇기 때문에 그는 고행의 여정에서 만났던 부처의 세상 극복과 구원에 대한 교훈에는 "하나의 조그만 틈새가" 뚫려 있다는 점을 인식하고, 그의 곁을 떠날 것을 결심한다.

반면에 그는 세상의 단일성, "일체 사건의 연관성"그리고 "일체의 크고 작은 것이 동일한 흐름에, 동일한 인과의 법칙에, 동일한 생성과 사멸의 법칙에 에워싸여 있다"는 부처의 교훈은 "존귀한 가르침"으로 진지하게 받아들인다. 왜냐하면 "이 조그만 틈새가 있음으로써, 이 조그만 균열이 있음으로써, 영원하고 단일적인 세계 법칙 전체가 다시 파괴되고 지양(止揚)되기 때문이다."

싯다르타는 이제 자기 본질의 심오함을 의식적으로 경험하기 시작한다. 그와 동시에 그는 지금까지 도망치고 파괴시키려 했던 자아로의 각성을 시작하는데, 이는 바로 황홀경에 빠지는 듯한 인생으로의 깨달음이다. 세상으로 향하는 노정에서 꾼 꿈속에서 그는 풍만하게 부푼 전일적인 유방으로부터 젖을 빨게 되는데, 이 유방은 "여자와 남자의 맛, 태양과 숲의 맛, 동물과 꽃의 맛, 모든 과일의 맛, 모든 쾌락의 맛"을 함께 지니고 있다. 싯다르타는 이제 세상 한가운데에서 세상을 통해 달리고, 고급 매춘부 카말라로부터 사랑의 유희와 기교를 배워 사랑의 대가가 되며, 또한 "어린애 같은 인간들"과 더불어 살며 온갖 부귀와 권력도 맛보게 된다. 그는 삶이 제공할 수 있는 감각적 쾌락을 만끽한다. 그러면서 끊임없이 반복되는 지상적 사건의 윤회, 즉 산사라에 깊이 말려드는 것이다. 그럼에도 불구하고 싯다르타는 도취적으로 황홀한 세상사에 자신을 완전히 내맡기지 못하고, 언제나 자신의 생을 조종하는 깊은 생각과 기다림과 단식에 머무른다. 이것에도 저것에도 완전히 속하지 못하고 양극적이며 이중적으로 흔들리는 삶을 영위하고 있으니, 그는 자연적이며 육욕적인 삶과 동시에 정신적이며 금욕적인 삶을 살아가는 것이다.

그러던 어느 날 싯다르타는 자기 마음속에서 울려오는 비밀스런 목소리를, 즉 "네 앞에는 네가 소명 받은 하나의 길이 놓여 있다. 거기에서 여러 신들이 너를 기다리고 있다"고 하는 소리를 듣는다. 내면으로부터 들려오는 이 신비한 소명을 따라 그는 하룻밤 사이에 사랑과 부(富)와 권력 등 생의 모든 것을 버리고, 죽음에로의 동경에 사로잡힌 채 먼 강가로 나간다. 물속에 몸을 던져 죽으려는 순간 "완성"을 뜻하는 바라문의 성스러운 말인 "옴" 소리를 귓전에 들으며, 그 말을 다시금 조용히 되풀이한다.

이 마지막 순간에 싯다르타는 현상 세계를 감싸고 있는 절대적인 것, 만유의 단일성을 구성하는 신적인 세계 원칙을 깨닫는다. 그리고는 성스런 옴으로 잠입하는데, 이는 "바로 옴을 생각하는 것, 이름 없는 것이면서 완성된 것인 옴으로 침잠하여 완전히 몰입하는 것이다.”

새롭게 완성된 인간으로 각성하면서 싯다르타는 만유와의 동시적인 일·존재·감정에서부터 모든 존재의 불파괴성과 단일성을 알게 된다. 모든 생과 사물이 신적이기 때문에 그는 전 존재에 사랑을 느끼고, 이를 자기와 동일한 것으로 받아들인다. 그에게는 삶과 세상, 자기 자신과 모든 존재를 사랑하고 경탄할 수 있다는 것만이 중요한 가치를 지니게 된다.

이러한 인생관과 세계관으로부터 생성과 파멸에 대한 완전한 긍정적 태도가 생기는 것이니, 즉 삶의 커다란 흐름 속에서는 모든 것이 하나인 것이다. 이러한 깨달음을 얻고서 싯다르타는 미소를 짓게 되는데, 그의 미소는 세상을 극복한 부처의 미소가 아니라, 세상을 긍정하는 현인 노자(老子)의 미소이다. 이렇게 《싯다르타》는 인도적 요소로 시작하면서 중국적 이상으로 넘어가며, 결국에는 도가적으로 끝나고 있다. 그런데 이 도가적 전일사상의 각성을 싯다르타는 강물에서 하게 되는데, 이 도가 사상의 근본을 이루고 있는 물은 영원히 변화하며 존재하는 것에 대한 지고한 상징이 되어 있다.

싯다르타는 나룻배 사공 바수데바에게서 강물에 귀를 기울이고 그 비밀을 이해하는 법을 배우고, 결국 모든 삶의 비밀을 투시하게 된다. 바수데바는 강물 그 자체이고 신적인 영원성 그 자체이며, 단일성의 화신으로서 마지막에는 다시 우주적 단일성으로 되돌아가는 상징적 인물이다. 도사와도 같은 그의 가르침에 따라 주인공 싯다르타는 몇 날이고 몇 년이고 강물을 바라보며 강물에 귀를 기울이고, 어디에서나 동일하게 영원히 서둘러 흘러가는 강물에 침잠한다.

"출렁이는 모든 파도와 물결은 괴로워하면서 여러 목표를 향해 급히 흘러갔다. 폭포, 호수, 여울, 바다 등 수많은 목표를 향해 흘러갔고, 이 모든 목표에 도달하였다. 그리고 이 모든 목표에는 다시 하나의 새로운 목표가 뒤따랐다. 강물은 수증기가 되어 하늘로 올라갔다. 비가 되어 하늘에서 다시 아래로 내려왔고, 샘물이 되고, 시냇물이 되고, 강물이 되었다. 다시 새 목적을 향해 노력했고, 다시 새롭게 흘러갔다."

싯다르타는 결국 그가 깊이 경청하는 물에서 피조물들의 모든 목소리를 듣는다. 그에게 물은 더 이상 물이 아니라 생명의 목소리, 존재하는 것과 영원히 생성하는 것의 목소리이다. 물에는 시간과 다양성이 지양되었다. 어디에서나 물은 동일하며 동시적이다. 물은 영원히 존재하며 영원히 생성한다. 물에서는 모든 대립역시 지양되고, 모든 것이 함께 속하고 있으며, 모든 것이 하나가 된다.

작품 해설

그래서 싯다르타는 텅 빈 마음으로 빨아들이는 듯이 물에 귀를 기울이면서 물속에서 흘러나오는 수천 가지의 목소리로 이루어진 노래를 듣는다. 그러나 그 노래는 하나의 전체로, 하나의 커다란 단일성으로 들려온다.

이렇게 전일적인 물의 비밀에 침잠하여 깊이 명상하고 그 비밀을 깨달음으로서 싯다르타는 자기 방랑과 구도(救道)의 목적지에 도달한다. 결국은 자기 자신을 완성하여 세계의 대립이 하나로 해결되는 전일사상을 투시하고 체험한다. 세상의 모든 대립이 그에겐 이제 하나로 융해된다. 그의 영혼이 만유 속에 살고 있듯이 열반과 현세적 윤회도 그의 각성한 영혼의 만유 속에 살고 있다. 그가 단일성에 소속하게 되고 그의 자아가 전일성 속으로 흘러들어가기 때문에, 그의 얼굴은 "모든 형상, 모든 생성과 모든 존재의 광장이" 된다. 그것은 과거와 미래의 수천 가지 얼굴들이 현재 속에 흘러가는 강물이다. 그것은 물고기와 잉어, 어린애와 노인, 범죄자와 살인자, 남자와 여자, 죄수와 시체, 동물과 새들, 탄생과 죽음, 부처와 신의 형상들이다.

이렇게 성인이 된 싯다르타는 지속적으로 만유와의 단일성 속에 머물 수가 있다. 그에게는 정신과 자연, 사상과 육욕, 선과 악의 대립은 더 이상 존재하지 않으며, 모든 것이 단일성의 한 극으로 똑같이 긍정되는 것이다.

III. 어느 한 영혼의 환생

혜세는 동양의 불교에서 말하는 윤회사상을 긍정적으로 받아들이고, 이를 그의 대표작 《유리알 유희》에 구체적으로 서술한다. 주인공 크네히트의 영혼은 어느 한 공간이나 어느 한 시간에 영원히 고정되어 있지 아니하고, 끊임없이 한 단계 또 한 단계를 계속 걸어가며 언제나 새로이 형성되고 구체화되어 인간의 모습으로 현현(顯現)한다. 〈이력서들〉이라고 이름한 다섯 편의 기록에 작가의 종교사상적 의도가 분명히 나타나는 바, 주인공이 환생하는 인간사의 첫째는 수천 년 전 선사시대의 기우사 크네히트이고, 둘째는 기원후 4세기의 고해신부 파물루스이며, 셋째는 18세기의 신학자 크네히트이고, 넷째는 초시간적 인도 마정왕의 아들 다사이고, 다섯째는 25세기의 이상향에 현현하는 유리알 유희의 명인 크네히트이다. 크네히트란 이름은 독일어로 "하인"이란 의미이며, 라틴어 파물루스와 인도어 다사 역시 하인을 뜻하는 바, 이들 모두가 동일한 영혼의 환생임을 나타낸다.

혜세도 크네히트 영혼의 현현에 관한 이력서들을 집필할 당시를 이렇게 회상한다.

"내 마음속에 첫 번째 불꽃을 일으킨 생각은 견고한 것이 흐름

속에 존재하며, 전승(傳承)과 정신 생활의 연속성에 대한 표현 형식으로서의 환생에 대한 것이다. 어느 날, 아니 내가 이 글을 쓰기 시작하기 전 여러 해 동안 한 개인이면서도 초시간적인 이력서에 대한 비전이 나를 엄습해 왔다. 즉 나는 여러 번에 걸쳐서 환생함으로써 인간사의 위대한 시대들을 함께 살아가는 한 인간을 생각했다."

그리하여 크네히트의 영혼은 결코 끝나지 아니하고, 이별과 새로운 시작, 죽음과 다시 태어남에 대한 지속적이고도 명랑한 준비를 갖춘 채, 우주계의 무한한 시간과 공간을 통해 계속 걸어가며 언제나 새로운 모습으로 현현하는 것이다.

여기 번역된《인도의 이력서 Indischer Lebenslauf》에서는 "하인"의 뜻을 지닌 한 영혼이 인도적인 시간의 초월 속에서 호전적인 왕 라바나의 아들로 거대한 갠지스 강가에서 다시 태어난다. 라바나 왕도 수많은 형상들을 통한 윤회 속에서 다시금 인간의 모습으로 현현한 인물로서, 그는 "마정(魔精)들 사이에 벌어진 어느 한 과격한 전투에서 비슈누에 의하여, 그보다는 라마로서 인간이 된 비슈누의 한 화신(化身)에 의하여, 초승달 모양의 화살에 의해 살해된 마정왕들 중의 하나였다." 그의 아들 이름은 다사이다. 그의 어머니는 일찍 세상을 떠났고, 새로 들어온 공명심이 강한 계모가 자신의 아들 날라를 왕의 후계자로 만들기 위해 맏아들인 다사를 제거하려 한다. 그 때문에 궁중 바라문 중의 한 사람이 성정이 경건한 어린 왕자를 은밀히 시골로 내보내어 거기에서 목동으로 자라게 한다. 목동으로 유랑 생활을 하던 중에 다사는 어느 숲속 은거지에서 성스런 요가 수도자를 만나게 되고, 그는 이 깊은 명상 속에 살아가며 본질적인 것 속에 머물고 있는 은둔자의 시중을 들게 된다. 그러나 그는 다른 목동들과 함께 다시 길을 떠난다. 청년이 되어서 다사는 젊고도 예쁜 프라바티에 대한 사랑에 빠지고 완전히 그녀에게 헌신한다. 그러나 바로 그녀는 이제 왕위에 오른 이복동생 날라의 애인이 된다. 복수심에서 그는 증오스런 연적(戀敵)을 살해한다. 도피를 하다가 다사는 성스런 은둔자의 초라한 오두막집에 다시 당도하게 되는데, 수도자는 다사와 다른 모든 인간들의 전체적 생을 단지 하나의 "마야" 즉 환영(幻影)으로 보이는 가상 세계(假象世界)"로 간주한다. 여기에서 다사는 공경스런 위인을 모시고 하인처럼 살아간다.

　얼마 동안의 세월이 흐른 다음 다사는 다시금 세상으로 계속 방랑하고자 한다. 그때 늙고 말이 없는 요가 수도자는 다사로 하여금 샘물가에서 꾸는 마술적 꿈을 통해 그를 기다리고 있는 세상에서의 삶을 동화적으로 체험하게 한다. 즉 성실치 못한 프라바티가 숲속 가장자리에서 다사를 발견하고 새로운 삶으로 인도한다. 그는 정통 후계자로서 왕이 된다. 바라문들의 가르침을 받으며 그

학문을 익히고 정치를 수행한다. 허영심 많은 아내의 성화에 못이겨 다사는 계모인 날라의 어머니에 대한 전쟁을 일으키게 되고 결국은 패배하고 만다. 이로 인해 그는 모든 것을 다시 잃게 된다. 감옥에 갇힌 죄수로서 그는 고통으로 가득 찬 쓰라린 삶을 체험한다. 놀라움으로 가득 차서 다사는 미몽에서 깨어나며 모든 삶을 이제 마야로서, 모든 현상들의 유희로서 인식하게 된다. 그리고 그는 늙은 스승의 말씀을 따른다.

"이 모든 것은 무(無)다. ─아니, 무가 아니라, 그것은 마야다!"

이렇게 하여 다사는 불교인들과 같이 생이란 결코 소멸되지 아니하고 계속적으로 되돌아오며, 죽음 자체도 종말이 아니라는 점을 통찰하게 된다. "그러나 그 다음에는 어떻게 되는가? 그 다음에는 기절 혹은 수면의, 아니면 죽음의 휴식이 찾아온다. 그러고 나서는 다시 곧 깨어나며, 삶의 물결이 자신의 가슴속에 들어오도록 하고, 무시무시하고도 아름다우며 소름 끼치는 영상들의 흐름을 끝도 없고 피할 수도 없이 다음번의 기절에, 다음번의 죽음에 다다를 때까지 자신의 두 눈에 다시금 받아들여야만 한다. 죽음이란 아마도 휴식일 것이다. 짤막하고도 보잘것없는 하나의 휴식이며, 한 번 잠시 숨을 돌리는 것이리라. 그러나 그 다음에는 또다시 계속된다. 우리는 다시 거칠고 도취적이며 절망적인 인생의 춤 속에 깃들어 있는 무수한 형상들 중의 하나가 된다. 아, 소멸하는 일이란 있지도 않으며, 종말이란 결코 존재하지도 않는다." 그리하여 다사는 환상으로 파악된 현상 세계를 단념하고, 노스승을 따라 우주적 전일성(全一性)에 대한 행복을 안겨주는 체험을 하게 된다. 명상적인 관조 속에서 그는 우주 만유를 저항 없이 긍정하는 초세상적 관점에 도달하는 것이다.

IV. 도(道)를 찾아가는 동방순례

1932년에 출판된 《동방순례 Die Morgenlandfahrt》는 100쪽도 안 되는 아주 짧은 장편이다. 이를 작가는 "하나의 이야기"라고 이름하였고, 또 자주 "동화"라고 부르고 있지만, 문학비평가들은 보통 "장편 소설"로 평가하고 있다. 일종의 "신소설" 또는 "서정 소설"이라 할 수 있는 특이한 작품이다. 이 동화적 작품에서 헤세는 도가의 순례 이야기를 서술한다. 진정한 자아를 추구하는 내면의 길이기에 재미있는 사건이나 줄거리도 있을 수 없다. 또한 쉽사리 이해되지도 않는 작품이라서 이제까지 거의 도외시되다가

2000년에야 겨우 제대로 된 한국어판 번역서가 한 권 출간된다. 그러나 도를 찾아가는 동방순례자 H. H.와 도(道)와도 같은 상징적 인물 레오에 관한 이 소설은 음양이 하나이며, "가장 부드러운 것이 가장 강하고 단단한 것을 이긴다"는 노자의 지혜에 익숙한 동양인들에겐 너무나도 친숙하고 깊이 이해될 수 있는 이야기이다. 뒤늦은 감이 없지 않으나 그 심오한 뜻을 깨우치게 되면, 이 책이 우리의 필독서가 되어야 한다는 점을 느끼게 되리라. 그러기에 여기 이 작품을 보다 구체적으로 논해 보고자 한다.

이 장편은 비교(秘敎)와도 같은 특성을 지니고 있다. 그래도 헤세가 서술한 대로의 도가적 본향을 찾으려는 오묘한 목적지에 보다 가까이 다가갈 수 있도록 이 소설의 구조와 내용을 살펴보자. 우선 이 이야기는 "결맹(結盟)"에 가입하여 동방순례자들과 함께 동방으로 여행을 떠났던 H. H.의 보고서라고 할 수 있다. 그러나 이는 H. H.의 여행기라기보다는, 오히려 작가인 헤세가 자신의 소재를 시적으로 형상화하려는 예술가의 절망적 시도라고 해야 할 것이다. 왜냐하면 그는 자기 시문학의 핵심문제인 무의식 세계를 통한 동화적 방랑, 그 내면적 직관의 비밀을 털어놓고자 하기 때문이다.

작중에 서술된 순례자들이 찾아가는 "동방이란 그냥 어떤 나라, 어떤 지리적인 것이 아니다. 그것은 영혼의 고향이자 청춘이고, 어디에나 있는 곳이면서도 아무 데도 없는 곳이며, 모든 시간이 하나가 되어 버린 그런 것이다." 이 이야기를 더욱 어렵게 하는 것은 이 결맹의 회원들은 공간을 통해서만 여행하는 것이 아니라, 시간을 통해서도 여행을 하고 있다는 점이다. 그들은 동방을 향해 나아가고 있지만, 중세나 황금시대로도 행진을 한다. 이탈리아나 스위스를 지나가면서도 때로는 1,000년 전(10세기)의 밤들을 지새우기도 하고, 족장이나 요정들의 집에서 머물기도 한다. 이러한 내면적 관조나 인식이란 근본적으로 마술적이고 신비적이며 직관적인 방법으로만 가능하다. 그러므로 우리는 여러 가지 상징이나 암시(暗示)나 신비화(神秘化)와 같은 표현 방법에 부딪치고, 그 의미를 정확히 파악할 수 없게 되는 것이다.

내면적 본향으로 향하는 이 순례는 5장으로 구성된 불명료한 서술 속에 진행된다. 꿈속의 일과도 같은 이 이야기의 화자는 작가인 헤르만 헤세를 연상시켜 주는 H. H.라고 하는 인물이다.

제1장에서 그는 제1차 세계대전을 암시하는 거대한 전쟁 이후에 영혼적·정신적 쇄신을 추구하는 결맹 동지들과 함께 떠났던 동방 여행을 회상하며 그 순례기를 쓰고자 한다. 이 여행의 의미는 순수한 정신의 초시간적이며 초공간적인 영역으로, 또 역사적이고 시적인 불후의 형상 세계로 몰입하는 것이다. 그러므로 슈바벤의 브렘가르텐에서 벌어진 결맹의 축제에서는 브렌타노, 호프

만, 노발리스, 파르치팔, 비티코, 오프터딩엔, 피타고라스, 조로아스터, 노자, 알베르투스 마그누스 등의 수많은 역사적이거나 시적인 인물들이 인격화되어 결맹회원으로 등장한다.

제2장에서는 순례단의 이상적 하인 레오가 여행 보따리와 함께 실종된다. H. H.는 레오가 짊어지고 간 배낭 속에 무엇으로도 대체될 수 없는 결맹의 문서가 들어 있다고 생각한다. 없어서는 안 될 이 문서가 없어짐으로 인해 순례기 저자는 극도의 당황과 혼란스런 상황에 빠진다. 그 때문에 그는 동방여행을 함께 체험하고 그에 관해 이야기하고 기록할 수 있는 가능성에 회의를 품게 되며, 결국은 이 신비적이고 마술적인 영역을 떠나게 된다.

제3장에서 H. H.는 옛 친구 루카스를 찾아간다. 그는 처참한 전쟁 체험에 관한 책을 집필함으로써 혼란스런 영혼의 짐을 떨쳐 버린 친구이다. 그와 대화를 나누면서 H. H.는 레오를 다시 만날 수 있는 길을 찾게 된다.

제4장에 서술된 레오와의 재회(再會)는 H. H.와 결맹 간에 아무런 새로운 내면적 관계도 맺어주지 못한다. 레오는 자연 또는 도(道) 그 자체와도 같은 상징적 특성을 그대로 유지하고 있다. 그러나 H. H.는 바이올린을 팔아 버림으로써 자신의 시적 존재를 던져 버린다. 밤새도록 후회와 간청의 편지를 작성함으로써 그는 공상적인 결맹의 세계와 다시 관계를 맺게 된다.

제5장에서 하인 레오는 H. H.를 다시 결맹으로 인도한다. 그를 결맹의 문서고(文書庫)로 안내하고, 간부들 중의 간부인 최고지도자에게로 데리고 간다. 그리고 가장 낮은 지위의 하인으로 봉사하는 레오 자신이 바로 최고 지위에서 지배하는 재판관이라는 사실을 인식케 하고, 결맹의 봉사 법칙, 즉 봉사를 통해 지배하는 도가적 법칙을 알려준다.

그는 H. H.를 결맹의 동지로 다시 받아들이며, H. H.의 회의와 탈주가 하나의 시련이었다고 말한다. 그러나 H. H.는 자기 자신의 비밀을 인식하고자 한다. 자기 이름과 번호가 적힌 암호의 문을 열고 그는 이중으로 된 조각상을 만난다. 이 상(像)은 한편으로는 무상하게 사라져 가는 인간인 그 자신을 암시하고, 다른 한편으로는 영원한 정신인 레오를 상징한다. 그런데 "시간이 지나면서 한 쪽 상의 모든 정수가 다른 쪽 상으로 흘러들어가서 오로지 하나의 상, 즉 레오만이 남는다." 이중 조각상은 완전히 조화를 이룬 하나의 상으로 합일된다. H. H.는 도와도 같은, 아니 도 그 자체라 할 수 있는 레오와 하나가 된 것이다.

이 신비에 가득 찬 순례기는 동양의 현인들이 도(道)를 닦으며 도를 찾아가는 길과도 흡사하다. 결맹의 동지들은 모두 공동의 이상과 목적을 추구하고 있는 것처럼 보이지만, 실은 모두가 서로 다른 개인적인 여행 목적을 지닐 수 있고 또 그래야만 한다. 그리고 그들은 사적으로 정해진 목적지에 도달하기 위해 동방으로, 자기 내면으로 향하는 몽상적 여행을 떠난다. 이 결맹 이야기의 화자는 순례자들 중 한 사람은 도를 찾는 사람이라고 한다. 화자인 동시에 동방순례자인 H. H. 역시 근본적으로 도를 추구하는 인물이다. 그에게는 오직 고귀한 보물인 도를 찾아 도와 하나가 되는 것이 가장 큰 목표인 것이다.

동방순례단의 가장 위대한 회원 중 한 사람이 영혼의 본향, 즉 동방의 도를 찾아가는 길을 다음과 같이 비유적으로 표현한다. 그는 이미 수백 년 전에 비밀에 가득 싸인 도로 통하는 길이란 말할 수도 없고 가르칠 수도 없다는 진리를 인식하였기 때문이다.

멀리 여행하는 자는 종종 사물들을 보게 되나니,

그가 진리라고 생각했던 것과는 거리가 먼 것들이다.

고향의 초원으로 돌아와 그 이야기를 하면,

그는 거짓말쟁이라고 웃음거리나 되기 십상이라.

꽉 막혀 버린 사람들이란, 제 눈으로 보고

스스로 분명하다 느끼지 못하면 믿으려 하지 않으니까.

나 생각하건대, 세상 경험이 없는 자들,

내 노래를 결코 믿지 않으리라.

결맹의 다른 회원인 싯다르타도 이와 비슷하게 이야기한다.

"말이란 비밀스런 의미[도]에 좋지가 않습니다! 말을 하면 모든 것이 당장 약간 달라지고, 약간 위조되며, 약간 바보 같아지지요. — 그래요, 그런 것도 좋습니다. 저는 한 사람에게 보물이 되고 지혜가 되는 것이 다른 사람에게는 언제나 바보짓처럼 울린다는 것에도 동의하고 있습니다."

싯다르타는 동방에서 온 현인이다. 그는 말이나 가르침이 전혀 유익하다고 생각지 않는다. 이 싯다르타는 예전에 발표된 동양적 장편 《싯다르타》의 주인공으로서, 벌써 불가(佛家) 또는 도가(道家)의 각성이나 완성이란 가르칠 수 있는 것이 아니며, 도의 진리란 전달해 줄 수 있는 것이 아니란 점을 알고 있다. 헤세는 작중 인물을 통해 얼마나 노자나 장자와 같은 도가들과 흡사하게, 또 얼마나 도인답게 말하며 도에 접근하고 있는가!

동방순례자들은 자연적인 방법으로써가 아니라 도가적인 방법, 내면적인 각성과 직관의 마적 힘을 통해 목적지에 도달하고자 한다. 그들이 찾으려는 동방이란 전(全) 자연의 원초적 고향, 우주 만유와 모든 정신성의 원천으로서의 동방, 즉 도를 말함이다. 도에 통달하여 도와 하나가 된 사람은 "생각해 낼 수 있는 모든 것을 동시에 체험하고, 외면과 내면의 세계를 유희하듯 교체할 수 있고, 시간과 공간을 무대장치처럼 밀어 버릴 수도 있다."

작품 해설

이 비밀스런 마술적 정신의 나라는 다른 곳이 아니라, 바로 우리의 마음속에, 우리 자신의 진정한 내면에, 우리의 영혼에 깃들어 있는 것이다.

이러한 관점에서 볼 때 헤세의 동방순례는 도가적인 내면화의 길이며, 초자연적으로 영혼의 본향을 찾아가는 명상적 여행이다. 도가 사상에 있어서도 전존재로서의 도를 관조하고 인식하는 것은 외면적 체험을 통해서가 아니라 내면적인 각성이나 직관을 통해서 이루어진다.

이런 직관적 인식에 관해서 노자는 이렇게 말하고 있다.

문 밖에 나가지 않고도
천하의 모든 것을 알며,
창 밖을 내다보지 않고도
천도(天道)를 알 수 있다.
멀리 나가면 나갈수록
그 아는 것은 그만큼 더 적어진다.
그러므로 성인(聖人)은 나가지 않고서도
모든 것을 알고,
보지 않고서도
이름 지을 수 있고,

행위하지 않고서도

완성할 수 있느니라.”

    최고 인식으로서의 도를 깨우친 사람은 개인적인 요소나 시간적·공간적 요소로부터 자유로워질 수 있고, 우주 만유의 핵심인 영원히 고요한 본질 속으로 다시 침잠할 수 있다. 그는 원초적 법칙인 도에 의해 작용되는 음양이나 선악이라는 대립적 세계를 다시 하나의 단일성으로 인식하게 되고, 결국은 그 스스로가 자신의 자아와 외면적인 마야 세계와 합일하게 된다. 아무런 마찰도 갈등도 없이 완전한 조화를 이루며, 명상적인 내면화를 통해 내면과 외면을 교체할 수 있게 된다.

    작가 헤세의 길도 바로 이러한 목적을 향하고 있다.

    그는 이런 도통한 현인들의 이야기를 다룬 고대 중국인들의 책을 즐겨 독서하고 그에 관한 서평을 쓰기도 한다. 또한 그 자신 열심히 이 종교적이고 철학적인 도가사상에 몰두하며, 여기에서 “정신적 고향”을 발견한다. 이로 인해 헤세는 옛 도사(道士)들의 마적이고 신비적인 지혜와 사상에도 정통하게 되며, 나아가서 이런 인물들과 그들의 지혜를 많은 작품 속에 형상화하고 있는 것이다. 그러므로 헤세의《동방순례》역시 오로지 작가가 중국의 도가적

작품 해설

현인들에 관한 이야기에 친숙해 있다는 사실에서 이해할 수 있다.

헤세는 결국 이 특이한 소설에서도 다른 모든 작품의 근본을 이루고 있는 자신의 문학 이념을 서술한다. 동방 자체가 모든 자연적인 힘과 정신적 힘의 일 존재 내지 일 존재가 되는 것을 상징하기 때문에, 동방에서는 모든 시간과 공간, 모든 영혼과 동경이 생생하게 변화하는 순간의 조화로운 단일성 속에 사라져 간다.

그러므로 삶의 양극성, 즉 무상하게 사라져 가는 인간인 H. H.와 영원한 도교적 정신인 레오를 암시하는 이중 조각상도 길 잃은 순례자가 다시금 비밀에 가득 찬 전일적인 결맹에 되돌아온 후에는 내면에서 서로 넘나들며 녹아서 하나가 된다. 완전히 조화를 이룬 이 조각상을 통해 작가는 자신의 근본 이념, 즉 양극적 대립을 넘어서 하나로 통일되는 단일성 내지 전일성 사상을 표현하고 있는 것이다.

《싯다르타 Siddhartha. Eine indische Dichtung》
번역의 텍스트로는 Hermanm Hesse : Gesammelte Dichtungen.
Bd. III, Berlin : Suhrkamp Verlag 1952, S. 615∼733을 사용했고,

《인도의 이력서 Indischer Lebenslauf》는 H. Hesse :
Gesammelte Dichtungen. Bd. VI, S. 642∼685를,

그리고 《동방순례 Die Morgenlandfahrt. Eine Erzählung》는
H. Hesse : Gesammelte Dichtungen. Bd. VI, S. 7∼76을
이용했음을 밝혀둔다.

작품 해설

헤르만 헤세 연보

1877년   7월 2일, 독일 남부 뷔르템
베르크주(州)의 소도시 칼
브에서 요한네스 헤세와
마리 헤세 사이에 장남으
로 태어남.

1881 / 6   부모와 함께 스위스 바젤
에 거주.

1886 / 9   가족이 고향 칼브로 돌아
오며, 헤세는 실업학교에
입학.

1889년 칼브에서 촬영한 헤세의 가족사진.
왼쪽부터 헤르만 헤세, 아버지 요한네스 헤세, 여동생
마룰라, 어머니 마리 헤세, 여동생 아델레, 남동생 한스.

1890 / 1	괴핑겐에서 라틴어학교에 다님.
	뷔르템베르크 주정부장학생 시험에 합격.
1891 / 2	마울브론 신학교에 입학. 7개월 후 신학교를 도망쳐 나옴.
1892	바트 볼 병원에서 치료. 6월에 짝사랑으로 자살 기도.
	슈테텐 정신병원에서 요양.
1892 / 3	칸슈타트 김나지움[인문중고등학교]에 다님.
	학업 중단하고 서점판매원 수업.
1894 / 5	칼브의 페로 탑시계공장 견습공.
1895 / 8	튀빙겐의 헤켄하우어 서점 판매원 및 서적 분류 조수.
	98년 10월 처녀시집《낭만의 노래》발표.
1899	스위스 바젤로 이주. 산문집《한밤중 후의 한 시간》출간.
1901	첫번째 이탈리아 여행.《헤르만 라우셔의 유작과 시》발표.
1902	어머니에게 헌납한《시집》발표. 출간 직전에 어머니 사망.
1903	두 번째 이탈리아 여행.
1904	《페터 카멘친트》발표. 비엔나 농민상 수상. 마리아 베르누이와 결혼. 보덴 호수 근교의 가이엔호펜으로 이주. 자유 작가로 여러 신문과 잡지에 기고.
1905	첫아들 브루노 출생.
1906	《수레바퀴 아래서》발표.
1907 / 8	단편집《이 세상》《이웃 사람들》발표.

헤르만 헤세 연보

1909	둘째아들 하이너 출생. 스위스의 취리히, 독일, 오스트리아 등으로 강연 여행.
1910	장편 《게르트루트》 발표.
1911	셋째아들 마르틴 출생. 시집 《도중에서》 발표. 인도 및 동남아시아 여행.
1912	단편집 《우회로》 발표. 스위스의 베른 근교로 이주.
1913	동방여행기 《인도여행》 출간.
1914	장편 《로스할데》 출간.
1914 / 19	독일, 스위스, 오스트리아 신문과 잡지에 반전(反戰)의 정치기사와 논문, 경고의 호소문, 공개서한 발표.
1915	소설 《크눌프. 크눌프 생애의 세 가지 이야기》 발표. 시집 《고독자의 음악》 단편집 《청춘은 아름다워라》 출간.
1916	아버지 사망. 부인의 정신분열증 시작과 막내아들 마르틴의 발병. 카를 구스타프 융의 제자 J. B. 랑 박사에게 정신의학적 치료 받음.
1919	《차라투스트라의 귀환》 발표. 테신주(州) 몬타놀라의 카무치 별장에 거주. 수채화를 그리기 시작. 장편 《데미안. 에밀 싱클레어의 젊은 시절 이야기》 익명으로 발표. 단편집 《작은 정원》, 《동화집》 출간.
1920	시집 《화가의 시》, 단편집 《클링소어의 마지막 여름》, 여행소설 《방랑》 발표.
1921	퀴스나흐트에서 C. G. 융에게 정신분석 받음.
1922	소설 《싯다르타. 인도의 시》 발표.
1923	첫 번째 부인 마리아 베르누이와 이혼.
1924	스위스 국적 다시 취득. 여류작가 리자 벵거의 딸 루트 벵거와 재혼.

1925	소설 《요양객》 발표.
1926	여행기 《그림책》 발표. 여류예술사가 니논 돌빈과 사귐.
1927	장편 《황야의 이리》 발표. 두 번째 부인 루트 벵거와 법적 이혼.
1930	소설 《나르치스와 골드문트》 발표.
1931	니논 돌빈과 결혼.
1932	《동방순례》 발표.
1932 / 34	장편 《유리알 유희》 집필.
1934	스위스 작가협회 회원. 시선집 《생명의 나무에서》 출간.
1935	중단편집 《우화집》 발표. 동생 한스 자살.
1936	고트프리드 켈러 문학상 수상.
1939 / 45	헤세 작품은 독일에서 "원치 않는 문학"이 됨. 나치 관청은 책 출판을 허락지 않음. 수르캄프와의 합의 하에 단행본 《헤세 전집》을 취리히의 프레츠와 바스무트 출판사에서 간행키로 함.
1942	최초의 시전집 《시집》 취리히에서 출간.
1943	만년의 대작 《유리알 유희》 2권으로 출간.
1946	수상집 《전쟁과 평화》 발표. 다시 독일 수르캄프 출판사에서 책을 간행하게 됨. 프랑크푸르트 시(市) 괴테문학상 수상. 노벨문학상 수상.
1947	베른대학교 철학부에서 명예박사학위 수여. 고향 칼브의 명예시민이 됨.
1950	빌헬름 라베 문학상 수상.
1951	《후기 산문집》 《서간 선집》 발표.
1952	75회 탄생일 기념 6권으로 된 《헤세 전집》 출판.
1955	독일 서적협회의 평화상 수상.

헤르만 헤세 연보

1957 《헤세 전집》 7권으로 증보 출간.

1961 시선집 《단계》 출간.

1962 몬타뇰라의 명예시민. 8월 9일 뇌출혈로 별세. 성 아본디오 묘지에 안장.

헤르만 헤세 마지막 사진
1962년에 찍은 헤세의 모습.